HEYNE

Das Buch
Inmitten einer bewegten Zeit kommt die junge Ursul Helmbrecht aus Nürnberg mit ihrem Onkel in die Lagunenstadt Venedig. Während die napoleonischen Truppen Einzug halten und die Mauern der jüdischen Ghettos fallen, stößt Ursul auf einen alten, rätselhaften Kupferstich. Die drei auf dem Stich porträtierten Frauen üben sofort eine magische Anziehungskraft auf sie aus. Ursul beginnt, Nachforschungen anzustellen, die sie nicht nur immer weiter in die verwinkelten geheimnisumwitterten Gassen der *Serenissima* führen, sondern auch in die Tiefen ihrer eigenen Vergangenheit. So entfalten sich parallel zum Schicksal der Nürnberger Kaufmannstochter drei weitere Lebensgeschichten, die von starken unabhängigen Frauen erzählen.

Die Autorin
Ingeborg Bayer, geboren in Frankfurt am Main, studierte nach einer Ausbildung zur Diplombibliothekarin Medizin und Hindi in Tübingen. Ihre zahlreichen Romane wurden mit deutschen und internationalen Preisen ausgezeichnet, in viele Sprachen übersetzt, sowie verfilmt und fürs Theater bearbeitet. Sie ist Mitglied im PEN-Club und lebt heute als freie Schriftstellerin bei Freiburg im Breisgau.

Lieferbare Titel
Stadt der tausend Augen – Stadt der blauen Paläste

Ingeborg Bayer

Stadt der dunklen Masken

Roman

Wilhelm Heyne Verlag
München

FSC
Mix
Produktgruppe aus vorbildlich bewirtschafteten Wäldern und anderen kontrollierten Herkünften

Zert.-Nr. SGS-COC-1940
www.fsc.org
© 1996 Forest Stewardship Council

Verlagsgruppe Random House
FSC-DEU-0100
Das FSC-zertifizierte Papier *München Super*
für Taschenbücher aus dem Heyne Verlag
liefert Mochenwangen Papier.

Vollständige Erstausgabe 02/2007

Printed in Germany 2007
Umschlagillustration: © Portrait of Madame Marcotte de Sainte-Marie (1803–62) 1826, Ingres, Jean Auguste Dominique (1780–1867)/Louvre, Paris, France, Peter Willi/The Bridgeman Art Library
Umschlaggestaltung: Nele Schütz Design, München
Satz: Greiner & Reichel, Köln
Druck und Bindung: GGP Media GmbH, Pößneck
ISBN: 978-3-453-47065-1

http://www.heyne.de

Inhalt

I.

Io sarò un Attila per lo stato Veneto
Ich werde für Venedig ein Attila sein

Napoleon, 1797

II. Nuremberga – Beschreibung der berümbtischsten und namhaftigsten Stett

III. Die gelöschte Serenissima

IV.

V. Andere Städte haben Kunstschätze, Venedig jedoch ist selbst ein Kunstwerk.

Widmung

»Wer den *Chamsin* nicht erlebt hat, hat nicht gelebt«, heißt es in einem Satz dieses Buches. Und so widme ich dieses Buch nicht, wie sonst üblich, nur einer Person, sondern diesem *Chamsin*. Und zugleich der Wüste, die mir ein Lebensgefühl vermittelte, das mit keinem anderen zuvor und danach zu vergleichen ist.

Von allen Städten, die im Altertume
Zum Karneval so herrlich eingeladen
Mit Masken und geheimer Redeblume,
Mit Tanz, Gesang und Ball und Serenaden,
Und allem, was erglänzt in klarem Ruhme,
Gebührt der Preis Venedigs Prachtgestaden
Und in der Meergebornen höchste Glorie
Fällt, die ich euch erzähle, die Historie.

Lord Byron (1788–1824)

I.

Io sarò un Attila per lo stato Veneto
Ich werde für Venedig ein Attila sein

Napoleon, 1797

1. Das verlorene Ghetto

Das Feuer loderte.
Das Feuer prasselte.
Das Feuer zischte.

Leone warf den Satz in seinem Kopf hin und her, schloss die Augen und versuchte schließlich, sich von den Wortspielereien seines jüngeren Bruders Davide zu befreien, in die dieser ihn in den letzten Tagen hineinzuziehen versuchte, um der Ungeheuerlichkeit dieses Ereignisses mehr Gewicht zu verleihen.

Leone bemühte sich, das Gebrüll, das Geschrei und das Gelächter, das um ihn herum wogte, auszublenden. Er zwang sich, wieder in die Menge zu blicken, die um den Holzstoß herumtanzte. Ein Holzstoß, der aus den vier großen Toren bestand, die von den Soldaten Napoleons in Stücke gehauen worden waren, um sie hier in der Mitte des Platzes, des *Ghetto Nuovo*, zu verbrennen.

Es waren überwiegend seine Leute, die tanzten. Wobei »seine« Leute ein weit gespanntes Feld bedeuteten. Es tanzten auch andere mit, die nicht dazugehörten, es aber an diesem Abend wollten, um ihre große Brüderlichkeit zu beweisen.

Freiheit, Gleichheit, Brüderlichkeit – es ging darum, nur darum an diesem Abend. Dass der Pfarrer von San Geremia dabeistand, sich leicht im Tanzrhythmus wiegte, als wolle er zeigen, dass er es früher gewiss auch gekonnt habe. Der Pfarrer von San

Marcuola wiegte sich nicht, brachte aber ein freundliches Lächeln auf sein Gesicht, das er den Tanzenden schenkte, die zuvor nicht unbedingt mit Lächeln von christlichen Pfarrern verwöhnt worden waren. Leone störte dieses Lächeln, er hielt es für Heuchelei. Aber an diesem Abend wollte er alles anders sehen, wollte großmütig sein, alles vergessen. Und sich freuen über diesen Tag.

Und natürlich freute er sich, dass Ursul mittanzte. Dass sie mit gerötetem Gesicht und wehenden Gewändern auf ihn zutanzte, ihn berührte, anderen die Hände reichte, sich im Kreis drehte und dabei sang: »Libero, libero, libero.« So, als sei dieser Tag der Freiheit auch ihr Tag. Und nicht nur seiner.

»Wir sind doch frei, nicht wahr«, fragte sein kleiner Bruder Davide lachend und schnappte sich zur Erinnerung rasch ein winziges, bereits angekohltes Holzstück von einem der Tore, »sie können uns doch nicht mehr einsperren, jetzt, nachdem sie uns freigelassen haben? Oder?«

»Sie können alles«, sagte eine Stimme hinter ihnen, und Leone wusste, dass die Stunde der Abrechnung noch keinesfalls vorüber war. Bei Isacco, seinem älteren Bruder, würde es dauern, bis er alles vergessen konnte. Alles ohnehin nicht. Und das, wozu er bereit war, ganz gewiss nicht von heute auf morgen. Er würde sich auch nicht herablassen, von einer Stunde zur anderen so zu tun, als habe es da nie eine Abgrenzung gegeben: nie einen Kanal um dieses Ghetto herum, auf dem des Nachts Wächter – christliche Wächter, die die Juden bezahlen mussten – in ihren Booten patrouillierten, um darüber zu wachen, dass niemand von ihnen aus diesem Ort, den sie Ghetto nannten oder auch den *Chazer*, entwich.

Für Isacco würden diese zerschlagenen Ghettotore, um die

sie herumtanzten, im Kopf weiterhin unzerstört bestehen bleiben, und niemand würde sie zum Einstürzen bringen können. Isacco war mit dem roten spitzen Hut, dem Zeichen der Demütigung, das Juden in dieser Stadt über Jahrhunderte hinweg zu tragen hatten, zu der Veranstaltung gekommen. Ein roter Hut, den andere nun unter lautem Jubelgeschrei in das Feuer warfen.

Aber Leone war ganz sicher, dass Isacco seinen roten Hut nie verbrennen würde.

Ursul hatte Leone vor einiger Zeit kennengelernt, als ihr Onkel, dessen Mündel sie war und mit dem sie für die Dauer von einem Jahr hier in Venedig lebte, mit Leones Familie Geschäfte machte. Sie sollte die doppelte Buchführung lernen, eine Sache, zu der viele Deutsche hierherkamen. Und natürlich sollte sie die Sprache lernen, um später das Geschäftemachen zu erleichtern.

»Weshalb lernen deine Geschäftsfreunde eigentlich nicht unsere Sprache«, hatte sie wissen wollen, »schließlich sind doch beide Seiten gleichermaßen an einem Profit interessiert?«

Der Onkel hatte gelacht. »Weshalb sollten sie sich anstrengen, wenn es der andere doch auf jeden Fall tut?«

Sie waren im Januar des vorigen Jahres aus Nürnberg hier eingetroffen, weil es geheißen hatte, dass der bevorstehende *carnevale* das schönste Fest werden sollte, das es seit einem Jahrhundert hier in der Stadt gegeben hatte. Aber Leone, den der Onkel ihr kurz nach ihrer Ankunft vorgestellt hatte, hatte keinesfalls große Begeisterung für dieses Fest gezeigt und sich zunächst sogar geweigert, teilzunehmen.

»Weshalb wollt Ihr nicht mitkommen?«, hatte sie gefragt.

»Weil Juden nun mal nicht auf christliche Feste gehen«, hatte er erwidert.

»Aber niemand wird euch erkennen«, hatte der Onkel versucht seine Zweifel zu beseitigen.

»Isacco würde mich auf jeden Fall erkennen«, hatte Leone zu bedenken gegeben.

»Aber ein Bruder wird doch nicht den anderen Bruder verraten«, hatte der Onkel sich empört.

Leone war die Antwort schuldig geblieben. Schließlich hatte er halbherzig zugesagt, mit dem Vorbehalt, dass er auf jeden Fall um Mitternacht zu Hause sein müsse, da zu dieser Zeit die Ghettotore geschlossen würden.

»Sitzen die da etwa immer noch an ihren Toren«, hatte Ursul ungläubig gefragt, »mitten in der Nacht?«

»Sie sitzen nicht mehr an den Toren«, hatte Leone widerwillig erklärt, »aber es entkommt ihnen trotzdem keiner. Nach dem Läuten der Marangana-Glocke um Mitternacht patrouillieren sie mit ihren Booten im Kanal um unser Viertel herum.«

Sie hatte naiverweise vorgeschlagen, zu schwimmen, was Leone mit einem sanften Lachen beantwortet hatte. »Auf dem Rio del Battello etwa oder auf dem Rio di Ghetto Nuovo? Dann eher waten, die Seitenarme des Kanals sind nie tief und im Augenblick ist ohnehin Niederwasser. Da sieht man den gesamten Unrat, den die Leute hineinwerfen.«

Also war Leone ihr zuliebe zu diesem Fest gekommen, phantasielos als Gondoliere verkleidet, wozu nichts weiter nötig gewesen war als ein Hut, den er sich geliehen hatte. Kurz vor Mitternacht hatte er sich verabschiedet, mürrisch und mit einem zornigen Blick auf seinen Nachfolger, einen Mann in einem prächtigen Dogenkostüm, der bereits die Hand nach Ursul ausgestreckt hatte, um mit ihr weiterzutanzen.

Danach hatte sie ihn eine ganze Weile nicht mehr gesehen.

Wenn es nicht lächerlich gewesen wäre, hätte sie vermutet, er sei eifersüchtig gewesen auf diesen Tänzer. Er sei auf Reisen, hatte ihr der Onkel schließlich erklärt, als sie irgendwann nach ihm gefragt hatte, »er hat im Auftrag seines Vaters Besorgungen zu machen«.

Dieses Fest um die zerstörten Ghettotore, die Napoleon hatte abreißen lassen, war also das erste neuerliche Zusammentreffen mit Leone, und es war ihr Onkel gewesen, der sie gebeten hatte, mitzukommen. »Du musst mehr unter junge Leute kommen«, hatte er entschieden, »du kannst nicht immer nur über deinen Büchern sitzen. In Nürnberg genauso wie hier.«

»Ich dachte, das sei ein Grund gewesen, dass du mich überhaupt mitgenommen hast? Um diese doppelte Buchführung zu lernen? Die man angeblich nur hier in dieser Stadt richtig verstehen kann?«

»Das war mit ein Grund, aber nur am Rande«, erwiderte der Onkel.

»Wo sind eigentlich deine Eltern?«, fragte Ursul irgendwann, als sie mit Leone wild getanzt hatte und sich für einen Augenblick auf einem der Brunnenränder des Platzes niederließ, um auszuruhen. »Ich sehe deine Mutter nirgendwo. Tanzt sie nicht?«

Leone lächelte schief. »Doch nicht meine Mutter.«

»Und weshalb nicht?«

»Meine Mutter würde nie in der Öffentlichkeit tanzen, mit oder ohne Feuer und ganz gleich aus welchem Anlass.«

»Und weshalb nicht?«

Leone zögerte. »So was liegt ihr nun mal nicht.«

»Und dein Vater?«

»Mein Vater richtet sich bei solchen Sachen grundsätzlich nach meiner Mutter. Da, wo sie ist, ist auch er.«

»Und«, Ursul überlegte kurz, »wo ist sie dann jetzt in diesem Augenblick?«

Leone wischte sich die Haare aus der Stirn. »Sie ist, so rasch sie ihre alten müden Füße getragen haben, zu unserem neuen Wohnsitz geeilt. Und zwar bereits gestern, damit sie das Spektakel hier nicht miterleben muss. Ein Spektakel, an dem sich die Armen freuen werden, wie sie meinte. Sie ließ sich von meinem Vater in dieses neue Haus in der Stadt bringen, stieg in den ersten Stock hinauf und setzte sich mitten in die *sala*. Dort sitzt sie vermutlich jetzt noch auf einem Stuhl und schaut in die Runde. Sie hat alles, was uns etwas bedeutet – die beiden silbernen Kerzenhalter, die große Challadecke, Honiggläser für Rosch Haschana, Kiduschbecher, das Schofarhorn –, um sich herum auf dem Boden verteilt und würde natürlich am liebsten auf den Canal Grande hinunterblicken, was ihr jedoch verwehrt ist, da der Canal eine Strecke weit weg ist. Ab und zu zieht sie die Sabbatlampe herunter, um zu sehen, ob sie auch fest und sicher an der Decke hängt. Und von Zeit zu Zeit streichelt sie einen Backstein. Und weint dazu.«

»Sie streichelt einen Backstein und weint dazu? Weshalb tut sie das?«, fragte Ursul zögernd. Sie verstand nicht alles, was an diesem Abend hier auf diesem Platz in den Gedanken dieser Menschen vor sich ging. »Und wo findet dieses seltsame Ritual statt, in einem Palazzo?«

»Nein, natürlich nicht«, wehrte Leone hastig ab, »das würde sie genauso stören wie diese Tänze inmitten des Volkes, die nicht zu ihr passen. Aus ihrer Sicht. Es ist kein richtiger Palazzo, eher ein größeres Haus.«

»Und wo ist dieses ›größere Haus‹?«

»In der Nähe von San Marco, jedoch nicht direkt am Platz. Weswegen sie auch den Canal Grande nicht sehen kann.«

»Aber in einem guten Viertel«, vermutete Ursul. »Trotzdem kann ich mir noch immer nicht vorstellen, weshalb sie über einen Backstein weint.«

»Weil sie nie einen besessen hat«, versuchte Leone zu erklären, »verstehst du? Sie hat ein Leben lang nie einen Backstein besessen. Juden durften nie Grundbesitz haben, sie durften ihre Wohnungen ja nur mieten. Also hat sie nie einen Backstein besessen. Nun wollte sie einen haben. Und deswegen schenkte ihr mein Vater einen.« Leone lachte. »Fein säuberlich eingepackt in einem seidenen Tuch und mit einer dicken roten Schleife verziert.«

»Und das geräumige Haus als kleine Beigabe«, lachte Ursul.

»So ungefähr. Mein Vater hat es ihr nachträglich zu ihrem Hochzeitstag geschenkt«, erklärte Leone, »weil dies das schönste Geschenk war, das er ihr machen konnte. Und so sind sie nun miteinander in diesem nicht eingerichteten Haus, sie berührt immer wieder die *Mesuot* an den Türen, erzählt sich selber, wenn mein Vater nur einmal kurz den Raum verlassen hat, dass dies nun ihre Mesuot in diesem Haus sind und sie ihr hoffentlich niemand mehr wegnehmen kann. Und sie genießt es doppelt, weil sie nie ganz sicher ist, dass man es ihr eben doch eines Tages wieder wegnehmen könnte.«

»Wer? Napoleon etwa?«, fragte Ursul ungläubig.

Leone zuckte mit den Schultern. »Irgendwer. Sicher nicht Napoleon, nachdem er sich gerade so großzügig gezeigt hat. Aber es gibt tausend Möglichkeiten, damit so etwas oder etwas Ähnliches wieder passieren könnte.«

Später, als das Fest noch einen weiteren Höhepunkt erreicht hatte und man rasch noch einen Baum geschlagen hatte, einen Freiheitsbaum, um den man herumtanzen konnte, sagte Ursul zögernd: »Ich möchte dir gerne etwas schenken.« Sie legte ihre Hand auf Leones Arm und nahm einen kleinen Korb, den sie neben einen der Brunnen gestellt hatte, vom Boden. »Aber es wäre mir lieb, wenn es nicht unbedingt hier sein müsste, wo uns jeder sieht.«

»Eine Überraschung also«, stellte Leone erfreut fest, »ich hoffe nur, du hast dich nicht mit dem Datum getäuscht, ich habe weder Geburtstag, noch feiern wir zurzeit eines der Feste, zu denen es Geschenke gibt. Purim ist längst vorüber.«

Ursul lachte. »Ist dies heute etwa kein Fest«, fragte sie zurück und schaute sich um, »sogar ein grandioses Fest! Und dazu gehören Geschenke.«

»Wir könnten – wir könnten in die *banca rosso* gehen«, sagte Leone zögernd, »auch wenn es mir nicht eben gefallen würde, wenn uns jemand dabei beobachtet.«

»Weshalb«, fragte Ursul irritiert, »wer sollte daran Anstoß nehmen?«

Leone blickte sich um, dann nahm er Ursul am Arm und schob sie aus der tanzenden Menge an den Rand der Tanzenden. Er lief vorweg, Ursul hatte Mühe ihm zu folgen. Als sie schwer atmend am Rande des Platzes vor einem der drei jüdischen Pfandhäuser stand – der *banca rossa*, der *banca verde*, der *banca nera*, die nach der Farbe der Quittungen so hießen –, hatte Leone bereits den Schlüssel aus der Tasche gezogen und die Tür geöffnet. Sie folgte ihm in den Raum, der dunkel war und muffig roch.

»Tagsüber ist es besser«, erklärte er, als er eine Kerze angezündet hatte und ihr Gesicht sah, »da kommt mehr Luft herein. Die verschiedenen Gegenstände haben eben unterschiedliche Gerüche: ein Mantel riecht anders als ein paar getragene Schuhe und die dicken alten Bücher mit ihren Ledereinbänden strömen den stärksten Geruch aus.«

Ursul blickte sich um, versuchte etwas von dem Nimbus dieses Raumes zu erfassen, aber die Gegenstände, die die Leute zum Pfänden gebracht hatten, waren hinter Vorhängen verborgen.

»Es soll niemand wissen, was der andere gerade weggegeben hat«, erklärte Leone und zündete eine zweite Kerze an, »ich lasse auch stets nur immer eine Person allein in den Raum.«

»Und was sind das für Leute?«, wollte Ursul wissen.

Leone zuckte mit den Schultern. »Jeder, der Geld braucht. Juden, Christen, Muslime, Adelige, Nichtadelige, Arme, Reiche.«

Ursul hatte inzwischen ihr Päckchen geöffnet, den Gegenstand herausgenommen und hielt ihn Leone entgegen. Ein schwarzes Barett, wie es die Venezianer trugen.

Leone starrte für einen Augenblick auf das Geschenk, schluckte dann, machte aber keine Bewegung, das Geschenk anzunehmen.

Ursuls Lachen erlosch langsam. »Du freust dich nicht?«

Leone seufzte, drehte sich um, ging ein paar Schritte, kam zurück, wischte mit der Hand über den Tisch, als sei er nicht sauber genug für dieses Geschenk. »Das ist fast zu viel, was in dieser einen Minute auf mich einstürmt. Und ich hatte mit so etwas nicht gerechnet. Weder von dir noch überhaupt. Ich weiß nicht einmal, ob ich diesen *capel nero*, den du mir da geben willst, überhaupt haben möchte. Sofort haben möchte. Jetzt in dieser Minute.«

»Was soll das heißen? Willst du etwa diesen roten spitzen Hut der Juden weitertragen, den sie draußen gerade haufenweise in die Flammen werfen?«, erregte sich Ursul.

»Natürlich will ich das nicht«, sagte Leone zögernd, »auch wenn Isacco mit genau diesem Hut heute Abend hierher gekommen ist. Ich weiß nicht, was ich im Augenblick will. Ich weiß auch nicht, ob ich diesen schwarzen Hut, diesen *capel nero*, überhaupt will. Ihn von dir will.«

Ursul ließ sich auf einen Stuhl vor der Theke sinken. »Wie meinst du das?«

Leone runzelte die Stirn. »Verstehst du das nicht?«

»Was soll ich verstehen?«

»Nun, dieser Hut wurde uns doch einst übergestülpt. Von euch. Von den Christen. Irgendwann einmal. Das war schon 1215, bei dem ersten Laterankonzil. Seither müssen wir diese Markierungen tragen: rote spitze Hüte, gelbe Hüte, gelbe Ringe, blaue Bänder, und vermutlich gibt es noch andere Zeichen, die ich ganz gewiss nicht alle kenne.«

»Ich weiß zwar nicht, was in diesem Augenblick in deinem Kopf vor sich geht«, sagte Ursul betroffen, »aber ich bin ganz gewiss nicht daran schuld, dass Juden in Venedig über Jahrhunderte hinweg diesen roten spitzen Hut tragen mussten.«

»Und ins Gefängnis mussten, wenn sie diesen *capel nero*, nämlich genau diesen hier, den du gerade gebracht hast, trugen«, sagte Leone aufgebracht. »Ich weiß nicht, wie viele Prozesse es deswegen gab. ›Hat den schwarzen Hut getragen‹, hieß das dann, so, wie wenn man jemanden umgebracht hätte.«

Ursul nahm ihr Geschenk langsam vom Tisch und versuchte, es wieder einzupacken. Leone nahm es ihr aus der Hand. »Entschuldige, ich fürchte, mich hat dieser Tag etwas durcheinandergebracht. Erst mein großer Bruder, der voller Trotz mit diesem roten Hut erscheint, so als sei es der Hut des Dogen, dann mein kleiner Bruder, der sich halb verbrannte Erinnerungsstücke von den Ghettotoren aus dem Feuer holt. Und schließlich meine Mutter, die in unserer neuen Wohnung mitten in der *sala* sitzt und über einen Backstein Tränen vergießt.«

Von draußen war noch immer das Lachen und Singen der Menschen zu hören, Stimmen kamen näher.

»Du wirst auch in diese neue Wohnung, in dieses Haus, einziehen?«, fragte Ursul nach einer Weile.

»Wir werden alle in dieser neuen Wohnung wohnen. Alle. Außer Isacco. Er bleibt hier im Ghetto. Er ist nicht einmal bereit, über diese *Contrada dell'Unione*, wie das nun heißt, zu reden. Er sagt, er braucht sich den Begriff gewiss nicht zu merken, da sie – irgendwer, wer gerade Lust danach hat – es ohnehin bald wieder abändern werden. Und wir dann wieder unseren alten *Chazer* bekommen. Darauf freut er sich schon jetzt.«

»Wirst du ihn aufsetzen?«, fragte Ursul behutsam, als Leone unschlüssig den *capel nero* in der Hand hin und her drehte.

»Vielleicht«, sagte Leone langsam. »Aber lass mir bitte Zeit dazu.«

»Natürlich«, sagte sie und wandte sich zum Gehen.

Im gleichen Augenblick öffnete sich die Tür, ein Luftzug ließ den Vorhang flattern.

»Was macht ihr mitten in der Nacht in der *banca*?«, fragte Isacco grob, so, als hätte er seinen Bruder dabei erwischt, dass er die Kasse ausräumen wollte.

Sie zuckten zusammen, als seien sie Diebe, die man soeben auf frischer Tat ertappt hatte. Ursul ließ das Tuch fallen, in das sie den Hut gewickelt hatte.

»Nichts«, sagte Leone zögernd, »wir sind nur hier.«

»Will sie etwa einen *capel nero* verpfänden«, spottete Isacco, »mitten in der Nacht, wo alle übrigen Pfandhäuser geschlossen sind? Nur deines scheint geöffnet zu sein, oder? Soll ich es Vater sagen, dass du so ein eifriger Sohn bist, der selbst nachts noch die Interessen der Familie Levi vertritt?«

Ursul schüttelte hilflos den Kopf, Leone zuckte ärgerlich mit den Schultern. »Nein, nein, nein, das will sie nicht. Sie will nichts verpfänden. Das hat sie wohl auch kaum nötig.«

»Was will sie dann?« Eine Weile war Stille. »Was soll dieser schwarze Hut hier«, fragte Isacco, inzwischen fast flüsternd.

»Sie will ihn mir schenken«, erwiderte Leone lahm.

Diese Stille schien undurchdringlicher zu sein als die erste. »Und wieso will sie das tun? Was soll diese Gabe für einen Sinn haben? Will sie damit etwa die mehr als 281 Jahre Unterdrückung hier in diesem Ghetto löschen? Oder was sonst? Und wer gibt ihr das Recht, so etwas zu tun? In wessen Auftrag macht sie das?«

»Es war meine Entscheidung«, sagte Ursul in aller Deutlichkeit, »meine ganz allein.«

»Ach ja, Eure Entscheidung.« Isacco lachte auf. »Habt Ihr auch nachgedacht über diese Entscheidung, gründlich nachgedacht? Hat sie etwas mit Euch zu tun? Oder gar mit meinem Bruder?« Er klopfte mit dem Finger erregt auf den Tisch. »Wir brauchen keine Gojim, die uns Geschenke machen, für die wir uns möglicherweise dann auch noch bedanken müssen. Wofür auch?«, fragte Isacco voller Hass. »Sie haben uns mehr als zwei Jahrhunderte in einen Käfig eingesperrt, den sie Ghetto nannten. Oder *Chazer*. Ein Käfig, der jede Nacht von irgendwelchen Gojim abgeschlossen wurde, Gojim, die bei Nacht den Kanal bewachten, Gojim, die wir bezahlen durften. Gojim, die in irgendwelche Bücher schrieben, wann wir diesen Käfig verließen und wann wir ihn wieder betraten. Wollt Ihr sie sehen, diese Bücher? Ich habe eines davon den Wächtern abgeluchst, damit es nicht eines Tages verschwindet und später niemand mehr weiß, wie alles war. Und überdies bin ich ganz sicher, dass sie nur sehr kurze Zeit dazu brauchen, um uns wieder in diesen Käfig einzusperren, den sie dann genau wieder so nennen wie zuvor:

Ghetto. Weil sie sich von diesem Namen nun mal nicht trennen können.«

Leone nahm den Hut vom Tisch, hob das Tuch vom Boden und legte alles in Ursuls Korb. Dann nahm er sie am Arm und warf den Schlüssel auf den Tisch. »Du kannst abschließen, wenn du mit deinen tiefsinnigen Betrachtungen am Ende bist«, sagte er dann hart und schob Ursul zur Tür hinaus.

Später in seiner Kammer, die er bis jetzt noch bewohnte, wusste Leone, dass es falsch gewesen war, diesen *capel nero* anzunehmen. Ihn von dieser Ursul aus Nürnberg anzunehmen, ihn von einer Nichtjüdin anzunehmen, ihn überhaupt anzunehmen, bevor er sich im Klaren darüber war, wie er sich weiterhin verhalten sollte. Wie sich Isacco verhalten wollte, war klar: Er würde im Ghetto oder in dieser neuen *Contrada dell'Unione* bleiben. In ihrer alten engen Wohnung, auf ihren engen Schlafbänken. Es sei wärmer dort, hatte er gesagt, als er spät in der Nacht noch in Leones Kammer gekommen war. Er bleibe hier. Er verstehe die Sache mit dem Backstein bei seiner Mutter, er verspreche auch, dass er nicht darüber lächeln werde. Aber es sei nicht seine Welt. Und diese andere Welt da draußen, die ihm bisher verboten gewesen sei, interessiere ihn jetzt, da er sie ungestraft haben könne, auch nicht. Früher habe sie ihn interessiert, früher, als Jugendlicher, als man ihn wegen des roten Hutes verspottet habe, aber jetzt, da er ihn ablegen könne, wolle er das nicht mehr. Und sich bei Napoleon mit einem Tanz unter dem Freiheitsbaum zu bedanken, sei unter seiner Würde. Er habe keine Lust, einen Kniefall zu machen wegen dieser voll und ganz erzwungenen Sache.

»Aber in das Geschäft unseres Vater, in die neue Bank in San Marco, wirst du doch schon eintreten wollen,« spottete Leone, »oder etwa nicht? Keine Gegenstände mehr schätzen zu müssen, mit den Kunden feilschen um ein paar Silberlinge mehr oder weniger, den Geruch abgestandenen und verarmten Lebens ständig in der Nase, hinter Vorhängen nur mühsam gebändigt? Wie stehst du dazu?«

Isacco warf sich mit einem Ruck auf seiner knarrenden Schlafbank auf die Seite und drehte Leone den Rücken zu.

Ursul kannte das Ghetto seit Jahren. Seit sie der Onkel zum ersten Mal mit nach Venedig mitgenommen hatte, damit sie die Sprache lernen konnte und die doppelte Buchhaltung, die er für notwendig hielt, auch wenn Ursul einen anderen Beruf ergreifen wollte.

Sie hatte stets inmitten der Stadt gewohnt, mal bei den Bäckern, mal bei den Wollarbeitern, immer bei Witwen deutscher Abstammung, deren Männer zum *fondaco* gehört hatten, dem »Deutschen Haus«. Auch diesmal wohnte sie bei einer Witwe im Stadtteil Cannaregio und daher führte ihr Weg – falls sie dies wollte – täglich durch das Ghetto. Sie war neugierig auf diese Welt, besonders weil zu Beginn dieses Ghettos vor mehr als 200 Jahren auch Nürnberger Bürger – zusammen mit Augsburgern und Regensburgern – dabei gewesen waren.

Als sie den Onkel einmal gefragt hatte, ob diese Nürnberger Bürger bei der Gründung dabei gewesen seien, hatte der Onkel den Kopf geschüttelt. »Ich denke nicht, dass man ›Gründung‹

sagen kann, schließlich war die Sache ja nicht freiwillig: die Obrigkeit von Venedig hatte entschieden, dass die Juden auf einem Platz zusammen wohnen sollten, und hatten dafür die Stelle gewählt, auf der einst Kanonen gegossen worden waren.«

Als Ursul an diesem Morgen auf den Platz kam, auf dem sie am Abend zuvor mit Leone und den anderen getanzt hatte, war nicht mehr viel von der ausgelassenen Freude des Abends zuvor zu sehen. Alles war genau wie sonst: Die kleinen Buden rund um das *Ghetto Nuovo* öffneten soeben ihre schmalen Bretterverschläge, Frauen hängten Kleider auf Stangen heraus, bürsteten hier noch ein Stäubchen weg, zogen dort noch eine Naht gerade. Ursul überlegte, ob mit dem Niederbrennen der Tore wohl auch die vielen Verordnungen gefallen waren, zum Beispiel die, dass Juden nur gebrauchte Kleider verkaufen durften und daher oft zu der List griffen, dass sie in neue Kleider ein kleines Loch brannten oder einen Riss hineinmachten, damit sie den Gesetzen folgten.

Genau genommen musste sich alles ändern in dieser neuen *Contrada dell'Unione*, überlegte sie, aber sie war nicht sicher, wie rasch es sich ändern würde. Zwar hatten sich bereits am Morgen des Tages die Gerüchte überstürzt, was nun alles erlaubt sei, aber noch sah der Platz natürlich nicht anders aus als sonst: Frauen standen am Brunnen, zogen die Wassereimer hoch, unterhielten sich dabei lautstark auf Venezianisch, Jiddisch oder irgendwelchen anderen Sprachen, die Ursul nie zuvor gehört hatte. Sie verstand so gut wie nichts.

Eine Frau ging mit gebeugtem Kopf zu der *banca nera*, versuchte ihr Kleid über einen Gegenstand zu schieben, um ihn zu verhüllen, die Wachskocher rührten in ihren Kupferkesseln, die

Knochenhändler kippten Knochen von einem Karren in Behälter, Frauen hasteten mit Gemüse und Brot über den Platz, ein Mann rollte ein kleines Weinfässchen am Brunnen vorbei, Kinder ließen ihre Kreisel in wildem Schwung zwischen den Beinen der Leute zwirbeln, ein Huhn rannte laut gackernd durch die Menge, vermutlich um seinem Henker zu entfliehen.

Das Einzige, was anders war als in den Tagen zuvor, waren der riesige Haufen von Asche und die Reste der verbrannten Tore, die jetzt zusammengekehrt wurden. Ein alter Mann zog einige der halb verkohlten und nicht ganz verbrannten Holzstücke aus dem Haufen hervor und lud sie auf einen kleinen Schubkarren, wohl um seinen spärlichen Brennholzvorrat etwas aufzustocken. Eine Gruppe Kinder tanzte in der Nähe des Aschehaufens die Hora und winkte französischen Soldaten zu, die in der Nähe standen. Sie hörte Sätze in einem Dialekt, der sie an ihre Heimatsprache erinnerte, schaute einem Karren mit Möbeln zu, die von einigen Männern zu der Agudibrücke gefahren wurden, vermutlich um sie zu anderen, nunmehr besseren Wohnbezirken zu karren.

Als sie die Glocke hörte, die die Mittagszeit ankündigte, schreckte sie auf. Sie war mit dem Onkel verabredet, um einen Kunden wegen einer Ladung von Gewürzen aufzusuchen, die soeben gelöscht worden war. Als sie auf den alten Ghettoeingang zulief, die Stelle, an der tags zuvor eines der Tore niedergerissen worden war, sah sie zwei Männer sich eben voneinander verabschieden. Als sie näher kam, erkannte sie, dass der eine Mann Isacco war. Er trug ein dickes Buch unter dem Arm, das er ganz offensichtlich soeben von einem der Torwächter übernommen hatte. Seine Hand hatte für einen kurzen Augenblick in der Hand des anderen Mannes geruht, der sich daraufhin betont unauffällig umgeschaut hatte. Ob dabei ein Geldstück den Besitzer gewechselt hatte, war nicht auszumachen gewesen, aber vermutlich war es so.

Ursul überlegte, ob sie umkehren sollte, damit sie Isacco nicht zu begegnen brauchte, aber dann entschied sie sich dagegen – schließlich hatte sie nichts verbrochen: jemandem ein Geschenk zu überreichen, auch wenn es ein ungewöhnliches war, war kein Verbrechen.

Sie ging etwas langsamer als zuvor auf Isacco zu, der die Brücke inzwischen verlassen hatte und auf sie zukam. Als sie nur noch ein paar Schritte voneinander entfernt waren, nickte sie leicht mit dem Kopf, um einen Gruß anzudeuten. Isaccos Nicken fiel kürzer aus. Er ging an ihr vorüber, verhielt dann plötzlich den Schritt. »Einen Augenblick«, sagte er abrupt. »Ich denke, Ihr solltet eigentlich wissen, was da eben war. Und auch wie Ihr Euer *Geschenk* einzuordnen habt. Das hier«, er schlug das dicke Buch vor ihr auf, blätterte es mit zittrigen Fingern durch, ohne auf einer Seite zu verharren, blätterte eilig weiter, diesmal von vorne nach hinten, und schob es dann grob auf eine Mauer am Kai. »Wollt Ihr wissen, wer da noch vor einigen Tagen alles über diese Brücke gegangen ist? Daniele Vivante, Regina Namias, Allegra Cesare, Abramo Franchetto, Guiseppe Tedesco, Samuele Greco – genügt das? Was sie in der Stadt gemacht haben, steht da natürlich nicht, aber wenigstens wird man noch in Hunderten von Jahren wissen, wer es war. Wir – ich habe seit gestern Abend ja nun das Recht ›wir‹ zu sagen, da wir nun alle Bürger dieser Stadt sind – wir sind nämlich so gründlich wie kaum eine andere Stadt in diesem Land, wir schreiben alles auf. Wir wollen alles wissen, weil Wissen Macht bedeutet. Macht, die wir nun natürlich nicht mehr haben – keinen Dogen, keine Inquisitoren, bald keine Bronzepferde mehr – wie es bereits geplant ist –, keinen Goldschatz. Aber wir werden das schon alles meistern.«

Ursul schaute auf das Buch, die Namen glitten an ihrem Ohr vorüber wie Regen, der rauschte und dann zu Boden fiel. Erst als Isacco mit seiner Suada am Ende schien, schaute sie ihn an. »Ihr tut, als sei ich für all dies verantwortlich«, sagte sie dann leise.

Er betrachtete sie, als sei sie ein Kalb mit zwei Köpfen. »Seid Ihr Christin oder nicht?«, stieß er dann hervor. »Habt Ihr nie von dem Prozess der Giuditta Castillero gegen Caliman Ravenna gehört? Der Kaufmann habe sie entführt, ihr Blut ausgesogen, um es später bei religiösen Zeremonien verwenden zu können? Die anonymen Briefe, die an die Juden in Venedig und die dortigen Rabbiner geschickt wurden, hätten brutaler nicht sein können: Tod den Juden, Feuer in den Ghettos, möge Euer Volk durch den Dolch ausgelöscht werden!«

»Ich habe davon gehört«, gab sie zu, »aber ich dachte, jetzt nach diesem Tag, nach diesem 24. Messidor, nach dem Abriss der Ghettotore, sei alles friedlich zwischen Christen und Juden: Ihr könnt Immobilienbesitz haben, öffentliche Schulen besuchen, ihr dürft Militärdienst leisten, öffentliche Ämter bekleiden, Mitglieder in sämtlichen kulturellen Einrichtungen werden und sicher noch vieles mehr, wovon ich nichts weiß.«

»Friedlich«, murmelte Isacco und lachte dann nahezu hysterisch auf. »Friedlich! Das ist friedlich in Euren Augen? So lange Pfarrer in Santo Stefano, in San Marco und in Santa Maria Formosa ihren Beichtkindern die Sakramente verweigern, wenn sie mit Juden zusammenleben und jüdische Kinder stillen, ist für mich nichts, aber auch gar nichts friedlich.« Dann schnappte er sein Buch und ging davon.

Als Ursul wenige Tage später Leone zufällig am Markusplatz traf, sah sie bereits von weitem, dass er nicht das schwarze Barett trug, das sie ihm geschenkt hatte. Auch wenn es sich in der Form keinesfalls von ihrem Barett unterschied, sah sie, dass dieses hier aus einem anderen Stoff gemacht war. Er war glatter, schien fester zu sein als das ihre, und sie hatte das Gefühl, dass ihm ein Regenschauer gewiss nichts ausmachen würde.

Leone folgte ihrem Blick, nahm das Barett vom Kopf, als er vor ihr stand, und hielt es verlegen in der Hand.

»Isacco wollte nicht, dass ich es trage«, sagte er dann leise. »Er ist der Älteste, und wenn Vater nicht da ist, bestimmt er, was geschieht.«

»Und was hat er mit meinem Geschenk gemacht?«

»Ich weiß es nicht«, erwiderte Leone hilflos. »Er wird es weggeschenkt haben.«

»Den Armen?«, hakte sie nach.

»Vermutlich. Komm, lass uns nicht darüber Trübsinn blasen, ich bin sein Bruder und habe zu tun, was er mir befiehlt. Ich kann ihn nicht ändern«, fuhr er fort, während sie miteinander durch die Stadt gingen. »Er ist, wie er ist. Und er zieht auch nicht mit in das neue Haus.«

»Er bleibt also wirklich im Ghetto?«, vermutete Ursul.

»Er sagt, es sei wärmer dort«, erklärte Leone, »und er will wissen, wo er hingehört. Auch wenn er nun ein ›Bürger‹ sein soll, wie die anderen Venezianer. Woran er ohnehin nicht glaubt. Er sei unseren Vorfahren schuldig, dass er sich immer an das erinnert, was einst war. An unsere Wurzeln, wie er das nennt. Er will nicht um das Wohlwollen buhlen, plötzlich ein ›Nachbar‹ zu sein, ein Bürger, der mit den anderen auf einer Stufe steht. Von einer Stunde zur anderen.«

»Wurzeln«, sagte Ursul kopfschüttelnd, »was wissen wir denn schon von ihnen? Ich für meinen Teil so gut wie nichts. Ich meine, wir wissen, wer unsere Eltern sind, unsere Großeltern, die wir möglicherweise nie gesehen haben, aber danach hört es doch meistens schon auf. Zumindest bei mir. Und bei dir wird es ja wohl kaum anders sein, oder?«

»Das könnte ich eigentlich so nicht sagen«, erwiderte Leone zögernd, »in meiner Familie, in der weiteren Familie zumindest, ist sogar eine ganze Menge überliefert.«

»Du meinst Briefe«, vermutete Ursul, »irgendwelche Urkunden?«

»Nein, Briefe nicht. Aber Bilder«, erwiderte Leone und nahm Ursuls Hand. »Komm, ich zeig's dir. Auch wenn ich selber so gut wie gar nichts damit anfange. Aber vielleicht komme ich dem Geheimnis eines Tages ja doch noch näher.«

Sie gingen zu der Bank des Vaters am Ponte dell' Angelo, an dessen Außenfront noch die Handwerker beschäftigt waren, ein matt glänzendes Schild mit der Aufschrift »Levi & sons« anzubringen.

»Ist das klug?«, fragte Ursul zögernd.

»Du meinst, gleich den neuen Namen anzubringen? Vor allem, nachdem es die ›sons‹ noch gar nicht gibt?«

»Ja, genau, das meine ich.«

»Es gibt sie schon«, erwiderte Leone, »aber noch sind nicht alle bereit. Außer mir bis jetzt niemand.«

»Und Isacco?«

»Isacco studiert in Padua Jurisprudenz. Aber er hat schon jetzt verkündet, dass er nicht in das Geschäft eintreten will.«

»Und weshalb nicht?«

Leone seufzte. »Weiß der Himmel. Isacco war von Kind an

der große Schlichter, wenn es irgendwo Streit gab. Und er konnte um eine Sache kämpfen, die aussichtslos schien, aber meist brachte er es dann fertig, dass wirklich – zumindest in seinen Augen – am Ende Gerechtigkeit herrschte. Und diese Gabe findet er verschwendet, wenn er in eine Bank geht und sich um die Gelder anderer Leute kümmert – Geldhüten sei etwas für Langweiler. Dann würde er noch lieber nach Jerusalem gehen oder nach Safed im Heiligen Land und dort die Kabbala studieren.«

»Und Davide? Wird er einmal zu seinem Vater in die Bank gehen?«

Leone lachte. »Das glaube ich kaum. Als vor einigen Jahren die neue *Condotta* heiß diskutiert wurde, ging es unter anderem auch um die Schiffe, die sich im Besitz von Juden befanden. Reeder, das sei etwas, was er später einmal werden wolle, hatte Davide damals gesagt. Weil nämlich einer unserer Onkel in diesem Geschäft tätig ist. Also bleibe bis jetzt nur ich, der sich mit diesen langweiligen Dingen wie Geldhüten beschäftigen wird.«

Ursul deutete mit dem Kopf zu einer Gruppe von Männern, die mit zornigen Gesichtern einige Meter von der Bank auf der Seite standen und auf das Schild zeigten. »Sie mögen es nicht, euer Schild.«

Leone lachte. »Weißt du, egal, was wir Juden tun, es wird irgendwen ärgern. Damit haben wir bisher leben müssen und jetzt wird sich das kaum ändern. Komm, lass uns etwas trinken, dort drüben, auch wenn ein Kännchen Kakao dort so viel kostet wie an andern Orten ein Mittagessen. Ich bin sofort wieder da.«

Als er nach einigen Minuten zurückkehrte, hatte Ursul sich bereits an einen Tisch gesetzt. Leone legte eine Mappe vor sie und öffnete sie. »Es sind die seltsamsten Bilder, die ich je gesehen habe«, erklärte er, »und wenn ich nicht wüsste, dass sie wirklich aus meiner Familie stammen, hätte ich sie vermutlich sogar schon weggegeben. Oder vielleicht sogar verkauft, weil ich nichts damit anfangen kann. Aber da hätte Isacco vermutlich dann ein Machtwort gesprochen.«

DAS BUNTE LEBEN DER LEA COEN stand in Hebräisch auf der Mappe, Leone übersetzte es. »Die meisten Bilder ergeben keinen Sinn«, sagte er dann und reichte Ursul das erste der Blätter. »Zumindest für mich ergeben sie keinen Sinn.«

»Du weißt auch nicht, wer das gemacht hat?«, wollte Ursul wissen.

»Doch, das weiß ich schon«, erwiderte Leone, »ein gewisser Moise Coen aus Livorno. So steht es zumindest auf der Rückseite der Mappe. Er muss ein begabter Stecher gewesen sein, aber ich habe sonst keine anderen Stiche von ihm entdecken können. Weder Landschaften noch andere Themen. Vermutlich war er jemand aus der näheren Familie dieser Lea Coen.«

»Und das ist sie, diese Lea?«, fragte Ursul und schaute auf ein Bild, das eine Frau zeigte, die in der riesigen *sala* eines Palazzos ein paar Tanzschritte machte. Sie blickte dabei sorglos zur Decke empor, die ein Bild zeigte, das von Tizian sein konnte. Und sie lächelte. »Könnte sie in einem Palazzo gelebt haben?«

»Wohl kaum«, erwiderte Leone, »kein Jude durfte in einem Palazzo leben. Wir lebten im Ghetto. In Häusern bis zu acht Stockwerken hoch. Bis vor ein paar Tagen, wie du ja wohl weißt.«

»Aber hier scheint diese Lea nicht eben glücklich zu sein«, sagte Ursul befremdet und hielt ein Bild hoch, auf dem eine Barke zu sehen war, auf der an der einen Ecke ein Stück eines *Tallits* hervorschaute. Lea hielt ein schwarzes Barett in der Hand und starrte über die Lagune.

»Sie weint«, sagte Ursul betroffen.

»Ich weiß nicht, ob sie weint«, sagte Leone zögernd, »nur ist das Bild das genaue Gegenteil von dem ersten, auf dem sie in dieser *sala* tanzt.«

»Aber dieses Bild ist wieder lustig«, entschied Ursul und gab Leone das nächste Blatt: eine Lea, die unter Bücherbergen schier begraben schien und darunter hervorlinste. »Weißt du, ob sie etwas mit Büchern zu tun hatte?«

Leone schüttelte den Kopf. »Ich weiß nicht mal, ob sie überhaupt lesen konnte. Aber vielleicht hatte sie einen Mann, der es ihr beibrachte. Und irgendwer hat einmal erzählt, dass es in früheren Jahren in unserer Familie einen Buchladen gegeben habe, gegenüber der spanischen Synagoge. Wie lange dieser Laden unserer Familie gehörte – das heißt, wie lange er in jüdischer Hand war, ohne uns zu gehören –, weiß ich natürlich nicht. Von der ganzen Familie ist ohnehin nur dieser junge Mann zu sehen, den Lea geradezu anhimmelt. Er überragt sie um fast zwei Köpfe und sieht ihr nicht im Geringsten ähnlich. Das Haus, vor dem sie stehen, dürfte die Jeschiwa sein.«

»Vielleicht war er Lehrer«, vermutete Ursul.

»Mag sein, aber ich kenne seinen Namen nicht. Lediglich Lea hat einen Namen und dieser Stecher, dieser Moise. Mit dem jungen Mann, den sie anblickt, steht sie dann auch vor diesem Grabstein mit der Inschrift 1631. Das war die Pest. Und vermutlich hat sie hier Menschen verloren. Wie alle in der Stadt. Mehr als ein Drittel, manchmal sogar noch mehr, kam dabei um, wie überall auf der Welt.«

»Und diese drei Frauen, wo gehören die hin?«, wollte Ursul wissen und nahm das nächste Bild aus der Mappe. Es zeigte drei zusammenstehende Frauen vor einem Schiff. »Sind das ihre Freundinnen? Freundinnen aus dem Ghetto?«

»Ich nehme an. Aber wie sie zu diesem riesigen Schiff passen sollen, das hinter ihnen ganz offensichtlich gerade zum Auslaufen bereit ist, weiß ich nicht. Zu ihr gehörte es ganz gewiss nicht.«

»Sie sieht aus, als sei sie gerannt«, stellte Ursul fest, »alles verrutscht, die Haube, der Kragen, der Ärmel hängt auch halb herunter. Und in der Hand hält sie krampfhaft ein Fläschchen oder etwas Ähnliches.«

»Ich muss nach Hause«, sagte Leone plötzlich, »meine Mutter hat heute Abend Gäste und möchte, dass ich mit dabei bin. Aber dieses eine Bild musst du ganz gewiss noch sehen«, fügte er dann hinzu und nahm das letzte Blatt aus der Mappe. »Es ist für mich das kurioseste Bild der ganzen Sammlung.«

Das Bild zeigte Beamte Venedigs, völlig unterschiedliche Beamte, die an ihrer Kleidung jedoch zuzuordnen waren. Sie standen auf ellenlangen Leitern, die bis zu den Wolken hinaufreichten und hefteten ganz offensichtlich Augen an den Himmel. Unterschiedlich große Augen, die jedoch alle eines gemeinsam hatten: Sie blickten starr auf das Ghetto hinunter, direkt auf den großen Platz des *Ghetto Nuovo*. Und genau dort stand Lea, die mit schreckgeweiteten Augen in den Himmel emporblickte.

»Der Stecher musste ein ausgezeichneter Künstler gewesen sein«, meinte Leone, »er wollte vermutlich, dass für alle Betrachter klar war, dass diese Lea voller Zorn in den Himmel schaute.«

»Verstehst du irgendetwas von diesem Bild?«, fragte Ursul irritiert.

»Nicht das Geringste«, sagte Leone kopfschüttelnd und wollte die Mappe wieder an sich nehmen. Als er Ursuls enttäuschtes Gesicht bemerkte, die sah, dass weitere Bilder hinten in einer Klappe steckten, hielt er inne. »Wenn du willst, kannst du sie gerne in Ruhe anschauen«, sagte er dann. »Ich brauche sie heute

Abend ganz gewiss nicht, und ich habe in meiner Familie ohnehin bisher noch nie jemanden gesehen, der sich dafür interessiert hat. Außer Isacco natürlich, der sich für alles interessiert, was mit der Familie jetzt oder in der Vergangenheit zu tun hat.«

Er verabschiedete sich hastig, Ursul blieb mit der Mappe zurück und wusste im ersten Augenblick nicht recht, was sie damit anfangen sollte. Schließlich entschied sie sich für einen Besuch im *fondaco*, im Deutschen Haus, da die Zeit des Abendessens gekommen war und sie sicher war, dass der Onkel sie bereits erwartete.

Der *fondaco* war der Ort in Venedig, in dem die deutschen Kaufleute wohnten, handelten, kauften und verkauften. Und außerdem ihre Religion ausüben konnten, wenn auch unter erschwerten Bedingungen, falls es sich um die lutherische Religion handelte. Das Haus, das direkt am Kanal lag, hatte Kammern, die von den deutschen Kaufleuten gemietet werden konnten, zum Teil über Jahrzehnte hinweg.

Jetzt hatte Napoleon entschieden, dass dieser *fondaco* aufgelöst werden sollte, um anderen Zwecken zu dienen. Aber noch war alles in der Schwebe, und da einige der Kaufleute bereits packten und andere gar ihre Möbel schon in dem großen Hof gestapelt hatten, war alles ein großes Chaos.

Ursul setzte sich an den Schreibtisch in der Kammer der Helmbrechts und breitete die Zeichnungen, die ihr Leone überlassen hatte, vor sich aus.

»Was ist das?«, wollte der Onkel wissen, und neigte sich neugierig im Vorbeigehen über Ursuls Schulter.

»Stiche, die irgendein Vorfahr von Leone gemacht hat«, erklärte sie. »Hauptsächlich von einer Frau, die Lea Coen hieß und im Ghetto wohnte. Es steht kein Datum drauf, aus welcher Zeit das alles stammt.«

Der Onkel blieb stehen und betrachtete verblüfft die Bilder. »Das muss aber eine seltsame Frau gewesen sein, diese Lea«, sagte er dann, »so etwas Kurioses habe ich noch nie als Kupferstich gesehen.«

»Ich hätte sie gerne gekannt«, sagte Ursul und blätterte weiter in den Stichen. »Hier sieh nur«, sagte sie dann kopfschüttelnd und zeigte auf das Bild mit der tanzenden Lea in der *sala* des Palazzo. »Es dürfte klar sein, dass sie sich das zusammenphantasiert hat, eine jüdische Frau durfte ganz gewiss nicht in einem Palazzo wohnen.«

»Es ist immer nur sie?«, wollte der Onkel wissen.

»Bis auf dieses eine Bild«, erwiderte Ursul und blätterte zurück, »da sind noch zwei andere Frauen abgebildet. Vermutlich ihre Freundinnen.«

»Jüdische Freundinnen?«

»Ich nehme an. Es ist am Kai vor dem *Arsenal* gemalt, und ich weiß natürlich überhaupt nicht, in welchem Zusammenhang das Schiff, vor dem die Frauen stehen, mit Lea und ihren Freundinnen zu tun hat.« Ursul lachte. »Sie wird wohl kaum die Eigentümerin dieses Schiffes gewesen sein.«

»Es müssen ja nicht unbedingt jüdische Freundinnen sein«, überlegte der Onkel, »sie haben keinen Schleier auf dem Kopf, wie es vorgeschrieben war.«

»Und hier«, Ursul blätterte inzwischen weiter, »das ist das seltsamste Bild, diese Himmelsleitern, mit diesen Augen am Himmel, die die Beamten anstecken.«

»Geh noch mal zurück«, bat der Onkel plötzlich, »ich möchte das vorherige Bild noch mal sehen.«

»Die Freundinnen?«, fragte Ursul und schlug das Blatt mit den drei Frauen nochmals auf.

»Diese Frau kenne ich«, sagte der Onkel plötzlich erregt und deutete auf die mittlere der Frauen, »ich müsste mich sehr täuschen, wenn ich sie nicht kennen würde.«

»Und woher?«

»Das weiß ich nicht ganz genau.« Er zögerte. »Vielleicht von uns daheim, von Nürnberg«, sagte er dann rasch. »Der Kleidung nach könnte sie dort hingehören. Sie sieht freilich anders aus, aber da gibt es in jedem Fall eine gewisse Ähnlichkeit. Du müsstest sie eigentlich auch kennen.«

»Ich«, fragte Ursul verblüfft, »ich habe diese Frau gewiss noch nie gesehen. Und wo auch?«

»In unserem Kontor«, sagte der Onkel mit Entschiedenheit.

»Im Kontor? Wo denn da?«

»Nun, ich denke, die großen Porträts unserer Vorfahren können dir eigentlich nicht entgangen sein, auch wenn man sich nicht dafür interessiert.«

»Ich komme höchst selten in diesen Raum – wieso soll dort überhaupt eine Frau hängen? Ich habe nur Männer in Erinnerung.«

»Eben deswegen. Du hast sie für einen Mann unter Männern gehalten, deswegen fiel sie dir nicht auf.«

»Und was weißt du von ihr?«

»Nichts«, sagte der Onkel entschieden, »absolut nichts. Aber sie muss ja schließlich irgendetwas mit unserem Geschäft zu tun gehabt haben, sonst würde sie nicht da hängen. Aber da wir in Kürze wieder nach Nürnberg fahren werden, kannst du die Bilder dort in aller Ruhe betrachten und schauen, ob du diese Frau findest. Mehr dazu werde ich jetzt ganz gewiss nicht verraten.«

Am anderen Morgen war das Chaos im *fondaco* noch um einiges wilder.

»Mir hat die Sache mit dieser unbekannten Frau heute Nacht keine Ruhe gelassen«, sagte der Onkel, als sie sich zwischen Eseln und Ballentreibern auf dem Hof hindurchgequetscht hatten, »schließlich sind wir hier in diesem *fondaco* schon seit vielen Jahren und hatten da unsere Kammern. Ich denke, dass man hier nochmals nachforschen könnte.«

»Es gibt doch sicher irgendwelche Bücher darüber, sind sie etwa schon alle eingepackt?«

»Und unser Faktor ist anderswo beschäftigt. Ich werde das meiste bei dem Umzug wohl allein machen müssen. Vielleicht müssen wir wirklich auf Nürnberg warten, bis wir mit unseren Fragen weiterkommen.«

Er ging zur Tür, legte dann den Finger an die Nase. »Früher hatten wir einmal eine Kammer mehr, aber dann waren die Geschäfte in jenem Jahr nicht so gut und so haben wir sie wieder abgegeben.«

»Vielleicht weiß der Nachfolger etwas von dieser abgegebenen Kammer. Oder ob irgendetwas von ihr zurückgeblieben ist.«

»Ich werde fragen, falls ich ihn finde«, sagte der Onkel bereitwillig, »aber viel Hoffnung habe ich nicht.«

Die Nachfrage nach etwaigen in der Kammer zurückgelassenen Dingen blieb erfolglos. »Wenn etwas liegen blieb, wurde es im Keller aufgehoben«, sagte der alte Verwalter, »früher. Aber jetzt?« Er wies mit der Hand auf den chaotischen Hof und die Galerien. »Niemand von den Franzosen kann Italienisch«, murmelte er dabei vor sich hin.

Zwei Tage später kam der Onkel mit zwei sorgfältig zugeklebten Päckchen und legte sie vor Ursul auf den Tisch. »Stell dir vor, er hat mir das gebracht, der Verwalter«, erklärte er und rümpfte die Nase, »öffne es auf der Galerie, es ist alles voller Staub. Und er war auch gar nicht sicher, ob das überhaupt etwas mit unserer früheren Kammer zu tun hatte, es sei eine Nummer dabei gewesen mit einer 8. Aber jetzt sei ohnehin alles durcheinander und wir könnten es ja wegwerfen, wenn wir es nicht brauchen könnten.«

Ursul rümpfte die Nase. »Wonach riecht das denn?«, fragte sie dann.

Der Onkel zog die Luft ein. »Nach Kirche«, sagte er kopfschüttelnd.

»Nach Kirche?« Ursul streckte die Nase in eines der beiden Tütchen, das sie aus dem Päckchen herausgenommen hatte. »Du hast recht, nach Kirche. Nach Weihrauch, oder?«

»Vielleicht«, sagte der Onkel und schüttete den Inhalt eines Tütchens behutsam auf seine Hand. »Aber ich habe nie gehört, dass jemand aus unserer Familie in Nürnberg mit Weihrauch gehandelt hat. Wir waren Waffenhändler, Eisenhändler, Drahtzieher. Einer der Vorfahren war zwar ein Safranhändler, aber dies hier ist ganz gewiss kein Safran.«

»Weihrauch.« Ursul nahm die andere Tüte und kippte den Inhalt auf den Tisch. Es waren gelblich weiße Körner, unregelmäßig, kleiner als ein kleiner Fingernagel. Körner, die einen schwachen Duft ausströmten.

»Ich glaube, es gibt keinen Zweifel daran, dass es sich um Weihrauch handelt«, sagte der Onkel und zog ein schmales Schildchen aus der Tüte, auf dem *olibanum* stand. »Soweit ich mich entsinne, ist *olibanum* eine Art von Weihrauch.«

»Es hat uns nicht unbedingt weitergebracht«, sagte Ursul enttäuscht, »aber vielleicht enthüllt sich das Geheimnis, wenn wir erst wieder daheim sind.«

Ursul war nie zuvor in einer Synagoge gewesen.

Sie hatte stets das Gefühl gehabt, dass es ihr nicht zukam an solch einen Ort zu gehen, obwohl sie wusste, dass es falsch war. Der Onkel hatte ihr von der *Scuola grande tedesca* erzählt, der Synagoge, die von den Deutschen errichtet und wie die übrigen Synagogen in die bereits bestehenden Häuser eingebaut worden war, um möglichst wenig Aufsehen zu erregen. Auf dem Eingangsportal stand »Großer Tempel nach aschkenasischem Ritus« und darunter »*Scuola Grande* der heiligen Gemeinde der Deutschen, Gott schütze uns, Amen«.

Als sie an diesem Morgen über den Platz ging und die Trompeten hörte, die zum morgendlichen Gebet riefen, sah sie, wie auch einige Mönche in das Gebäude gingen, und beschloss, ihnen zu folgen. Dies umso mehr, als sie einen Kunden ihres Onkels entdeckte, Signor Luzzotto, der ihr freundlich zuwinkte.

Der Gebetsraum befand sich im Obergeschoss, die Frauen waren getrennt von den Männern und konnten auf einem Matronäum hinter einer hölzernen Balustrade zu den Männern hinunterblicken, die auf ihren Holzbänken ein Stockwerk tiefer saßen.

Da der Gottesdienst in Hebräisch gehalten wurde, konnte sie nur der Stimme des Rabbiners lauschen, dessen Predigt an manchen Stellen von dem Gebet der Gläubigen unterbrochen wurde.

Als der Gottesdienst zu Ende war, verabschiedete sie sich von Signor Luzzotto, hastete eilig die Treppe hinunter und rannte beim Hinausgehen Leone, der sich gerade nach einem jungen Mann umblickte, fast um.

»Vergiss beim nächsten Mal nicht, ein zweites Paar Schuhe mitzubringen, sonst bekommst du wieder nasse Füße wie beim letzten Mal«, sagte der Mann lachend, »und ganz gewiss die nächste Erkältung.«

Leone starrte ihm böse nach, zuckte mit den Schultern. »So ist das«, murmelte er dann verärgert, als er Ursul bemerkte, »du gehst nicht einfach von der einen Seite der Brücke zur anderen und bist plötzlich ein völlig anderer Mensch. Begreifst du das?«

Ursul schüttelte den Kopf. »Nein, aber was bedeutet das mit den nassen Füßen?«

Leone schien es eilig zu haben und hastete quer über den Platz. »Von San Marco, wo wir jetzt wohnen, ist es bis zu dieser seltsamen *Contrada dell'Unione* ein ziemlich weiter Weg. Neulich hat es am Sabbat geregnet und meine ganze Familie hatte natürlich nasse Füße, bis wir hier in der Synagoge waren. Früher hatten wir nur ein paar Schritte von unserer Wohnung bis zu der Synagoge, jetzt sind es Hunderte von Schritten.

Und dann der Ärger mit Isacco wegen der riesigen Wohnung, nachdem wir anderen alle ausgezogen waren. Wir Jungen hatten zwei Kammern im oberen Stockwerk, unsere Eltern wohnten eine Treppe tiefer. Diese Wohnung steht wohl nun leer, aber wir haben unsere Kammern behalten.

Natürlich gibt es viele Familien, die es sich auch nach diesem 24. Messidor, an dem Napoleon uns befreit hat, nicht leisten können, in das Zentrum der Stadt zu ziehen. In das Viertel von San Marco zum Beispiel schon gleich gar nicht. Die anderen mussten wohl oder übel in ihren engen Häusern mit den acht Stockwerken wohnen bleiben, weil sie nicht genügend Geld hatten für solch einen Umzug, ob mit oder ohne roten Hut. Und ihre zahlreichen Kinder toben nun vor manchen der halb leeren

Häuser in unserer alten Straße herum und verspotten die, die umgezogen sind. Und ab und zu zurückkommen, um ›Heimatluft‹ zu atmen, wie sie sagen.«

Leone machte eine Pause, zuckte ratlos mit den Schultern. »Vom Klatsch im Ghetto bekommen wir auch nichts mehr mit. Und mein Vater, der eine wichtige Rolle in der Universitas, in der Gemeinde, gespielt hat, ist nun – wenn du so willst – arbeitslos.«

»Nun, ein Bankier ist dies doch gewiss nicht«, widersprach Ursul belustigt.

»Natürlich nicht im eigentlichen Sinn, aber das Anwachsen in dieser großen Stadt ist eben nicht leicht. Früher hatten wir in unserer Straße, im *Ghetto Vecchio*, alles, was wir zum Leben brauchten, beeinander, den Gemüsehändler, den Bäcker, den Metzger, den Wirt, den Weinhändler.«

»Du meinst, diese ganze Sache hat einstweilen mehr Nachteile als Vorteile gebracht?«, fragte Ursul zögernd.

»Nun, so kann man es natürlich nicht sagen«, gab er zurück. »Aber es gibt jetzt einen ganz bestimmten Neid, den es früher nicht gab – den Neid unserer eigenen Leute und den Neid der neuen Nachbarn in der Stadt. Früher kannten diese natürlich unsere Gesichter unter dem roten Hut, über Jahre hinweg. Jetzt ist da plötzlich ein schwarzer Hut, der Hut der Venezianer, das Barett, und manch einer fragt, wo denn unser roter Hut plötzlich geblieben sei.

Unsere Kinder müssen jeden Tag einen weiten Schulweg laufen, die Ablenkung dabei und die Freiheiten sind nicht immer ganz ungefährlich. Neulich kam Davide mit blutiger Nase und aufgeplatztem Knie eine Stunde später nach Hause, weil er sich mit irgendwelchen Jungen geprügelt hatte.«

»Nun, Prügeleien wird es ja wohl auch früher im Ghetto gegeben haben, solche Tugendbolde werden eure Kinder nicht gewesen sein«, meinte Ursul.

»Keinesfalls. Aber da wussten die Eltern natürlich, wer sich mit wem geprügelt hatte und wem ihr Kind die gebrochene Nase zu verdanken hatte. Jetzt weiß man es nicht mehr, die Stadt ist groß.«

Leone blieb plötzlich stehen, machte ein paar Schritte in die Richtung der alten Wohnung und griff sich an die Stirn. »Da siehst du, wie verquer ich schon bin, jedes Mal laufe ich in die verkehrte Richtung. Und dann diese seltsame Gedankenwelt der Venezianer: Sie haben immer noch den Eindruck, die Franzosen hätten ihnen etwas gestohlen – den Dogen, den Dogenpalast, die Staatsinquisitoren, *la bocca*, und eine ganze Menge mehr. Uns hätten sie etwas geschenkt: die Freiheit, die Gleicheit und die Brüderlichkeit. Ihnen dagegen haben sie diese Brüderlichkeit vorenthalten. Bei ihnen montieren sie die Bronzepferde ab, aber bei uns verbrennen sie die Ghettotore. Wir sind in ihren Augen die Gewinner bei dieser ganzen Sache, sie dagegen die Verlierer.«

»Besatzer mag wohl kein Volk auf dieser Welt«, sagte Ursul.

»Besatzer nicht. Aber dies hier ist mehr: Die Venezianer waren das einzige Volk, das nie unterworfen worden war. Und sie sind ein stolzes Volk, diese Venezianer. Und sie fühlen sich gedemütigt. Natürlich gärt es überall. Nicht offen bis jetzt. Wir wissen ja nur, was im Ghetto geschieht, was draußen in der Stadt geschieht, geht an uns vorbei. Zumindest weitgehend.«

»Wir könnten uns setzen«, schlug Ursul behutsam vor, als sie an einem der Brunnen vorbeikamen, aber Leone nahm ihren Vorschlag nicht einmal wahr. Er zerrte an seinem *Tallit* und starrte dabei über den Platz.

»Und erst diese Geschäfte in der Stadt, die für uns nun natürlich alle neu sind. Kein Weinhändler mehr, der koscheren Wein verkauft, überhaupt keiner, der in der Stadt Koscheres verkauft. Ob Fleisch oder was immer, du bekommst es dort nicht.«

»Aber irgendwann wird doch ganz gewiss einmal auch in andere Stadtteile ein koscheres Geschäft ziehen«, vermutete Ursul.

Leone lachte auf. »Wozu sollte es das tun? Für die zehn oder fünfzehn jüdischen Familien, die jetzt im Sestiere San Marco wohnen? Oder in Dorsoduro? Woanders ist ja kaum jemand hingezogen.« Leone lachte wieder. »Nein, nein, die Welt ist verkehrt geworden, seit die Franzosen hier sind. Die Tore sind zwar gefallen, die äußeren, aber die inneren sind geblieben. Und das liegt nicht nur an den anderen, es liegt auch an uns. Wir können uns einfach nicht vorstellen, was es ist, plötzlich ein ganz normaler Bürger zu sein. Und denk nur an die, die nun also ausgezogen sind. Die vielleicht nach Dorsoduro gezogen sind. Sie kommen sich vor wie in einem Einbaum auf einem riesigen Fluss. Nur sie allein in einem schwankenden Boot, niemand, den sie um Hilfe bitten können. Ich kenne Familien, die jeden Tag ins Ghetto gingen, um zu werben für den neuen Stadtteil. Sie haben alles aufgezählt, was es dort für wunderbare Dinge gibt, aber nur, damit irgendwer anbeißt und zu ihnen in die Nähe zieht. Möglichst ins gleiche Haus. Sie brauchen den Klatsch mit den Nachbarn, die Frauen zumal. Sie saugen des Abends den armen Männern die Neuigkeiten des Tages aus der Nase, nur damit sie irgendwo teilhaben können an dieser neuen Welt.«

Leone blickte Ursul an, fragte plötzlich ernüchtert: »Willst du nicht mit nach oben kommen? Du warst nie zuvor bei mir zu Hause.«

»Ich denke, das ist doch gar kein Zuhause mehr«, wagte Ursul einzuwenden.

»Ja«, Leone nahm die *Kippa* vom Kopf, steckte sie in die Tasche. »Die Wohnung ist natürlich nun nahezu leer.«

»Ist Isacco denn zu Hause?«, fragte Ursul zögernd, »ich habe ihn nicht in der Synagoge gesehen.«

Leone schüttelte den Kopf. »Er geht da doch nicht hin, zu den *Aschkenasim*«, sagte er dann langsam, »er folgt dem anderen Ritus. Deswegen geht er in die *Scuola Spagnola* oder die *Scuola Levantina*. Außerdem ist die *Scuola Levantina* die schönste der Synagogen, vor allem die Bimah.«

»Und weshalb will er dorthin und nicht in die *Scuola Tedesca*?«

»Weil er inzwischen fast nur noch jiddisch-venezianisch spricht. Er will anders sein als wir. Er will die Distanz zu uns, die er verachtet, weil wir weggezogen sind. So rasch wir nur irgendwie konnten. Wegen meiner Mutter. Und diese Mutter, die zu Beginn nicht Platz genug haben konnte in der neuen Wohnung, fragt sich jetzt, was sie mit dem vielen Platz soll.«

Leone nahm die *Kippa* aus der Tasche, setzte sie unbeholfen wieder auf. »Sag jetzt nur nicht das, was schon andere vor dir gesagt haben«, sagte er dann misstrauisch.

»Was?«

»Nun, dass jemand, dem so vieles nicht passt, auch ganz schnell wieder da ist, wo er zuvor war. Das ist die Meinung Isaccos. Er wird am Tag mindestens fünfmal gefragt, was er jetzt eigentlich in dieser Wohnung macht, in der er wenig mehr besitzt, als eine durchgesessene Schlafbank.«

»Will er eigentlich wirklich Reeder werden? Du hast es mal angedeutet.«

»Isacco Reeder?« Leone lachte. »Reeder ist mein Onkel. Und Isacco hasst ihn genauso wie uns. Er hasst alle, die Geld haben.«

»Weshalb gibt er diese Wohnung denn dann nicht auf?«

»Irgendwo muss er ja leben, wenn er nicht in Padua ist. Und er ist noch nicht ganz fertig mit dem Studium.«

Ursul hatte den Eindruck, dass es gut sei, dieses einseitige Gespräch zu beenden. »Wir gehen nach Nürnberg zurück«, sagte sie, wiederholte es, bis sie den Eindruck hatte, dass der Satz wirklich zu Leone durchdrang. »Wir gehen nach Nürnberg, hörst du?«

Leone starrte sie verständnislos an, als habe sie ihm eine gemeinsame Fahrt auf den Mond vorgeschlagen. »Und wann kommst du zurück?«

»Das weiß ich nicht«, antwortete sie.

2. Wenn Attila kommt

Dass es in der Stadt gärte, erfuhr Ursul wenige Tage später am eigenen Leibe: Als sie mit ihrem Onkel zum Markusplatz kam, war klar, dass es sich um einen Aufruhr handelte, wie es ihn nie zuvor in dieser Stadt gegeben hatte.

Sie waren zu einem Gespräch bei Tommaso Zurzo, einem Gewürzhändler, unterwegs.

Aber bereits als sie sich dem Platz durch eine der schmalen Calle näherten, mussten sie die Hoffnung aufgeben, dass sie das Haus des Mannes ungestört erreichen würden: Der Platz war voll mit Menschen, die Fahnen mit dem Löwen von San Marco trugen. Dazwischen wurden in Sprechchören »Viva San Marco« gebrüllt, bewaffnete Männer des *Arsenal* riefen, dass sie weder Änderungen in ihrem Staate wollten, noch Franzosen, die ihre Stadt besetzten.

Als Ursul und ihr Onkel sich der Straße näherten, in der Tommaso Zurzo wohnte, drängten sich ihnen ganze Gruppen von Leuten entgegen: Männer, die Möbel, Haushaltsgegenstände jeglicher Art und sogar Eisengitter, Türen und Fenster auf ihre Rücken geladen hatten.

»Sie räumen das Lager von Zurzo«, sagte der Onkel, »das war einer der Säcke mit unseren Gewürzen, der sogar unseren Namen trug.«

Als sie näher kamen, wurde klar, dass von Zurzos Haus nichts weiter übrig geblieben war als die Fassade. Sie drückten sich durch die Menschenmenge hindurch, kamen an einem weiteren völlig geplünderten Haus vorüber, einem Käselager, bei dem die Leute sich um die auf dem Boden liegenden Käse stritten.

Als sie schließlich zu dem Haus von Zurzos Bruder kamen, zerrte eine Hand sie grob in einen hinteren Hausflur. »Kommt um Himmels willen herein, sonst finden sie ihn noch.«

Sie fanden sich wieder in einem finsteren nach Fisch riechenden Hausflur, in dem sie hastig eine enge Stiege hinaufgeschoben wurden. Es folgte eine Hühnerleiter mit zum Teil brüchigen Stufen und schließlich eine von trübem Dämmerlicht beleuchtete Kammer, in der sie schwer atmend stehen blieben.

Der Mann blieb ebenfalls stehen, schaute den Onkel abwartend an. »Ihr müsst schon mithelfen«, sagte er dann misslaunig, »sonst geschieht nichts.«

Dabei stellte er sich an die Seite eines alten Schrankes und winkte Ursuls Onkel auf die andere Seite. Der Schrank wurde so weit nach vorne gerückt, dass ein schmaler Spalt sichtbar wurde, hinter dem eine Tür verborgen war.

»Ich dachte schon, ich müsste verhungern«, flüsterte eine Stimme, und Tommaso Zurzo reichte dem Onkel die Hand und lächelte Ursul zu. »Bemitleidet mich nicht, ich bin ja nicht der Einzige«, wehrte er dann ab, als der Onkel ihm auf die Schulter schlug.

»Ich frage mich nur weshalb«, sagte der Onkel kopfschüttelnd. »Weshalb gerade Ihr?«

Tommaso lachte auf. »Weil ich ein Vermittler war in diesem Streit. Allerdings gab es größere Franzosenfreunde als mich. Und vor allem bessere.«

»Und was ist mit dem Käsehändler und dem Schneider, an deren ausgeplünderten Häusern wir vorbeikamen?«, wollte der Onkel wissen.

»Nun, der Schneider hat für die französischen Soldaten die Uniformen gemacht, und der Käsehändler hat sie mit Lebensmitteln versorgt. Immerhin gibt es in unserer Stadt inzwischen mehr als 5000 Mann Besatzung, die wollen wohnen und essen.«

»Und die zwei Anwälte, die es auch getroffen haben soll, wie ich im Vorbeigehen hörte?«, fragte der Onkel.

»Cromer und Gallino gelten ebenfalls als ›Jakobiner‹ oder Franzosenfreunde, und wenn Ihr erst im Stadtteil Carmini am Palazzo von Foscarino vorbeikommen solltet, dann werdet Ihr entsetzt sein. Aber was da passiert ist, wisst Ihr vermutlich bereits?«

Der Onkel schüttelte den Kopf. »Seit der *fondaco* nicht mehr existiert, ist unser Wissen über das, was in der Stadt geschieht, spärlich.«

»Nun, Foscarino hat sich, als er die Versammlung des Großen Rates verließ, voller Zorn die Patriziertoga ausgezogen und sie auf den Boden geworfen – alles natürlich mit den dazu gehörenden Schmähreden. Und dann hat er sich die Kokarde mit den französischen Farben an die Brust gesteckt.«

Der Onkel schaute Tommaso entsetzt an. »Und was geschah dann?«

»Wenn Ihr an seinem einstigen Palazzo vorbeikommt, der von allen immer bewundert wurde, werdet Ihr es sehen«, erwiderte Tommaso. »Ihr wisst ja gewiss, dass in diesem Palazzo auch königliche Gäste empfangen wurden – damit dürfte es nun für immer und alle Zeiten vorbei sein. Sie haben die kostbaren Möbel aus dem Fenster geworfen, die Spiegel in tausend Stücke zerschmettert, die marmornen Pfosten der Türen zerstört und zum Schluss auch noch das Mosaik des Terrazzofußbodens zerhackt und in die Lagune geworfen.«

Eine Weile war Stille.

»Was wird aus Euch«, wollte der Onkel wissen, »ich hatte Eure Bestellung schon im Lager bereitgestellt, Ihr hättet sie abholen lassen können.«

»Den Safran auch?«

»Natürlich auch den Safran. Ich weiß, beim letzten Mal war die Sendung nicht vollständig, aber diesmal ist alles da.«

Tommaso schüttelte den Kopf. »Es hat keinen Sinn, dass ich Euch bitte, die Sachen in ein anderes Lager zu liefern, solange ich in den Augen des Pöbels noch ein Jakobiner bin. Erst muss Gras über die Sache wachsen.«

»Über diese Sache?«, zweifelte der Onkel, »wie denn? Habt Ihr etwa vergessen, was Napoleon schon im April in Graz gesagt hat?«

»Dass er für den venetischen Staat ein Attila sein werde? Wohl kaum! Das hat er ja inzwischen ganz gewiss gründlichst wahr gemacht. Und wenn man alles behalten möchte, was er sonst noch gesagt hat, dann brauchte man einen riesigen Kopf. Aber Euch wird das ja weniger interessieren, oder?«

»Es interessiert mich schon, aber meine Rückreise nach Nürnberg ist schon seit längerer Zeit geplant.«

Als sie das Haus von Tommaso Zurzos Bruder verlassen hatten, atmete Ursul auf.

»Manchmal frage ich mich, weshalb sich so viele Menschen von dieser Stadt angezogen fühlen«, überlegte sie zögernd.

»Vermutlich weil sie so viele Facetten hat«, erwiderte der Onkel, »gute, grausame, schreckliche und doch wieder auch liebenswerte. Und weil man mit ihr Mitleid haben muss, wenn man hört, dass sie ständig die SERENISSIMA sein soll, die heiterste. Und dass sie dies zu vielen Zeiten ganz gewiss gar nicht sein kann.«

II. Nuremberga – Beschreibung der berümbtischten und namhaftigsten Stett

1. Verborgene Spuren

Sie erreichten Nürnberg in der Nacht.

Inmitten des Glockengeläuts.

»Die Feierglocke«, sagte der Onkel und lächelte seiner Nichte leicht zu, »ich würde sie auch aus hundert anderen Glocken heraushören. Aber ich könnte nicht unbedingt sagen, dass ich sie in der Zeit in Venedig vermisst hätte.«

Ursul lachte. »Als Kind hatte ich immer das Gefühl, dass diese Glocken riesengroß in meine Kammer hereinspazieren würden. Ich zog die Decke über den Kopf und verstopfte mir mit den Fingern die Ohren. Die Frühmess um halb fünf liebte ich am wenigsten, aber vor der Garaus um halb vier hatte ich nahezu Angst.«

»Das ist nur, wenn man neu ist in der Stadt«, sagte der Onkel, »später gewöhnt man sich daran.«

Sie nickte zögernd. »Das schon, aber manchmal lebe ich doch noch immer in meinem Dorf. Nein, nein«, sagte sie rasch, als sie das betrübte Gesicht des Onkels sah, »ich weiß, dass ich es hier so gut habe wie sonst nirgendwo auf der Welt.«

»Auch wenn es keine Frau im Haus gibt, mit der du Gespräche führen kannst?«, zweifelte der Onkel.

»Nun, immerhin gibt es eine Martha, eine Maria, eine Theres

und eine Agnes«, zählte Ursul an den Fingern auf. »Frauen genug, um mich in alles einzuweihen.«

»Ich hoffe, sie haben es getan«, sagte der Onkel und schaute die Nichte prüfend an.

Sie dachte nach, schüttelte dann den Kopf. »Mach dir keine Sorgen wegen Venedig«, wehrte sie ab. »Um so etwas ging es dort überhaupt nie, nicht einmal bei diesem Streit mit Isacco.« Sie machte eine Pause, schaute aus dem Fenster der Kutsche. »Irgendwann erzähle ich es dir einmal. Vielleicht.«

Sie hätte ihm natürlich auch sagen können, dass sich in ihrem Elternhaus niemand darum gekümmert hatte, ob sie über Frauendinge Bescheid wusste. Ihre Mutter war im Kindbett gestorben, ihrem Vater war damit der Erbe vorenthalten worden, und so hatte er einfach getan, als störe ihn das nicht im Geringsten. Mit fünf hatte sie bereits den Unterschied zwischen einem gebläuten und einem geätzten Harnisch kennengelernt, und mit zehn hatte sie der Vater bereits auf die Frankfurter Messe mitgenommen. Sie hatte sachkundig mit seinen Kunden verhandeln dürfen, wenn der Vater nicht zugegen war. Dass sie also überhaupt Frauengespräche haben könnte, war ihr nie in den Kopf gekommen – sie hatte mehr oder weniger mit den Gesellen ihres Vaters zusammengelebt, die im Haus wohnten.

Stattdessen hatte der Vater über das Meisterstück seiner Tochter sinniert, das einen Leibharnisch, ein Beingewand, Armzeug und Handschuhe umfassen sollte. Die Minderzahl der Nürnberger Plattner setzte auf den gesamten Harnisch, was für den Vater solange sie denken konnte ein Ärgernis war, weil in Wien, Landshut und Augsburg stets der gesamte Harnisch als Meisterstück gewertet wurde.

Die Mitte der Nacht war bereits vorüber, als die Kutsche endlich anhielt. Der Kutscher ließ den Kutschenschlag herunter, der Diener wuchtete das Gepäck vom Dach und trug es zur Haustüre.

»Wir werden gut schlafen«, meinte der Onkel und gähnte hinter vorgehaltener Hand, während sie auf das Haus zugingen. »Du kannst gleich auf dein Zimmer gehen.«

»Aber doch nicht, bevor wir im Kontor waren«, sagte Ursul vorwurfsvoll.

Der Onkel lachte, mehr mühsam als erfreut. »Nein, natürlich nicht. Manchmal vergesse ich, dass ich ein alter Knochen bin, der sich auf die Ideen und Wünsche von jungen Leuten nicht mehr einstellen kann. Also, zuerst das Kontor natürlich.«

Sie öffneten die Haustüre, ein Hausdiener kam im Nachtgewand und mit Schlafmütze aus einem der seitlichen Räume. Mit einer Eisenstange in der Hand.

»Nein, nein, keine Diebe«, wehrte der Onkel hastig ab, »leg dich wieder schlafen, Johann. Wir wollen nur im Kontor noch rasch etwas suchen.«

»Kann ich helfen?«

»Nein, nein, wir kommen allein zurecht. Aber deine Kerze kannst du uns überlassen.«

Sie gingen durch den Flur, betraten dann das Kontor. Ursul legte ihre Mappe auf den Tisch und zog das Bild mit den drei Frauen hervor, das ihr Leone gegeben hatte.

»Such selber«, schlug der Onkel vor und schaute sich nach der Zunderbüchse um, »ich weiß, wovon ich rede.«

Die Porträts der Helmbrechts füllten drei Wände bis zur Decke hinauf. Ursul setzte sich auf einen Stuhl am Fenster, betrachtete die Bilder, die beim zuckenden Licht der Kerze nur spärlich beleuchtet waren. Sie verglich deren Gesichter mit den beiden Gesichtern auf ihrem Bild.

»Wir brauchen mehr Licht«, entschied der Onkel nach einer Weile, nahm einen zweiten mehrarmigen Kerzenleuchter vom Regal und entzündete die nächste Kerze.

»Ich sehe keine Frau, die einer der beiden Frauen neben Lea Coen gleicht«, stellte Ursul nach einer Weile enttäuscht fest, »ich bin fast sicher, dass du dich täuschst.«

»Du suchst auch falsch«, erwiderte der Onkel lächelnd, ohne jedoch weiter auf eine Spur zu weisen.

»Wenn, dann kann es nur diese sein«, sagte Ursul nach einer Weile zögernd und deutete auf ein Bild, das ziemlich oben an der Wand hing, »sonst sieht niemand so aus, als wolle er ein Mann sein, zumindest der Kleidung nach. Kannst du es herunterholen?«

Der Onkel nahm einen Stuhl, kletterte hinauf und nahm das Bild von der Wand, auf das Ursul gezeigt hatte. Er pustete den Staub weg und drehte es dann um. Auf der Vorderseite fehlte der Name, der bei den übrigen Bildern zu sehen war. Auf der Rückseite stand mit krakeliger Schrift: Margarete Helmbrecht, die sich Herdegen Brechthelm nannte, vor ihrer Reise in das … land. Um welches Land es sich handelte, ließ sich nicht mehr feststellen, da die Tinte verwischt war.

»Verstehst du das«, fragte Ursul irritiert, »wieso hat sie ihren Namen geändert?«

»Das weiß ich ganz gewiss nicht«, sagte der Onkel gähnend, »vielleicht wollte sie alles im Dunkeln lassen, was mit ihrer Person zu tun hatte. Vielleicht – vielleicht gab es etwas zu verbergen. Wir werden morgen weiterforschen. Und ich bin ganz sicher, dass wir der Sache irgendwie näherkommen werden.«

Ursul löste sich nur zögernd von dem Bild, schlug es dann in ein Tuch ein und nahm es mit auf ihre Kammer. Die Zeichnung mit den drei Frauen schloss der Onkel in seinen Safe. »Sie darf nicht verloren gehen, eines Tages musst du sie unversehrt wieder zurückgeben.«

Am nächsten Tag kam der Onkel lachend in das Kontor, schob ihre Bücher und Unterlagen auf dem Tisch zur Seite und breitete geheimnisvoll ein ziemlich großes Papier vor ihr aus. »Schau mal, was ich entdeckt habe.«

Sie schaute verblüfft auf die riesige Karte, auf der ein großer verästelter Baum zu sehen war, auf dessen Ästen Frauen und Männer in bunten Gewändern saßen. Unter den Namen standen jeweils das Geburtsdatum, das Todesdatum, mit wem und wann sie die Ehe geschlossen hatten und der Beruf. Ganz oben, im Wipfel des Baumes, waren zwei Wiegen eingezeichnet, in denen zwei Säuglinge lagen.

»Was ist das?«

»Nun, was wohl?«, erwiderte der Onkel gut gelaunt. »Unsere Familie. Über fast zweihundert Jahre hinweg.«

»Sind wir auch drauf?«, wollte Ursul wissen, nachdem sie die Karte voller Bewunderung betrachtet hatte.

»Hier am Rand«, sagte der Onkel und deutete auf einen Ast, auf dem ein Mann eingezeichnet war, der seinen Namen trug, »hier bin ich. Und hier du«, fuhr er fort und zeigte auf einen Ast daneben, auf dem Ursuls Name stand.

»Ursul Madalena Helmbrecht«, murmelte sie andächtig, »ich kann's kaum glauben. Wenn irgendwann in späteren Zeiten einmal jemand nach mir suchen sollte, wird er mich finden. Lebt derjenige noch, der diese Karte gemacht hat?«

»Es ist ein Vetter eines Vetters von mir, er ist der Besitzer der Drahtziehermühle in Lauf. Er ist dort der Bürgermeister. Hier fängt unsere Geschichte übrigens an«, fuhr der Onkel fort und deutete auf die Wurzel des Baums, neben der ein Mann und eine Frau zu sehen waren. »Das dürfte wohl der Vater von Sebaldus Helmbrecht gewesen sein, der Gründer unseres Handelshauses in dieser Stadt.«

»War er der Safranschauer?«, wollte Ursul wissen.

»Genau der. Er hatte drei Söhne. Der eine, Lukas, führte das Handelshaus weiter, der andere wurde Kompassmacher und der dritte Heftelmacher. Zwei Töchter hatte er ebenfalls – Agathe und Margarete. Margarete blieb unverheiratet, Agathe hat geheiratet, wie du hier siehst. Einen Fingerhuter.«

»Und Margarete, vermutlich unsere Margarete auf dem Porträt, ist offenbar nicht gestorben«, stellte Ursul vorwurfsvoll fest, »da fehlt das Todesdatum. War sie dem Zeichner so wenig wichtig?«

»Das denke ich nicht. Aber wir können es ganz gewiss herausfinden«, sagte der Onkel entschieden. »Das findet sich in den Totengeläutbüchern, im Verzeichnis der Grabplatten der Nürnberger Friedhöfe oder in den Totenbüchern. Eventuell auch im Ämterbüchlein, natürlich nur dann, wenn jemand ein öffentliches Amt bekleidet hat. Das werden wir uns morgen gleich vornehmen«, entschied der Onkel eifrig, »das kostet nicht viel Zeit.«

Ursul lachte. »Vielleicht weiß der Bürgermeister, der diese wundervolle Ahnentafel gemacht hat, noch mehr über unsere Familie. Das könnte doch immerhin sein, oder?«

»Vielleicht«, sagte der Onkel, »wir werden einfach hinfahren. Aber zunächst will ich die Sachen überprüfen, die hier vor unserer Nase sind.«

Der nächste Tag war voller Fehlanzeigen: Weder ergab das Verzeichnis der Nürnberger Grabplatten einen Hinweis auf den Tod dieser Margarete Helmbrecht, die sich plötzlich Herdegen Brechthelm nannte, noch die Totengeläutbücher.

»Immerhin bleibt uns die Drahtziehermühle, und wir könnten dort nachforschen, ob irgendwer noch etwas über sie weiß«, versuchte der Onkel seine Nichte zu trösten. »Und ich denke, in der Zwischenzeit solltest du fleißig sein, sonst wird nie eine ordentliche Keuflin aus dir.«

Die Beschäftigung mit ihrer eigenen Arbeit führte Ursul an einem der nächsten Tage auf eine Spur, die ihr plötzlich hoffnungsvoll erschien.

Sie hatte in einer alten Mappe, die der Onkel in einer Schublade zuunterst gefunden hatte, verschiedene Schriftstücke entdeckt, die sie sorgfältig studierte. Da war ein Meisterbuch der Rinken- und Kettenschmiede und der Geschmeidemacher, dann ein Meisterbuch der Plattner und Harnischpolierer, Handwerkerordnungen, ein Buch der Bruderschaft der Messerer am Frauenkloster, Urkunden des siebenfarbigen Alphabets, ein Artikel darüber, »Ob man bei Altdorff Steinkohle findet«, ein Verzeichnis der deutschen und schweizerischen Messen, eine Verordnung über das Verbot, in Nürnberg minderwertigen Hackenstahl zu verkaufen, alte Safranlisten und ein Ehebüchlein mit dem beziehungsreichen Titel »WIE MANN EIN FROMB WEIB SOLL MACHEN«. Und schließlich einige Testamente, die sie nun wirklich interessierten, da sie mit ihrem Beruf zu tun hatten. Im Testament der Witwe eines Fingerhuters ging es zunächst um die üblichen Inventarlisten, auf denen verzeichnet war, was in einem Haushalt an Möbeln, Bettwäsche, Kleider, Gerätschaften vorhanden war, um den Wert der Gegenstände zu beurteilen. Aber dann tauchte ein sogenanntes *Püchel* auf, das offenbar von großem Wert gewesen sein musste, da es sehr hoch eingestuft worden war und früher einer Margarete gehört hatte, deren Nachname allerdings so undeutlich geschrieben war, dass man ihn nicht lesen konnte. Es gab keinerlei weitere Hinweise auf dieses Püchel, nur dass die Witwe in der Nähe der Drahtziehermühle wohnte, die Ursul mit dem Onkel ohnehin besuchen wollte. Und dass diese Witwe das Püchel einst von dem Mann bekommen hatte, der die Ahnentafel für das Handelshaus der Helmbrechts erstellt hatte, also von Willibald Helmbrecht. Es war nahe liegend, auch dort einen Besuch zu machen, da ja immerhin denkbar war, dass dieses Püchel sich mit der Geschichte der Helmbrechts befasste, oder dass diese Frau vielleicht etwas über diese Margarete, die nicht gestorben schien, wusste.

Sie verlegten den Besuch bei der Drahtziehermühle auf einen Sonntag, um kein ganz schlechtes Gewissen zu haben, dass sie mehr Zeit als ursprünglich gedacht verschwendeten.

Aber die Nachfahrin der Witwe des Fingerhuters schüttelte misstrauisch den Kopf. Wozu man so etwas denn wissen wolle, fragte sie dann harsch, nach so langer Zeit. Und sie könne sich keinen Grund vorstellen, weshalb man da herumschnüffle in Sachen, die zu Noahs Zeiten stattgefunden hätten.

Der Onkel erklärte ihr geduldig, worum es ging, aber die Frau wurde dadurch lediglich noch misstrauischer. Ein Testament könne man nach so langer Zeit ganz gewiss nicht mehr anfechten, falls man das wolle, und schließlich sei alles mit rechten Dingen zugegangen, dafür bürge ihr Sohn. Aber vermutlich sei es besser, wenn dieser Sohn nach Hause komme, dass er sie nicht mehr antreffe, da er nicht besonders gut zu sprechen sei auf die Nürnberger.

»Und weshalb?«, fragte der Onkel verblüfft.

Nun, man habe sie übers Ohr gehauen, die eigene Familie. Gefärbte Rindfleischfasern und Mennige und Zinnober in den Safran zu verwurschteln, das sei einfach schändlich, was man da in Nürnberg verkaufe.

Der Onkel seufzte. »Das hat man uns schon vor mehr als hundert Jahren vorgeworfen, aber schließlich ist dieser Safran aus Venedig gekommen.«

»Aber Ihr habt es doch nicht gemerkt!«, triumphierte die Frau. »Ein Safranschauer, der nicht einmal merkt, was ihm da untergejubelt wird!« Und von einem kuriosen *Püchel*, was immer man auch darunter verstehe, habe sie keine Ahnung. Und Margareten gäbe es wie Sand am Meer und ihr sei keine bekannt.

Der Besuch bei dem Bürgermeister, der die Ahnentafel gemacht hatte, verlief ähnlich ergebnislos. Er erinnerte sich zwar dunkel an irgendein Püchel, das er dieser Witwe irgendwann verkauft habe, aber was es mit einer Margarete zu tun haben sollte, wisse er nicht. Vermutlich habe sie überhaupt nicht zu den Helmbrechts gehört, weil alle die Helmbrechts, die er kenne, so etwas gewiss nicht weggeben würden, weil sie stolz auf ihre Familie seien. Wahrscheinlich habe es irgendetwas mit Astrologie zu tun gehabt, die man ja nicht hoch genug einschätzen könne. Mit Sternen, die vom Himmel zur Erde rasten, irgendwelchen Kometen.

»Wir sollten es ruhen lassen«, schlug der Onkel am nächsten Tag vor, »immerhin wissen wir ja nun, wer diese zweite Frau auf dem Bild war. Du müsstest eigentlich dankbar sein, dass die Levi-Brüder dir dieses Bild überlassen haben.«

Sie müsse gar niemand dankbar sein, erwiderte Ursul brüsk, sie habe keinerlei Interesse mehr an jener Familie. Sie sei noch nie in ihrem Leben so gedemütigt worden wie an jenem Tag.

Der Onkel wollte antworten, doch Ursul starrte ihn böse an. »Nein, lass es, es interessiert mich ganz gewiss nicht. Es ist ohnehin alles gelogen, was man dir erzählt hat.«

»Mir hat niemand etwas erzählt«, sagte der Onkel nachdrücklich, und schließlich habe es ja auch noch den anderen Bruder gegeben.

»Ja«, sagte sie zornig, einen Mann, der Limonenwasser in den Adern habe und kein Blut. Sonst hätte er sich damals ganz gewiss anders verhalten in dieser Sache.

Der Mann, der nach Ursuls Meinung Limonenwasser in den Adern hatte und kein Blut, stand genau acht Tage später halb verborgen hinter ihrem Onkel an der Tür zum Kontor.

»Ich komme unangemeldet«, sagte Leone rasch, als er das zornige Gesicht Ursuls bemerkte, »aber dein Onkel –«

»Dieser Onkel macht mit diesem Mann aus Venedig Geschäfte«, sagte Konradus Helmbrecht entschieden und schob Leone in den Raum, »und daher würde er es begrüßen, wenn man in diesem Raum friedlich miteinander umgeht.«

Das könne man ganz gewiss, gab Ursul ruhig zurück und stand auf, weil sie nämlich gar nicht hier sei in diesem Raum.

»Nein, nein«, sagte Leone hastig, und der Onkel nahm seine Nichte am Arm. »Du musst schon hierbleiben. Leone möchte dir etwas zeigen.«

»Ich kann mir nicht vorstellen, was Leone mir zu zeigen hätte«, sagte sie steif, »zwischen seiner Familie und mir ist alles gesagt.«

»Zeigt es ihr«, drängte der Onkel und deutete auf das in Tuch gewickelte Paket, das Leone im Arm hielt, »macht es endlich auf.«

Leone zog das Paket unter seinem Arm hervor, so umständlich, dass es fast zu Boden fiel. Er legte es auf den Tisch, öffnete es und zog behutsam einen dicken Packen mit beschriebenen Blättern hervor, die in ein brüchiges Papier gewickelt waren.

»Nun«, der Onkel schaute seine Nichte voller Erwartung an, »wo bleibt der Begeisterungsschrei?«

Ursul blickte den Onkel an, dann Leone. »Soll das etwa das überall und lang gesuchte *Püchel* sein?«, flüsterte sie dann.

»Ich nehme an«, sagte der Onkel lächelnd und klopfte Leone auf die Schulter. »Zumindest sieht es so aus.«

»Ich verstehe gar nichts mehr«, sagte Ursul kopfschüttelnd, »wieso soll eine Sache, die so eindeutig zu uns gehört, plötzlich meilenweit entfernt in einer anderen Familie auftauchen?«

Leone strich behutsam über das vergilbte Papier. »Darauf weiß ich leider auch keine Antwort«, sagte er dann ratlos.

»Aber wo kommen diese Blätter denn plötzlich her«, verlangte Ursul zu wissen, »waren sie schon in eurem Besitz, als ich in Venedig war?«

»In meinem ganz gewiss nicht«, verteidigte sich Leone. »Sie waren im Besitz Isaccos, aber zu seiner Entschuldigung kann ich sagen, dass er gewiss nicht wusste, um was es sich handelt.«

»Und ganz plötzlich, von heute auf morgen trennt er sich von einer Sache, von der er nicht einmal weiß, wovon es handelt und du kommst mit diesem *Püchel*, das ja gar keines ist, hier an? Hat er dich etwa hergeschickt?«, fragte sie misstrauisch.

»Leone ist hier, weil wir ein Geschäft miteinander machen wollen«, sagte der Onkel rasch, »und Isacco –«

»Isacco hat uns verlassen«, unterbrach Leone. »Er ist nach Safed ins Heilige Land gegangen, um dort die Kabbala zu studieren. Irgendeiner unserer Vorfahren hätte dies auch getan. Er sagt, er könne nur dort leben. Plötzlich ein sogenannter Bürger der *Serenissima* zu sein, interessiere ihn nicht. Darauf traue er auch nicht. Heute so, morgen so. Und was Napoleon inzwischen alles zerstöre und abschleppe sei völlig ungewiss. Isacco ließ zwei Körbe mit Sachen zurück, bei unserem Vater. Der gab mir den Korb, weil er keine Zeit dafür hatte, den Inhalt anzuschauen. Und es ihn vermutlich auch nicht interessierte.«

»Aber es muß doch irgendeinen, einen winzigen Hinweis geben auf etwas, was dieses *Püchel*, nach dem wir jetzt schon wochenlang gesucht haben und das gar kein Püchel ist, sondern ein Packen mit beschriebenen Blättern, nach Venedig gebracht hat.«

»Wenn du dich wirklich mit einem winzigen Hinweis begnügen willst, so kann ich ihn geben«, erwiderte Leone. »Einer unserer Vorfahren, den diese Lea Coen als das ›Pestkind‹ bezeichnete – weil es ein Kind war, das man ihr übergeben hatte in diesen Zeiten, einen gewissen Moise –, dieser Moise also hat in der Zeit des falschen Messias eine Rolle in der jüdischen Gemeinde gespielt. Und er scheint irgendwann einmal etwas zu tun gehabt zu haben mit –« Leone stockte »– mit einer christlichen Frau. Was verboten war.«

Ursul lachte auf. »Ach so, etwa so wie Isacco angeblich mit mir etwas ›zu tun‹ hatte? Kann mir jemand erklären, was das bedeutet?«

Der Onkel strich ihr besänftigend über den Arm. »Lass das doch ruhen, es ist vorbei.«

»Es ist nicht vorbei«, knirschte Ursul und begann die Blätter behutsam umzuwenden.

»Es gehört auf jeden Fall euch«, sagte Leone abschließend und wandte sich zum Gehen, »mehr wird sich wohl kaum herausbringen lassen. Es ist ein Tagebuch. Und es handelt sich ganz offenbar um einen Bericht über das sogenannte ›Weihrauchland‹.«

»Über das Weihrauchland«, sagte der Onkel verblüfft, »also keinesfalls etwa über Gestirne? Nichts über Astrologie?«

»Nein, ganz gewiss nicht«, erwiderte seine Nichte und hob den Blick von den Papieren, in denen sie bereits blätterte. Und dann mit einem spöttischen Blick zu Leone. »Du hast es natürlich gelesen, dieses Tagebuch, oder?«

Leone wehrte empört ab. »Das würde ich doch nie machen. Das Tagebuch eines anderen zu lesen ist schlimmer, als seine Nase in fremde Briefe zu stecken.«

»Nun ja, Isacco wird es ganz gewiss gelesen haben«, sagte Ursul überzeugt. »Und dann hat er es behalten, als er festgestellt hat, dass es möglicherweise für meine Familie von Wichtigkeit sein könnte. Aus Rache«, schob sie nach, »das dürfte ja klar sein.«

»Das glaube ich nicht«, sagte Leone leise, »das glaube ich ganz gewiss nicht. Und –« er machte eine Pause, schaute Ursul erregt an – »im Übrigen haben nicht wir uns damals gestritten, du musst deinen Zorn also nicht unbedingt an mir auslassen.«

Ursul zuckte mit den Schultern. Er hatte natürlich recht, dachte sie, als Leone das Haus verlassen hatte. Es war kein Streit für Männer mit Limonensaft in den Adern gewesen. Isacco hatte Blut in den Adern, das damals wie aus einem Vulkan herausgeschossen war.

Leone verabschiedete sich am nächsten Morgen in aller Frühe. »Hast du schon hineingeschaut in diese Blätter?«, wollte er dann wissen.

Ursul schüttelte den Kopf. »Ich will es in Ruhe lesen, und dazu brauche ich Zeit. Schon der Titel klingt seltsam: WIE EINE NACHTHÜTTE IN DEN KÜRBISGÄRTEN – ich frage mich, was das mit dem Weihrauchland zu tun hat.«

Leone zuckte verlegen mit den Schultern und murmelte, dass er dieses Tagebuch nicht geschrieben habe.

»Ich will es lesen, wenn ich Zeit habe, und ich bin ganz sicher, dass ich die dafür brauche. Es sind ja auch völlig unterschiedliche Schriften, seht nur diesen arabischen Absatz am Schluss, den dann irgendwer übersetzt hat. Aber«, Ursul griff in ihre Schublade, zog das Blatt mit Lea Coens Zeichnung heraus, das Leone ihr überlassen hatte, »zumindest hoffe ich, hier etwas weiter zu kommen. Vielleicht erfahren wir auf diese Art und Weise etwas mehr über diese Frau, mit der Lea Coen befreundet war. Was ist übrigens aus ihr geworden?«

»Aus Lea Coen?« Leone zuckte ein zweites Mal mit den Schultern. »Das weiß ich nicht.«

»Nun, du wirst ja wohl wissen, wo sie begraben ist, oder etwa nicht?«

»Vermutlich doch wohl in Venedig, oder?«

»Woher soll ich das wissen?«, fragte Ursul verblüfft. »Wo sonst sollte sie denn begraben sein?«

Leone überlegte einen Augenblick. »Ich glaube, Isacco hatte irgendwann einmal etwas von einem kleinen Ort in Deutschland gesagt.«

Ursul lachte. »Einem ›kleinen Ort in Deutschland‹? In welchem denn?«

»Das weiß ich wirklich nicht. Isacco war immer der Chronist in unserer Familie. Er hat sich für alles interessiert, was in der Vergangenheit war mit unseren Vorfahren. Auch, was mit den verschiedenen Strömungen im Judentum war. Auch im Galut. Und vor allem hat er sich für die Sekten interessiert. Er war außerdem ein Büchernarr, sammelte alte Handschriften. Aber nun, da er fort ist, weiß niemand mehr Bescheid über das, was mit unserer Familie früher war.«

»Aber du wirst doch wenigstens wissen, wo dieser Ort, an den du dich nicht mehr erinnerst, lag – im Osten, im Süden, im Norden, im Westen. Ist sie denn auch dort geboren, in diesem Ort?«

»Ich weiß es nicht«, sagte Leone gequält. »Es hat einmal geheißen«, er zögerte kurz, fuhr dann aber mutig fort, »sie sei im ›Nirgendwo‹ geboren.«

»Im Nirgendwo geboren, hast du so etwas schon gehört«, fragte Ursul ihren Onkel, der soeben zur Tür hereinkam, »dass ein Mensch im Nirgendwo geboren ist?«

»Wer soll dort geboren sein?«

»Nun, diese Lea Coen, die hier auf dem Bild.«

»Es soll ein winziger Ort gewesen sein, der nicht einmal eine *Mikwe* hatte«, sagte Leone hilflos.

»Viele Orte hatten keine *Mikwe* in dieser Zeit, in der Juden von einer Stadt zur anderen gejagt wurden«, sagte der Onkel sinnend, »das besagt nichts. Bei uns in Nürnberg gab es eine *Mikwe*, früher einmal. Aber man könnte immerhin versuchen, über die jüdische Gemeinde bei uns vielleicht etwas zu erfahren.«

Ursul lachte. »Wie denn? Du kommst und sagst, du willst Steinchen auf das Grab einer Jüdin legen, die vor mehr als hundert Jahren in Venedig gelebt hat, möglicherweise aber nicht in

Venedig begraben ist, sondern an irgendeinem kleinen Ort in Deutschland, der zwar Juden hat, aber keine *Mikwe.*«

»Diese Lea ist nicht allein von dort nach Venedig gekommen. Sie muss irgendwem in meiner Familie einmal etwas vom Elsass erzählt haben, von Orten, durch die sie gezogen sind. Bevor sie nach Venedig kamen. Orte, in denen es Landjuden gab.«

»Na schön, dann fragt eben das auf der Gemeinde«, spottete Ursul, »das ist bestimmt aufschlussreich. Landjuden in einem Ort im Elsass, in dem es keine *Mikwe* gab! Und das alles für eine Frau, von der man weder den Geburtsort noch den Todesort wisse.« Und überhaupt habe sie nun das Suchen satt, sagte sie dann brüsk. Und sie wolle jetzt arbeiten. Sie müsse arbeiten.

Der endgültige Abschied war mehr als frostig.

»Wir werden sie schon finden«, entschied Ursul, im Bemühen, nicht so ganz unhöflich zu erscheinen, »dieses *Püchel*, das gar keines war, hat sich ja auch gefunden. Wenn auch an völlig anderem Ort.«

»Weshalb willst du sie eigentlich finden, diese Lea?«, fragte Leone plötzlich, schon fast an der Tür.

Ursul stützte den Kopf in die Hände. »Es stört mich, dass ein Leben so irgendwo in der Luft hängt«, sagte sie dann, »es hat keinen Anfang und möglicherweise nicht einmal ein Ende.«

»Es hat sehr wohl einen Anfang, wenn er auch irgendwo zwischen zwei Ortschaften am Rande eines Waldes liegt«, sagte Leone nachdrücklich, »und überhaupt, wir streiten um eine Frau, die euch doch gar nicht gehört. Weshalb eigentlich?«

»Und woher bist du so sicher, dass sie euch gehört?«

Leone schaute sie verblüfft an. »Sie war doch Jüdin, oder etwa nicht?«

»Gehört ein Mensch mit einer anderen Religion nur immer denjenigen, die die gleiche Religion haben? Gehört er nicht auch irgendwie sich selbst?«

»Natürlich gehört er sich auch selbst«, sagte Leone rasch, »aber –«

»– und darf derjenige mit der anderen Religion sich nicht einmal bemühen um solch einen anderen Menschen? Weshalb diese Abgrenzung?«

»Nun, ich –« Leone stockte, »ich meine –«

»– du meinst, dass es Grenzen gibt, die man nicht überspringen kann?«

Leone starrte vor sich hin. »Selbst wenn wir den Ort wüssten, so wissen wir doch noch lange nicht, ob sie dort begraben liegt«, lenkte er dann ab. »Wir wissen ja nicht einmal, ob sie nicht vielleicht doch sogar in Venedig liegt«, sagte er dann abrupt.

Ursul lächelte. »Nein, das wissen wir natürlich nicht. Aber vielleicht erfahren wir irgendwann doch noch etwas mehr über sie.«

2. Der Traum vom Weihrauchland

Zunächst jedoch entschied sich Ursul, etwas mehr über ihre eigene Vergangenheit zu erfahren, und das brachte sie auf die Frage, wo diese Margarete in diesem Haus eigentlich gewohnt hatte.

»Mit großer Wahrscheinlichkeit im Turmzimmer«, antwortete der Onkel.

»Im Turmzimmer? Wieso denn ausgerechnet im Turmzimmer? Ich dachte immer, da stehen nur die Sachen herum, die niemand im Haus haben wollte.«

»Nein, so war das nicht«, wehrte sich der Onkel. »Es gab von Anfang an eine testamentarische Verfügung, dass Unverheiratete aus unserer Familie in diesem Turmzimmer ein Wohnrecht hatten. Margarete war unverheiratet. Also könnte ich mir durchaus vorstellen, dass sie dort gewohnt hat. Und ich kann mir ebenso vorstellen, dass dieser Raum weitgehend so geblieben ist, weil es keine anderen unverheirateten Frauen in unserer Familie gegeben hat.«

»Und wo finde ich den Schlüssel für dieses Turmzimmer?«

»Den kann dir Johann geben, der kennt sich am besten aus.«

Als Ursul an diesem Nachmittag die steile Wendeltreppe zu dem Turmzimmer hinaufstieg, hatte sie das Gefühl, dass die Geschichte dieses Hauses darauf gewartet hatte, von ihr entdeckt zu werden: Die Kammern, an denen sie vorüberging, hatten Namen, die aus der Märchenwelt stammten, und sie fragte sich, wer einstmals in diesen Räumen gelebt hatte. Da gab es eine EISERNE HAND, ein MONSTER VOM KAHLEN BERG, dann DIE HEXE VOM SILBERBRUNNEN, die FRAU MIT DER GOLDENEN HAUBE, die WÄSCHESPHINX, den BODENFRATZ. An der letzten Tür der Wendeltreppe war lediglich ein großes Fragezeichen hingemalt und ein buntes Band mit der Aufschrift BIS ANS ENDE DER WELT. Es war das einzige Zimmer, aus dem ein seltsamer Geruch drang. Als sie die Tür geöffnet hatte, glaubte sie, sich in die Bibliothek verirrt zu haben: Die Wände des Raums waren bis zur niederen Stuckdecke mit Büchern vollgestellt. Die barocken Stuckelemente waren mit einer Farbe überzogen, die inzwischen abblätterte.

Ursul blieb zunächst an der Tür stehen und ließ den Raum auf sich wirken.

Sein Geruch war seltsam exotisch. Es war nicht auszumachen, woher er stammte. Vielleicht der Geruch eines seltenen Parfums oder eines fremden Gewürzes, das ihr noch nie begegnet war.

Der Kleiderschrank war leicht geöffnet. Als Ursul ihn behutsam eine Spur weiter öffnete, verstärkte sich der Geruch, der aus allen Kleidern drang, ebenso aus den Mützen, den Schals und den Handschuhen.

Ursul wusste nicht genau, wie alt dieses Haus war. Damals, als sie nach dem Tod der Eltern aus ihrem Dorf als Mündel zu ihrem Onkel gekommen war, musste es schon mehr als hundert Jahre alt gewesen sein. Wer alles in der Zwischenzeit hier gewohnt hatte, entzog sich ihrer Kenntnis. Sie hatte seitdem in dem Teil des Hauses gewohnt, der der Straßenseite zulag, direkt neben dem prächtigen steinernen Chörlein, das immer ein Zankapfel zwischen ihrem Urgroßvater und ihrer Urgrossmutter gewesen war.

Dann stieß sie aus Versehen an einen Stoß von Büchern, die auf der Nachtkonsole gestapelt waren, und plötzlich sprangen sie einige dieser Titel nahezu an: DIE KÖNIGIN VON SABA und HERODOT: REISEN IN KLEINASIEN UND ÄGYPTEN – ein Buch, in dem die Gewinnung von Weihrauch, Myrrhe, Kasinuslorbeer, Zimt und Baumharz beschrieben wurde. Über die Weihrauchgewinnung stand fernerhin da, dass man Styraxharz anzünden müsse, weil das starken Rauch entwickle. Und dieser Rauch vertreibe dann die bunt geflügelten kleinen Schlangen, die in großen Mengen bei den Weihrauchbäumen leben, um sie zu bewachen und vor fremden Händen zu schützen.

Dann gab es ein dickes Buch über den König Salomo. Ob er überhaupt gelebt habe oder lediglich das Produkt einer blühenden Phantasie gewesen war. Und die Reise dieser Königin von Saba zu diesem König Salomo erfunden, ihre Geschenke, die sie mitbrachte, ebenso erfunden.

Die Regale über dem Bett wiederum waren voll mit Büchern über die Heilwirkungen des Weihrauchs, wo er eingesetzt werden konnte, Rauch, Salbe und Öl in den verschiedensten Verwendungsformen wurden aufgeführt, gelobt oder verworfen.

Ein anderes Regal mit Büchern war der Astrologie gewidmet, nahezu alle waren mit beschriebenen Zetteln vollgestopft. Aber Ursul nahm an, dass sie von Margarete stammten und dass sie diese Reise in das Weihrauchland gründlichst vorbereitet hatte. Das zeigte vor allem ein Notizbuch, in dem Merkzettel steckten: *Wasserschläuche überprüfen, an Flickzeug denken; Riechfläschchen; Verbandszeug; vorher Gespräch mit Dr. Hanemacher über Gifte und ihre Wirkung und Gegenmaßnahmen; drei Paar Schuhe!; ein einziges Frauenkleid für bestimmte Zwecke. Gitarre?; Schreibzeug; NOTIZEN ÜBER TRÄUME nicht vergessen!*

Mit diesem mehr als seltsamen Wunsch endeten die Notizen.

Diese Vorfahrin hatte also einen Traum gehabt, wohl über Jahre hinweg. Und dann hatte sie eines Tages versucht, diesen Traum zu leben.

Ursul fragte sich, ob sie je mit etwas Ähnlichem würde aufwarten können – einem Traum. Die Träume hatten bisher andere für sie gehabt. Der Vater den Traum mit dem Harnischmacher, da ihm der Sohn verwehrt geblieben war. Also war sie in diesen

Beruf hineingerutscht. Nicht, dass sie ihn nicht gemocht hatte, sie war sogar stolz auf ihn. Und sie konnte ihn genauso gut ausüben wie ein Mann: ihre Harnische waren keinesfalls schlechter als die der übrigen Gesellen, an manchen Stellen sogar eindeutig exakter.

Der nächste Beruf, der der Keuflin, hatte mit Träumen recht wenig zu tun gehabt: Bei irgendeiner Gelegenheit hatte jemand gefehlt, der ein Testament zu überprüfen hatte. Der Onkel, der sich darin ein wenig auskannte, hatte sie dazu gerufen, sie hatte ihm über die Schulter geschaut. So war sie auch hier hineingerutscht.

Jetzt, an diesem Nachmittag, an dem sie nach Träumen suchte, die möglicherweise einmal die ihren sein konnten oder werden konnten, hatte sie das Gefühl, dass es ihr vielleicht helfen würde, sich auf eine direkte Suche nach solchen Träumen zu begeben. Träume, die für Frauen möglich waren. Und so entschloss sie sich, über den Hauptmarkt zu schlendern und sich dort umzuschauen, womit Frauen in Nürnberg ihr Geld verdienten.

Vor der Stadtkirche und den Klosterkirchen hatten jeweils Kerzenmacherinnen ihren Stand, an dem sie Votivkerzen verkaufen konnten. Oder auch Wachs, wenn sie selber keine Kerzen herstellten.

Dass es Geldwechslerinnen gab, Wirtinnen, Gewandschneiderinnen, wusste sie, sie musste sie nicht unbedingt hier auf dem Markt finden. Dagegen gab es Geschmeidemacherinnen, die Korallen, Borten und Ringe anboten.

Und dann fand sie natürlich ihren eigenen Beruf am Säumarkt. Frauen, die alte Kleider verkauften. Stände, an denen sie so gut wie keine Zeit verbrachte, da sie kaum die Absicht hatten, hier auf Träume zu hoffen, die sich erfüllen ließen. Dass die Arbeit der Wildnerinnen keinesfalls zu denen gehörte, die sie gerne ausgeübt hätte, hatte sie auch vorher bereits gewusst: das Schlachten lebend eingekaufter Tiere weckte kaum Wunschträume. Am meisten gefielen ihr die Goldschmiedearbeiten, die Frauen anboten.

Woher diese Margarete ihre Träume einst gefunden hatte, blieb ihr weiterhin verborgen, und so kehrte sie mehr als enttäuscht in ihr Haus zurück.

»Nun, war es ergiebig, das Turmzimmer?«, wollte der Onkel am Abend wissen.

Ursul lächelte spärlich. »Es ist ein Weihrauchzimmer. Es besteht nur aus Büchern, die sich damit beschäftigen und die bis in das letzte Detail alles berichten, was es in diesem Weihrauchland zu erfahren gibt.«

»Dann bin ich ja gespannt, was uns dieses Tagebuch erzählen wird.«

Ursul nickte. »Ich werde heute Abend damit beginnen«, sagte sie dann zögernd.

Dass sie fast den ganzen Vormittag in der Stadt damit verbracht hatte, Träumen nachzuspüren, von denen vielleicht auch eines Tages einer davon der ihre werden könnte, verschwieg sie.

3. Wie eine Nachthütte in den Kürbisgärten

BERICHT DES HERDEGEN BRECHTHELM UND DES ENRICO LAMBARDI VON IHRER FAHRT INS WEIHRAUCHLAND

Da mir nichts weiter von ihm geblieben ist, benütze ich seinen Kalender. Den jüdischen Kalender.

NISSAN, 18.

Ich muss zunächst von mir berichten, auch wenn Margarete das nicht gefallen wird.

Wir haben entschieden, dass wir über diese Reise gemeinsam erzählen wollen. Wir wollen festhalten, was auf diesem Weg ins Weihrauchland geschehen ist.

Ich beginne mit mir, da ohnehin völlig ungewiss ist, wo dieser Bericht eines Tages ankommt. Und nicht in irgendwelchen Sanddünen, in der Rub al' Khalil, der größten Sandwüste der Erde, für immer und ewig vergraben bleibt. Zusammen mit uns.

Ich soll das Pestkind hinter mir lassen, hat sie gefordert, soll es vergessen. Auslöschen. Aus meiner Seele herausschneiden.

Sie, meine Mutter, hat diese Entscheidung gefällt, weil sie glaubt, sie sei Gott, der Allmächtige. Manchmal sogar größer als Gott. Sie könne sagen: *Es geschehe.* Und schon passiere es.

Wir werden sehen.

Also der 18. NISSAN

Wir haben uns nach langem Hin und Her für diesen Termin entschieden, weil es zu viel Zwänge gab, auf die wir Rücksicht zu nehmen hatten: Zwischen Mai und Oktober sei die Reise eine grandiose Tortur, heißt es, im August und September ist Regenzeit, zwischen Juni und September herrscht in Dhufar, unserem Reiseziel, der Monsun, im Oktober und November sei es zwar am günstigsten, wobei im Oktober aber wiederum die Erntezeit bei den Weihrauchbäumen vorüber ist und die Karawanen in Sammaram, dem Weihrauchhafen, mit ihrer kostbaren Fracht bereits nach Norden aufbrechen.

Da wir in genau entgegengesetzter Richtung reisen, also von Norden nach Süden, war es ohnehin schwierig, überhaupt einen Plan zu machen. Und als M. dann außerdem in dieses chaotische Geflecht von Reisezeiten auch noch die Kameltagesmärsche der Rückreise einplanen wollte – wobei ich nicht einmal verstand, mit was sie diese Tagesmärsche zu multiplizieren gedachte –, gebot ich Einhalt. Und sagte, dass ich nicht beabsichtigte, bereits vor Beginn dieser Reise meschugge zu werden.

Drück dich bitte in deiner eigenen Sprache aus, rügte sie mich. Und bestimmte dann kühn den 18. Nissan, wobei es ganz gewiss für diesen 18. überhaupt keine Marke gab. Aber sie setzte sich durch, wie bei so vielen anderen Dingen.

M. hat auch die Sache mit den Männerkleidern entschieden. Dass wir uns andere Namen zulegen mussten, war die logische Folgerung daraus, wir konnten schließlich nicht gut in Männerkleidern mit Frauennamen unterwegs sein. Die Kleider werden wir unterwegs dann nochmals wechseln müssen, wenn wir mit der Karawane mitziehen: *djellabah* oder Burnus heißen diese Hemden. Und auf dem Kopf tragen wir dann einen *massaar*, einen Turban.

Ich sage von nun an also *Herdegen* zu M., zu Beginn nur

unter Lachen. Inzwischen habe ich mich daran gewöhnt. Mit meinem *Enrico* hatte Margarete ganz offensichtlich keinerlei Schwierigkeiten. Wie sie überhaupt so gut wie keine Schwierigkeiten zu haben scheint mit allem, was auf uns zukommt.

NISSAN, 29

Wir haben für die erste Strecke den Wasserweg genommen. Sind also von Nürnberg nach Osten gefahren und von da aus nach Süden. Da diese Strecke mehr als langweilig war, spare ich sie aus.

Und träume weiterhin von unserem Kamelritt durch die Wüste. Auch wenn die Kamele Dromedare sind mit einem Höcker und keine Trampeltiere mit zwei Höckern, wie M. behauptet. Und Lasttiere. Aber all das ist natürlich ungewiss.

Ob wir das Grab der Königin von Saba finden, ebenfalls.

Ob wir überhaupt nach *Marib* kommen, auch.

Nur das Dhufarland, das Weihrauchland, das ist gewiss, weil wir die alte Karawanenstraße nehmen werden, die schon seit Jahrhunderten von den Händlern benutzt wird.

In einem kleinen Stoffbeutel trage ich zwei kostbare Krümel bei mir: Weihrauch. Vom reinsten, den es gibt, fast schneeweiß – *olibanum*. Wenn ich an ihm reibe, bleibt sein Duft für kurze Zeit an meinen Fingern hängen.

Auf den Schiffen, auf denen wir fahren, versuche ich zu lernen, was es zu lernen gibt, vor allem Sprachen. In früheren Zeiten, als ich mit meiner Familie noch in fernen Landen lebte, habe ich mit meinem Bruder zusammen einmal begonnen, Arabisch zu lernen. Aber da er nur irgendeinen Dialekt konnte, bin ich nicht sicher, ob es mir überhaupt etwas nützen wird.

Natürlich möchte ich mich auch über Kamele kundig machen

und über Weihrauch, aber – so albern es klingt – M. ist eifersüchtig, wenn ich davon spreche. Du kümmerst dich um alles Äußere unserer Reise, hat sie gesagt, und ich um das andere. Das, worum es eigentlich geht.

Worum es geht, weiß ich natürlich: Sie will in Venedig einen Handel mit Weihrauch beginnen, es soll ein Ableger werden zu ihren Parfumgeschäften in Venedig, die bereits jetzt ein großer Erfolg sind.

Diesen Weihrauch will sie selber ernten, in Dhufar. Dazu braucht sie natürlich zunächst einmal Weihrauchbäume – was so klingt, als wolle man im heimischen Garten im Herbst Birnen pflücken und brauche dazu nur die Leiter anzustellen. Aber natürlich ist das dort alles völlig anders.

Über die Besonderheiten dieser Bäume will ich später berichten, zunächst nur so viel: Man muss diesen Weihrauch abkratzen. Möglichst heimlich, weil diese Bäume nicht uns gehören. Dass dies Diebstahl ist, stört M. allerdings wenig. Sie braucht dieses Gefühl des Abkratzens, sagt sie, darauf kommt es ihr an. Und da wir vermutlich ohnehin nicht in der Haupterntezeit dort sein werden, sei es weniger schlimm, weil das Harz dann nicht ganz so wertvoll sei. Wir werden also gewissermaßen das unnütze Harz abkratzen, das sonst auf dem Boden liegen bleiben würde.

Aber ich zweifle, ob wir solche raren Bäume überhaupt finden werden – was ich natürlich nicht aussprechen darf. Sonst hätte ich ja gleich zu Hause bleiben können. Aber nun, da wir unterwegs sind, sind alle Gedanken über die Vergangenheit sinnlos, es zählt nur noch die Zukunft.

IJJAR, 4

Nachts, wenn ich in rüttelnden Kutschen oder auf schwankenden Schiffen schlaflos liege, überfällt sie mich manchmal aber doch, die Vergangenheit. Dann tauchen sie auf, die Bilder, die ich vergessen will oder soll. Bilder, die der Grund sind für diese Reise, mein Grund.

Der Tag zum Beispiel, an dem wir die Briefe unserer Mutter verbrannten, draußen auf den Salzfeldern. Die Flammen zischten in einem grellen Gelb empor, der Rauch stieg über unsere Köpfe hinweg, höher, als wir das vermutet hatten.

»Nun ist er endlich tot, dieser Riccardo«, sagte mein jüngerer Bruder befriedigt, »endgültig tot. Nicht nur ›gegangen‹, wie Mutter immer sagt.«

Wir blieben stehen, schauten auf den schwarzen Fleck in dem grellweißen Salz, wussten bereits jetzt, was unser großer Bruder Clemens dazu sagen würde, kopfschüttelnd. »Was seid ihr doch für Kinder, könnt ihr nie erwachsen werden?«

Wenn Erwachsenwerden bedeutet, dass man keinen Hass mehr spüren darf, dann will ich es nie werden. Ich will ihn haben dürfen, diesen Hass, für immer. Und ich werde nicht vergessen, meine Wünsche – oder Flüche – über den Gräbern und Friedhöfen im fernen Dhufar auszusprechen, wo sie angeblich in Erfüllung gehen sollen.

IJJAR, 10

Heute unser Streit über die Königin von Saba. Was M. weiß, was ich weiß. Woher wir unser Wissen haben, wie fundiert es ist. Und ob diese Königin überhaupt gelebt habe. Ob sie wirklich in grauer Vorzeit bei König Salomo in Jerusalem war, wie es in der Bibel steht. Oder ob das alles nur Legenden sind. Wir streiten über eine Sache, die Tausende von Meilen von uns entfernt ist. Wir sind noch nicht einmal am Meer und streiten über Dinge auf dieser Weihrauchstraße, die wir nur flüchtig aus Büchern kennen. Sie nicht anders als ich.

Und natürlich ist alles so, wie jedermann es vermutet hat. Für Außenstehende war schon damals klar, dass ich, die Jüngere, genau das tun würde, was M. bestimmt. Aber mancher würde sich wundern, welch seltsame Arbeitsverteilung wir inzwischen haben. M. ist die Prinzessin, die alles vorgekaut bekommt. ALLES. Das hat sie mir gleich zu Beginn dieser Reise in aller Deutlichkeit klargemacht: Ich bin für das verantwortlich, was wir als die Banalitäten und Nichtigkeiten der Reise bezeichnen. Sie wird reiten, ich werde die Steigbügel halten. Sie möchte ungestört ihren Weihrauchphantastereien nachgehen, ich habe dafür zu sorgen, dass alles seinen Gang geht. Das heißt, dass ich für unsere Ausrüstung genau so verantwortlich bin wie für die Sandstürme. »Hast du auch genügend nachgeforscht, wann sie kommen, wie sie sich ankündigen, diese Sandstürme«, hat sie vor einigen Tagen gefragt, so, als sei ich der Gott der Stürme und des Wetters.

Sie will auf jeden Fall – Sandsturm hin oder her – einmal in ihrem Leben unter einem Weihrauchbaum nächtigen. Allein. Nur mit ihrem Kamel. Ich soll in Rufweite bleiben, damit ich zu Hilfe kommen kann, wenn sie welche braucht. Aber sie ist überzeugt, dass sie keine braucht.

Denn ich muss in jedem Fall auch vorweg über die Tiere der Wüste Bescheid wissen, wann sie erscheinen, vor allem bei Nacht. Bis jetzt kenne ich lediglich den Fenek und ein paar Namen von Schlangen, die ich nie gesehen habe, wie auch? Skorpione, über die ich einigermaßen Bescheid weiß, zählen nicht.

Obwohl ich genau über sie eine Menge wüsste. »Er ist kein Wüstentier«, hat sie abfällig gesagt. »Es gibt ihn gerade so gut auch im Süden der Schweiz, im Tessin.«

Aber zunächst sind wir nicht in der Wüste, sondern auf dem Meer. Und keiner hat den anderen vorweg über seine Seetüchtigkeit befragt. Dass sie es ist, die die Tage wimmernd und stöhnend fastend in der Kajüte verbringen muss, gibt mir fast ein boshaftiges Überlegenheitsgefühl. Dass sie sich zu Beginn, wenn sie zur Reling ging, nach der falschen Seite, nach der Wetterseite, hin, entleert hat, hat sie mir vorgeworfen.

Ich stand, wenn ich mich nicht um sie kümmern musste, neben dem Kapitän und durfte sogar einige Male das Steuerrad führen. Ich versuchte, ihn nebenher über die Tiere der Wüste auszufragen, vor allem über Nachttiere, aber auch er konnte mir hier nicht weiterhelfen. Welche Farbe zum Beispiel die giftige Hornviper hat, die es dort gibt, wusste er ebenso wenig wie ich. Und ob wir Gazellen und Luchsen begegnen werden, konnte auch er nur vermuten.

SIWAN, 1

Der Ort, an dem unsere eigentliche Reise beginnt: Ghaza, die Hafenstadt am Meer.

Hier ist der Anfang der alten Karawanenstraße, hier werden wir den Karawanenführer finden, der uns durch die Wüste bringen soll.

Die Karawanserei, die wir beide zum ersten Mal betreten, ist Handelsumschlagplatz, Schlafstätte für die Händler, bietet Ställe für die Pferde, und natürlich kann man hier essen und trinken, aber selbstverständlich keinen Alkohol.

M. und ich geben uns als Händler aus, die den Weg durch die

Wüste machen werden, um in das Zentrum des Weihrauchhandels, das Dhufargebiet, zu kommen. Dass die eigene Ernte unser Ziel ist, lassen wir selbstverständlich unter den Tisch fallen. M. kommt aus einem Handelsimperium in Nürnberg, ihr Großvater war Safranhändler, die Familie hat in früheren Zeiten in der Hauptsache mit Gewürzen gehandelt, aber bisher nie mit Weihrauch. Was alles der Wahrheit entspricht. Ich bin ihr – »sein« – Gehilfe, führe die Bücher über die Geschäfte.

So weit sind unsere Vorbereitungen gediehen, jetzt muss die Karawane, an der wir teilhaben wollen, zusammengestellt werden. Wir sind nicht die einzigen Händler, die mitziehen werden. Doch die einen werden uns bereits in der alten Felsenstadt Petra verlassen, die anderen in Medina und Mekka.

Bis es diese Karawane gibt, wird es vielen Kaffees, vieler Pfeifen, vieler Katrunden und noch viel mehr Geduld bedürfen, heißt es.

Wir sind also in das Zelt des Scheichs gebeten worden, und nach endlosen Verhandlungen, die meist mit Allah zu tun hatten und zunächst nicht mit den Details der Karawane, sind wir so weit: Wir haben einen Vertrag mit dem Obersten der Karawane abgeschlossen. Er ist bereit, Treiber, Kamele und Wasserschläuche zur Verfügung zu stellen. Dann gibt es weitere Verhandlungen über die Miete und die Löhne der Treiber. Der Anführer ist mit seinem Leben verpflichtet, dafür zu sorgen, dass wir unbeschadet das Ziel unserer Reise erreichen werden. Er ist für uns über Wochen hinweg der wichtigste Mann. Er allein kennt die Wüste so gut, wie unsereins die Stände der Händler am Rialto oder die Läden an der Merceria kennt. Auf jeden Fall sind wir in den Händen dieses Mannes sicher vor allen Unbillen dieser Reise.

So hoffen wir wenigstens.

Und da er außerdem noch ein halber Medikus ist und man zu ihm geht, wenn einen eine Schlange gebissen oder man sich den Magen verdorben hat, dürfen wir uns gewiss gut behütet fühlen.

Aber bis das *bakra inschallah* endlich gesprochen werden kann, vergeht ein weiterer Tag.

Dann endlich werden die Kamele zu einem letzten Fressen auf die Weide geschickt, die Lasten, die sie zu transportieren haben, müssen gewogen werden, damit man sie anschließend gleichmäßig auf den Kamelrücken verteilen kann.

Den Wasserschläuchen, die am Ende der Prüfung mit Teer eingeschmiert werden, wird am meisten Sorgfalt zugewandt, da sie schließlich über Tod oder Leben entscheiden können.

Mein Reittier, ein Dromedar wie die übrigen, sei sanft, hat uns Ahmed, der Sohn des Führers des Trecks, beruhigt. An ihm probiere ich mein schlechtes Arabisch aus. Aber da er mit seinem Vater zusammen einmal einen italienischen Forscher in die Wüste begleitet hat, spricht er zumindest einige Brocken meiner Muttersprache, sodass wir uns gegenseitig helfen können. Den Mischmasch, der dabei entsteht, findet M. selbstverständlich abstoßend, lieber enthält sie sich jeder Sprache und wedelt mit Händen und Armen in der Luft herum. Oder lässt mich übersetzen.

Das Kamel müsse sich erst an mich gewöhnen, hat Ahmed gesagt. Was sein Schreien anbetrifft, als ich es zum ersten Mal zur Probe satteln soll, hält es auf jeden Fall nichts von einer Gewöhnung. Es brüllt. Es brüllt so laut, als malträtiere ich dieses arme Kamel bereits, bevor diese Reise überhaupt begonnen hat, lade ihm die härtesten Lasten auf, verweigere ihm Fressen und Wasser. Dabei hat es ganz gewiss über die Maßen viel getrunken, sodass man es sogar wegzerren musste von dem Wasserbottich.

Nach dem Nachmittagsgebet ist es endlich soweit: Der Ruf zum Aufbruch ertönt. Die Treiber fangen ihre Kamele ein, stellen die Lasten zusammen, beladen die Tiere. Ein Vorgang, der nur mit Gebrüll, Schreien und wildem Beißen der Kamele vonstattengeht.

Mein Kamel sei eine sanfte Stute, wiederholt Ahmed geduldig, als er sieht, dass ich Schwierigkeiten mit ihm habe. Man muss sanft mit ihm umgehen. Oder auch hart. Was hart ist, lerne ich, als die Kamele gezwungen werden, sich zum Beladen niederzulegen: einer der Treiber tritt auf seine zusammengeknickten Vorderbeine, greift nach dem oberen Teil seiner Schnauze und drückt auf seine Nase, sodass es nicht mehr atmen kann. Zwei andere Treiber heben die Lasten auf den Tragsattel, schieben die Haltepflöcke durch die Ösen, und dem Tier bleibt nichts anderes, als sich zu fügen.

Die Kamele sind aneinandergefesselt und gehen deshalb folgsam in einer Reihe. Eine schnurgerade Linie durch die Wüste, wie mit einem Lineal gezogen.

SIWAN, 2

Unsere Gesichter verhüllt bis auf die Augen, unsere Körper in die Gewänder der Beduinen gehüllt – niemand würde uns als Margarete aus Nürnberg und Bianca aus Venedig erkennen. Ein kaum beschreibliches Gefühl – wir sind verschollen für die Welt.

Der erste Tag allerdings war kaum die reine Freude. Da ich auch unsere Reiseapotheke verwalte, können wir uns die Stellen salben, die es nötig haben. Man solle die ersten drei Tage des Öfteren neben dem Kamel hergehen, heißt eine alte Regel, dann vergehe es am schnellsten. Aber »es« vergeht bei M. erst nach fünf Tagen, was sie missmutig sein lässt, da sie nun schon zum zweiten Mal die Schwächere von uns beiden ist.

Ich habe seltsamerweise überhaupt keine Beschwerden.

SIWAN, 4

Die Nächte in unserem Zelt.

Wir haben für die lange Wüstenreise ein eigenes Zelt mitgenommen, damit wir uns sicherer fühlen, wenn wir vor dem Schlafengehen die Bandagen von unseren Brüsten wickeln.

Aber M. schläft mit offenen Augen, was mich irritiert, weil sie aussieht, als sei sie tot. Einmal versuchte ich, mein Ohr auf ihre Brust zu legen, um ihren Atem zu hören, aber sie erschrak und stieß mich mit ihren Füßen zurück.

Manchmal erinnert sie mich an meine Mutter, und ich habe das Gefühl, das eine Übel gegen ein anderes eingetauscht zu haben – was natürlich ungerecht ist. Ich spüre ihre Ängste, sie könnte ihrer Verantwortung nicht gerecht werden oder am Ende gar noch diesem Weihrauch verfallen. Er soll einen Wirkstoff haben, der betäubt, heißt es, oder euphorisch macht. Mehr weiß ich darüber nicht.

SIWAN, 10

Unser Tag beginnt in aller Frühe.

Bereits bei Sonnenaufgang schälen wir uns aus unseren Decken, wir zerren die Bandagen um unsere Brüste, schlüpfen in unser langes baumwollenes Hemd, das bis zu den Knöcheln reicht, setzen den *massaar* auf unsere Köpfe.

In der Zwischenzeit haben die Treiber die Kamele gesattelt, die Lasten wieder festgezurrt. Mein Kamel brüllt auch hier am lautesten und bekommt dann Knüffe von dem Kameltreiber. Er erklärt mir, dass es eine Rangordnung gibt innerhalb der Kamele, und dass das meine ganz offensichtlich der Meinung ist, dass es im Rang höher steht, wenn ein anderes sich vordrängen will. Deswegen sei es störrisch, sagt er lachend, aber bis zum Ende der Reise werde er ihm das ganz gewiss abgewöhnen.

Die Strecke, die bis zur Mittagszeit zurückgelegt werden muss, beträgt etwa 24 Meilen. Dann folgt die ersehnte Unterbrechung für uns, eine Ruhepause. Eine Wolldecke wird über vier in den Sand geschlagene Stöcke befestigt, sodass eine Spur von Schatten zu genießen ist. Wir trinken heißen gesüßten Tee und essen eine Kleinigkeit.

Erst am späten Nachmittag brechen wir wieder auf, reiten weiter bis zum Einbruch der Dämmerung, wo nochmals eine Strecke von etwa 16 Meilen zurückgelegt wird.

Die abendliche Zeit am Lagerfeuer gehört mit zu den schönsten Stunden. Nicht nur, weil wir dann in aller Ruhe essen und trinken können: Einige der Treiber spielen die Zither oder die Trommel, andere singen. Wenn wir dann in unser Zelt kriechen – das wir stets etwas abseits von der Gruppe aufbauen –, ist inzwischen für uns diese fremde Welt zu einer vertrauten geworden.

Die Nächte sind kalt. Viel kälter, als ich mir vorgestellt hatte. Manchmal behalten wir sogar einen Teil unserer Kleider an, und trotz allem frösteln wir am Morgen noch, wenn die Karawane weiterzieht.

TAMMUS, 2

»Hast du eigentlich schon über unsere Bäume geschrieben?«, fragte M. heute mit einer Eindringlichkeit, als ginge es um Leben und Tod.

Ich muss bekennen, dass ich dieses Thema bisher ausgespart hatte, weil ich nicht wusste, was ich überhaupt erzählen darf, und sei es nur auf diesem Papier. Und auch deswegen, weil M. zu Beginn der Reise die Kamele und den Weihrauch für sich gepachtet zu haben schien.

Nun also zu diesen Weihrauchbäumen, und was wir darüber wissen oder auch nicht. Genauer gesagt, was ich darüber weiß, denn schließlich hatte ich mich bereits in Nürnberg oder Venedig damit beschäftigt. Mit ihrer Geschichte und ihrem Geheimnis, das im Laufe der Jahrhunderte nie restlos gelüftet werden konnte.

Sie waren in der Vergangenheit heilige Bäume und äußerst selten zu finden. Man konnte sie weder damals noch heute verpflanzen oder züchten. Selbst der ägyptischen Königin Hatschepsut gelang es nicht, sie in ihrem Land heimisch werden zu lassen. Und die Spähtrupps, die zu anderen Zeiten ausgeschickt wurden, waren keinesfalls erfolgreicher.

Für die Ernte dieser Bäume ist nun eine gute Zeit, auch wenn M. behauptet, dass es zu früh sei. Dass wir mindestens noch drei Tagreisen oder gar mehr von jener Gegend entfernt seien, in der die Bäume wachsen, die das beste *olibanum sacrum*, ein fast durchsichtiges Harz, liefern.

Die Bäume gehören einzelnen Familien, ihre Standorte werden innerhalb der Familie weitergegeben und bleiben geheim. Auch die Weihrauchmischungen, die die Frauen aus diesem Harz zusammenstellen, sind Familiengeheimnis, und wie viel Sandelholz oder Myrrhe dieser oder jener Mischung zugegeben wird, wissen nur die, die diese Arbeit verrichten.

Die Bäume, die vorwiegend in Wadis oder an ihrem Rand zu finden sind, sind an die Trockenheit angepasst und verschmähen Feuchtigkeit. Ihre Höhe soll zwischen drei bis fünf Metern liegen, aber ich bin sicher, dass das so unterschiedlich ist wie die Orte, an denen sie vorkommen.

Bei der Ernte wird der Baum mit einem Messer angeritzt, der Balsam, den der Baum dann absondert, trocknet an der Sonne und kann anschließend mit einem Spatel abgeschabt werden. Alle paar Jahre bekommen die Bäume eine Erholungsphase.

Die Geschichten, die sich um dieses Harz weben, sind zahlreich. Dass es früher mit Gold aufgewogen wurde, dass der Kaiser Nero eine ganze Jahresernte von Weihrauch für seine Lieblingsgattin verbrannte, dass um dieses Weihrauchland Dhufar Kriege geführt wurden und ganze arabischen Königsreiche irgendwann in der Erinnerung verschwanden, lässt unsere Neugier von Tag zu Tag größer werden.

TAMMUS, 4

Heute Morgen nach kurzem Ritt auf einer Hochebene, die gewiss mehr als zwanzig Meter aus der Ebene emporragt. Wir schauen hinunter auf spärliche Reste von irgendwelchen Gebäuden, die einstmals ein Palast gewesen sein sollen: Marib, die sagenumwobene Stadt des Altertums, die Hauptstadt des sabäischen Reiches, um 1200 vor Chr.

Ahmeds Vater, der selten mit uns spricht, lässt die Karawane anhalten, was ebenfalls selten geschieht. Vor allen Dingen dann, wenn alle anderen bereits wissen, um was es sich handelt, und er lediglich uns beiden etwas mitteilen möchte.

Diese Königin, sagt er dann mit erhobener Stimme, diese Königin von Saba liegt dort unten. Er sagt es so, als sei diese Königin, die da irgendwo unter meterhohem Schutt vergraben ist, *seine* Königin, der er auch heute noch zu dienen habe. Eines Tages wird ihr Palast ausgegraben werden und dann werden auch die glauben, die bisher zu den Nichtgläubigen gehören, sagte er mit Gewissheit und schaute uns prüfend an. Dabei klang seine Stimme so, als habe er uns soeben den Mond geschenkt, sei aber unschlüssig, ob wir ihn verdient haben.

»Erzähl doch von Salomon«, drängte Ahmed, »von den Bewässerungsanlagen, dem Staudamm, den Totentürmen, die es nirgendwo auf der Welt sonst gibt. Von den Nachfahren –«

Aber sein Vater schüttelte abweisend den Kopf und gab das Zeichen zum Weiterreiten.

Vermutlich haben wir die falsche Reaktion auf seine Darstellung gezeigt. M. ganz gewiss. Ich spüre bereits seit Tagen ihre Erregung wachsen und ihre Ungeduld, endlich diesem Dhufar, dem Weihrauchland, näher zu kommen. Diesem magischen Harz, das – zumindest ihrer Meinung nach – nicht einmal von einer längst verschollenen, wenn auch über Zeiten und Räume berühmten Königin übertrumpft werden kann.

»Was hat es auf sich mit diesen Totentürmen?«, fragte ich Ahmed am späten Abend, als wir beim Feuer saßen. »Was weiß dein Vater, was er uns dann aber ganz offensichtlich nicht erzählen wollte?«

»Er weiß eine ganze Menge«, sagte Ahmed bedächtig. »Schließlich betrachtet er sich als Nachfahre der Königin von Saba.«

»Als Nachfahre?«, fragte ich ungläubig.

»Nun, er stammt aus dieser Gegend, er ist nur wenige Meilen von hier geboren, weshalb sollte er kein Nachfahre sein?«

»Nun ja, aber nach diesen Jahrhunderten, Jahrtausenden?«

»Auch Christen glauben, was seit Jahrhunderten überliefert

ist, ohne die Gewissheit zu haben, dass es wirklich so war, oder etwa nicht?«

Ich schwieg, da ich wusste, dass er recht hatte.

Ahmed lachte. »Er heißt Menelik, zumindest sein Name hat etwas mit ihr zu tun, wenn auch nur der Sage nach. Da soll sie nämlich in Jerusalem mit Salomon einen Sohn gezeugt haben, eben diesen Menelik.«

»Aber dieser Salomon, stimmt der denn überhaupt?«

»Es steht in der Bibel. Und im Koran.«

»Dein Vater kann die Bibel lesen?«, wunderte ich mich.

Ahmed schaute zum anderen Ende des Feuers, wo sein Vater die Pfeife rauchte. »Er kann die Bibel lesen und den Koran, den Koran natürlich besser als die Bibel. Und die Bibel selbstverständlich in Arabisch, zumindest einige Stellen davon, die er sich übersetzen ließ.« »Nachfahr«, murmelte ich vor mich hin, »es scheint mir irgendwie recht seltsam.«

»Nun, er nimmt das für sich in Anspruch, genau so, wie er sich als Nachfahre jener Männer sieht, die einst vor Jahrhunderten die Kamele domestiziert haben, sodass eine Reise durch die Wüste überhaupt erst möglich wurde. Es waren Beduinen, denen dies zu verdanken ist. Und er ist Beduine. Ein stolzer Beduine«, fügte Ahmed hinzu. »Er hat deswegen zum Weitermarsch getrieben, weil seine Darstellung der Königin von Saba ganz offensichtlich zu wenig gewürdigt worden war. Keine Fragen, keine Begeisterung, kein Interesse. Nein, nein, versucht nicht, Euch zu entschuldigen, er wird Euch trotzdem gut durch diese Wüste führen. Auch wenn der Kopf Eures Freundes anderen Dingen zugewandt ist. Dingen, die mein Vater möglicherweise nicht unbedingt billigt.«

Ich starrte Ahmed an, der sich erhob und zum Zelt ging. Er

konnte nicht wissen, was M. beabsichtigte, da wir es nie erwähnt hatten. Und ich hoffte, dass dieses Abenteuer, das Abernten eines Weihrauchbaumes, der uns nicht gehörte, dass dieses Abenteuer zu einem guten Ende kommen würde.

TAMMUS, 7

Die erste Oase heute. Und natürlich hatte ich sie mir wesentlich größer vorgestellt, vor allem Wasser im Überfluss. Klares, kaltes Wasser, Süßwasser. Dieses hier war leicht salzig, schmeckte nach Schwefel und war lauwarm. Und von Überfluss konnte keine Rede sein: Es war nichts weiter als ein Rinnsal, das aus den Felsspalten in einen Eimer heruntertröpfelte.

»Diese Oase wird von arabischen Wanderhirten besucht«, erklärte Ahmed, »sie gehört ganz gewiss nicht zu den großen Oasen, zu denen wir später noch kommen werden. Aber ich liebe sie trotzdem«, fügte er hinzu, »auch wenn sie nichts weiter aufzuweisen hat als ein paar zerfledderte Palmen und eine halb vertrocknete Mimose.«

Aber immerhin strahlte diese Oase Leben aus: Zwischen dürftigen Gräsern ein Pfad, auf dem einige Ziegen meckerten und Hühner gackerten. An ihrem Rande wurde Kaffernhirse angebaut, ein paar Weinstöcke rankten sich an einer Hütte empor, die knallroten Blüten eines Granatapfelbaums, die aussahen als seien sie aus Papier gemacht, leuchteten hinter einem Baum hervor, den ich nicht kannte. Eine Frau trug einen Korb mit Bananen und Melonen zu ihrer Hütte, an einem Feigenkaktus hingen Früchte, die ich gerne geerntet hätte. Aber Ahmed schüttelte den Kopf. »Es dauert eine Weile, bis man die Stacheln herausgemacht hat.« Er lachte. »Am besten ist es, wenn man sie sich fertig angerichtet schenken lässt.«

TAMMUS, 9

Heute im Souk einer kleinen Stadt, wo es sogar einen Weihrauchsouk gab, was M.s Glück in ungeahnte Höhen steigen ließ. Dass sie endlich das kaufen durfte, was sie sich so sehr ersehnt hatte, bedeutete natürlich, dass sie dazu stundenlang brauchte.

»Es ist mein erster Souk«, verteidigte sie sich, als Ahmed und ich sie mahnten, dass es weitergehen müsse. »In Nürnberg kann ich ganz gewiss nicht alle Düfte des Orients haben. Nicht einmal in Venedig. *Felix Arabia*, wie es früher hieß«, sagte sie lachend, »nimm eine Nase voll mit.«

»Nimm vor allem du eine Nase voll mit«, erwiderte ich, »und nicht nur den Geruch. Kaufe am besten gleich einen ganzen Sack voll mit Weihrauch, damit du genug hast zum Experimentieren.«

»Aber doch nicht damit«, wehrte M. ab, »ganz gewiss nicht damit.«

Das heißt wohl, dass wir in jedem Fall einen dieser Weihrauchbäume suchen werden und dort dann selber das Harz abkratzen müssen. Was so verboten ist, wie nur irgendwas. »Aber«, so sagt M. zuversichtlich, »es muss ja niemand sehen. Wir machen es selbstverständlich bei Nacht.«

»Bei Nacht«, spottete ich, »natürlich bei Nacht. Etwa beim Mondschein? Die Bäume, nach denen sie in früheren Zeiten sogar Spähtrupps ausgeschickt haben, stehen dann einfach so herum und warten auf uns? Ich dachte immer, man findet sie äußerst schwer?«

»Woher weißt du das mit den Spähtrupps?«, fragte sie sofort misstrauisch, »von mir doch gewiss nicht.«

»Ich unterhalte mich bisweilen mit Ahmed«, sagte ich lächelnd, »siehst du das nicht? Und schließlich habe ich mich auch zu Hause bereits damit beschäftigt.«

»Wir suchen die Bäume natürlich bei Tag«, erklärte sie ruhig, ganz offensichtlich in dem Bemühen, die Angelegenheit vom Geruch des Absurden zu befreien. »Wir stellen unser Zelt in ihrer Nähe auf. Bei Nacht kratzen wir dann.«

Madonna! Vermutlich hätte mich meine Mutter lieber in unserem Palazzo gelassen, den abweisenden Moise direkt vor der Tür, als mich in stockfinsterer Nacht verbotenerweise Weihrauch von Bäumen abkratzen zu lassen, in einem Land, das gewiss nicht so harmlos ist wie das Rialto-Viertel in Venedig.

»Also«, M. legte mir lachend den Arm um die Schultern, »kümmere du dich um alles andere, ich beschäftige mich mit diesen Bäumen, wie abgesprochen.«

Ich sagte es bereits, ich bin zuständig für Wasserschläuche und Sandstürme. Die Kamele und der Weihrauch gehören ihr.

TAMMUS, 11

Und wieder eine dieser alten geheimnisumwitterten Städte, offenbar so berühmt wie Marib: Ubar, das Atlantis der Wüste. Aber diesmal wird es keinen Karawanenführer geben, der die Karawane anhält, und bereit ist, uns irgendetwas über diese Stadt zu erzählen. Wir erfahren nur rein zufällig von ihr, aber weder von Ahmed noch von seinem Vater. Lediglich Abdullah weist uns auf diese Stadt hin, die sowohl in der Bibel wie im Koran erwähnt ist. Fast 4000 Jahre soll sie alt sein, aber es sei ohnehin nichts mehr von ihr übrig, beschwichtigt er uns, als wir uns nun beide nach unserem Fehlverhalten bei MARIB mehr als interessiert zeigen.

»Fast nichts mehr«, korrigiert Ahmed widerwillig.

»Und weshalb gehen wir nicht hin und schauen es uns an?«, möchte ich wissen.

Ahmed zuckt noch widerwilliger mit den Schultern. »Marib hat Euch nicht interessiert, also wird Euch diese Stadt, dieser *Garten von Eden,* wie sie heißt, erst recht nicht interessieren. Und im Übrigen ist ohnehin nicht sicher, ob wir überhaupt an ihr vorbeikommen, da sie abseits liegt.«

TAMMUS, 14

Heute auf einem Kamelmarkt, zu dem uns Ahmed mitgenommen hat, da er für seinen Vater einen Kamelhengst kaufen soll.

M. war unterdessen ein zweites Mal zu einem Gewürzsouk gegangen in der Hoffnung, sie könne dort noch andere Weihrauchsorten entdecken und von den Frauen etwas über deren Mischungen erfahren, die sie zusammenstellen. »Sie verraten es nicht gern«, erklärte sie, »aber ich werde es schon fertigbringen, sie zu beschwatzen.«

Der Geruch der Kamele war scharf und die Luft voller Staub, als wir uns am Rande des Souks den Kamelhändlern näherten. Ein wildes Stimmengewirr umfing uns, das Feilschen um einen günstigen Preis war heftig, bisweilen schien es in Streit auszuarten. Besonders, als ein Mann ein Kamel zurückbrachte, das ganz offensichtlich seinen Erwartungen nicht entsprach und er sich betrogen fühlte.

»Um was geht es denn?«, wollte ich wissen.

»Es hatte Schaum vor dem Mund«, sagte Ahmed achselzuckend, »als hätte es Seifenwasser getrunken. Und es beißt. Weil es in der Brunst ist.«

»Hat der Käufer das nicht vorher gemerkt?«

»Nun, ein Hengst in der Brunst stülpt normalerweise seinen Kehlsack aus, dieser hier tat es offenbar nicht, zumindest nicht hier auf dem Markt. Vermutlich erst auf dem Heimweg, oder erst dann, als es dem Käufer nicht passte.«

»Und du? Wolltest du nicht auch einen Hengst und ihn dann mitnehmen?«

Ahmed schüttelte den Kopf. »Mein Vater will einen, aber der soll ihm in die Oase gebracht werden, weil er ihm sonst den ganzen Treck verrückt macht, wenn ich ihn jetzt mitnehme. Ich suche eine Stute, eine trächtige Stute, die Milch gibt, da dein Kamel sich ja nicht eben willig melken lässt. Vielleicht kann ich es auch eines Tages als Brautpreis benutzen, wenn es so weit ist.«

Während Ahmed zwischen den Kamelen hin und her ging, hier einen Fuß hochhob, dort ein Gebiss begutachtete, zuckte ich plötzlich zusammen: Beim übernächsten Kamel unterhielten sich zwei Männer auf Hebräisch, zwischendurch auch auf Jiddisch. Zu der Zeit, als ich in Venedig versucht hatte, Moise zu beeindrucken, hatte ich auch versucht, seine Sprache zu lernen. Wobei es mir zunächst so erging wie vermutlich allen Hebräischlernenden: Ich kam kaum über das Alphabet hinaus. Erst beim zweiten Anlauf hatte ich Erfolg, und so konnte ich nun immerhin Bruchstücke dieser Sprache verstehen. Aber ich begriff zumindest, worum es ging: Im Augenblick waren nicht Kamele das Thema des Gesprächs, sondern die Beschneidung des Sohnes des einen Mannes, zu der er seinen Freund einladen wollte.

Ich stand neben den Männern, starrte sie unhöflicherweise so lange an, bis sich der eine von ihnen in Arabisch an mich wandte. Ahmed bemerkte mein verblüfftes Kopfschütteln und kam hinzu. Er sagte ein paar Sätze zu dem Mann, der mich angesprochen hatte, ich wehrte ab und erklärte, dass ich lediglich verblüfft gewesen sei, dass diese Männer hebräisch gesprochen hatten. Als wir das Durcheinander zwischen Hebräisch, Arabisch, Jiddisch und Italienisch, das der eine der Männer sprach, endlich auflösen konnten, stellte sich heraus, dass die Männer aus der Nähe von Sana'a stammten und dass es dort eine große Anzahl von Juden gab, die Handel trieben. Der eine der beiden Männer war bereits einmal in Venedig gewesen, und als ich erzählte, dass dies meine Heimatstadt sei, hätten sie am liebsten meine Adresse aufgeschrieben. Just in diesem Augenblick kam glücklicherweise M. zu uns und warf mir einen warnenden Blick zu.

Als wir uns trennten, hatten sie uns jedoch die Adresse einer Karawanserei in Sana'a mitgeteilt, in der wir ganz gewiss gut übernachten könnten, wenn wir auf dem Rückweg seien.

»Nun kannst du aber gewiss alles ausprobieren, was du möchtest«, sagte ich auf dem Heimweg zu M., als ich ihren dicken Bastsack entdeckte. »Ich hoffe, du hast dich diesmal genügend eingedeckt mit allen Sorten, die es gibt, es soll ja auch indische geben.«

M. plusterte die Backen auf. »Hast du neulich nicht zugehört«, empörte sie sich dann, »ich will es vom Baum abpflücken, anschließend auf Holzkohle legen und dann verdampfen lassen. Und für meine Versuche will ich es ganz gewiss nicht im Souk kaufen, wo es ohnehin viel teurer ist. Und Indisches will ich schon gleich gar nicht. Im Übrigen heißt es *luban*«, sagte sie dann und sprach das Wort so aus, als wolle sie es einem Schwerhörigen mitteilen, »*luban*. Oder *boswellia sacra*, wenn dir das besser gefällt.« Dann leierte sie die verschiedenen Weihrauchsorten herunter wie die Wörter einer neuen Sprache, die man lernen will.

Der Umgang mit M. wird zunehmend schwieriger, je näher wir unserem Ziel kommen. Manchmal sitzen wir irgendwo beieinander – beim Essen oder am Feuer –, und ich möchte ihr etwas erzählen von meinem heutigen Tag. Dass das Pech auf den Schläuchen zum Beispiel bis jetzt gut gehalten hat, dass ich nie wieder ohne einen Massaar gehen möchte, weil einem dann keine Haare ins Gesicht rutschen, dass mein Versorgungssack, den ich auf meinem Kamel festgeschnallt habe, dessen Haut aufgeschabt hat und ich mich darum kümmern muss. Natürlich lauter banale Dinge, aber ich möchte sie eben loswerden.

Falls sie überhaupt wahrnimmt, dass ich ihr etwas erzähle, nickt sie versunken mit dem Kopf und sagt dann erregt, weißt du eigentlich, wie viel ein Kamel tragen kann, wie schnell es laufen kann, wie viel es trinkt, auf einmal trinkt, und vor allem, was ein Rennkamel kostet? Man kann dafür mindestens fünf beste Araberpferde kaufen, ist das nicht unglaublich? Oder: Wenn ich erst meine Niederlassung in Nürnberg habe – oder in Venedig –, wirst du sehen, was ich dann alles verkaufe. Myrrhe, Rosenblätter, Sandelholz und vor allem *bokhur*, das ist die Mischung, die ich am besten finde. Ich hätte stundenlang im Souk bleiben können, um Dinge zu erfahren, die ich wissen will, aber ihr wollt ja immer gleich weiter.«

»Wenn du so verliebt bist in den Souk, dann kann es dir doch gewiss auch nicht um die paar Gulden gehen, die es hier teurer ist, und das auch nur vielleicht.«

»Nun in jedem Fall ist es teurer, als wenn wir es selbst ernten«, sagte sie amüsiert.

»Natürlich«, sagte ich lasch und verkniff mir auf dem Rest unseres heutigen Wegs meine Bedenken, dass wir uns nun also wohl doch in jedem Fall auf diese verrückte Suche nach den Weihrauchbäumen begeben würden. Ganz gleich, in welche Gefahren wir uns dabei auch stürzen.

»Was hast du diesen Männern eigentlich alles erzählt?«, erkundigte sie sich misstrauisch, als wir am Abend wieder in unserem Zelt lagen. »Ich bin nach wie vor der Meinung, dass wir so wenig wie möglich mit Fremden reden sollten, um uns nicht zu verraten. Sonst hätten wir ja gleich in unseren Frauengewändern reisen können.«

Ich starrte sie an. »Also, ich habe ihnen erzählt, dass wir drauf und dran sind, alle Weihrauchbäume, an denen wir in den nächsten Tagen vorbeikommen, bei Nacht abzukratzen«, sagte ich zornig, »und zwar unabhängig davon, ob es minderwertiges Harz ist oder kostbares.«

Dann drehte ich mich auf die andere Seite.

M. steckte nach einer Weile die Hand zu mir herüber. »Ich habe doch die Verantwortung für dich«, flüsterte sie dann.

»Natürlich, das hat Mutter von dir verlangt«, murmelte ich, »lass ja keine bösen Wölfe in unser Zelt.« Mein Hass auf sie, diese Mutter, ist noch immer rotglühend: Sie darf lieben. Selbst einen Toten. Ich nicht einmal einen Lebenden. Manchmal kralle ich meine Hände in den Sand einer Düne und stelle mir vor, das wäre ER.

TAMMUS, 15

Und schon hat M. in ihrer Sprunghaftigkeit am nächsten Tag wieder alles verworfen, was gestern noch seine Gültigkeit hatte: Es roch ganz eindeutig nach Weihrauch, als ich heute Abend in der Dämmerung zu unserem Zelt zurückkehrte. Sie saß in sich versunken vor einem Räuchergefäß – ein Teil ihrer Ausrüstung, die wir nun bereits über Tausende von Meilen unbenutzt mit uns herumgeführt haben –, atmete den Duft des Weihrauchs ein und schien auf fernen Sternen zu wohnen.

»Nun, also doch«, sagte ich befriedigt, ohne lang nachzudenken. »Meine Mutter wäre gewiss glücklich, wenn sie uns so friedlich vereint mitten in der Wüste nebeneinandersitzen sehen würde. Damit wäre ihr Ziel ja endlich erreicht.«

M. öffnete die Augen und wandte sich zu mir um. »Ich denke, du solltest endlich von dieser ganz und gar falschen Vorstellung loskommen, dass deine Mutter dich ohne Grund in die Wüste geschickt hat.«

»Hat sie etwa nicht?«

M. zerbröselte behutsam ein paar Weihrauchkörner und legte sie auf die rauchende Holzkohle. »Nein, das hat sie ganz und gar nicht.«

»Nun wer dann? Die Engel vom Himmel etwa?«

»Moise«, sagte M. ruhig.

»Moise?« Ich spürte, wie mir die Kehle eng wurde. »Du meinst, Moise hat gewollt, dass ich jetzt hier mit dir sitze?«

M. beugte den Kopf nach vorne und atmete mit geblähten Nüstern den Duft des Harzes ein. »So war es, oder kaum anders«, sagte sie dann und holte die nächsten Tüten, die sie am Tage zuvor gekauft hatte, aus ihrem Sack. »Du kannst also deinen Hass ohne Weiteres auf den wirklichen Urheber dieser Angelegenheit werfen: Auf Moise. Und auf jeden Fall darfst du ganz sicher sein, dass es nicht deine Mutter war, die dich in die Wüste geschickt hat. Sie erhoffte sich lediglich, dass du erwachsen würdest und dich nicht länger zum Gespött der Leute im Ghetto in Venedig machtest mit deinen verqueren Ideen.«

Moise. Moise. Moise. Ich murmelte den Namen vor mich hin, ohne zu glauben, was M. erzählt hatte. »Weshalb bei allen Göttern sollte er das getan haben?«, wollte ich dann wissen.

»Aus hundert Gründen«, erwiderte M. und wedelte mit der Hand vor ihrer Nase, um den Geruch des Weihrauchs intensiver zu spüren. »Du hast Kneidl gekocht mit falschem Mehl, Falafel gemacht, die er nicht ausstehen kann, beim Humus hast du den Knoblauch vergessen, deine rote Pfeffersoße drehte einem den Magen um, und das Hazaret hast du zum falschen Fest gemacht, zu Sukkot, und nicht zu Pessach, wie es sein sollte. Und ob koscher oder nicht koscher hat dich ohnehin bei nichts interessiert.«

»Das war alles nur zu Beginn«, verteidigte ich mich lahm, »da wusste ich zu wenig von ihm und seinem Leben.«

»Aber das, was du wusstest, hast du rücksichtslos zur Seite geschoben: Dass er ein Mädchen hatte im Serraglio in Rom hast du einfach nicht ernst genommen und so getan, als ob es dieses Mädchen nicht gebe.«

M. stand auf und holte ein zweites Stück Holzkohle aus ihrem Beutel. »Überdies hätte er dein Vater sein können, aber ich denke, du wusstest nicht einmal sein Alter. Du warst ein Kind in seinen Augen.«

»Ich war sechzehn«, sagte ich leise. »Da sind manche schon verheiratet. Und haben Kinder.«

»Jetzt bist du sechzehn«, erwiderte sie und zerkrümelte weitere Weihrauchkörner auf ihrem Öfchen. »Also vergiß ihn endlich und stelle dich der Wahrheit. Niemand wollte dich weghaben oder gar in die Wüste schicken. Deine Mutter ganz gewiss nicht. Sie wollte nichts weiter, als dass du eines Tages glücklich wirst.«

»Natürlich, sie wollte das Beste für mich, so, wie Eltern stets das Beste für ihre Kinder wollen«, spottete ich.

Ich ging in unser Zelt, zwar hoch erhobenen Hauptes, aber ich wusste, dass ich es nicht lange weiterhin so hoch tragen konnte: Ich versuchte meine geborstene Welt zu kitten und leckte meine Wunden. Aber ich leckte sie genussvoll.

Verschmäht zu werden war ganz gewiss das Schlimmste, was einer Frau geschehen konnte.

Aber es schien mir in diesem Augenblick, als sei alles Recht dieser Welt auf M.s Seite: Ich hatte einen Mann geliebt, der das falsche Alter hatte, die falsche Religion, die falsche Sprache, einen Mann, der gezwungen war, mit seinen Glaubensgenossen in einem Ghetto zu leben, im Ghetto von Venedig. Und wenn M. behauptete, ich habe mich ihm an den Hals geworfen, so traf das zu.

Er hieß das *Pestkind*, weil er in den Zeiten der Pest seine Eltern in Livorno verloren hatte und dann bei einer anderen Familie in Venedig aufwuchs. Jetzt war er ein erwachsener Mann, dessen Gefühle mir gegenüber vermutlich nie über die eines Bruders zu einer Schwester hinausgingen, falls sie überhaupt so weit gediehen waren. Während ich mich bereits unter dem Brauthimmel stehen sah, die *Katuba*, den Ehevertrag, ausgefüllt, auf dem Kopf gehorsam die Perücke, hatte er sich vermutlich überlegt, ob ich überhaupt nur eine Handvoll der 613 Gebote seines Volkes beherrschte. Geschweige seine Gebete.

An einem Tag, als ich wieder einmal mehr als störrisch war, hatte mir meine Mutter die Bibel in die Hand gedrückt und gesagt, ich solle bei Jesaja oder Jeremias – genau weiß ich es nicht mehr – nachlesen, dann wüsste ich, was gut zu wissen sei für mich. Aber was ich fand – oder finden wollte –, war lediglich ein wunderschöner poetischer Spruch, wobei ich nicht mehr weiß, in welchem Zusammenhang er stand. Aber ich konnte ihn nicht vergessen: WIE EINE NACHTHÜTTE IN DEN KÜRBISGÄRTEN.

TAMMUS, 17

Heute Nacht wachte ich auf und stellte voller Entsetzen fest, dass ich den arabischen Namen für Weihrauch vergessen hatte. Ich weckte M. ohne schlechtes Gewissen und fragte sie danach. Ich nehme an, dass sie nicht einmal wach sein musste, um die Antwort aus ihrem Gedächtnis hervorzukramen – sie murmelte nur: »*Luban*, es heißt *luban.* Und es gibt verschiedene Sorten davon: Im Wadi Adonib die schlechtere Sorte, die von der Küste heißt *shabi*, ist aber nicht so gut, *sharzi* ist mittelgut, und an der Wasserscheide des Dhufargebirges *nejd*, die teuerste. Sie ist fast durchsichtig und am wenigsten verunreinigt. Und *sakalan* heißt ›das Land des Weihrauchs‹, aber vergiss es nicht gleich wieder.«

Dann drehte sie sich auf die andere Seite und schlief im nächsten Augenblick weiter.

TAMMUS, 19

Ich bin dazu übergegangen, mein Kamel selbst zu füttern. Ich habe mir seine Ration von Ahmed geben lassen – Getreidekörner oder Bohnen –, ein paar Hände voll. Den Rest muss es sich selber suchen, sein kräftiges Gebiss und sein robustes Maul vermögen selbst dornige Sträucher und Kräuter in der Wüste als Nahrung aufzunehmen.

Ich weiß nicht recht, was ich mir von diesem Akt der Fürsorge erhofft hatte. Vermutlich nahm ich an, dass Kamele wie Pferde oder Hunde reagieren und demjenigen die Freundschaft schenken, der sich um seine Bedürfnisse kümmert. Aber zunächst schien es so, als lasse sich zumindest dieses Kamel nicht bestechen. Melken ließ es sich nach wie vor nicht von mir, und wenn Ahmed es tut, ist er bisweilen von oben bis unten eingenässt, weil es dem Kamel ganz offensichtlich große Lust bereitet, den bereits gefüllten Eimer umzustoßen.

AW, 1

Habe heute meinem Kamel während einer Rastpause einen Namen gegeben, was alle Treiber zu Lachstürmen brachte: *Sha'aban*.

»Nun, was meint es denn dazu, Euer *Sha'aban*«, fragte einer der Treiber grinsend, und ich konnte nicht sehen, dass er das Tier dabei mit einem Stecken stupfte, als ich den Namen wiederholte. Als ich dem Kamel dabei zärtlich über die Nase strich, machte es eine ruckhafte Bewegung und versuchte, mich in die Hand zu beißen.

Die Männer lachten so lange, bis der Befehl zum Weiterreiten kam.

AW, 6

Nach dem wenig erfreulichen Gespräch mit M. vor einigen Tagen habe ich überlegt, ob ich den Bericht weiterhin nach dem jüdischen Kalender schreiben soll. Der *AW* entspricht dem August, da der christliche Kalender dem jüdischen drei Monate voraus ist, was dort also Nissan ist, ist bei uns April. Als ich dann wirklich den christlichen Namen probeweise über meine Tagebuchnotizen schrieb, spürte ich haushohe Sperren.

Also ließ ich es. So, als wisse Moise über Meilen hinweg, dass ich soeben versuchte, mich von ihm zu lösen.

AW, 16

Heute zum ersten Mal die Grausamkeit dieser Wüste verspürt: Aus dem Gipfel einer Sanddüne ragte uns ein menschlicher Arm entgegen, die Finger um den Rest eines Wasserschlauches gekrallt. Ahmeds Vater stieg von seinem Kamel, nahm einen Eimer mit Sand, leerte ihn über den Arm, sodass er nicht mehr sichtbar war. Er sprach ein Gebet, dann ging unser Zug weiter.

Am Abend konnte ich bei M. eine gewisse Spur von Besorgnis entdecken: Ob ich auch für alle Fälle gut vorgesorgt habe, die Wasserschläuche überprüft seien, das Zelt nach wie vor gut verschließbar und ich unseren Arzneimittelvorrat aufgefrischt habe? Ich konnte sie beruhigen, da ich neulich im Souk Kräuter, Tees, Holzkohle, bestimmte Salben und weitere Arzneimittel besorgt hatte. Wie weit das wirklich zu unserer Sicherheit beiträgt, weiß ich nicht, es gibt keinen wirklichen Schutz in der Wüste. Einer der Treiber hatte neulich vergessen, am Morgen seine Schuhe auszuschütteln. Er war von einem Skorpion gestochen worden, und es dauerte Tage, bis er wieder normal gehen konnte.

Aber ich bin trotz allem, was geschieht, ganz sicher, dass M. ihre Idee, eine Nacht unter einem Weihrauchbaum in der Wüste zu verbringen, ganz gewiss nicht aufgeben wird, unabhängig von der Wetterlage. Und dass sie auf jeden Fall dabei allein sein möchte. Sie will weder den scharfen Geruch der Kamele in der Nase haben, noch den Schweißgeruch der Treiber, sagt sie. Aber das sind natürlich vorgeschobene Gründe. Es ist für sie eine Erfahrung, bei der sie von niemandem gestört sein möchte. Weil sie der Meinung ist, dass dieses Gefühl von keinem Menschen auf dieser Erde wirklich nachempfunden werden kann.

Manchmal sehne ich mich nach dem Ende unserer Reise. Auch wenn ich das nie zugeben würde.

AW, 23

Und schon wieder ein Souk. Die Orte, nach denen M. allmählich süchtig zu werden scheint.

Aber diesmal war es nicht nur ein erbauliches Ereignis: Sie hatte bei einem der Straßenhändler Fasi gekauft, ein Rosinengetränk mit Moschus und Kampfer. Und es ist ihr ganz und gar nicht bekommen. Sie musste sich den ganzen Tag übergeben, aber ihr Jammern hat nichts genutzt, schließlich konnte die Karawane nicht ihretwegen aufgehalten werden. Ahmeds Vater hat ihr dann ein unappetitlich aussehendes, schwabbeliges Gebilde gegeben, das sie ohne Wasser hinunterschlucken musste. Was sie auch gehorsam tat. Aber dabei quollen ihr fast die Augen aus dem Gesicht, und sie schüttelte sich so, dass ihr armes Kamel dabei aus dem Tritt geriet.

Nachts wurde sie vom Fieber befallen und redete wirres Zeug. Sie dachte sich Namen von Parfums aus, die sie machen würde, wenn wir erst wieder in Venedig sind. Namen, die sie bis jetzt natürlich nur in ihrem Kopf entstehen lassen kann, lediglich die Zutaten kann sie zusammenstellen: Limonen, Jasmin, Myrrhe, Sandelholz, Pfirsich und natürlich *luban* will sie hineintun, auch Moschus. Sie will das teuerste Parfum der Welt bereiten, verspricht sie mir, als ich ihre Stirn mit einem feuchten Lappen kühle und beruhigend auf sie einrede. Ein Parfüm, das kein Mensch nachmischen kann und dessen Ingredienzien für immer und alle Zeiten unbekannt bleiben.

Dann ist sie wieder bei den Kamelen. Denkt sich nun Namen für sie aus. Sie probiert die Kalendernamen durch, ignoriert, dass meines auch mit Namen nichts von dem tut, was es tun soll: Melken lässt es sich nach wie vor noch immer nicht von mir. Und bei Ahmed geht es meist nicht ohne hinterhältige Fußtritte zu.

»Aber ich will nicht, dass aus der Haut meines Kamels eine Zeltdecke gemacht wird«, murmelt sie beim Einschlafen trotzig vor sich hin. Ich bin inzwischen zu müde, um darüber nachzugrübeln, von wem sie das gehört haben könnte.

ELLUL, 2

Natürlich hat unsere Karawanenstraße Wasserstellen, Märkte, Oasen. Und selbstverständlich auch Brunnen. Der, den wir heute erreichten, war allerdings versiegt. Wir ließen einer nach dem anderen den an einem Gestell hängenden Lederbeutel in den Brunnenschacht hinunter, obwohl man bei diesem Vorgang nichts falsch machen konnte. Aber Ahmed konnte nun seinem Vater melden, dass da ganz gewiss kein Wasser mehr war. Und wir und unsere Tiere sich gedulden mussten bis zu der Oase, die bald kommen sollte.

M. nahm wie üblich ihren Kalender zur Hand und strich wieder einen der »Kamelmarschtage« aus, um zu sehen, wie viele Tagesreisen wir noch haben, bis wir am Ziel unserer Reise sein werden.

Ich benutze nach wie vor Moises jüdischen Kalender. Obwohl ich mich für diese Schwäche, nach dieser Niederlage neulich, hasse: Wir sind also inzwischen im Ellul, was dem September entspricht.

ELLUL, 10

LEERES VIERTEL – ein Begriff, der mir immer Angst einflößte. *Rub al-Khali*, die größte bekannte Sandwüste. Dünenketten, Tal folgt auf Berg, Berg auf Tal. Unsere Kamele weigern sich zum ersten Mal weiterzugehen, legen sich hin. Brüllen. Und scharren nicht einmal mehr mit den Füßen nach Wasser, weil sie selbst dazu nicht mehr die Kraft haben.

Versucht man mit den Augen den Horizont zu erspähen, so hat man das Gefühl, dass der Sand in den Himmel hineinwachse und ihn verschlinge. Und dass dieser Himmel die Hitze wie ein glutheißes Tuch über uns herabfallen lasse und jedes Lebenszeichen verlösche. Heben wir die Wasserschläuche hoch, so sind sie so leicht, dass man meint, sie seien nie gefüllt worden. Dass ihre Teerschicht noch nahezu unbeschädigt ist, nützt wenig.

Ich hätte nie gedacht, dass die Wüste so still sein könne. Und ihre Gefährlichkeit durch diese Stille in unsere Ohren dringen lasse.

TISCHRI, 2

Und dann in der Eintönigkeit des Sandes am selben Tag gleich zwei Ereignisse, ungeheure Ereignisse. Das erste in der glutheißen Mittagszeit.

»Wasser«, rief M. plötzlich voller Begeisterung, »schaut mal Wasser! Das muss sie endlich sein, unsere Oase.« Da unsere Wasservorräte in den letzten Tagen weiterhin beträchtlich geschwunden waren und der leere Brunnen uns mehr als Sorgen gemacht hatte, schreckten wir alle auf. Und schauten erwartungsvoll auf Ahmed, der wie üblich hinter uns ritt.

Aber Ahmed schüttelte grimmig den Kopf. »Nein, kein Wasser, unsere Oase kommt später. Das hier ist nichts weiter als eine *Fata Morgana*, die für Euch aber immerhin neu sein dürfte.«

»Aber ich sehe es doch«, beharrte M. erregt, »ich sehe Wasser, viel Wasser, Palmen, Gärten, Hütten, Kamele, Menschen.«

»Das *Meer des Teufels*«, sagte Ahmed leise, »es vergeht wieder.« Aber er verhüllte sein Gesicht nicht, wie uns das Reisende einmal erzählt hatten, dass Araber es bei diesem Ereignis tun würden.

Ich sah keine Palmen, keine Gärten, keine Hütten. Das Wasser in einiger Entfernung sah ich allerdings auch. Es flimmerte in der Luft, waberte über dem Boden, ich glaubte seinen Geruch zu spüren. Und immerhin sah ich auch einen Menschen, ich sah ihn: Moise. Moise, überdimensional, schien er über diesen wabernden Wassern zu schweben, einmal, zweimal. Dutzendfach. Aber ich war traurig, dass ich seine Augenfarbe nicht erkennen konnte.

Man sieht das, was man sehen möchte, hatte Ahmed einmal gesagt.

Am frühen Nachmittag dann die ersten Weihrauchbäume! Nicht viele, nur vereinzelte am Rand des Wadis. M. hatte vor sich hingedöst, die Augen halb geschlossen, als Ahmed uns darauf aufmerksam machte.

»Wo?«, fragte sie erregt und schob ihren *massaar* aus dem Gesicht. »Wo?«

»Dort drüben«, erklärte er und deutete auf ein paar knorrige, halbhohe Bäume, die ziemlich verdorrt aussahen.

»Aber doch nicht die«, sagte M. ungläubig und entsetzt zugleich, »das sind doch irgendwelche dürren Sträucher, keine Bäume. Und gleich gar keine Weihrauchbäume.«

»Es ist das, was Ihr sucht«, widersprach Ahmed, »aber vielleicht haben geflügelte Schlangen mit ihrem giftigem Atem sie zum Absterben gebracht«, fügte er dann spöttisch hinzu.

»Geflügelte Schlangen«, stieß M. verärgert hervor, »bei

Herodot, aber doch nicht in der Wirklichkeit und ausgerechnet hier bei uns.«

Die Bäume sahen erbärmlich aus und ähnelten irgendwelchen Sträuchern, die ich nicht zuordnen konnte. Aber sie hätten gerade so gut in Nürnberg oder Venedig stehen können.

»Ihr braucht Euch nicht aufzuregen«, versuchte Ahmed uns zu trösten, »diesen hier könntet ihr ohnehin nicht nehmen. Er ist bewacht.«

Bevor wir entsetzt reagieren konnten, da Ahmed ganz offensichtlich unser Vorhaben erraten hatte, stieß M. einen Schrei aus.

»Bewacht? Wo denn?«, fragte sie dann ungläubig, wohl auch erleichtert, dass diese verkümmerten Gebilde ganz gewiss nicht das Ziel unserer wochenlangen Sehnsucht sein konnten.

»Sein Gewehr lehnt am Stamm, die Familie ist weiter hinten bei den übrigen Bäumen zu sehen«, antwortete Ahmed.

»Sehen die alle so aus, diese Weihrauchbäume?«, fragte M. nach.

»Diesseits des Gebirges schon, die anderen, jenseits davon, sollen kräftiger sein«, versuchte Ahmed zu erklären. »Zumindest heißt es das. Ich war bis jetzt nie dort.«

Aber beim Weiterreiten sahen wir keine Bäume, die kräftiger waren als jene, an denen wir vorbeigeritten waren.

Wir sahen überhaupt keine Bäume mehr. Zumindest in den nächsten Stunden.

Als wir am frühen Nachmittag endlich die versprochene Oase in der Ferne liegen sahen, waren wir diesmal sicher, dass es keine Fata Morgana war. Und dass unsere übermüdeten Tiere nun bald ein Labsal vorfinden würden und keinen vertrockneten Brunnen.

Im gleichen Augenblick entdeckte M. den Baum, den sie ganz offensichtlich die ganze Zeit über erwartet hatte: ihren Traumbaum.

Er stand auf der anderen Seite der Oase, nicht allzu weit von unserer Karawane entfernt. »Guckt mal«, sagte sie glücklich, »da ist er ja endlich.«

»Wer ist da?«, wollte ich wissen.

»Nun, der Baum, genau so, wie ich immer dachte, dass er sein müsste. Du weißt ja, ich habe ihn mir bereits in Nürnberg genau so vorgestellt. Ihn sogar gemalt.«

»Ja, aus einem alten Buch heraus abgezeichnet«, spottete ich, »irgendeinen Fantasiebaum, den sich ein Schulmeister ausgedacht hat. Jetzt siehst du ja,wie sie wirklich aussehen, diese angeblich so kostbaren Bäume, deren Harz mit Gold aufgewogen wird.«

»Dieser hier sieht nun eben mal anders aus«, beharrte M. »Und alles andere stimmt auch, das ganze Umfeld: Wir sind nicht zu weit von der Oase entfernt, wenn wir Hilfe brauchen sollten, der Baum ist ganz eindeutig nicht bewacht und –«

»Aber vielleicht ist es sein Ruhejahr«, unterbrach Ahmed und runzelte die Stirn, »sonst wäre er ganz gewiss bewacht.«

»Es kann hundert Gründe haben, weshalb er nicht bewacht ist«, sagte M. mit Bestimmtheit, so, als habe sie ein Leben lang in der Wüste gelebt und nichts anderes getan, als solche Bäume gesucht und beurteilt.

»Ihr wollt also Euren Tieren sowohl das Wasser wie die Nahrung verweigern«, sagte Ahmed mit erhobener Stimme, »in einem Augenblick, in dem sie das alles dringend nötig haben?«

M. überlegte einen Augenblick. »Mein Kamel kann mit in die Oase, sodass es alles hat, was es braucht«, entschied sie dann großzügig. »Ich teile mein Wasser mit Enrico und ihrem Kamel.«

»Seinem Kamel«, korrigierte ich leise und so, dass nur sie es hörte.

»Ja, natürlich«, antwortete sie, ohne überhaupt zu verstehen.

»*Sha'aban* hätte ganz gewiss auch gern einen Ruheplatz«, fuhr ich gereizt fort, »und vor allem Wasser, viel Wasser.«

»Das bekommt es ja dann, morgen früh. Auf einen Tag mehr oder weniger kommt es bei Kamelen ja nicht an«, sagte M. ungeduldig.

Ahmed und ich schauten uns an, keiner von uns war davon überzeugt, dass M.s Entscheidung richtig war. Und auch wenn *Sha'aban* nicht eben dazu beigetragen hatte, dass ich ihm besonders wohlgesinnt sein musste, so tat es mir doch leid, dass es nun zurückstehen sollte.

»Wenn etwas Unvorhergesehenes geschieht, könnt ihr natürlich auf einem Kamel in die Oase reiten«, sagte er dann achselzuckend und wandte sich grußlos um.

M. lachte. Sie wolle nichts weiter als diese eine Nacht in der Wüste, das habe sie von Anfang an klar gesagt. Und es sei ja wohl kein Wetterumschwung oder gar ein Sandsturm angekündigt.

»Die Tiere sind nervös«, wandte Ahmed ein und blieb stehen.

»Alle?«, wollte M. wissen.

»Nicht alle«, gab er zu, »aber einige.«

Nun einige seien doch wohl von Natur aus nervös, sagte M. lachend und nahm ihr Gepäck von ihrem Kamel, genau wie die Menschen auch.

Weder Ahmed noch sein Vater, der inzwischen zu uns gekommen war, antworteten darauf, was M. jedoch nicht weiter störte.

Es sei ja nur für eine Nacht, wiederholte sie, inzwischen sichtlich verärgert, sie verstehe diese Zweifel nicht.

»Die Luft hat sich verändert, der Dunst ist stärker und sie gehen schneller, die Kamele«, murmelte Ahmed. »Tiere, die schneller gehen als normal, könnten bereits ein Zeichen sein für das, dass etwas kommt, was wir jetzt noch nicht wissen.«

»Meines ging nicht schneller«, widersprach M. zuversichtlich, und dann zu mir gewandt, »deines etwa?«

Ich winkte ab. »Meines kannst du wohl kaum als Maßstab nehmen, meines macht alles umgekehrt wie die anderen. Heute Morgen wollte es mir vorspielen, dass es lahme und keine Lasten mehr tragen könne.«

»Also morgen um die gleiche Zeit«, sagte M. wohlgelaunt und verabschiedete sich von den beiden Männern, da die Karawane bereits weitergezogen war.

»Mein Gott, diese Besserwisser«, sagte sie dann kopfschüttelnd, fragte mich dann aber nach einer Weile doch nochmals nach den Wasserschläuchen. Ob das Pech noch drauf sei.

»Im Sandsturm nützt dir ein Wasserschlauch wenig«, spottete ich. »Und den deinen hast du ja *Sha'aban* versprochen.«

M. zog ihren *massaar* fester um den Kopf, nahm einen kleinen Eimer und ging zu dem Weihrauchbaum hinüber, an dem wir das Harz abkratzen wollten. »Zur Hälfte«, rief sie übermütig zurück, »ich habe ihn ihm nur zur Hälfte versprochen.«

»Zur Hälfte«, murmelte ich zornig und befreite mein Kamel von seiner Ladung, »du sollst ihn nur zur Hälfte bekommen, ihren Schlauch. Aber immerhin bestimme ich, was die Hälfte ist«, sagte ich dann und füllte nahezu dreiviertel des Wassers in den Ledereimer, den ich ihm gab. Dann fesselte ich wie üblich seine Vorderbeine, was mir stets barbarisch erschien. Ich stellte unser Zelt auf, nahm meinen kleinen Eimer und folgte M., mit dem Gefühl, dass es ganz gewiss nicht richtig war, was sich hier abspielte.

Um meine Pflichten trotz allem nicht ganz zu vernachlässigen, schleppte ich ihr die Decke nach, da ich sicher war, dass sie keinerlei Gedanken mehr an ihren Schlafplatz verschwendet hatte.

Gegen Abend schien sich die Luft nochmals zu verändern. Sie wurde noch schwüler, als sie bereits an Vormittag gewesen war, *Sha'aban* verhielt sich wilder als sonst.

»Sollten wir nicht zu der Oase aufbrechen?«, wagte ich vorzuschlagen.

»Ganz gewiss nicht«, sagte M. harsch. »Ich trabe doch nicht wochenlang durch die Wüste, lebe monatelang auf diesen Augenblick hin, um ihn nun völlig ohne Grund zu verschenken. Und außerdem war es die letzten Tage immer schwül, mal mehr, mal weniger. Wenn du magst, dann nimm dein störrisches *Sha'aban* und reite zu der Oase. Ich bleibe auf jeden Fall hier.«

»Und unser Nachtmahl lassen wir heute Abend ausfallen, sehe ich das recht?«, wagte ich einzuwenden.

»Erst die Arbeit, dann die Notdurft«, erwiderte Margarete gereizt und kippte voller Hektik ihre Schüssel mit Harz in den Eimer.

Also kratzte ich weiterhin mit meinem Schaber – sie hatte mir boshafterweise den stumpfen gegeben – an der Rinde des Baumes entlang, wünschte mir von ganzem Herzen, dass der Besitzer dieses Baumes im nächsten Augenblick mit einem Gewehr aus dem stärker werdenden Dunst auftauchen und uns verjagen würde.

Und fühlte mich, wie immer in solchen Situationen, wenn mir M. wie besessen erschien und von bösen Geistern umgeben, ihr gegenüber so alt wie Methusalem.

Die ersten Windböen kamen am späten Nachmittag. Der Dunst, der die Umrisse der Gegenstände verschwimmen ließ, wurde stärker.

Das heißt, wir nahmen an, dass es sich um den Nachmittag handelte, obwohl der Nebel inzwischen so dicht geworden war, dass er die Sonne nahezu unsichtbar machte und eine Art von Dämmerung über die Wüste hereinbrach, die an den Weltuntergang denken ließ. Mein Kamel riss an seinen Fesseln und schrie.

Ich saß inzwischen in unserem Zelt, kaute misslaunig auf einem Stück getrockneten Fleisches, das ich mit einigen Tropfen Wasser hinunterwürgte, und betupfte mir zwischendurch die Lippen mit den Resten des Wassers aus dem Schlauch. Ab und zu streckte ich den Kopf aus der Öffnung des Zeltes und versuchte, den Weihrauchbaum zu erkennen, an dem M. offenbar immer noch herumschabte. Aber irgendwann schienen sich sowohl der Baum wie M. im Nebel aufgelöst zu haben. Auf mein Rufen kam keine Antwort.

Die ersten Windböen zischten über uns hinweg, doch sie klangen noch nicht unheilverkündend.

Die nächsten Böen brausten mit lautem Getöse daher, stoßartig, verwirbelten den Sand, bliesen ihn über unser Zelt, das bald den Sand durch Ritzen und Öffnungen dringen ließ. Er verstopfte mir die Nase, lähmte mich, sodass es mir kaum mehr gelang, meinen *massaar* zu befeuchten und ihn mir um den Kopf zu binden.

Die Hitze hatte inzwischen noch zugenommen. Mein Mund fühlte sich an, als habe er noch nie zuvor auch nur einen Tropfen Speichel besessen, mein Puls hämmerte gegen die Haut, meine Augen tränten.

Es war mir inzwischen klar, dass ich M. unmöglich helfen konnte. Falls sie unter dem Weihrauchbaum geblieben war, konnte sie sich nur in ihre Decke gewickelt und den kleinen Rest des Wasserschlauches über ihren Kopf geleert haben, um ihre Tücher zu befeuchten.

Ich versuchte mich abzulenken, nicht an den Sturm zu denken, aber meine Gedanken verliefen kaum mehr in geordneten Bahnen.

Dann fiel mir ein, dass Ahmed einmal gesagt hatte, dass Sandstürme selten mehr als ein oder zwei Stunden dauerten, nur manchmal drei, aber ich hätte nicht sagen können, wie viel Zeit inzwischen vergangen waren. Mir erschien es bereits eine halbe Ewigkeit zu sein, die ich hier mit geschlossenen Augen in diesem Zelt saß. Ich sah mich im Geiste bereits mit emporgereckten Armen in der Wüste, im Sand vergraben, wie wir das einige Tage zuvor erlebt hatten.

Ich höre, wie die nächste Welle heranbricht, sie wird in Sekunden unser Zelt überrollen.

Ich höre *Sha'aban* brüllen, erst in der Ferne, dann immer näher, als sei er inzwischen bei mir im Zelt.

Wortgebilde gehen durch meinen Kopf, die keinen Sinn mehr ergeben. Sie brausen heran, verschwinden im Dunkel, lösen sich auf im Sand. WIE EINE NACHTHÜTTE IN DEN KÜRBISGÄRTEN – ob von Jeremias oder Jesaias scheint unwichtig geworden zu sein.

Und irgendwann werden die Fetzen kürzer.

WIE EINE NACHTHÜTTE –

KÜRBISGÄRTEN –

GÄRTEN –

Ich sehe mich sitzen, für einen winzigen Augenblick nur, bevor ich ins Dunkel eintauche: Ich sitze in unserem Palazzo auf der Terrasse, im *giardino pensile*, der mir Schatten spendet. Ich lege meine Haare über den Hutrand, um sie zu bleichen, wie das bei uns bei den Frauen in Venedig üblich ist. Ich tue es, obwohl es lächerlich ist: Meine Haare sind schwarz.

Die nächste Welle rollt.

Mein Schreien vermischt sich mit dem *Sha'abans*.

Aber ich weiß längst nicht mehr, wer von uns beiden zuerst geschrien hat. Und warum.

Nicht einmal die Augenfarbe Moises fällt mir in diesem Moment mehr ein.

Der Bericht endete mit einem sehr kurzen Abschnitt in Arabisch, darüber war von ungelenker Hand und in schlechter, unbeholfener Wortwahl eine Übersetzung ins Italienische geschrieben:

Dieser Herdegen Brechthelm, der in Wirklichkeit eine Frau gewesen ist, soll seine Hand um einen großen Klumpen kostbaren Weihrauchs gekrallt haben, hat man uns erzählt.

Man habe diesen Mann – oder diese Frau – unter einem Weihrauchbaum gefunden, hat man uns erzählt.

Ein Baum, der nicht ihm gehört habe, hat man uns erzählt.

Daher sei sein Tod eine gerechte Strafe gewesen.

Die andere Frau sei im Zelt geblieben. Ein Kamel, Augen und

Maul weit geöffnet, habe, halb über diesem zerrissenen Zelt hängend, den Kopf in den Schlitz gesteckt, als habe es Zuflucht suchen wollen.

4. Keuflin, Harnischmacher und das Buch der Chroniken

Zwei Tage später kam der Onkel mit einem Zettel in der Hand in das Kontor. »Du sollst bei der Familie Perchtinger die Habe der Witwe schätzen und dich mit dem Testament beschäftigen. Übermorgen. Hast du Zeit?«

Ursul schob die Blätter, die auf ihrem Tisch lagen, behutsam zusammen und legte sie an den Rand des Tisches. Dann schüttelte sie zögernd den Kopf und seufzte.

Der Onkel schaute sie wartend an. »Was ist? Hast du keine Zeit übermorgen?«

»Dies hier ist …«, erwiderte Ursul langsam und deutete auf die vor ihr liegenden Blätter. »Ich weiß nicht, ob ich in diesem Beruf, den ich bisher ausübte, noch bleiben möchte.«

Der Onkel beugte sich zu seiner Nichte hinüber, lächelte dann. »Also, die *Nachthütte in den Kürbisgärten* bewegt dich. Aber ich verstehe nicht, weshalb du deswegen keine Keuflin mehr sein möchtest.«

Ursul stand auf, ging zu der Wand mit den Bildern ihrer Vorfahren. »Ich habe es heute Nacht gelesen, heute Morgen noch einmal. Und da wurde mir endgültig klar, dass ich den falschen Beruf habe.«

»Das musst du mir schon näher erzählen«, forderte der Onkel und rutschte von der Tischecke, auf die er sich niedergelassen hatte, auf einen Stuhl. »Ich werde es natürlich auch lesen, aber im Augenblick habe ich gewiss keine Muße dazu. Was bringt dich so durcheinander?«

»Nun, zum einen weiß ich natürlich jetzt, weshalb bei unserer Vorfahrin Margarete kein Todesdatum steht. Ich hingegen kenne es jetzt. Zumindest nach dem jüdischen Kalender, aber das lässt sich herausbringen, wann das uns betrifft.«

Ursul machte eine Pause, starrte über den Onkel hinweg. »Sie kamen beide im Sandsturm um. Diese andere Frau auch.«

»Und wo?«

»Auf dieser Weihrauchstraße. Genau gesagt, Margarete kam unter einem Weihrauchbaum um, von dem sie nahezu besessen war. Ein Baum, der ihr jedoch keinesfalls gehörte. Die andere Frau ist im Zelt gestorben.«

»Und wer hat sie gefunden?«

»Vermutlich der Karawanenführer oder sein Sohn. Ich denke, dass diese Aufzeichnungen über ihn oder seinen Sohn an irgendwelche jüdischen Kaufleute verkauft wurden, die sie auf dem Kamelmarkt kurz zuvor kennengelernt hatten. Immerhin gab es diese jüdischen Kalenderangaben. Und die Levis sind mit dem Levantehandel beschäftigt. Weshalb sollte es nicht über diesem Weg zu ihnen gekommen sein? Da gibt es unendlich viele Möglichkeiten. Auch dieses sogenannte ›Pestkind‹ – wegen dem Bianca Venedig verlassen musste – könnte eine Spur gewesen sein. Dieser Moise ist im Ghetto aufgewachsen und war dann später jemand, der in der Universita eine Stimme hatte, als jener falsche Messias auftauchte.«

Der Onkel lachte. »Und dieses seltsame Geschöpf, das sich den Juden andienen wollte, macht ›Kneidl‹ mit völlig ungeeigneten Zutaten und zu völlig ungeeigneter Zeit, wie du angedeutet hast.«

»Nun, es hat ja wohl nicht funktioniert, dieses Andienen, deshalb hat man sie ja in die Wüste geschickt.«

Eine Weile war Stille. Der Onkel griff nach den Blättern, stutzte, als ihm Sand entgegenrieselte, und legte sie wieder zurück. »Eine seltsame Geschichte«, sagte er dann und pustete den Sand von seinem Rock.

»Ich weiß nicht, ob man es wirklich ›seltsam‹ nennen kann«, wandte Ursul ein. »Es ist wohl eher die Geschichte einer großen Besessenheit.«

»Wie hat man es überhaupt erfahren, das Ende dieser Geschichte?«

»Nun, am Ende der Aufzeichnungen gibt es einen kurzen Absatz in Arabisch, den irgendwer ins Italienische übersetzt hat. Auch die Überschrift mit den Kürbisgärten stammt vermutlich von jemand anderem. Fest steht, dass die beiden Frauen zum Zeitpunkt des Sandsturms nicht beieinander waren: Bianca befand sich im Zelt, Margarete unter ihrem Weihrauchbaum. Sie hatte wenigstens einen Wasserschlauch bei sich, aber der nützte ihr wohl kaum etwas mehr bei diesem Sturm. Alle übrige Habe hat vermutlich der Sand verschluckt.«

Der Onkel runzelte die Stirn und wischte nochmals den Sand von seiner Hose. »Und was soll dein Berufswechsel in diesem Zusammenhang?«

»Dieser bisherige Beruf ist ein nüchterner Beruf«, sagte Ursul zögernd. »Ich stehe an einem Kontortisch und warte, dass etwas geschieht. Manchmal geschieht auch tagelang nichts. Es stirbt niemand. Es gibt keine Testamente zu klären. Ich langweile mich, wenn ich keine Arbeit habe.«

»Das stimmt ja so wohl nicht ganz«, widersprach der Onkel. »Du kommst mit Menschen zusammen, musst sie beraten –«

»Das stimmt schon, aber ich möchte etwas fortführen, was diese Margarete begonnen hat und nicht zu Ende bringen konnte. Verstehst du das?«

»Nun, ich hoffe nicht, dass du ebenfalls mit einer Karawane nach Südarabien ziehen und unter einem Weihrauchbaum im Sandsturm enden willst«, sagte der Onkel stirnrunzelnd.

Ursul lachte. »Nein, natürlich nicht. Aber ich habe mich gefragt, weshalb Margarete eigentlich so dringend dorthin wollte. Es genügte ihr doch ganz offensichtlich nicht, in Venedig Parfum zu machen, sie wollte mit diesem Weihrauch arbeiten, ihn verbrennen, verkaufen, vielleicht auch zu Parfum verarbeiten. Irgendwie fühle ich mich«, Ursul schaute an dem Onkel vorbei, trommelte dann mit den Fingern auf den Tisch. »Ich fühle mich irgendwie verantwortlich, etwas zu Ende zu bringen für diese Familie. Genau so, wie ich gerne das Grab dieser Lea Coen finden würde. Ich mag diese abgebrochenen Spuren nicht.«

Der Onkel stand auf, strich der Nichte übers Haar. »Du weißt, dass du zu jeder Zeit mit mir zusammenarbeiten kannst, ganz gleich auf welchem Gebiet. Schließlich wurde dieses Geschäft einst von einem Safranhändler gegründet, was ja nicht ganz so weit wegliegt vom Weihrauch – ein Gewürz ist es allemal.«

»Natürlich ist ein Gewürz«, bestätigte Ursul lächelnd, »und selbstverständlich gibt es eine ganze Menge ähnlicher Gewürze, die dazugehören. Aber weißt du –«, sie unterbrach sich und stand auf. »Ich war gestern Morgen auf dem Hauptmarkt.«

»Um nach einem Safranschauer zu suchen?«

»Nein, nicht nach einem Safranschauer. Ich wollte wissen, welche Berufe die Frauen in Nürnberg ausüben.«

Der Onkel schob einen Stuhl zur Seite, um sich zu setzen, musste aber zunächst ein großes, schweres Buch zur Seite legen. »Das kann lang dauern, bis du mir alle Frauenberufe in Nürnberg aufgezählt hast«, meinte er dann, »stimmt es?«

Ursul lachte. »Ja, das stimmt, aber ich will dir gewiss nicht alle Berufe aufzählen, die ich entdeckt habe. Aber es war doch Verschiedenes, was mich gereizt hätte.«

»Doch nicht etwa wieder den Beruf des Harnischmachers?«, wehrte der Onkel ab.

»Den fand ich gar nicht auf dem Hauptmarkt. Aber meinen Beruf fand ich.«

»Den der Testamenteprüfer, den der Keuflin?«

»Na ja, den der anderen Art der Keuflin. Nicht den der Nachlassinventare. Den Beruf, bei dem die Frau die ›fahrende Habe‹ der Verstorbenen verkaufen muss.«

»Was du ja nie getan hast«, stellte der Onkel rasch fest, der die Diskussion über diesen Zweig der Keuflin bereits zu oft geführt hatte. »Die Habe von Verstorbenen verkauft.«

»Nein, das nicht. Aber, ach, ich kann das schlecht beschreiben. Es war auf jeden Fall so, dass ich das Gefühl hatte, ich sollte noch mal etwas anderes anfangen. Vielleicht in einem Skriptorium arbeiten. Also irgendetwas, was mit Büchern zu tun hätte.«

»Dazu müsstest du in einem Kloster sein, und ich kann mir kaum vorstellen, dass du dich dafür entscheiden würdest. Dazu habe ich bei dir bisher nie eine Neigung entdeckt. Oder täusche ich mich da?«

Ursul stand auf. »Das stimmt schon. Aber trotzdem bleibt dieser Wunsch bestehen, etwas anderes zu machen. Diese Margarete hatte einen Traum, das wurde mir in aller Deutlichkeit klar, als ich in diesem Turmzimmer war. Mit diesem Traum muss sie gelebt haben, jahrelang. Das Mädchen in Venedig war lediglich der Auslöser für die Verwirklichung dieses Traums, aber er muss lang vorher existiert haben. Und es war natürlich keinesfalls so, dass sie die Vorbereitungen für diese Reise allein Bianca überlassen hatte.«

Der Onkel stand auf und wandte sich zur Tür. »Das mag ja alles sein. Trotzdem hoffe ich, dass bei dir nicht der Wunsch daraus wird, eines Tages als Zauberin über die Lande zu ziehen oder Liebestränke zu machen. Damit kann man schließlich auch sein Geld verdienen.«

Sie lachten beide, wobei Ursul das Gefühl hatte, als sei dieses Gespräch noch lange nicht zu Ende geführt.

Die Möglichkeit, etwas mit Büchern zu tun zu haben, ergab sich rascher als Ursul es sich hätte vorstellen können: Das große schwere Buch, das ihren Onkel ein paar Tage zuvor auf dem Stuhl gestört hatte, gab den Anlass dazu.

»Ich hatte bereits abgelehnt«, sagte der Onkel verärgert zu dem Mann, der im Kontor vor ihm stand und das übergroße Buch ungefragt auf den Schreibtisch gelegt hatte.

Ursul hatte inzwischen ein kleineres Buch in die Hand genommen, das der Mann nun noch dazulegte.

»Abgelehnt schon«, gab er zu, aber er sei der Meinung gewesen, dass das Buch gar nicht gelesen worden sei. Und dass daher dieses Urteil gefällt wurde.

»Gelesen?« Der Onkel lachte laut. »Meint Ihr, ich hätte eine Woche oder zwei Wochen oder gar drei nichts anderes zu tun, als dieses Buch zu lesen?«

»Ich würde es gerne lesen«, warf Ursul dazwischen und sah den Mann dabei an.

»Nun, da seht Ihr ja, Eure Tochter würde es gerne lesen.«

»Sie ist nicht meine Tochter, sie ist meine Nichte«, stellte der Onkel richtig. »Und ich weiß nicht, wie gut sie Lateinisch liest«, wiegelte er dann ab.

Der Mann nahm ein drittes Buch aus seinem Korb und blätterte es auf. »Es gibt schließlich auch eine deutsche Ausgabe«, sagte er dann. »Und hier«, er deutete auf das kleinere Buch, »die Ausgabe von Augsburg.«

»Das wundert mich, dass Ihr beide verkaufen wollt. Ich hörte, dass Koberger, unser Drucker hier in Nürnberg, verärgert ist, weil er der Meinung ist, dass der Augsburger Drucker, dieser Schönsperger, daran Schuld hat, dass die Nürnberger Ausgabe nicht so gut verkauft wurde, wie er sich das vorstellte. Es sei ein Raubdruck.«

»Das ist keinesfalls bewiesen«, behauptete der Mann. »Schönsperger hat es zwar nachgedruckt, nicht nur einmal, sondern mehrere Male, das stimmt. Aber überhaupt lagen da drei Jahre dazwischen.« Und es sei kein Raubdruck, sondern ein Nachdruck.

»Nun, ja, Nachdruck, wie man's nimmt. Aber die Holzschnitte von Schönsperger sind ja wohl auch schlechter. Aber bevor wir jetzt ins Detail gehen«, sagte der Onkel entschieden: »Ich habe abgelehnt. Und dabei bleibt es. Ich verkaufe Gewürze, Pfeffer, Safran und andere Sachen. Waffen vor allem. Und mein Lagerraum ist begrenzt, jetzt, nachdem den Deutschen in Venedig der *fondaco* entzogen wurde, im Besonderen. Und hier bei uns im Lande gibt es genug Buchführer, die das Buch verkaufen können. Also, nehmt sie mit, Eure Bücher. Ich habe nicht so viel Zeit.«

Der Mann blieb unschlüssig stehen, schaute prüfend zu Ursul hinüber. »Vielleicht könnte sie ja die Jungfer verkaufen, wenn sie sich dafür interessiert und außerdem Geschäfte machen darf. Wo auf der ganzen Welt gibt es schon so etwas – ein Buch der Chroniken?

»Sie ist mein Mündel, oder zumindest war sie es.«

»Wenn sie eine Witwe ist, darf sie sehr wohl Geschäfte machen«, sagte der Mann entschieden. »Ich meine selbstständige Geschäfte.«

»Sie ist keine Witwe«, erwiderte der Onkel mit erhobener Stimme, »zunächst muss sie erst einmal heiraten, bevor sie eine Witwe werden kann!«

»Entschuldigt, entschuldigt, ich dachte nur, dass sie vielleicht doch, natürlich unter Eurem Schutz, sich darum kümmern könnte. Da Ihr doch Verbindungen nach Italien habt und das Buch dort schon jetzt sehr gut verkauft wird. 200 Exemplare sind nach Mailand gegangen, 70 lateinische nach Florenz, nach Bologna weiß ich nicht wie viele, aber 40 nach Wien, nach Paris, Prag, München, Danzig, Frankfurt, nach …«

»Unter meinem Schutz?«, unterbrach der Onkel und runzelte die Stirn. »Wie stellt Ihr Euch das denn vor? Sie packt Euer ›Buch der Chroniken‹ auf einen Stapel neben meine Pfeffersäcke?«

»Ich könnte doch bei den Levis fragen«, schlug Ursul eifrig vor, »da gibt es doch diese leere Wohnung im Ghetto, und ich könnte …«

»Nein, du könntest nicht«, sagte der Onkel entschieden. »Du könntest ganz gewiss nicht. Und ich auch nicht.«

Ob er die Bücher noch über Nacht hierlassen dürfe, fragte der Mann höflich. Er habe im Augenblick keinen Rollkarren zur Verfügung und unter dem Arm … nun, da seien sie einfach zu sperrig.

»Natürlich sind sie das«, spottete der Onkel, »man hebt sich ja einen Bruch an diesem Folioband aus Nürnberg.«

So kam es, dass das »Buch der Chroniken« einen Tag lang im Kontor des Onkels blieb, dass Ursul einen ganzen Nachmittag mit diesem Buch verschwendete – wie der Onkel behauptete – und dass es am Abend dann ein langes Gespräch darüber gab, was von diesem Vorschlag des Kommissionärs zu verwirklichen war. Denn dieses Buch verkaufen, das war etwas, was Ursul wirklich gerne machen würde.

»Hast du dich wenigstens schon ein bisschen eingelesen?«, fragte der Onkel am Abend mit einem spärlichen Lächeln. »Ich verkaufe auch keinen Pfeffer, den ich nicht vorher geprüft habe. Und dass die Venezianer Safran verkauften, der gefälscht war, hängen sie uns hierzulande immer noch an.«

Das könne man ja wohl kaum vergleichen, empörte sich Ursul. Und sie habe sich ganz gewiss eingelesen. Das heißt, sie werde es tun. Es sei klar, dass man dazu Zeit brauche. Es sei schließlich ein dickes Buch.

Der Onkel seufzte. »Ja, das ist es wohl, ein dickes Buch. Und ich frage mich natürlich, was sein wird, wenn wir es nicht verkaufen können.«

Ursul lächelte den Onkel amüsiert an. »Wir?«

Der Onkel lächelte zurück. »Du«, erwiderte er dann. »Selbstverständlich du.«

5. Sch'ma Israel für Lea Coen

Am Tag ihrer Abfahrt von Nürnberg nach Venedig – Ursul war soeben dabei, in die Kutsche einzusteigen – erreichte sie ein Brief von Leone: »Lea Coen liegt vermutlich in Sulzburg begraben und nicht in Venedig«, stand da gleich im ersten Satz zu lesen. »Sie wäre natürlich selbst im Tod lieber mit ihrem Abram zusammen gewesen, aber sie konnte wohl kaum in einem Massengrab begraben werden, das schon seit der Pestzeit geschlossen war. Also zog sie, hochbetagt, nach Sulzburg im Badischen, in der Nähe von Freiburg, wo ihr Großvater einst ein Haus besessen hatte. Wenigstens für kurze Zeit, da es Juden ja verboten war, Häuser zu besitzen.«

»Wie heißt eigentlich unsere nächste Station?«, fragte Ursul, nachdem sie bereits einige Stunden gefahren waren, und sie Leones Brief mehr als einmal gelesen hatte.

»Früher hast du mir schon immer lange vorher die Orte aufgezählt, an denen wir vorüberkommen würden«, erwiderte der Onkel. »Auf diese Art hast du einen Unterricht bekommen, wie sonst gewiss niemand.«

Sie lächelte vor sich hin. »Ich weiß, du warst der beste Lehrer, den ich haben konnte.«

»Also, dann muss ich dir wohl weiterhelfen«, sagte der Onkel bereitwillig und zog ein Blatt Papier aus seinem Rock. »Als Nächstes werden wir nach einem kleinen Ort kommen, Swant, dann fahren wir weiter in der Richtung nach Augsburg. Das ist der Punkt, wo sich die Straßen nach Osten und nach Süden gabeln. Und heute Abend hoffe ich, dass wir bereits bei meinem Freund sein werden, von dem ich dir erzählt habe.«

»Und dieser Freund«, Ursul zögerte, »der Wohnort dieses

Freundes liegt nicht zufällig auf unserer Strecke, die du fahren willst? Also etwa in der Nähe von Freiburg?«

Der Onkel schaute die Nichte prüfend an. »Nein, Freiburg liegt ganz gewiss nicht auf unserer Strecke. Es liegt fast entgegengesetzt. Und Sulzburg damit ebenfalls, falls es darum geht.«

Eine Weile war Stille.

»Du könntest nicht machen, dass dieses Freiburg vielleicht doch ein bisschen auf unserer Strecke liegt?«, fragte Ursul augenzwinkernd. »Ich meine, schließlich sind wir doch ein großes Handelshaus und haben Verbindungen nach allen Richtungen der Welt.«

»Und weshalb möchtest du, dass Freiburg auf unserer Strecke liegt?«

Ursul seufzte. »Das kann ich eigentlich nicht so genau sagen«, meinte sie dann zögernd. »Es ist nur so, dass mir diese Frau, diese Lea Coen, sehr nahe ist. Verstehst du? Es spielt für mich keine Rolle, dass sie einer anderen Religion angehört. Sie war befreundet mit einer Frau unserer Religion, und das heißt, dass sie sich doch gemocht haben mussten, sonst hätten sie keine Freundschaft haben können.«

»Falls du mir versprichst, dass du nicht irgendwann auch noch den Spuren der dritten Frau dieses Bildes nachgehen willst, lasse ich mir etwas einfallen, dass Freiburg auf unserer Strecke liegt«, sagte der Onkel lächelnd. »Natürlich nur ein ganz kleines bisschen.«

Sulzburg sei eine Stadt, kein Dorf, hatte der Wirt des Gasthofes, in dem sie zu nächtigen beabsichtigten, mit Stolz gesagt, als sie mit ihm am Abend über den Weg des nächsten Tages diskutierten. Zumindest eine kleine Stadt. Und es gäbe drei Stadttore.

Aber als Ursul am anderen Tag durch ein schmales Tor in diese Stadt hineinfuhr, hatte sie diesen Eindruck nicht: Sie hätte den Ort eher als lieblichen kleinen Weiler bezeichnet denn als Stadt. Auch wenn der Onkel erzählt hatte, dass dieser Ort die Stadtrechte bereits seit Jahrhunderten besaß.

Sie hatte einen Einspänner gemietet, da der Onkel mit ihrer Kutsche weitergefahren war, um einige Geschäfte in der Nähe zu erledigen. Sie wollten sich am Abend im gleichen Gasthof wiedertreffen, da Ursul darauf bestanden hatte, diesen Besuch auf dem Kirchhof allein zu machen.

Sie hatte von dem Vermieter ihres Einspänners erfahren, dass der Kirchhof außerhalb des Ortes lag. Er hatte die Antwort zögernd gegeben, so, als habe sie etwas Anstößiges gefragt.

»Wollt Ihr Vieh kaufen?«, hatte er dann nachgeschickt. »Oder verkaufen?«

»Vieh?« Sie hatte ihn verwirrt angeschaut, »weshalb Vieh?«

»Ich dachte nur«, antwortete der Mann rasch, »vielleicht täusche ich mich ja auch.«

Der Tag war ein sonniger Herbsttag, aber etwas kühl. In den Gärten blühten noch ein paar müde Sonnenblumen.

Dann irgendwann verschwand das Dorf – oder die Stadt – und sie fuhr durch ein Waldstück. Als sie bereits glaubte, sie habe sich verfahren, sah sie den Kirchhof auf der rechten Seite der Straße vor sich liegen.

Sie spannte das Pferd aus und befestigte die Zügel an einem Baum, damit es grasen konnte.

Dann öffnete sie das knarrende Tor des Gottesackers und stieg die Treppen zu den Terrassen empor, auf denen zu beiden Seiten die Gräber lagen. Zunächst nahm sie an, sie sei allein an diesem

Ort, dann entdeckte sie eine alte Frau, die vor einem der Gräber mit halbhohen Steinen kniete und betete.

Sie hatte keine Ahnung, wo sie das Grab dieser Lea Coen suchen sollte. Sie ging zwischen den Gräbern hindurch, aber sie spürte, wie ihr Eifer von Terrasse zu Terrasse nachließ. Sie bemühte sich, etwas über diesen Friedhof zu erfahren. Doch die Inschriften der meisten Grabsteine waren in Hebräisch verfasst.

Inzwischen hatte es zu regnen begonnen. Nicht stark, aber doch so, dass sie Mühe hatte, auf dem glitschigen Boden nicht auszurutschen.

Und nach einer Weile weiteren erfolglosen Suchens, schien ihr der Wunsch, das Grab dieser Lea Coen aufzufinden, plötzlich mehr als sinnlos – da sie des Hebräischen nicht mächtig war, war sie zum Raten gezwungen. Die Jahresdaten waren in vielen Fällen nach der jüdischen Jahreszählung angegeben, und sie hatte keinerlei Ahnung, in welchem jüdischen Jahr sie sich jetzt gerade befanden.

Isacco kam ihr wieder in den Kopf und seine Häme über ihr – wie er gesagt hatte – außerordentliches Nichtwissen.

Sie stieg eine weitere Terrasse hinauf, stellte fest, dass sich hier die älteren Gräber befanden, allerdings zu alt, als dass sich Leas unter ihnen befinden könnte. Sie blickte über das Gräberfeld hinweg, sah Grabsteine, die schräg standen, als wollten sie sich zum Schlafen niederlegen, andere lagen bereits halb versunken in der Erde. Manche hatten Abstand zu den anderen, manche standen dicht, neigten sich einander zu, als könnten sie sich stützen. Manche schienen völlig unversehrt, aber schon zur Hälfte eingesunken in den Moder von Farnen, Moos, Flechten. Andere waren zerborsten, bestanden aus zwei Teilen.

Sie strich über die Steine hinweg, als könne sie sie mit dieser zärtlichen Geste heilen. Sie fand den siebenarmigen Leuchter, die *menora*, die segnenden Hände der *Kohanim*, der Priesterkaste, sie fand die Levitenkanne, Zeichen, von denen ihr Leone irgendwann einmal erzählt hatte. Rosetten oder auch völlig schmucklose Grabsteine, auf denen die eingemeißelten hebräischen Buchstaben kaum mehr zu erkennen waren, der Sandstein eingeebnet vom Zahn der Zeit.

Der Regen war inzwischen stärker geworden. Es wurde bereits langsam dunkel, sie suchte eiliger, ging rascher zwischen den Gräbern hindurch, von der linken Seite auf die rechte Seite und wieder zurück. Als sie ein zweites Mal bei den halbhohen Steinen angelangt war, erhob sich die alte Frau mühsam und schaute sie aus trüben Augen an. »Kann ich Euch helfen?«, fragte sie dann.

»Ich suche ein bestimmtes Grab«, erklärte Ursul, »das Grab einer Lea Coen.«

»Lea Coen?«, die Frau dachte nach, schüttelte dann den Kopf. »Wann soll sie denn gestorben sein, jetzt vor Kurzem?«

»Nein, nein«, wehrte Ursul ab, »es liegt bereits lange zurück.«

»Wie lange?«

»Vermutlich mehr als hundert Jahre«, sagte Ursul zögernd.

»Mehr als hundert Jahre?« Die Frau schüttelte verblüfft den Kopf. »Ich weiß nicht, ob es damals überhaupt Juden gab hier in Sulzburg. Falls es sie gab, waren sie *Schutzjuden*, so wie wir heute auch noch, daran hat sich nichts geändert.«

Ursul starrte die Frau an. »Aber sie muss doch irgendwo –«

»Seid Ihr ganz sicher, dass sie auf diesem Friedhof begraben ist?«

»Nein, das bin ich nicht«, gab Ursul zu. »Sie stammte aus Venedig.«

»Venedig?« Die Frau schaute sie misstrauisch an, so, als sei es undenkbar, dass jemand aus Venedig auf diesem Friedhof begraben sein könne. »Ich fürchte, da kann ich Euch nicht helfen«, sagte sie dann und machte Anstalten zum Gehen. »Ihr könntet zur Gemeinde gehen. Heute leben ja wieder Juden hier. Vielleicht gibt es Angehörige von dieser Lea Coen?«

Ursul schüttelte den Kopf. Sie hatte keinesfalls Lust, zu dieser Gemeinde zu gehen und sich möglicherweise irgendwelche unfreundlichen Dinge sagen zu lassen, die sie nicht hören wollte. So wie einst von Isacco.

Die Frau machte ein paar Schritte, blieb dann stehen. »Die Namen Cohn, Kahn, Con gibt es natürlich häufig, aber wenn Ihr meint, vor hundert Jahren? Da weidete man hier auf diesem Gottesacker das Vieh«, sagte sie dann, plötzlich erbost, »Ihr habt ja sicher gesehen, dass die Wege krumm und buckelig sind. Und vorher war dieser schreckliche Krieg, der dreißig Jahre dauerte und alles zerstörte. Wir können froh sein, dass überhaupt noch etwas übrig ist von dieser Zeit. Lea Coen«, murmelte sie im Weitergehen, »Lea Coen. Noch nie gehört. Aber den Namen Kahn, Kuhn, Cohn oder ähnlich«, wiederholte sie, »die gibt es schon. Natürlich in Hebräisch. Könnt Ihr Hebräisch?« Sie wartete Ursuls Antwort nicht ab, so, als sei sie sicher, dass diese junge Frau kein Hebräisch könne. »Vielleicht findet Ihr ja ein Grab mit zwei Händen auf dem Grabstein. Vielleicht.«

Sie schaute an den Himmel, deutete zu der Regenwand empor. »Bleibt nicht zu lange, die Nächte sind kalt. Mein Enkelkind liegt deshalb hier.« Sie ging wieder ein paar Schritte, blieb dann abrupt nochmals stehen. »Weideland, versteht Ihr, es war eine Viehweide«, sagte sie dann in einer Lautstärke, als wolle sie es nicht nur diesem Kirchhof, sondern der ganzen Welt verkünden, dass hier einst eine Viehweide war. »Auf einem christlichen Friedhof hätten sie ganz gewiss kein Vieh weiden lassen.«

Angehörige von Lea Coen? Viehweide? Ursul fühlte sich schuldig für diese Kühe, die hier zwischen den Gräbern hatten weiden dürfen, diese Ziegen oder Schafe.

Dann ging sie wieder eine Terrasse tiefer, suchte weiter. Sie beugte sich zu einem in zwei Teile geborstenen Grabstein hinunter, der bereits halb in die Erde eingesunken war. Die Buchstaben auf dem brüchigen Sandstein waren verwittert, die Jahreszahl als hebräisches Datum ebenfalls.

Sie ging weiter, machte den Weg, den sie zuvor gegangen war, noch einmal.

Dann, in einem plötzlichen Entschluss, kehrte sie zurück zu dem in zwei Teile geborstenen Grabstein mit der hebräischen Inschrift, dessen Name nicht mehr lesbar war. Dieser Grabstein schien ihr am bedürftigsten. Sie nahm die Steinchen, die ihr Leone mitgegeben hatte, aus ihrem Reticul, legte sie oben auf den größeren Teil des geborstenen Steins. Und betete. Für den, der dort unten lag. Unter den Fußtritten der Kühe, Schafe oder Ziegen.

Dann stieg sie die Treppe hinunter, schloss das Tor, spannte ihr Pferd an und fuhr zurück zu dem vereinbarten Gasthof.

Unterwegs begegnete sie der alten Frau, die sich mühsam mit einem Stock fortbewegte. Sie bot an, sie zum Dorf mitzunehmen, was die Frau dankbar annahm. Eine Weile fuhren sie schweigend, dann kamen sie an einem anderen Friedhof vorbei. Die Frau rückte näher zu Ursul heran und streckte dann ihren Finger empor, als wolle sie mit ihm in diesen Gottesacker hineinbohren. »Sehr Ihr hier etwa umgeworfene Grabsteine, die schief und schräg in der Gegend herumliegen?«, sagte sie dann zornig und wischte den Regen aus ihrem Gesicht. Dann, als sie weiter in die Stadt hineinfuhren, gab sie ein Zeichen, dass sie aussteigen wolle.

Ursul wollte der Frau behutsam von der Kutsche herunterhelfen, aber wieder schien es, als müsse diese alte Frau hier und jetzt alle Unbill, die die Juden über die Jahrhunderte hinweg hatten ertragen müssen, endlich loswerden. Als sei Ursul eine letzte Instanz, von der sie Gerechtigkeit erwarten konnte. »Steuern, könnt Ihr Euch vorstellen, was wir alles bezahlen müssen für diese Gnade, in diesem Ort leben zu dürfen, diesen sogenannten ›Schutzbrief‹? Judenzoll und Gänsegeld, Juden-Marktgeld, Taschengeleit, Neujahrsgeld, Begräbnisgeld, Zungengeld für unsere Metzger, Geld für den Militärdienst, obwohl wir den überhaupt nicht leisten durften, Viehhändlersteuer, Fleischakzis. Und dann noch«, die alte Frau warf die Hände in die Luft, »Kopulationsgeld! Nach der Hochzeitsnacht von Brautleuten! Und nach der Kopulation müssen sie sofort von Sulzburg verschwinden und sich in ihren Schutzort begeben, wenn der eine der beiden Brautleute ein Auswärtiger ist, der mit der Tochter eines Sulzburger Schutzjuden vermählt wird.«

Als der Regen immer stärker wurde und sie beide schon ziemlich durchnässt waren, war die alte Frau endlich bereit, die Kutsche zu verlassen. »Und wisst Ihr, was mein Vater an Schutzgeld für diesen Schutzbrief hatte bezahlen müssen?«, fragte sie, als sie bereits neben der Kutsche stand und Ursul das inzwischen unruhige Pferd kaum mehr bändigen konnte. »Vierzig Gulden, dazu vierundzwanzig Ellen Sammet und vierundzwanzig Ellen Damast. Jährlich. Und der Brief hatte eine Gültigkeit von zwölf

Jahren. Zwölf Jahre! Könnt Ihr Euch vorstellen, was in dieser Zeit alles geschehen kann?«

»Und hattest du Erfolg?«, wollte der Onkel wissen, nachdem sie bei einem Glas Wein nach dem Abendessen in der Gaststube zusammensaßen.

Sie schüttelte den Kopf. »Nein.«

Der Onkel wartete. »Du musst nicht darüber reden«, sagte er nach einer Weile.

»Sie haben die Kühe auf dem Friedhof weiden lassen, zwischen den Grabsteinen«, sagte Ursul zornig, kaum anders wie es die alte Frau gesagt hatte. »Kühe oder Ziegen oder Schafe, was weiß ich.«

»Woher weißt du das?«

»Es war Weideland, hat eine alte Frau gesagt, die ich dort getroffen habe. Vielleicht durften ja auch gar keine Juden mehr da sein, ich meine, zu jener Zeit, die mich interessierte.«

»Von wem weißt du das?«

»Von Leone.« Sie stockte, fuhr dann fort. »Der hat es von Isacco.«

»Isacco?«, der Onkel nickte. »Von Isacco. Was war mit ihm eigentlich?«, fragte er dann behutsam weiter.

»Nun, genau so etwas, was ich hier nun selber erlebe«, sagte Ursul zornig. »Ich habe es nicht vom Hörensagen. Ich war auf diesem jüdischen Friedhof. Ich habe die Spuren gesehen von jenem Viehabtrieb oder was sonst da noch stattgefunden hat – ein großer Teil der Grabsteine war zerstört. Und genau darüber hatten wir damals unseren Streit: Über die Gleichgültigkeit der Christen gegenüber Juden. Und jene alte Frau hatte recht: Auf einem christlichen Friedhof hätte man wohl kaum Kühe weiden lassen. Aber was bedeutete es schon für einen jüdischen Friedhof? Offenbar nichts. Absolut nichts.«

Der Onkel wiegte den Kopf. »Wenn es so war, ist es natürlich schlimm.«

»Isacco hat gesagt, es gäbe viele Spielarten für gleichgültiges Handeln«, erwiderte Ursul. »Dies hier ist eine davon. Ich habe ihm widersprochen, damals. Dabei ging es zunächst um etwas völlig anderes.«

»Um was denn?«

»Nun«, Ursul zog die Falten ihres Kleides gerade und legte die Hände in den Schoß. »Es ging um Dankbarkeit«, sagte sie dann kurz.

»Um was?«, fragte der Onkel verblüfft.

»Um Dankbarkeit«, wiederholte Ursul ungeduldig.

»Und?«

»Nichts und«, erwiderte sie widerwillig. »Isacco hasst sie, die Dankbarkeit.«

Der Onkel zuckte mit den Schultern. »Du musst nicht reden«, sagte er dann sanft, »ich dachte nur, es wäre gut, wenn du es irgendwann einmal von dir wirfst.«

»Isacco ist deswegen nach Safed, weil er weder einen roten spitzen Hut noch einen Kreis auf seinem Mantel haben möchte. Noch sonst irgendeine Tätowierung, wie er es nennt.«

»Und was hat das mit Dankbarkeit zu tun?«

»Nun, wenn irgendwer entscheidet, dass dieser rote Hut plötzlich überflüssig ist, von einem Tag auf den anderen, dass er dann irgendwelche Tore einreißen lässt, Bücher, in denen festgehalten ist, wann jemand das Ghetto verlässt und zurückkehrt, plötzlich keinerlei Gewicht mehr haben, dann muss man ja schließlich ›Danke‹ sagen, oder etwa nicht? Aber Isacco will nicht ›Danke‹ sagen. Er will nicht erst etwas weggenommen bekommen, es dann zurückerhalten und schließlich gezwungen werden, sich dafür – für dieses Zurückbekommen – auch noch zu bedanken. Schon gar nicht bei Napoleon. Gegenüber Gott, ja, aber nicht gegenüber einem Mann, der sich alles nimmt, wonach er lechzt. Deswegen ist Isacco ins Heilige Land gegangen. Dort kann er einfach sein, was er ist – ein Jude. Dort muss er niemandem dankbar sein, dass er es sein darf. Und schon gar nicht für irgendwelche Freiheiten danken, die jedem Menschen ohnehin von Geburt an zustehen.«

Der Onkel nickte. »Ich denke, ich kann ihn verstehen. Das heißt, ich sage, dass ich ihn verstehen kann, aber wirklich begreifen kann man es wohl nur dann, wenn man es selber erlebt hat.« Er machte eine Pause. »Aber die umgestürzten Grabsteine müssen natürlich nicht unbedingt von den Tieren stammen, die dort geweidet haben«, fuhr er dann fort.

»Sie stammen aber davon«, erwiderte Ursul hartnäckig, »ich habe diese alte Frau eine Strecke mit der Kutsche mitgenommen und sie hat mir alle meine Fragen beantwortet.«

Eine Weile saßen sie vor dem Kamin, schauten in das Feuer. »Hattest du eigentlich überlegt, auch auf dem christlichen Friedhof nachzuschauen, ob diese Lea vielleicht dort liegt?«

Ursul lachte auf, erinnerte sich dabei, dass sie dieses ganz bestimmte Lachen nun bereits so gut konnte wie Isacco bei ganz bestimmten Gelegenheiten. »Lea Coen hätte ihr Sterben ganz gewiss so lange hinausgezogen, bis sie einen Judenfriedhof gefunden hätte«, sagte sie dann erregt. »Das Wenige, das ich von ihr weiß, ist so, dass ich das ableiten kann. Sie wäre nie auf einen christlichen Friedhof gegangen.«

»Nun, ›gegangen‹ wohl gewiss nicht«, versuchte der Onkel

seine Nichte zu beruhigen. »Es liegt wohl kaum in unsrer Hand zu entscheiden, wann wir eines Tages gehen und wohin wir dann gehen. Schlimm nur, dass du Leones Steinchen nun wieder mitnehmen musstest.«

»Ich habe sie nicht mitgenommen«, sagte Ursul leise. »Ich habe sie auf einen anderen Grabstein gelegt.«

»Ach ja? Doch auf den ihres Großvaters?«

Ursul schüttelte den Kopf. »Auf irgendeinen. Einen, der mir am bedürftigsten schien, weil er zur Hälfte bereits in der Erde versunken war und ich nicht annahm, dass je jemand Steinchen daraufgelegt hatte. Ich kann natürlich kein Hebräisch und daher kann ich auch nicht überprüfen, ob die Worte ›Möge seine Seele eingebunden sein im Bunde des Lebens‹ draufstanden, die Lea so wichtig waren. Dass sie sich damals offenbar so empört hatte, weil auf diesem Massengrab am Lido nur die Jahreszahl stand: 1631 und dann: HEBREI. Sonst nichts.«

Der Onkel trank seinen letzten Schluck Wein und stand auf. »Du hast etwas versucht, dass es nicht zum Erfolg geführt hat, musst du hinnehmen. Versuche einfach dir vorzustellen, dass es ein guter Ort sei, den sie gefunden hat.«

»Ich fürchte, meine Phantasie reicht nicht aus, mir auszumalen, wo diese Lea liegen könnte. Irgendwo zwischen Venedig und Sulzburg. Das ist ein weites Feld«, meinte Ursul.

»Vielleicht ist sie ja auch weitergezogen von diesem Sulzburg aus, als sie festgestellt hat, dass es dort keine Juden mehr gab.«

»Wohin denn? Etwa nach Bremgarten, Müllheim, Wolfenweiler, dann ins Elsass, nach Blienschweiler, Rosheim, Dangolsheim oder ins Eidgenössische nach Klingnau, Lenzburg, Rheineck?«

»Du hast ein gutes Gedächtnis«, wunderte sich der Onkel.

»Da war ein Zettel mit diesen Namen, der bei den Bildern lag. Einfach nur diese Namen, sonst nichts. Sie waren mit krakeliger Kinderschrift aufgezeichnet. Es muss ohnehin noch verschiedenes anderes von ihr übrig geblieben sein, Sachen, die Isacco Leone gab, bevor er ins Heilige Land zog.« Ursul stand ebenfalls auf und ging zur Tür. »Ich werde ihm schreiben müssen. Und Abbitte tun. Sagen, dass er recht hatte.«

»Es wird dir schwerfallen, es überhaupt jemandem zu erzählen.«

»Ja. Keinen Ort der Geburt, keinen Ort des Todes. Ich weiß wirklich nicht, wie ich es Leone mitteilen soll. Das und alle anderen verrückten Sachen, zum Beispiel die Steuern. Hör zu«, sagte sie dann, schon mit der Hand auf der Türklinke, drehte sie sich noch einmal um und griff sich an den Kopf. »Kopulationsgeld, die Steuer nach der Hochzeitsnacht!«

Es dauerte eine Weile, bis es dazu kam, dass Ursul Leone von ihrem Besuch auf dem Friedhof in Sulzburg berichten konnte: Als sie die *Serenissima* wiedersahen, gab es keine *Serenissima* mehr.

Die Stadt war inzwischen verkauft worden.

Nicht besiegt.

Nicht erobert.

Sondern verkauft.

Für eine angemessene Zahl von Gulden. An die Österreicher.

III. Die gelöschte Serenissima

1. Tod des weissen Maulbeerbaums

Ursul hatte den Baum nie gesehen, nur von ihm gehört.

Als sie von Nürnberg zurückkamen, hatten sie von ihm erfahren, aber ihr Interesse war nicht so groß gewesen, dass sie sich bemüßigt fühlte, sich an den Ort des Geschehens zu begeben: Auf die Piazza von San Marco. Um einen sogenannten Freiheitsbaum zu betrachten, um den das Volk herumgetanzt war.

An diesem Morgen, als sie in die Kirche gehen wollte, sah sie ihn. Das heißt, sie sah das, was von ihm übrig geblieben war. Und was der Wind ihr soeben ins Gesicht blies: einen Haufen vertrockneter Blätter.

Sie blieb stehen, schaute für einen Augenblick den beiden Straßenkehrern zu, die mit einem Karren gerade dabei waren, die Reste des Baumes zu beseitigen. Der eine von ihnen, der Jüngere, hob soeben einen abgerissenen Zweig in die Höhe und betrachtete ihn.

Ursul ging näher, fragte dann, was das für ein Baum sei.

»Ein Maulbeerbaum«, antwortete er und streckte ihr den Zweig entgegen. »Wollt Ihr ihn haben?«

»Ein weißer Maulbeerbaum«, korrigierte der Ältere der beiden mit entrüsteter Stimme, als habe sein Helfer soeben das Blaue vom Himmel gelogen.

»Also, ein weißer Maulbeerbaum«, spottete der Jüngere mit einem Kratzfuß. »Mitnichten ein gelber oder ein grüner. Nein, ein weißer, Signorina.«

»Es gibt nur noch schwarze Maulbeerbäume«, korrigierte der Ältere ein zweites Mal, diesmal sichtlich verärgert. »Keine gelben und auch keine grünen.«

»Und worin liegt der Unterschied?«, wollte Ursul wissen.

»Die Blätter des weißen werden an Seidenraupen verfüttert«, erklärte er bereitwillig.

»Sicher auch die Blätter des schwarzen, er weiß es nur nicht«, spottete der Jüngere wieder und wich geschickt einer Ohrfeige aus.

»Mach weiter, wir werden bald abgeholt, dann muss alles sauber sein«, drängte der Ältere. »Es ist ja alles vorüber.«

Der Jüngere zuckte mit den Schultern. »Hat ja auch lang genug hier gestanden. Hätte viel früher sein können«, schob er dann mit einer Spur von Trotz nach.

»Hüte deine Zunge«, warnte der Ältere.

»Weshalb?«, fragte der Jüngere aufsässig, »ich denke, nun ist alles vorbei, oder? Freiheit, Brüderlichkeit, ich denke, das gilt nun auch für unsere Stadt?«

Der Ältere schob einen Blätterhaufen auf seine Schaufel und warf sie dann auf den Karren, ohne etwas zu sagen.

»Woher weißt du das überhaupt, die Sache mit den Blättern und den Seidenraupen?«

»Von meinem Sohn. Er will eines Tages Seidenwirker werden und hat daher schon öfter auf Seidenraupenplantagen gearbeitet.«

»Seidenraupenplantagen«, spottete der Jüngere, »als ob es hier bei uns so etwas gäbe.« Er machte wieder einen Kratzfuß-

und versuchte Ursul mit einem Schwung mit sich im Kreis herumzudrehen, aber sie entzog sich ihm.

»Gehört Ihr etwa zu den Hebrei?«, fragte er dann misstrauisch. »Und habt um Euren eigenen Baum getanzt? Der war aber gewiss kein weißer Maulbeerbaum.«

»Wer hat eigentlich hier auf San Marco um diesen Freiheitsbaum herumgetanzt?«, wollte Ursul wissen, ohne auf die Frage zu antworten. »Doch nicht die Venezianer, oder?«

»Franzosen natürlich«, sagte der Junge und warf mit der Hand ein paar Blätter auf den Karren, »jede Menge Franzosen. Was weiß ich wie viele, zehntausend, zwanzigtausend, dreißigtausend. Der ganze Platz war voll davon.«

»Es waren viertausend, die einquartiert waren. Aber auf jeden Fall waren auch welche von unseren Leuten dabei.«

»Von unseren? Venezianer? Wer denn?«, fragte der Junge und stützte sich dabei gemütlich auf seinen Besen, so als sei alle Arbeit bereits getan.

Der Alte schaute sich um, hielt für einen Augenblick inne. »Hast du vergessen, wie das einst war mit den ›Neri‹?«, flüsterte er dann und betrachtete Ursul mit Misstrauen.

»Wo kommt Ihr eigentlich her«, wollte der Jüngere plötzlich wissen und schaute ebenfalls prüfend auf Ursul. »Ihr sprecht zwar unsere Sprache, aber von hier seid Ihr nicht!«

Ursul erklärte es ihm, wollte dann gehen, weil sie das Gefühl hatte, dass diese beiden Männer sich in Kürze wieder in den Haaren liegen würden

»Nein, nein, geht nicht«, hielt sie der Jüngere zurück, drehte mit einer raschen Bewegung seinen Rock auf die Innenseite, die rot war und warf ihn sich dann um die Schulter, sodass er wie ein Cape wirkte.

»Er möchte irgendwann zur *Commedia dell'Arte*«, spottete der Ältere, aber diesmal gutmütig, »und er ist nicht mal schlecht dabei.« Er nahm seinen Besen und stützte sich ebenfalls darauf. »Nun, Ihr könnt es ja nicht wissen, wenn Ihr nicht von hier seid«, erklärte er dann bereitwillig, »aber sie sind abgesetzt, die *inquisitori dello stato*. Es gab drei. Zwei davon kamen aus dem Rat der Zehn und hießen *neri*, weil sie schwarze Talare trugen, einer kam aus dem Kleinen Rat, ein *rosso*, weil er eine rote Robe trug.«

»Die Wächter des Staates«, unterbrach ihn der Junge zornig, »sie waren die Herrscher über die berüchtigten Bleikammern, aus denen einst Casanova entflohen ist, sie hatten einen ganzen Stab von Spitzeln aufgebaut, führten ihre Vernehmungen im Dunkeln durch, die Prozesse waren geheim. Gegen ihre Urteile gab es keinen Widerspruch. Was es an Urteilen gab, wisst Ihr bestimmt: von den Blendungen bis zum Canale Orfano.«

»Napoleon hat sie abgeschafft«, stellte der Ältere mit Genugtuung fest, »und deswegen haben ganz gewiss nicht nur Franzosen um diesen Freiheitsbaum getanzt, sondern auch Venezianer. Und wir können nur hoffen, dass es so etwas nie wieder geben wird.«

»Dort hinten kommt Antonio«, unterbrach der Jüngere und begann plötzlich seinen Besen mit einer Geschwindigkeit und einer Inbrunst über den Platz zu führen, als sei er noch nie geputzt worden. »Wir werden abgeholt. Jetzt reicht die Zeit nicht einmal mehr, um Feuerholz aus ihm zu machen. Ich hätte es gut gebrauchen können.«

Ursul schaute in die Richtung, die die beiden Männer mit einer Kopfwendung angezeigt hatten, dann ging sie zu der Kirche hinüber.

Und sie war sicher, dass sich nun niemand mehr Gedanken machen würde, ob der Maulbeerbaum ein weißer oder ein schwarzer Maulbeerbaum gewesen war, der hier auf San Marco gestanden hatte.

Als Freiheitsbaum.

Ein Baum, der nun nicht einmal mehr von armen Leuten als Feuerholz mitgenommen werden konnte, weil die Straßenkehrer sich lieber mit der *Commedia dell'Arte* beschäftigt hatten. Und den Gewändern der *neri* und des *rosso*.

2. Die Zahlen des Dogen Mocenigo

Sie hatten von Signor Zurzo nichts mehr gehört, seit sie von Nürnberg zurückgekommen waren. Da der Onkel inzwischen eine neue Ladung an Gewürzen bekommen hatte, hatte er den Wunsch festzustellen, ob dieser Signor Zurzo inzwischen wieder an seiner Ware interessiert war. Oder ob nach wie vor der Hass auf die Verräter der Republik brodelte, die einen Handel unmöglich machten.

Da Ursul den Wunsch geäußert hatte, auch diesmal mitzukommen, waren sie an einem Nachmittag wieder durch die engen Gassen zu dem Haus des Fischhändlers gegangen, bei dem sie bei ihrem letzten Besuch Signor Zurzo angetroffen hatten. Aber diesmal war sowohl die vordere wie die hintere Haustüre verschlossen, sodass sie ratlos vor dem Haus stehen blieben. Ein kleiner Junge spielte mit seinem Ball, kickte ihn in ihre Richtung und bückte sich dann, um ihn aufzuheben. »In der nächsten Calle, im Hause des Buchhändlers«, flüsterte er dann. »Durch die Hintertüre. Aber beeilt euch.«

Der Onkel schaute dem Jungen, der sofort wieder verschwand, verblüfft nach, dann befolgten sie seinen Rat und gingen in die nächste Calle. Der Laden war zwar geöffnet, aber er war ganz gewiss kein Buchgeschäft mehr, sonderen ein Papierladen, der marmoriertes Papier herstellte, wie man es überall in Venedig finden konnte.

Die Frau, die hinter der Theke hervorkam, betrachtete die Besucher prüfend, winkte dann unauffällig mit dem Kopf nach hinten. »Ihr wollt gewiss zu Signor Vivarini?«, fragte sie leise.

Der Onkel schüttelte irritiert den Kopf. »Nein, eigentlich wollten wir zu Signor Zurzo«, sagte er irritiert.

Die Frau schenkte ihnen ein verschwörerisches Lächeln. »Ich bin ganz sicher, dass Ihr zu Signor Vivarini wollt«, flüsterte sie. »Im zweiten Stock, links die erste Tür. Wartet in der Werkstatt, Ihr braucht nicht zu klopfen.«

»Vivarini«, murmelte der Onkel vor sich hin, »kennst du einen Signor Vivarini?«

Bevor Ursul kundtun konnte, dass auch sie keinen Signor Vivarini kannte, waren sie an der Tür angekommen und traten ohne zu klopfen ein.

Beim ersten Anblick hatten sie allerdings das Gefühl, dass sie im falschen Raum sein mussten: An dünnen Schnüren hingen marmorierte Papiere zum Trocknen und nahmen fast die Hälfte des Raumes ein, sodass sie sich nur behutsam zu zwei Stühlen hindurchschlängeln konnten. Auf dem Boden lag ein Packen mit Kleidern, die nach Teer rochen. Der übrige Raum roch nach den Farben, mit denen die Papiere hergestellt wurden.

Sie hatten sich soeben hingesetzt, als ein halb nackter Mann, der ein Tuch um die Hüften geschlungen hatte, leicht hinkend in das Zimmer kam und seine Besucher verblüfft betrachtete.

»Signor Helmbrecht«, sagte er dann verwundert, »Euch hätte ich ganz gewiss nicht erwartet.« Er machte eine Pause, lächelte dann verkniffen. »Weil wir nämlich ganz gewiss nichts mehr miteinander zu tun haben. Ich interessiere mich inzwischen nicht mehr für Pfeffer noch für Safran.«

Er nahm ein zweites Tuch vom Haken und begann sich die Haare zu trocknen. »Wenn mein Anblick die Signorina stört, kann sie auf den Flur hinausgehen.«

»Wir wollten Euch nicht aufhalten«, sagte der Onkel höflich, »Signor Vivarini, falls Ihr nun so heißt.«

Der Mann lachte. »Ja, so heiße ich. Und ich habe nichts mehr mit Gewürzen zu tun, sondern« – er deutete auf den Kleiderpacken, »sondern, wie Ihr wohl riecht, mit Teer. Mit dem Kalfatern von Schiffen. Und mein derzeitiger Arbeitsort ist das *Arsenal.*«

Ursul hatte sich zunächst bemüht, den nackten Körper des Mannes nicht anzustarren, aber dann konnte sie doch nicht anders. Sein gesamter Oberkörper war mit blutunterlaufenen Stellen bedeckt.

»Kein Anblick für die Augen von unschuldigen jungen Damen«, sagte der Mann zynisch. »Tut mir leid, dass ich nichts Besseres zu bieten habe. Aber in unserer Stadt gibt es keine Verhöre ohne Folter. Ich nehme an, dass das bekannt ist, wenn es vielleicht auch nicht gerade bis Nürnberg durchgedrungen ist.«

Der Onkel starrte ihn verblüfft an, nachdem auch er die kaum verheilten Wunden an seinem Gegenüber festgestellt hatte.

»Ihr sitzt auf meinem Hemd«, sagte der Mann spöttisch, als niemand antwortete, »kann ich es bekommen?«

Ursul bückte sich hastig und hob das Hemd vom Boden auf. »Entschuldigt«, murmelte sie dann.

»Ich muss Euch dann also jetzt wohl mit Signor Vivarani anreden«, sagte der Onkel hilflos, »falls Euch der Name Zurzo nicht mehr gefällt.«

»Ihr müsst mich mit gar nichts anreden«, erwiderte der Mann mit einem boshaften Lächeln. »Und wenn, dann mit VIVARINI, mit i, nicht mit a. Wenigstens soll mein zweiter Name richtig sein, wenn ich schon den ersten verlassen musste. Und im Übrigen wohne ich auch nicht hier, dies ist nur unser Treffpunkt. Der Treffpunkt der Jakobiner übrigens.«

Er lachte laut, als er das verblüffte Gesicht des Onkels sah. »Ja, denkt nur daran, dass Ihr so schnell wie möglich dieses Haus wieder verlasst. Und selbstverständlich mit einem ziemlichen Packen marmorierten Papiers, damit Ihr eine gute Ausrede habt, wenn Euch jemand hier durch die Tür kommen sieht.« Er stopfte das Hemd in seine Pantalons, die er von der Schnur genommen hatte, nahm dann ein paar der Blätter ebenfalls herunter und legte sie sorgfältig übereinander. »Damit wir unsere Helfer nicht in doppelte Gefahr bringen, wenn sie uns schon diesen Ort zur Verfügung stellen. Für unsere ›Machenschaften‹, wie man es wohl nennen würde. Und damit es nicht noch mehr blaue Flecken zu beklagen gibt. Oder gar noch Schlimmeres.«

Ursul hatte das Gefühl, dass es Zeit sei zu gehen, nachdem Signor Vivarini ja eindeutig nicht mehr an den Geschäften mit ihrem Onkel interessiert war. Sie versuchte ihrem Onkel ein Zeichen zu geben, aber ihr Gegenüber hielt sie am Ärmel fest.

»Mir ist natürlich klar, dass Ihr nicht auf der Seite der Jakobiner stehen könnt, aber es würde mich ziemlich stören, wenn Ihr auf der Seite der Venezianer stehen wolltet: Das, was Ihr heute seht in unserer Stadt, ist nicht mehr die Stadt, die sie einst war. Und das hat keinesfalls nur mit Napoleon zu tun.« Er zog, mit einem spöttischen Blick auf Ursul, das Handtuch fester um die Hüften. »Wollt Ihr wirklich wissen, was diese Stadt einmal war? Kennt Ihr die Rede des Dogen Mocenigo kurz vor seinem Tod?«, fragte er dann.

Der Onkel griff sich an die Stirn. »Das müsste doch wohl einige Zeit zurückliegen, oder?«

»Aber keinesfalls so weit, dass die Pferde noch ein Schellenhalsband zu tragen hatten, wenn sie durch die Calle trabten und die Antoniusschweine in der Mercerie herumlaufen durften«, erwiderte Signor Vivarini scharf, schlüpfte dann durch eines der Seile hindurch und wühlte in den Büchern, die in einem Regal standen. Er nahm eines heraus, blätterte darin. »Dass wir uns hier im Haus der beiden Buchhändler befinden, die ebenfalls zu der Gruppe der Jakobiner gehörten, die als Verräter beschimpft wurden, wisst Ihr ja sicher. Man hielt sie nicht für ganz so schlimm, deshalb hielt sich die Zerstörungswut der Venezianer in etwa in Grenzen, und ihr Hab und Gut wurde keinesfalls so sehr zerstört wie bei mir, Gallino und unserem Anführer, dem Advokaten Spada. Und nachdem in diesem Haus, dem ehemaligen Haus der Buchhändler, sofort der Papierer einzog und seine wunderschönen marmorierten Papiere machte, war die Sache ohnehin früher zu Ende als bei uns, auf die sich die Wut der gesamten Stadt richtete.«

Er öffnete das Buch an einer Stelle, legte den Finger hinein. »Er lebte im *Cinquecento*, dieser Mocenigo, und als er glaubte, es ginge ans Sterben, hielt er eine Rede an die Mitglieder der Signoria. Eine Sterberede, die später immer wieder zitiert wurde, weil man an ihr zeigen konnte, was diese Stadt einmal gewesen war. Auch wenn sie nur aus Zahlen bestand. Aber diese Zahlen waren eben mehr als nur Zahlen«, sagte Vivarini und stellte sich mit seinem Buch an die Wand.

»Wir haben ein Handelskapital von zehn Millionen im Umlauf und gewinnen daraus vier Millionen durch die Ausfuhr und zwei durch die Einfuhr. Die Häuser unserer Stadt sind mehr als sieben Millionen Dukaten wert, und wir ziehen daraus eine halbe Million an Miete. Die venezianische Münze prägte im Jahr eine Millionzweihunderttausend Golddukaten und Silbermünzen mit einem Wert von achtzigtausend Dukaten, wir hatten den größten Getreidemarkt in Europa und unsere Kriegsflotte hatte elftausend Mann Besatzung, dreißigtausend Seeleute gab es auf der Handelsflotte, unsere Geschwader fuhren nach Russland und Kleinasien, nach Konstantinopel und Griechenland, nach Ägypten, England, Flandern und an die spanische und afrikanische Küste. In unserer Stadt waren dreitausend Schiffszimmerleute und dreitausend Kalfaterer beschäftigt, wir waren die Zentrale für den Baumwollhandel, wo sechstausend Arbeiter ihr Brot verdienten. In die Lombardei lieferten wir in jedem Jahr für fünfundzwanzigtausend Dukaten Seide, für Gewürze gaben wir fünfhundertvierzigtausend Dukaten aus. Wir waren eine Weltmacht, einst waren wir die reichste Stadt Italiens, bei uns wohnten die reichsten Männer der Welt. Unsere Handelshäuser standen über den ganzen Erdball verteilt, wir handelten mit Zucker und Zimt, mit Fellen und Goldbrokat, mit Edelsteinen, Perlen. Das war diese Stadt einst, und niemand soll sagen, dass sie das nicht auch wieder werden kann.« Signor Zurzo machte eine Pause. »Aber könnt Ihr verstehen, dass es für jemanden, dessen Familie seit Jahrzehnten hier lebte, unerträglich ist, wenn man die Zahlen von heute diesen Mocenigo-Zahlen gegenüberstellt? Nein, nein, ich kann sie Euch nicht bieten, diese Zahlen«, wehrte er ab, als er das fragende Gesicht des Onkels bemerkte. »Aber diese *Serenissima* war einst der Nabel der Welt. Und was ist sie heute?« Er unterbrach sich wieder, lauschte nach unten, wo unterdrückte Stimmen zu hören waren. »Ich würde Euch raten, jetzt zu gehen, sonst rutscht Ihr am Ende noch in eine Sache hinein, der ihr gewiss fernbleiben wollt.« Er nahm seinen Wäschepacken, roch angewidert daran und schob ihn in einen Sack. »Ich lebe im Übrigen im *Arsenal*«, sagte er dann und schob seine Besucher hastig zu einer Treppe, die nach hinten zu in den Hof führte. »Da gibt es für alte ausgediente *Arsenalotti* ein Heim. Dort kennt mich niemand. Und ich kann bei einem alten Mann, einem Freund, auf einer Matratze auf dem Boden schlafen.« Er lachte auf, ohne sich im Geringsten um irgendetwas zu kümmern, was ihm schädlich sein könnte. »Der einst so hochgeschätzte Gewürzhändler Zurzo schläft als *Arsenalotto* in einem Heim auf dem Boden, auf einer uralten durchgelegenen Matratze, kehrt jeden Tag mit teerverschmiertem Gesicht und stinkenden Kleidern zu dieser Matratze zurück, damit er am Abend seine Pasta kaufen kann und seinen Wein.«

Er schaute seinen Besuchern nach, ohne seine Stimme zu dämpfen. »Weil diese *Serenissima* keine *Serenissima* mehr ist!«

Sein Lachen verfolgte sie noch, als sie längst die enge Calle verlassen hatten und sich mit ihrem Packen marmorierten Papiers, für das sie keinerlei Verwendung hatten, mühsam durch das Gewühle von San Marco drücken mussten.

IV.

1. Kain und Abel

»Was macht Ihr hier in diesem Haus?«

Ursul betrachtete den Mann, der vor ihr stand und sie misstrauisch anstarrte, prüfend. So, als habe sie ihn nie zuvor gesehen. Was natürlich nicht stimmte. Schließlich hatte sie ihn – Isacco – damals in jener Nacht der geborstenen Tore gesehen, als sie alle ausgelassen getanzt hatten. Sein zorniges Gesicht in der *banca rosso* und seinen Hass auf alle Gojim hatte sie ganz gewiss nicht vergessen.

Und sie war keinesfalls glücklich darüber, ihn nun hier wieder zu sehen. Zumal sie angenommen hatte, er sei für immer ins Heilige Land ausgewandert.

»Ich wohne hier. Vielleicht«, sagte sie zögernd. »Aber ganz sicher ist es noch nicht.«

Isacco runzelte die Stirn. »Ihr wollt hier, in diesem Haus im Ghetto wohnen?«

»In der *Contrada dell'Unione*«, korrigierte Ursul lächelnd.

»Ob *Contrada dell'Unione* oder Ghetto spielt keine Rolle. Hier haben Juden gewohnt, seit –« er dachte eine Sekunde nach – »seit 1546. Und hier werden auch weiterhin Juden wohnen. Und im Übrigen könnt Ihr Euch ohne Weiteres schon jetzt wieder auf einen neuen Namen gefasst machen: Das alles, was Ihr hier seht, wird eines Tages ganz gewiss wieder Ghetto heißen. Oder *chazer*. Ein Name, auf den die Österreicher, wenn sie hier einziehen, sicherlich nicht verzichten wollen. Und dann seid Ihr überflüssig hier. Zudem noch in diesem Haus!«

»Was habt Ihr gegen dieses Haus?«

»Nun, mag ja sein, dass Ihr nie etwas gehört habt von dem Mann, der einst hier gelebt hat. Und seine Jeschiwa hier hatte, Leon da Modena. Aber trotzdem.«

»Ich weiß sehr wohl, was dies für ein Haus ist«, unterbrach ihn Ursul. »Ich kenne sogar seine *Historia dei riti hebraici.*«

»Vielleicht dem Titel nach, gelesen habt Ihr sie ganz gewiss nicht.«

»Die Wohnung wurde meinem Onkel angeboten, weil sie leer war und er auf der Suche nach einer neuen Bleibe«, versuchte Ursul zu erklären. »Und weil viele Juden, die früher im Ghetto wohnten, nun in die Stadt gezogen sind, seit sie endlich da wohnen dürfen, wo sie wollen. Die Wohnung wurde meinem Onkel – der hier auch mit Juden Geschäfte macht – empfohlen. Und da der *fondaco* inzwischen nicht mehr den deutschen Kaufleuten gehört, hat er sich umgeschaut, was für ihn, oder für uns, günstig sein könnte. Aber da diese Wohnung ohnehin vermutlich nur vorübergehend ist, bis wir etwas anderes gefunden haben, braucht Ihr Euch keinesfalls zu echauffieren.«

Isacco setzte einen Packen von Büchern, die er bisher umständlich vor seinem Bauch gehalten hatte, auf den Boden, behielt aber eines der Bücher, in dem er blätterte, ohne recht hinzusehen, in der Hand.

»Ich hoffe, Ihr seid trotz dieser jüdischen Wohnung, im jüdischen Viertel, im *chazer*, nicht so vermessen wie jenes arme

Mädchen, das im Sandsturm umgekommen ist, nur um diesem Pestkind zu entfliehen? Weil es glaubte, es genüge bereits, wenn man wisse, wie viel Mehl und Eier man benötigt, um Kneidl machen zu können, und wenn man sich auskennt, wozu ein Jad dient. Schon sei man dann kurz vor einem Übertritt, oder?«

»Ich bin nicht vermessen«, wehrte Ursul verärgert ab, »und auch wenn ich annehme, dass Ihr dieses Tagebuch gelesen habt und –«

»Ein Tagebuch, das Ihr überhaupt erst durch mich bekommen habt«, unterbrach er mit Nachdruck, »und –«

»Und Lea Coen ist nicht in Sulzburg begraben«, warf Ursul dazwischen, um dem Gespräch eine andere Wendung zu geben. Und auch um Isacco mit irgendetwas zu übertrumpfen.

Er starrte sie misstrauisch an. »Woher wollt Ihr das wissen?«

»Ich war dort.«

»Wo?«

»Nun, auf dem jüdischen Friedhof. In Sulzburg. Der Ort, aus dem Leas Familie stammte.«

Isacco ließ sich auf eine Treppenstufe sinken und strich sich über seine Haare, die ohnehin bereits wieder mehr als verquer von seinem Kopf abstanden. »Was interessiert Euch an dieser Lea denn so über alle Maßen, dass Ihr ihr sogar meilenweit nachspioniert? Sie gehört doch gar nicht zu Euch.«

»Ich habe ihr keinesfalls nachspioniert«, sagte Ursul verärgert, »ich war mit meinem Onkel in der Nähe, und dann bin ich dort hingefahren.«

»Und woher wusstet Ihr von diesem Sulzburg?«

»Von Leone.«

Isacco lachte auf. »Von Leone! Ach Gott, Leone! Da hat er Euch wieder einmal schön an der Nase herumgeführt. Nur um vor Euch wieder den Allwissenden zu spielen. Dabei kennt er sich in der Vergangenheit unserer Familie überhaupt nicht aus. Aber was er nicht weiß, phantasiert er sich zusammen. Irgendwann wird er Euch dann auch noch erzählen, wie es mir im Heiligen Land ergangen ist. Und weshalb ich zurückgekehrt bin.«

»Und was wird er mir erzählen?«

Isacco starrte an Ursul vorbei, zuckte dann mit den Schultern. Und brauchte eine Weile, bis er antwortete. »Dass ich das ganze Heilige Land durchreist habe und nichts von dem gefunden habe, was ich mir erhoffte.«

Ursul bemühte sich um ein Gesicht, das nichts von ihren Gefühlen preisgab. »Und was hattet Ihr Euch erhofft? Weshalb seid Ihr zurückgekehrt?«, fragte sie dann.

Isacco blickte auf das Buch, das er immer noch in seiner Hand hielt. Er blätterte kurz darin, sah dann gelangweilt über Ursul hinweg. »Man braucht einen Gefährten in diesem Land. Oder besser noch: eine Gefährtin.«

»Und Ihr habt keine gefunden?«

»Keine, die ich mir vorgestellt hatte.«

»Und wie hätte die sein sollen, die Ihr Euch vorgestellt habt?«

Er grinste. »So eine wie Berenike. Aber damit fangt Ihr natürlich nichts an.«

Ursul überlegte, musste dann zugeben, dass sie mit Berenike wirklich nichts anzufangen wusste. »Könnt Ihr mir's erklären?«

Er klappte das Buch zu, legte es sichtlich verärgert auf den Stapel, so als trage dieses Buch die Schuld an seinem Versagen. »Eine Gefährtin ist eine Frau, die gegen sämtliche steinerne Löwen hier in Venedig kämpfen würde, wenn sie versuchen würden, von ihren Podesten herabzusteigen und einen verwundeten Mann, den sie liebt, anzugreifen.«

Er schaute sie prüfend an, kniff die Augen zusammen. »Oder eine Frau, die in den Canale Orfano hinabsteigt und ihren vom Staat vergifteten Geliebten wieder heraufholt, sich zu ihm legt und ihm so lange ihren Odem einhaucht, bis er wieder ins Leben zurückkehrt. Auch wenn dies Äonen dauert.«

Er schaute blinzelnd über die Straße hinweg, grüßte einen Mann, der soeben das Gasthaus verließ, dann stand er auf und ging mit seinem schlurfenden Schritt davon.

Ohne seinem auf dem Boden sitzenden Bücherpacken auch nur noch einen Blick zuzuwenden.

»Er ist meschugge, dieser Isacco«, murmelte Ursul und starrte ihm kopfschüttelnd nach. »Er ist wirklich meschugge. Leone hatte recht, dass sein Bruder die meiste Zeit in seinem Kopf nicht ganz normal ist.« Sie blieb stehen, bis Isacco um die nächste Straßenecke verschwunden war. »Vielleicht hilft es ja, wenn ich Leone einmal darauf anspreche und ihm sage, was mit diesem Bruder los ist. Und dass er auf ihn Acht geben muss.«

Es dauerte eine Weile, bis Ursul Leone traf. Auf der Post, die sich nun im ehemaligen *fondaco tedesco* befand.

Sie hatte sich inzwischen daran gewöhnt, dass während ihrer Abwesenheit die Franzosen dort ausgezogen, die Österreicher eingezogen waren und alles zunächst einmal zu einem riesigen Chaos geworden war. Ein Chaos, das natürlich kaum anders war als zuvor, als die Stadt unter der Herrschaft der Franzosen gestanden hatte. Zwar konnten nun keine Bronzepferde mehr abtransportiert, Goldschätze eingeschmolzen oder Schiffe zerstört werden, dafür wurden kostbare Handschriften und ganze Bibliotheken nach Wien geschafft.

Die Sprache war anders, die Uniformen anders, die Gesten anders. Langsamer, gemütlicher, so, als seien sie keine Besatzer, sondern freundliche Besucher, die der Stadt lediglich einen kurzen Besuch abstatteten.

Und sich nun am Bier vom Fass, an Kraut, Würsteln und Kartoffeln delektierten.

Die Einquartierung bei der Witwe, bei der Ursul vor ihrer Abreise nach Nürnberg gewohnt hatte, war nicht mehr französisch, sondern österreichisch, und die Frau war froh, dass sie an manchen Tagen jemanden im Haus hatte, der für sie dolmetschen konnte: Ursul.

Die *Contrada dell'Unione* war wieder zum Ghetto geworden, wie Isacco prophezeit hatte. Auch wenn es nun keine Ghettotore mehr gab, die morgens und abends geschlossen wurden, so gab es doch eine Fülle von Auflagen, die die Juden zu erfüllen hatten.

Regensburger, Augsburger, Nürnberger Händler – die nun keinerlei Befugnisse mehr im *fondaco* hatten – bemühten sich miteinander, das neuerliche Chaos zu schlichten, aber da ihre Rechte weitgehend beschnitten waren, war ihr Tun, was ihre Arbeit anbetraf, zumeist sinnlos.

Auf eben dieser Post traf Ursul dann eines Tages Leone.

Bevor sie berichten konnte, was sie auf ihrer Reise nach Nürnberg und wieder zurück erlebt hatte, war ihr im ersten Augenblick klar, dass sie es ihm nicht sagen konnte. Nicht in aller Deutlichkeit und nicht in der vollen Brutalität: Nicht sagen konnte, dass diese Lea Coen vermutlich irgendwo verschollen blieb zwischen Venedig und Sulzburg. So verschollen wie ihre Vorfahrin Margarete Helmbrecht im Weihrauchland.

»Du hast sie wirklich gefunden«, fragte Leone erregt, als sie mit ihrem Bericht über Sulzburg begonnen hatte. »Ich hätte nie geglaubt, dass dies möglich ist, nach dieser langen Zeit. Hast du den Segensspruch gefunden, der ihr so wichtig war?«

»Ich habe vermutlich einen Segensspruch gefunden«, antwortete Ursul, froh darüber, dass sie nicht zu lügen brauchte. »Aber ich kann natürlich kein Hebräisch und konnte nur vergleichen mit anderen Grabsteinen.«

Leone gab sich damit zufrieden. »Hast du die Steinchen auf das Grab gelegt«, fragte er dann weiter, »die Steinchen, die ich dir mitgegeben habe?«

Ursul nickte. Ja, sie habe Steinchen auf das Grab gelegt. Auch das war nicht gelogen, auch wenn es nur irgendein jüdisches Grab war.

»War es einfach zu finden?«

»Nein, es war nicht leicht zu finden«, gab Ursul wahrheitsgemäß zurück. »Eine ganze Zeit lang gab es überhaupt keine Juden in Sulzburg.«

»Und heute?«

»Heute gibt es wieder welche«, berichtete Ursul bereitwillig. Froh darüber, dass sie alle Klippen umschifft hatte.

»Haben sie einen Tempel?«

»Bis jetzt nicht, aber offenbar soll einer gebaut werden, irgendwann. So hat es mir zumindest eine alte Frau gesagt, die ich auf dem Friedhof getroffen habe. Zurzeit haben sie nur einen Betsaal und eine jüdische Konfessionsschule.«

»Und der Friedhof? Ist er wieder benutzbar?«

»Ja. Die Gemeinde hat die Obrigkeiten offenbar gebeten, dass man erlauben möge, diesen Friedhof wieder benutzen zu dürfen. Und das hat man dann auch getan.«

Ursul versuchte so viel wie möglich von Sulzburg zu berichten, um Leone davon abzuhalten, sich weiterhin nach Lea Coen zu erkundigen. Und sie verließ ihn nach einer Weile mit dem Gefühl, etwas getan zu haben, was ihn mit gutem Gefühl zurückließ. Sie hatte nicht wirklich gelogen. Sie war lediglich ein ganz klein wenig neben der Wahrheit entlanggeschlichen.

Aber sie war sicher, dass Lea Coen zufrieden mit ihr gewesen wäre.

Ursul wusste von ihrem Onkel, dass Pilger, die die Reise ins Heilige Land von Venedig aus antraten, dies zweimal im Jahr tun konnten: Im Frühjahr zum *passagium Martii*, oder im Sommer zum *passagium Augusti*. Die Jerusalemfahrer, die von Norden kamen, logierten in Venedig im Hause des Peter Ugelheimer. Die Fahrten mussten vorweg bei einer der beiden Reedereien bezahlt werden, die ins Heilige Land fuhren – die eine Hälfte in Venedig, die andere in Jaffa. Ein Vertrag enthielt alle Leistungen, die von den Reedern zu erbringen waren: die Hinreise von Venedig ins Heilige Land und die Rückreise, den bewaffneten Schutz während der Fahrt, die Landgänge unterwegs, genügend Raum für das Gepäck und den Proviant. Außerdem mussten die Pilger bis zum Jordan begleitet werden, Zölle und Geleitgelder waren im Preis inbegriffen.

Die Reeder Conterini und Lando waren erbitterte Konkurrenten und versuchten sich gegenseitig die Kunden abspenstig zu machen. Und das nicht immer mit eben fairen Methoden: Ihre Agenten standen auf dem Markusplatz und versuchten, die Morgenlandfahrer durch großartige Festmahle – denen jeweils die Besichtigung des vorgesehenen Schiffes folgte – für ihre Reederei einzunehmen.

Als Ursul des Morgens in die Kirche gehen wollte, wurde sie Zeugin eines lautstarken, verärgerten Wortwechsels. Nur wenige Schritte von ihr entfernt und in unmittelbarer Nähe der neuen Bank der Levis sah sie Isacco stehen, in intensives Gespräch mit einer Gruppe von Pilgern vertieft. Leone hatte soeben das Büro seines Vaters verlassen und zog seinen Bruder am Ärmel. Auf dem Boden unmittelbar vor dem Eingang der Bank lag ein wüstes Durcheinander von zerbrochenem Schiffszwieback, den die Pilger ganz offensichtlich geprüft und dann als schlecht befunden hatten.

Leone versuchte seinem Bruder einen Besen in die Hand zu drücken und deutete dabei auf den Boden.

Isacco lehnte den Besen brüsk ab und redete weiterhin auf den einen der Pilger ein, der jedoch energisch den Kopf schüttelte und sich dann zum Gehen wandte. Der andere blieb mit kauenden Backen stehen und unterzog ganz offensichtlich den Zwieback einer weiteren Prüfung.

Ursul konnte nicht eindeutig verstehen, um was es bei dem Gespräch zwischen Isacco und dem Mann ging, aber offensichtlich war dieser Kunde ebenfalls unschlüssig geworden, wem der beiden Reeder er nun seine Habe anvertrauen sollte für diese lange Reise übers Meer.

Isacco ging zielstrebig auf Leone zu, und Ursul hatte das Gefühl, als könnten die beiden Brüder handgreiflich werden. Sie trat hinter der Säule hervor, hinter die sie sich gestellt hatte. Isacco kniff die Augen zusammen, als er sie entdeckte, nahm Leone den Besen aus der Hand und warf ihn zornig auf den Boden. Dann verließ er den Platz.

Leone hob ihn wieder auf und kehrte die Reste des Zwiebacks murrend zur Seite.

»Mein Bruder hat es nicht nötig, Schiffszwieback zu verkaufen«, murmelte er dann verärgert vor sich hin. »Er könnte genauso gut wie ich in der Bank unseres Vaters arbeiten. Oder in Padua sein Studium beenden. Und endlich sein Examen machen. Aber dazu ist er zu feige. Weil er Angst hat, zu versagen. Also drückt er sich lieber auf dem Markusplatz herum, verärgert die Besucher unserer Bank, die sich anschließend die Krümel aus ihren Schuhen herauspulen müssen. Und versucht Leute, die bei uns lediglich Geld wechseln wollen, davon zu überzeugen, dass sie um ihres Seelenheils willen ins Heilige Land reisen müssen. Natürlich mit der von ihm vertretenen Reederei.«

Leone stellte den Besen zornig an die Wand, wischte die Krümel von seinen Beinkleidern und trat dann zur Seite, um den Eingang freizugeben.

»Schiffszwieback, verdorbenen Schiffszwieback, hatte er den beiden wohl andrehen wollen«, sagte er dann unterdrückt zu Ursul, »Provianttaschen, Pilgermuscheln und Wasserflaschen verkauft er, und was weiß ich sonst noch. Und verspricht grandiose Abendessen auf dem Schiff, auf dem er diese Leute anschließend herumführen will.«

Leone schüttelte zornig den Kopf. »Manchmal glaube ich wirklich, dass er eines Tages in San Clemente landet, bei all den Verrücktheiten, die er sich leistet.«

Ursul lächelte verlegen und zuckte hilflos mit den Schultern, da sie sich kaum in der Lage fühlte, die Wogen in diesem andauernden Bruderzwist zu glätten.

Als sie nur wenige Tage später mitten in der Nacht vor ihrem geöffneten Fenster den Ruderschlag eines Bootes hörte, wusste sie bereits, dass es sich um Isacco handelte: Er fuhr mit einem

Boot die Strecke ab, die in vornapoleonischer Zeit Nacht für Nacht von christlichen Wächtern abgefahren wurden, um Juden am Verlassen des Ghettos zu hindern. Dabei rezitierte er Texte aus dem Talmud.

Ursul hätte auch genau die Stunde benennen können, zu der sie die Ruderschläge hörte. Die Ghettotore waren früher morgens stets beim Klang der Marangana-Glocke geöffnet und um Mitternacht von den Wächtern geschlossen worden. Und Isacco hielt diese Zeiten exakt ein. Er wolle nicht, dass alles vergessen werde, hatte er einer Nachbarin erklärt.

Ursul schloss das Fenster, legte sich wieder ins Bett. Sie wusste nicht, mit welchen Gedanken sie ihre Unruhe bekämpfen konnte. Noch immer hatte sie keine klare Vorstellung von einem Beruf, den sie nun, da sie nicht mehr Keuflin werden wollte, hätte ausüben können. Oder was sie hätte lernen wollen, wenn sie einmal von einem Harnisch absah, den sie noch immer vermutlich fehlerfrei herstellen konnte.

Der Onkel war ihr bei ihren beruflichen Überlegungen keine Hilfe. Stattdessen amüsierte er sich über die Männer, mit denen seine Nichte sich abgab.

»Sie werden immer zahlreicher, deine Verehrer«, spottete er eines Tages, als er sie wieder einmal bei Isacco hatte stehen sehen. »Weißt du eigentlich überhaupt noch, wem du den Vorzug gibst? Leone, diesem Isacco? Oder vielleicht dem Faktor, mit dem du in der letzten Zeit an manchen Tagen zusammenarbeitest? Wegen diesem Buch der Chroniken, das offenbar seine Tücken hat, oder sehe ich das falsch?«

Das Buch habe keine Tücken, log Ursul, und der Faktor interessiere sie ganz gewiss nicht. Und dass Isacco zu ihren Verehrern gehöre, könne sie auch nicht behaupten. Vermutlich gehöre er eher zu ihren Gegnern.

Aber der Onkel hatte nur gelacht. Er sehe das anders.

»Wegen solch einer Sache ist die Freundin unserer Vorfahrin, diese Bianca, einst verbannt worden«, hatte sie entgegnet.

»Doch wohl genau wegen dem Gegenteil: Da war es die Frau, die dem Mann nachstellte. Bei euch ist es doch umgekehrt. Wenn ich recht informiert sei, triffst du diesen Isacco ziemlich häufig. Über diesen Umgang, ob er taugt oder nicht, solltest du doch einmal gründlich nachdenken.«

Und Ursul dachte nach. Über diesen »Umgang«, wobei sie nicht wusste, ob die Bezeichnung dafür überhaupt passte. Woraus er bestand.

Sie hatte keine Mutter wie diese Bianca in dem Tagebuch, die ihr den Umgang mit dem seltsamen Mann Moise verbot. Isacco kam zu ihr, ließ eine Suada seiner Gedanken auf sie niederprasseln, dann ging er wieder. Und er versuchte, sie das hebräische Alphabet zu lehren.

»Ich habe so langsam das Gefühl, dass dich mein Bruder mit irgendwelchen Sachen vollstopft, die dich keinesfalls interessieren«, sagte Leone, als er von ihren vergeblichen Hebräisch-Versuchen hörte. »Ich weiß zwar nicht, was in diesem Tagebuch über das Weihrauchland stand, aber ich kann mir vorstellen, dass es spannender war als Aleph, Beth und Gamel.«

»Für mich ist eure Sprache schon spannend«, beeilte sich Ursul zu sagen, doch das entsprach nur zur Hälfte der Wahrheit.

»Und wo soll das alles hinführen?«, wollte Leone wissen und

schaute sie dabei misstrauisch an. »Willst du etwa eines Tages nach Palästina?«

Ursul blickte auf ihre Fußspitzen, mit denen sie Kringel auf den Boden zeichnete. »Muss es das?«

»Was?«

»Nun, irgendwohin führen?«

»Nichts ist absichtslos, was Isacco tut«, antwortete Leone heftig. »Nichts. Eines Tages wirst du das schon noch merken. Und warte nur erst einmal, bis er anfängt, dir von den Nabatäern zu erzählen, dann kannst du hinterher deine Füße nicht mehr bewegen, so lange braucht er für diese Erzählungen, wenn er dich dabei dreimal die Giudecca hin- und herführt. Und bis er mit dir zusammen koscher essen will, kannst du Großmutter werden. Falls er das überhaupt in Erwägung zieht. Das koschere Essen.«

Aber Isacco wollte weder mit ihr zusammen koscher essen, noch erzählte er ihr von den Nabatäern: Stattdessen überfiel er sie eines Tages mit einer Horrorgeschichte über die Dönmeh und die Frankisten, irgendwelche Sekten, über die er allerdings zu diesem Zeitpunkt nicht ausführlich berichtete.

Aber trotzdem blieb Ursul mehr als verstört zurück.

»Habe ich dir nicht gesagt, dass er meschugge ist?«, ereiferte sich Leone, als er sie fast am gleichen Tag in der Stadt traf. »Was hat er dir erzählt von diesen Frankisten?«, drängte er. »Will er dich etwa mitnehmen nach Paris zu dieser seltsamen Heiligen?«

Ursul blickte Leone hilflos an, schüttelte den Kopf.

Leone trat von einem Fuß auf den anderen, schaute sich gehetzt um. »Ich muss weiter, eine Auskunft für meinen Vater einholen. Ich komme später zu dir.«

Ursul hatte ihr Mittagessen fertig gekocht, bis er vor ihrer Tür stand.

»Entschuldige, aber es ging einfach nicht rascher.«

Er setzte sich mit aller Selbstverständlichkeit an den Tisch, auf den Ursul bereits zwei Teller gestellt hatte, und schaute zu ihrem Herd hinüber. »Es sind viele Familien, die dazugehören«, sagte er dann, ohne hochzublicken, »sogar noch mehr, als wir vermutet hatten. Das habe ich soeben erfahren.«

Ursul hatte sich inzwischen an die seltsamen Erklärungsmethoden der Levi-Brüder gewöhnt und fragte schon gar nicht mehr, um welche Familien es sich bei welcher Sache handelte.

Leone löffelte hastig die Suppe, wobei Ursul das Gefühl hatte, dass er ganz gewiss nicht merkte, um welche Suppe es sich handelte. Dann fuhr er mit einer Spur von Triumph in der Stimme fort: »Ich rede von den Dönmehs. Nicht einmal von den Frankisten.«

Ursul nickte und legte ihren Löffel zur Seite. Sie hatte nur den Wunsch, dass dieses Gespräch so rasch wie möglich zu Ende sein möge und dass diese Frankisten, die sie so sehr irritiert hatten, dabei möglichst ausgespart bleiben würden.

»Isacco ist bei ihnen zurzeit«, erklärte Leone und wischte sich hastig über den Mund. »Und er schläft mit all diesen Leuten. Zusammen. Also, mit allen gleichzeitig, verstehst du? Er ist bei diesen Frankisten«, wiederholte er dann mit aller Selbstverständlichkeit und nahm an, dass der Sprung von den Dönmehs zu den Frankisten ohne weitere Zwischenschritte sichtbar wurde. Und Ursul endlich so schockiert schien, wie er es sich erhoffte.

Ursul schob den Löffel an den Rand des Tisches. »Und weshalb sollte Isacco das tun? Und wo? Etwa hier im Ghetto?«

Leone winkte heftig ab. »Natürlich nicht hier. In Paris. Oder in Saloniki. Oder sonst irgendwo.«

»Und weshalb sollte er das tun?«

»Weil er den Messias damit herbeiholen will. Früher als sonst.«

Ursul nahm Leones leeren Teller und trug ihn zur Seite. »Das ergibt wenig Sinn. Zumindest für mich.«

»Für mich auch nicht, aber er tut es. So wie er alles tut, was verrückt ist. Dies hier besonders.« Leone lachte auf. »Kannst dir überhaupt vorstellen, wie meine Eltern das finden? Was sie da hören? Dass Frauen und Männer beieinanderliegen, wie es gerade kommt?«

»Ich bin nicht der Wüstling, für den mich mein Bruder hält.«

Die Stimme kam flüsternd in Ursuls Ohren und so unerwartet, dass sie ihren Tee zum Teil auf ihr Kleid goss. Sie hatte diese Stimme im Heiligen Land vermutet, in Saloniki, in Paris oder sonst wo. Nicht jedoch hier beim Laubhüttenfest in Venedig, zu dem sie von ihrer Nachbarin eingeladen worden war.

»Hast du gehört?«, wiederholte die Stimme. »Ich bin kein Wüstling, wie dir Leone weismachen wollte.«

Ursul wischte mit einem Taschentuch über ihren nassen Rock und wandte sich dann zu Isacco um, der wartend neben ihr stand.

»Er hat nicht gesagt, du seiest ein Wüstling«, sagte sie dann zögernd, »er hat nur gesagt, dass du an Mysterien einer Sekte teilnimmst. Einer jüdischen Sekte, die sich in Orgien ergeht. Wo nackte Mädchen vor dem Synagogendiener in der Synagoge tanzen.« Sie machte eine Pause. »Und wo Männer und Frauen beieinanderliegen. Und so auf den Messias warten.«

Isacco lachte verärgert. »Natürlich lässt sich das auch so weitergeben.« Er nahm Ursul das Taschentuch aus der Hand und versuchte ihren Rock trocken zu reiben, aber Ursul wehrte hastig ab.

Isacco schaute sie irritiert an. »Ich wollte dir lediglich helfen, deinen Rock zu trocknen. Es sollte keinesfalls der Beginn einer Orgie sein.«

Ursul zog ihre Hand zurück. »Entschuldige. Es hat mich ziemlich schockiert, was ich da hörte.«

»Was du da hörtest, hatte Leone über drei Ecken herum erfahren«, sagte Isacco zornig. »Und dann hat er es meiner Mutter auf einem silbernen Teller präsentiert. Die mich danach endgültig aus ihrem Mutterherzen verbannt hat. Und mein Vater ist soeben dabei, mich zu enterben, weil ich unserem Namen Schande mache.«

»Heißt das, dass die Sache so überhaupt nicht stimmt?«

Isacco füllte einen Becher mit Tee und führte Ursul dann zu dem langen Tisch, an dem die Festgäste des Laubhüttenfestes Platz genommen hatten. »Es stimmt schon. Sie machen alles, was Leone erzählt hat. Aber man muss doch wissen, weshalb sie das tun.«

»Kannst du es mir erklären?«

»Weil sie auf den Messias warten. Weil sie ihn rascher herbeiholen wollen.«

»Auf diese Art und Weise?«

»Auf die Art und Weise, an die sie glauben.«

Ursul rührte in ihrem Tee, gab ein zweites Mal Zucker in die Tasse.

»Nicht so viel«, mahnte Isacco, »Zucker ist kostbar, wie du wohl weißt.«

Ursul rührte stockend weiter in ihrer Tasse, Isacco schob

einen Palmzweig, der auf den Tisch fiel, wieder in das Palmdach zurück, das sich über ihren Köpfen befand.

»Wer sind die Frankisten?«, fragte Ursul zögernd.

»Diese Heilige ist die Nachfolgerin von Frank, der der Nachfolger ist von Sabbatai Zwi.«

»Ich dachte, der sei längst tot. Und zum Islam übergetreten.«

»Sabbatai Zwi schon. Dann ging es um Jakob Frank, der aber inzwischen auch tot ist.«

»Und Ihr wart bei ihrer Nachfolgerin, dieser Heiligen Herrin? Und alle haben dabei bei allem mitgemacht. Alle?«

Isacco zögerte keinen Augenblick. »Natürlich habe ich auch mitgemacht. Wie sonst soll ich begreifen, wie das ist, wenn man auf diese Art auf den Messias wartet?«

»Leone wartet doch auch auf den Messias, aber auf völlig andere Art und Weise«, erwiderte Ursul.

»Leone! Leone! Leone! Ist er der Nabel der Welt? Weshalb glaubst du alles, was Leone sagt, und weshalb ziehst du alles in Zweifel, was von mir kommt?«

Isaccos Stimme ließ sich nicht mehr überhören, an ihrem Tisch beugten sich einige Leute zu ihnen herüber und baten um Ruhe. Dies sei ein Fest der Freude, das man nicht mit Zwiespalt und Streit beenden solle. Wenn man diskutieren wolle, könne man dies an anderer Stelle tun.

Isacco nickte widerwillig, zog Ursul aus dem Raum und begleitete sie dann zu ihrem Haus.

»Ich war bisher nicht ein einziges Mal in deiner Wohnung«, stellte er fest, als sie vor Ursuls Haustüre angekommen waren. »Schließlich ist es doch eine ganz andere Wohnung geworden, als die ursprünglich geplante. Kann ich zu dir hinaufkommen?«

Ursul zögerte einen Augenblick.

»Ich verspreche auch, ganz gewiss keine Orgie anzuzetteln«, spottete Isacco. »Und Leone – er isst ständig bei dir. Also möchte ich wenigstens hinaufkommen. Nur ein einziges Mal.«

»Ich habe kein Abendessen gerichtet«, wehrte sich Ursul.

Isacco hob die Hände zu einem Friedensgruß. »Ich schwöre: Kein Essen, kein Bemühen um deinen nassen Rock, keine Orgie – darf ich dann?«

Ursul ließ ihm den Vortritt. »Wollt Ihr nicht wenigstens Platz nehmen«, schlug sie vor, als Isacco sich sofort neugierig in der Wohnung umsah, die Wände berührte, mit der Hand über die Möbel strich.

»Sind das noch ihre Möbel?«, wollte er dann wissen.

»Wessen Möbel?«

»Nun, die der Frau, die einst hier gelebt hat. Sara Coppia Sullam.«

Ursul schüttelte den Kopf. »Woher soll ich das wissen? Mein Onkel hat diese Wohnung gemietet. Nicht eben billig.«

»Das hoffe ich doch«, sagte Isacco, dabei boshaft lächelnd. »Immerhin ist es die Wohnung einer Dichterin. Einer berühmten Dichterin. Einer jüdischen Dichterin. Und davon gibt es nicht allzu viele.«

Er ging weiter durch den Raum, betrat dann ohne zu zögern den nächsten, schaute sich prüfend um, blieb stehen, schloss die Augen und zog die Luft ein.

»Hier war es also.«

Ursul verzichtete auf eine Frage, in seiner Gegenwart konnte sie nur falsche Fragen stellen.

Als Isacco die Augen wieder öffnete, kam er zu Ursul, die an der Tür stehen geblieben war, zurück und legte die Hände neben ihrem Kopf an die Wand. »Spürst du eigentlich noch etwas von ihr? Ich meine, ob du spürst, dass sie hier gelebt hat, ob es da noch Schwingungen gibt.«

Ursul schaute ihn verunsichert an. »Schwingungen?«

»Nun ja, doch. Ein Mensch hat hier gelebt, geredet, geschrieben, gedacht, geschlafen, geliebt sicher auch. Vermutlich ist er sogar hier gestorben. Am Fieber, heißt es in den Totenbüchern. Irgendetwas muss also doch zurückgeblieben sein. Oder etwa nicht?«

Ursul ging zu einem Regal und nahm zwei Becher heraus. Sie füllte sie mit Wein, murmelte dabei, dass es koscherer Wein sei, dann hielt sie Isacco einen Becher entgegen.

Isacco nahm ihn, stellte ihn dann auf den Tisch, ohne daraus zu trinken. »Ich denke, es muss etwas geblieben sein«, sagte er mit Nachdruck. »Es war ein literarischer Salon, den sie hatte, ein Salon, in den die Leute von weither kamen. Sie haben über die Unsterblichkeit der Seele diskutiert, sie hat Briefe an einen hochgelehrten Mann geschrieben, so etwas bleibt doch nicht ohne Spuren. Oder seid Ihr so stumpf, dass Ihr nichts davon spürt?«

Ursul schüttelte hilflos den Kopf und lehnte sich an die Wand. »Ich weiß nicht, was Ihr meint.«

Isacco zog seine Hände um ihren Kopf zusammen, sodass sie gefangen war in seinem Griff. »Hört zu, ich will's Euch erklären. Wie Ihr wisst, war ich bei diesen Frankisten, nein, unterbrecht mich nicht, ich war richtig bei ihnen, das heißt, ich habe alles mitgemacht, was sie auch taten, ihren ganzen religiösen Ritus, oder ihren Wahnsinn, wie Ihr wollt. Alles nur, um den Messias zu erfahren.

Ich bin dann nach Deutschland gefahren, dort gibt es einen

Mann, der genau das Gegenteil tut, einen gewissen Moses Mendelssohn, ein Philosoph. Er versucht unter den Juden die Idee zu verbreiten, dass die Juden nicht mehr nur Juden sind, sondern dass sie sich assimilieren, wie er das nennt. Sie sagen sich also jeden Tag aufs Neue, dass sie nicht nur Juden seien und dass uns überhaupt nichts unterscheidet von allen anderen Menschen, den Gojim. Und das müsse man spüren.«

»Und«, unterbrach sie, »habt Ihr es gespürt?«

»Nein, ich habe nichts gespürt, gar nichts. Ich konnte jeden sogenannten Nichtjuden berühren, er fühlte sich nicht anders an als diese Juden, die keine mehr sein sollten. Und nun machen wir ein Experiment.« Er zog Ursul zu sich heran, bis ihre Gesichter sich schließlich berührten. Er presste seine Lippen auf ihren Mund, öffnete diesen Mund mit seiner Zunge. Gewaltsam, da sie sich zunächst sträubte.

Dann erkundete er diesen Mund mit seiner Zunge. Forschend, nicht liebevoll. Aber ausgiebig. Und zog sich abrupt zurück.

»Bist du überhaupt schon einmal geküsst worden?«, fragte er nach einer Weile.

Sie war unfähig zu reden, schüttelte nur stumm den Kopf.

»Überhaupt nicht?«

»Ganz gewiss nicht so«, sagte sie leise.

»Und?«

»Was und?«

»Gab's da einen Unterschied? Zu dem jetzt?«

Sie nahm ihr Glas, trank einen Schluck. »Nein. Ja.«

»Was denn nun, ja oder nein?«, fragte er belustigt.

»Ein Kuss ist ein Kuss«, erwiderte sie.

»Nein, ein Kuss ist eben nicht ein Kuss«, widersprach er.

Sie schüttelte den Kopf und fragte sich, ob dies ein Kuss war, den er bei diesen Frankisten gelernt hatte.

»Seht Ihr, genau das wollte ich Euch zeigen«, sagte er befriedigt, als sie sich verlegen über den Mund wischte.

Dann wandte er sich um und verließ den Raum.

Sie blieb zurück mit hundert offenen Fragen. Er hatte sie nicht zum Essen eingeladen, zum koscheren Essen.

Und nach den Orgien, die sie so brennend interessierten, hatte sie ihn nicht einmal gefragt. Wobei sie sich eingestand, dass sie keinerlei Ahnung hatte, was unter diesen Orgien wirklich zu verstehen war. Und ob sie auch nur einen Bruchteil davon verstehen würde, wenn ihr irgendwer darüber in aller Ausführlichkeit berichten würde.

Sie traf Isacco noch einmal kurz vor seiner Abfahrt ins Heilige Land.

Es war Zufall. Sie hätte ihn nicht gesehen, wenn Leone nicht mit seinem typischen verhetzten Laufschritt gerade aus einer Calle hervorgeschossen wäre und sie dabei fast umgerannt hätte. Am Kai, wo schon eine Gruppe von Menschen bereitstand, um mit einem kleineren Schiff hinaus zum Lido zu fahren, wo die große Karracke bereit war für die Fahrt ins Morgenland.

»Hast du es wieder einmal so eilig, als ob heute bereits die Welt unterginge und du ganz rasch zuvor noch ein paar wichtige Dinge zu erledigen hast«, spottete sie, als Leone sich wie üblich den Schweiß von der Stirn wischte und gehetzt zu der Pilgergruppe hinüberschaute.

»Für meine Mutter wird sie ganz gewiss untergehen«, sagte er dann atemlos und schwenkte ein Papier vor ihren Augen hin und her. »Da, lies, dann weißt du wenigstens, wie verrückt mein Bruder ist. Das hatte er heute Morgen in aller Frühe unter meiner Zimmertüre hindurchgeschoben, damit ich es meiner Mutter gebe.«

Ursul nahm den Zettel zögernd in die Hand, drehte ihn auf die Rückseite, stellte dann fest, dass sie ihn auf den Kopf gestellt hatte.

Leone nahm ihr das Papier aus der Hand. »So viel Zeit habe ich nicht, und wenn meine Mutter ihren Sohn vor seiner Abreise noch einmal sehen will, dann muss es rasch gehen. Also:

ISRAELITEN, IHR EINZIGES VOLK,

DEM EROBERUNGSSUCHT UND TYRANNEI IN JAHRTAUSENDEN WOHL DAS ALTE LAND RAUBEN KONNTEN, NICHT ABER DEN NAMEN UND DIE EXISTENZ; ERHEBT EUCH! ZEIGT, DASS DIE FRÜHERE ÜBERWÄLTIGENDE MACHT EURER UNTERDRÜCKER WOHL DEN MUT DER NACHKOMMEN JENER HELDEN, DEREN BRÜDERLICHER BUND AUCH SPARTA UND ROM ZUR EHRE GEREICHT HÄTTE, ZÜGELN KONNTE, DASS IHN ABER AUCH ZWEITAUSENDJÄHRIGE SKLAVEREI NICHT AUSZULÖSCHEN VERMOCHTE.

Napoleon, auf seinem Palästina-Feldzug in Jerusalem,
im Monat Nissan, des Jahres 5559

»Was soll das heißen? Und von wem stammt es?«

Leone starrte Ursul ungläubig an. »Nun, das dürfte doch klar sein. Von Napoleon. Und mein Bruder will zu ihm, nehme ich an. Er geht zusammen mit den Pilgern ins Heilige Land, aber keinesfalls, um Pilgerstätten aufzusuchen, sondern um sich Napoleon anzuschließen.«

»Napoleon?« Ursul schaute irritiert auf den Zettel und nahm ihn Leone wieder aus der Hand. »Wo hat er das denn gesagt? Am Rialto, im Dogenpalast, im ehemaligen Ghetto, in Paris?«

Leone schaute Ursul kopfschüttelnd an. »Im Heiligen Land natürlich. Vermutlich vor den Toren von Jerusalem.«

»Und seit wann ist er im Heiligen Land?«

»Schon seit einer ganzen Weile«, erwiderte Leone, »dass es einen Palästina-Feldzug gibt, ist doch bekannt. Er wollte mit 40 000 Mann über Syrien und Kleinasien nach Konstantinopel. Durch diese Eroberung hoffte er, seine Herrschaft über Ägypten zu stärken und an Proviant für seine Soldaten zu kommen. Es gelang ihm zwar, Jaffa einzunehmen – wo er wie ein Messias empfangen wurde, aber der Widerstand der Türken verhinderte, dass er Akko besetzen konnte, auch wenn viele Juden unter seiner Flagge für ihn kämpfen wollten. Und so blieb ihm nichts anderes übrig, als nach Ägypten zurückzukehren und die Eroberung Palästinas aufzugeben. Und dort verlief die Sache zweischneidig: Er besuchte zwar die Pestkranken in Jaffa, aber nach der erfolglosen Aktion in Akko verbrannte er dort die gesamten Ernten und ließ die Gefangenen, die er nicht mitnehmen konnte, füsilieren.«

»Und Isacco? Was will er dort?«

»Woher soll ich das wissen?«, fragte Leone verärgert. »Vermutlich in die Armee eintreten. Aber ganz gewiss will er weder an irgendwelche Pilgerstätten wie Golgatha und das Heilige Grab, noch, an den Jordan, auf den Berg Zion, nach Bethlehem oder zum Palast Davids. Das kennt er ja schon alles von früher.

Und drei Nächte in der Grabeskirche verbringt er ganz gewiss auch nicht mehr.«

Ursul schaute wieder zu der Gruppe von Männern hinüber, die alle auf ihren Umhängen mit Kapuzen ein rotes Kreuz trugen. Sie sah die Pilgermuscheln, den Pilgerstab, die Wasserflaschen, alles Dinge, die Isacco den Leuten vermutlich erst vor Kurzem verkauft hatte.

Als er sie mit seinem Bruder zusammen erspähte, verzog er das Gesicht und wandte sich dann brüsk ab.

Leone nahm den Zettel mit Napoleons Aufruf und legte seine Hand auf Ursuls Arm. »Geh zu ihm. Wenn er mich hier mit dir zusammen sieht, wird er ganz gewiss nicht herüberkommen. Und wenn ich mich beeile, kann ich meine Mutter vielleicht doch noch davon überzeugen, dass sie sich von ihrem Sohn verabschiedet. Vermutlich für immer.«

Ursul blieb eine Weile an ihrem Platz stehen, schaute aber weiterhin zu Isacco hinüber. Als er sich wieder zu ihr umwandte, lächelte er spärlich und kam dann zu ihr herüber.

»Für die Nabatäer hat es ja nun leider nicht mehr gereicht«, sagte er dann achselzuckend, »obwohl es wichtiger gewesen wäre, als über die Dönmeh und die Frankisten zu reden. Aber das kann ja mein Bruder nachholen. Und wie ich ihn kenne, wird er das tun.« Isacco lachte auf. »Es wird nur eine Weile dauern bis dahin, weil er erst Bücher lesen muss, damit er besser ist, als ich das hätte sein können. Und vergiss nicht, deine ›Kürbisgärten‹ zurückzuholen, sonst gehen sie verloren. Leone wird gewiss keine Zeit haben, sie überhaupt nur flüchtig anzuschauen.«

Er schaute zu dem Schiff hinüber, dann nahm er Ursul an den

Armen und schob sie gegen eine Hauswand. Einen kurzen Augenblick schaute er sie prüfend an, dann senkte er seinen Mund auf ihre Lippen. Ursul spürte, wie sich ihre Lippen öffneten, diesmal ohne Widerstand, nicht verkrampft wie damals in ihrer Wohnung. So, als sei sie es nun bereits gewohnt, von einem Mann auf diese Art und Weise berührt zu werden. Sie spürte seine Zunge forschend ihren Mund ertasten, anders als beim ersten Mal. Dann löste er sich widerstrebend.

»Jetzt bist du gezeichnet. Für immer und alle Zeiten. Ganz gleich was daraus wird. Oder auch nicht. Und diesmal war es gewiss kein Experiment.«

Er wandte sich um und schritt langsam zu dem Schiff hinüber, ohne sich noch einmal umzudrehen. Dann nahm er sein Bündel vom Boden und ging die Gangway hinab.

Als er das Schiff fast erreicht hatte, formte er die Hände zu einem Sprachrohr, wandte sich aber nicht mehr um. »Vielleicht wirst du ja auch eines Tages für mich in den Canale Orfano hinabsteigen und mir deinen Odem einhauchen. Ich werde dir sagen, wann es so weit ist.«

Einige der Pilger schauten irritiert zu Ursul hinüber.

Und sie hatte inzwischen das Gefühl, schon fast genau so meschugge zu sein wie Leone dies von seinem Bruder immer behauptet hatte.

Ein Bruder, der nun zu den Morgenlandfahrern gehörte.

Und vermutlich nie wieder in diese Stadt zurückkehren würde.

2. Elias oder der Sand des Heiligen Landes

Ursul hatte die Mahnung Isaccos, dass sie das Tagebuch ihrer Vorfahrin, die »Kürbisgärten«, möglichst bald aus seiner nun verlassenen Wohnung im Ghetto zurückholen sollte, nicht vergessen: dass Leone Zeit finden würde, sich damit zu beschäftigen, hatte sie ohnehin bezweifelt.

Nun, da sie die enge Stiege bis in das oberste Stockwerk des Hauses hinaufgestiegen war und vor Isaccos Wohnung stand, hatte sie das Gefühl, dass sie zu spät gekommen war: Vor der Tür standen alte Eimer, vertrocknete Farbe, verdorrte Blumensträuße in verdreckten Vasen, Bilder, die aus Zeitungen ausgeschnitten und zu Klumpen geballt in die alten Eimer gequetscht waren.

Außerdem hörte sie ein seltsames Geräusch: irgendetwas tickte in unregelmäßigen Abständen.

Ein alter Mann stand neben der Tür und versuchte soeben, eine *Mesusa* vom rechten Türpfosten abzuschrauben.

Ursul schaute irritiert auf die *Mesusa*, dann auf den alten Mann, den sie ganz gewiss noch nie hier gesehen hatte. »Ich wollte ein Buch abholen«, sagte sie stockend, »aber ich komme wohl zu spät.«

»Zu spät? Wofür zu spät«, murmelte der Mann zwischen zusammengepressten Lippen, mit denen er eine Schraube festhielt, während er die *Mesusa* behutsam von dem Pfosten ablöste. »Auch das Pergament ist brüchig«, sagte er dann verärgert, nahm es heraus und schob ein anderes Pergament behutsam in den Hohlraum. Dann versuchte er die *Mesusa* mit der zweiten Schraube wieder anzuschrauben.

»Ihr wolltet sie gar nicht abschrauben«, stellte Ursul erleichtert fest und trat näher.

»Weshalb sollte ich das tun?«, fragte der Mann und betrachtete sie neugierig. »Ich will lediglich all das, was nichts mehr taugt in dieser Wohnung, hinauswerfen. Und erneuern, falls dies möglich ist.«

Ursul nickte, bemühte sich höflich zu sein. »Seid Ihr der neue Mieter hier?«

»Nicht unbedingt«, murmelte der Mann vor sich hin, wischte mit der Hand über die *Mesusa* und prüfte dann ihre Befestigung, in dem er behutsam an dem Metallteil zog. »Für die nächsten zehn Jahre wird sie halten«, stellte er dann befriedigt fest und betrachtete Ursul aufmerksam. »Und du, was willst du hier?«, wollte er wissen, da er sie vermutlich für um einiges jünger hielt, als sie in Wirklichkeit war.

»Ich wollte mein Buch zurückholen«, erklärte Ursul und hoffte, dass sie hereingebeten würde.

»Ach ja, und welches?«, fragte der Mann und rüttelte ein weiteres Mal an der *Mesusa*, als wolle er sie wieder abreißen. »So viele Bücher hat er nicht zurückgelassen, mein Enkel.«

»Oh, Ihr seid sein Großvater«, sagte Ursul erfreut und mit neuer Hoffnung, dass sie ihr Buch doch noch zurückbekommen könnte, wenn dieser Mann der Großvater war, von dem ihr Isacco bereits einige Male erzählt hatte.

Der Mann zog ein kleines weißes Papierkärtchen aus seinem Rock und befestigte es mit einem Nagel auf der anderen Seite der Tür.

»Ihr seid Elias?«, fragte Ursul, als sie das Schild betrachtet hatte.

Der alte Mann lachte. »Na ja, so einer mit Feuerwagen natürlich nicht. Aber ich habe mich nie über meinen Vater und meine Mutter beschwert, dass sie mir diesen Namen gegeben haben.«

Er nahm seine Werkzeuge vom Boden, öffnete die Tür und schob Ursul in den Flur.

»Welches Buch suchst du denn, das dir Isacco nicht zurückgegeben hat?«

»Ein Buch, das eigentlich kein richtiges Buch ist. Es ist ein Tagebuch über Kürbisgärten«, erklärte Ursul, »über eine ›Nachthütte in den Kürbisgärten‹.«

Der Mann blinzelte sie an. »Bist du etwa das Mädchen, das zu meinen Enkel in den Canale Orfano hinabsteigen soll?«

Ursul zuckte zusammen. »Das weiß ich nicht«, erwiderte sie dann zögernd.

»Wieso weißt du das nicht? Entweder er hat es zu dir gesagt oder er hat es nicht gesagt? Also, hat er es gesagt?«

Ursul machte ein paar Schritte in den Raum. »Er hat es gesagt, aber ganz gewiss nicht ernst gemeint«, wehrte sie dann ab.

»Nicht ernst gemeint?« Elias lachte. »Glaubst du, so etwas sagt man, ohne es ernst zu meinen? Mein Enkel meint alle verrückten Sachen, die er tut oder sagt, ernst. Tiefernst sogar. Du kannst darauf bauen. Natürlich nur auf das, was Isacco sagt, nicht das, was Leone sagt. Da fällt alles um, wenn man dranstößt. Nichts ist ernst. Nur der Neid auf seinen Bruder. Und das schon seit ewigen Zeiten.«

Ursul schaute sich um in dem Raum, in dem sie einmal auf Isaccos Schlafbank gesessen hatte, in Büchern geschmökert, von Leone misstrauisch betrachtet, dass sie sich hier aufhielt.

»Für dein Buch gibt's nur einen Platz, wo es sein könnte«, sagte Elias nach einer Weile. »Was wichtig war, hat er in diese Truhe getan. Genau so, wie ich jetzt auch.« Er ging in den Nebenraum, zerrte eine schmale bemalte Holztruhe hinter sich her, wobei ihm Ursul zu helfen versuchte.

»Sie ist nicht schwer, ich habe noch nicht viel hineingetan, zumal ich auch gar nicht weiß, ob ich hier auf die Dauer bleibe. Ich muss erst wissen, ob ich anwachsen kann. Und für immer bleiben will.« Er zuckte mit den Schultern. »Ich bin mir nicht sicher, ob sie alles richtig machen, eines Tages, ich meine, wenn es Zeit ist für den Jordan«, sagte er dann leise. »Meine Schwiegertochter streichelt inzwischen immer noch ihren Backstein, sie soll ihn sogar geküsst haben, hörte ich. Mein Sohn kann dir sämtliche Wechselkurse auswendig sagen, wenn er jemandem imponieren will. Als er es neulich wieder einmal tat, habe ich schallend gelacht und ihn damit zutiefst beleidigt. Und Leone? Nein, Leone traue ich nicht. Er ist zwar mein Enkel, aber das ist auch schon alles.«

Er beugte sich in die Truhe, nahm ein kleines leinenes Säckchen heraus. »Weißt du, was das ist?«

Ursul nahm das Säckchen in die Hand, roch daran.

»Nein, nein, es ist nichts, was riecht«, sagte Elias lachend. »Reib es zwischen deinen Fingern, dann wirst du es spüren.«

»Sand?«, fragte Ursul erstaunt, nachdem sie es getan hatte. »Sand? Wozu solltet Ihr Sand aufbewahren?«

Elias nahm ihr das Säckchen aus der Hand, legte es wieder in die Truhe, auf einen *Tallit.* »Kein gewöhnlicher Sand, er stammt aus dem Heiligen Land.«

Ursul getraute sich nicht zu fragen, horchte dann plötzlich auf ein Geräusch, das sie nicht zuordnen konnte.

»Man legt es unter den Kopf«, erklärte Elias und schloss die Truhe. »Wenn es so weit ist. Aber ich bin mir nicht sicher, ob das jemand aus meiner Familie für mich tun wird. Daran denken wird. Oder sich vorstellen kann, dass ich so etwas überhaupt besitze.« Er seufzte, schaute Ursul prüfend an, lachte dann. »Nun, du hast ja bereits eine Beschäftigung. Bis du in den Canale Orfano hinabgetaucht bist und wieder herauf, bist du müde. Trotzdem –«

Ursul hatte das Gefühl, dass Isaccos Großvater nicht minder meschugge war als sein Enkel. Sie kannte ihn kaum eine Stunde, und schon hatte er ihr dieses Sandsäckchen anvertrauen wollen, damit sie es ihm eines Tages unter den Kopf legen sollte.

»Es geht nicht um das Sprechen des *Kaddisch*«, meinte er rasch, als sie schwieg, »das *Kaddisch* sagen kann nur der Sohn oder der Enkel. Der Sand ist eine andere Sache. Die Waschung auch.«

Er schüttelte sich, lachte dann wieder. »Nun wirst du mich sicher für genauso meschugge halten wie meinen Enkel. Mit seiner Besessenheit vom Nabatäerland stimmt's?«

Ursul wandte sich verlegen zur Tür. »Nein, nein, gewiss nicht«, wehrte sie ab. »Es ist nur alles etwas fremd. Mit Isacco.« Dann ging sie in den Flur.

»Deine »Kürbisgärten« solltest du nicht vergessen ob all des Unsinns, den ich heute verzapft habe. Komm wieder, wenn du magst. Wenn dir der Weg nicht zu weit ist von der Stadt hierher.«

»Ich wohne nicht in der Stadt, ich wohne im Ghetto«, sagte Ursul zögernd. »Im Haus der Sara Coppia Sullam.«

»Ach ja, es heißt ja, dass sie hier gewohnt hat, ganz sicher ist es nicht. Aber immerhin hast du dann nur ein paar Minuten zu gehen. Oder ich, falls ich dich besuchen komme.« Er lachte. »Es wird wohl kaum jemand daran etwas finden – bei meinem Alter.«

Ursul lachte und stieg die Treppe hinunter.

»Du hast die »Nachthütte in den Kürbisgärten« vergessen«, rief er ihr nach, als sie bereits im nächsten Stock war.

»Die nehme ich beim nächsten Mal mit«, sagte sie rasch. »Dann habe ich einen Grund wiederzukommen.«

»Den brauchst du nicht«, murmelte Elias vor sich hin, während er in seine Wohnung zurückging.

Als Ursul über den großen Platz nach Hause ging, fiel ihr ein, dass sie sich nicht einmal nach diesem seltsamen Geräusch erkundigt hatte, das sie nicht hatte zuordnen können. Aber sie hatte ohnehin das Gefühl, dass dieser Elias von Geheimnissen umgeben war, die sich vermutlich nur zögernd offenbaren ließen.

3. Von Sonnenuhren und Kometen

Es mussten Uhren gewesen sein, die sie gehört hatte.

Uhren, die tickten, dachte Ursul, als sie einige Tage später wieder zu Elias' Wohnung hinaufstieg und die Tür offen fand.

»Komm herein«, rief eine Stimme von innen, »ich kann im Augenblick nicht weg. Es ist die erste Tür rechts.«

Sie ging hinein, schloss die Tür hinter sich und betrat dann den Raum, in den Elias sie gerufen hatte.

»Du könntest das hier halten«, forderte er sie dann auf und nahm eine gekrümmte Nadel aus dem Mund, »ich habe sie erst vor Kurzem bekommen. Die Uhr natürlich«, erklärte er dann, als Ursul ihn verblüfft betrachtete, offenbar nicht sicher, was gemeint war. Aber vermutlich sollte die Uhr genauso wie die übrigen, die lautstark vor sich hin tickten oder einen Glockenschlag hören ließen, an der Wand ihren Platz finden.

»Sie hat einen ziemlichen Seltenheitswert«, erklärte Elias und trat blinzelnd einen Schritt zurück, um seine neueste Errungenschaft ganz ins Auge fassen zu können. »Gefällt sie dir?«

Ursul betrachtete die Uhr, die in eine Landschaft eingebaut war, deren Hintergrund sich an einer Stelle öffnete. Die eigentliche Zeitanzeige hing über Bergen, als sei sie anstelle des Mondes hier nun für jedermann sichtbar und ablesbar.

»Hast du je so etwas gesehen?«, wollte er dann wissen und stellte Ursuls Korb, den sie am Arm hielt, auf einen Stuhl.

Sie schüttelte den Kopf, schaute sich dann um. Überall auf Isaccos einfachen Regalen aus Backsteinen und Holzplatten standen nun kostbare Uhren. Oder hingen darüber an der Wand oder an der Decke.

»Ihr seid Uhrmacher?«, wollte sie wissen.

Elias lachte. »Unter anderem. Ich sammle sie, flicke sie zusammen, wenn man ihnen Unrecht getan hat. Ab und zu verkaufe ich auch eine. Aber nur dann, wenn ich das Gefühl habe, dass der oder die Betreffende auch zu dieser oder jener Uhr passt und sie zu schätzen weiß.«

»Und wie wollt Ihr das feststellen?«

Elias betrachtete sie prüfend. »Dir zum Beispiel würde ich nie eine solche Bilderuhr schenken oder verkaufen. Sehr wohl aber eine kleine Dosenuhr, die du stets bei dir tragen kannst. Oder eine Formuhr, die wie ein Buch aussieht und von euch aus Nürnberg stammt. Oder eine mit einem emaillierten Gehäuse, mit biblischen Bildern. Na ja, man braucht Zeit, bis man etwas findet, was man sucht. Und Uhrmacher? Ob ich Uhrmacher bin?

Ja schon, vielleicht könnte man es so bezeichnen. Zumindest unter anderem.«

»Haben diese Uhren alle Namen?«, wollte Ursul wissen und wies mit der Hand durch den Raum.

»Natürlich haben sie alle Namen, aber es bringt vermutlich wenig, wenn ich sie dir alle aufzähle.«

»Könnt Ihr es trotzdem tun?«, bat Ursul.

»Nun denn – das hier ist eine Dosenuhr, das waren die früheren Tischuhren, das hier eine Laternuhr aus England mit einem Messinggehäuse, dann eine Kutschenuhr mit einem Schlag- und Repetierwerk, das äußerste Gehäuse ist aus Silber und mit Fischhaut überzogen, eine Poststationenuhr aus England, meist ohne Schlagwerk, dann eine Windmühlenuhr mit einer Einfassung aus Glasperlen. Noch weitere Namen?«

Ursul lachte. »Ich fürchte, dass es Euch langweilig wird. Aber für mich ist es eine exotische Welt, so etwas gibt es bei uns zu Hause nicht. Weder in Nürnberg, noch hier in Venedig.«

»Nun, dann will ich dir das nächste Exotische in dieser Wohnung vorführen«, sagte Elias und schob Ursul mit einer raschen Bewegung in den angrenzenden Raum, in dem früher Leones Schlafbank gestanden hatte. Er drehte ihr Gesicht zu einem Tisch, auf dem ein zerlegtes Teleskop lag.

»Das war eigentlich der Beruf, den ich als Kind immer erlernen wollte. Aber Juden durften ja keinesfalls immer die Berufe lernen, die ihnen gefielen. Und irgendwann wurde mir auch klar, dass es langweilig war, ein Leben lang den gleichen Beruf zu haben. Also legte ich mir noch andere zu. Sehr unterschiedliche Berufe.«

»Wie alt wart Ihr damals? Bei Eurem ersten Berufswunsch?«

»Dem des Astronomen? Ich glaube, kaum mehr als fünf oder

sechs. Damals lebte ich noch nicht hier. Meine Vorfahren kamen aus Polen.«

»Und wie alt beim nächsten?«

Elias ging zu einer der Uhren, die auf einem stabilen Tisch stand und die übrigen ziemlich an Größe übertraf.

»Das ist eine Ring-Sonnenuhr«, sagte er dann und bewegte behutsam das Innere der Uhr. »Mit ihr kann man an jeder Stelle der Erde die Zeit messen.« Er nahm ein Werkzeug vom Tisch und begann an der Uhr ein winziges Teil festzuschrauben. »Und wie alt ich beim nächsten Berufswunsch war –«, er lachte und setzte sich auf einen Stuhl. »Dazu müsste ich dir mein ganzes Leben erzählen. Interessiert dich das? Es braucht Zeit.«

Ursul ging zu ihrem Korb und nahm ein Tuch heraus, aus dem sie einen Kuchen auswickelte. »Ich könnte dazu einen Tee bereiten, falls Ihr das mögt.«

»Aha, also ein richtiges Puntamento?«

»Das Ihr nicht mögt?«

»Nicht unbedingt«, sagte er rasch. »Teetrinken stört beim Denken. Aber du darfst den Kuchen dalassen, dann kann ich ihn heute Abend zum Nachtmahl essen.«

Sie lachte und legte den Kuchen auf einen Teller, den sie von einem Regal an der Wand nahm.

»Heute bin ich wohl toskanischer Staatsbürger«, sagte er dann übergangslos, sodass Ursul den Eindruck gewann, dass dieses abrupte Reden und Überspringen wohl eine Familieneigenschaft der Levis sein musste. »Aber das war ich natürlich nicht immer.«

Elias unterbrach sich, betrachtete kritisch die vor ihm stehende Sonnenuhr und stellte sie in einen anderen Winkel, der ihm ganz offensichtlich besser gefiel. »Weißt du, ein Leben besteht nicht nur aus Höhepunkten, es besteht vor allem aus Zwischenstücken. Man geht ein Stück, bleibt ohne Grund irgendwo einen Augenblick stehen und schon kommt irgendetwas auf einen zu, meist unerwartet. Es macht einen Knick, und schon befindet man sich in einer völlig anderen Richtung.

Was mich betrifft, so habe ich vieles gemacht: mich mit der Korallenverarbeitung in Livorno beschäftigt, die in dieser Stadt besonders gefördert wurde, Seife hergestellt, mich in die verschiedenen Papiersorten eingearbeitet, das Papier selber geschöpft, was große Freude macht. Nur der Tabakhandel in Livorno hat mich nicht interessiert. Aber Uhren immer. Inzwischen habe eine ziemlich beachtliche Sammlung zusammengetragen – wenigstens behaupten das einige Leute.« Er hielt wieder inne, lächelte vor sich hin. »Meinem Vater hätte es nicht gefallen, er wäre mit diesem chaotischen Lebensweg gewiss nicht einverstanden gewesen. Der Sohn eines Rabbiners, der sich mit Korallen beschäftigt, Schmuckstücke herstellt – nun ja.«

»Die Uhren stört ihn auch?«

»Das weiß ich nicht, da lebte er bereits nicht mehr, als ich damit anfing. Nein, ich glaube nicht, dass ihn Uhren gestört hätten. Das war so etwas, was man verlängern konnte ins Unendliche, wenn man sich Mühe gab. Und er war ein Mensch, dem das Unendliche viel bedeutete. Da lagen wir beide auf einer Linie. Kommt mit«, sagte er dann und schob Ursul aus dem Raum auf den Flur hinaus. Er öffnete eine andere Tür dieser Wohnung – in der nur Leone und Isacco gelebt hatten, die Eltern hatten ein Stockwerk tiefer gewohnt.

Der Raum, in dem einst Leones Schlafbank gestanden hatte, konnte ganz gewiss nicht mehr als Schlafraum bezeichnet werden: er stand nun voll mit Teleskopen, von denen einige in das Fenster eingepasst waren. Ein anderes stand auf der Schlafbank, an die ein kleines Treppchen angebaut war. Elias betrachtete neugierig Ursuls Gesicht.

»Teleskope«, rief sie verblüfft, »lauter Teleskope.«

»Natürlich nicht so viele wie Uhren«, wehrte er ab. »Nur ein paar, die ich ebenfalls im Laufe der Zeit gesammelt habe. Solche, die zusammenpassen.«

»Und hier oben schlaft Ihr auch«, wollte Ursul wissen und schaute auf eine schmale Bank, die nun in ein Gerüst eingebaut war, das zur Stütze für das größte Teleskop umfunktioniert und in einer der hinteren Ecken unter einem mehr als schiefen Dach stand.

»Na ja, direkt unter dem Himmel«, erwiderte er achselzuckend. »Im Winter ist es natürlich kalt. Aber das stört einen Astronomen nicht, wenn er den Sternenhimmel betrachtet.«

»Darf ich einmal hindurchschauen?«, wollte Ursul wissen und stieg die winzige Treppenstufe hinauf, auf die ein bequemer Sitz montiert war.

Elias lachte. »Bei Tag bringt es natürlich nicht viel, du musst einmal kommen, wenn es Nacht ist.«

»Was sucht Ihr dann, wenn es Nacht ist?«

Er lachte. »Natürlich Planeten. Hier sind die Sternkarten dazu.« Er reichte ihr einige Papiere, die auf einem Stehpult lagen. »Damit hat schon Kopernikus gearbeitet. Und von dem Halleyschen Kometen hast du gewiss schon gehört«, fragte er dann und nahm irgendwelche Zettel vom Tisch.

Ursul nickte halbherzig, schüttelte dann den Kopf. »Ja, natürlich, gehört schon, aber allzu groß ist mein Wissen darüber nicht. Ich weiß nicht einmal, weshalb er eigentlich so heißt.«

»Natürlich nach dem Astronomen Halley, der bis 1742 lebte und herausgefunden hatte, dass dieser Komet in ganz bestimmten Abständen wiederkommt, das nächste Mal in ungefähr sechsundsiebzigeinhalb Jahren. Und dass man ihn bis vor Christi Geburt zurückverfolgen kann. Zuletzt ist er im März 1759 erschienen, jetzt soll er wieder im November 1835 kommen und danach 1910, 1986, 2061. Er ist mit dem bloßen Auge sichtbar, also ohne Teleskop.«

Elias stieg von dem kleinen Trittchen herunter, schob das Rohr in dem Fenster dann in eine andere Position. »Es kommt kalt herein«, stellte sie fest und beobachtete Elias.

»Ich habe aus dem Fenster ein Stück herausschneiden müssen und bis jetzt hat sich noch niemand beschwert; für die Dinge, die man liebt, muss man auch Opfer bringen können«, sagte er dann.

»Was fasziniert Euch an dieser Sache so sehr?«, wollte Ursul wissen.

Er dachte nach, stieg dann wieder auf das Leiterchen hinauf und schaute durch das Rohr. »Dass man lernt, keine Angst zu haben.«

Sie schaute ihn verblüfft an. »Angst?«

»Nun ja. Man glaubt doch immer – vor allem wenn man sieht, wie unruhig und unsicher diese Welt doch ist hier unten bei uns – Franzosen, Österreicher, und wer dann kommt, ist ungewiss –, man glaubt doch, dass diese Erde, der Mond, die Gestirne, all das, was da oben am Himmel ist, dass dies alles ganz sicher ist. Aber das ist es natürlich überhaupt nicht. Kannst du dir zum Beispiel vorstellen, dass sich der Mond von der Erde entfernt? Zwar nur ein paar Zentimeter im Jahr, aber er tut es nun mal. Oder dass die Erdachse schwankt und keinesfalls feststeht? Natürlich sind das alles nur Vermutungen bisher, vielleicht ja auch nur Hirngespinste, aber ich glaube daran. Diesen Mond hatte ich mir als Kind eigentlich immer stabil vorgestellt. Und dass er es nun nicht sein soll, das lässt einen doch Angst bekommen, oder etwa nicht?«

Als sie später wieder in das Uhrenzimmer gegangen waren, nun doch etwas tranken, schüttelte Elias verlegen die Schultern. »Ich hoffe nicht, dass du nun nicht mehr kommst, weil ich dir nur immer solche Dinge erzähle, die wenig erheiternd sind.«

Ursul lachte. »Mein Onkel oder der Faktor erzählen mir auch Dinge, die wenig erheiternd sind. Wenn Schiffe, an denen sie beteiligt sind, nicht zurückkehren und die Ladung verloren geht, dann ist das eben auch nicht gerade heiter. Oder wenn die Währung rutscht und Dukaten plötzlich eben von einem Augenblick zum anderen nur noch die Hälfte wert sind.«

Er nahm ihren Kuchen vom Teller, roch daran. »Beim nächsten Mal erzähle ich dir Dinge, die weniger Angst einflößend sind«, versprach er und zog den Duft des Kuchens ein. »So etwas hat meine Mutter immer gebacken«, sagte er dann lächelnd und küsste Ursul behutsam auf die Stirn, als sie aufstand.

»Habt Ihr eigentlich auch noch eine normale Schlafbank, ich meine, ohne den Himmel über Euch?«

Er kratzte sich am Kinn, schüttelte dann lächelnd den Kopf. »Das schon, aber bisher hatte ich noch keine Zeit, alles einzurichten. Wenn ich damit fertig bin, sage ich es dir. Vielleicht bei deinem nächsten Besuch.«

4. Chamsin

»Hat Isacco dir eigentlich je vom *Chamsin* erzählt?«, wollte Elias eines Tages wissen, als Ursul ihn wieder einmal besuchte.

Sie war inzwischen zu einer regelmäßigen Besucherin geworden. Wenn sie das Gefühl hatte, dass sie jemanden brauchte, mit dem sie Gespräche führen konnte, die über das hinausgingen, was sie die alltäglichen Banalitäten nannte, so stieg sie die Stufen zu Elias Uhrenzimmer hinauf. Sie setzte sich inmitten der tickenden Uhren auf den Boden und hörte zu. Ohne zu reden.

Manchmal setzte sich Elias neben sie. Oder sie kauerte zu seinen Füßen, legte den Kopf an seine Beine und schloss die Augen. Bisweilen holte er auch eine der alten Spieluhren hervor und zog sie auf. Das Lied, das sie spielte, war nicht mehr lupenrein, schepperte bei einigen Tönen, aber es störte sie beide nicht. »Ich habe sie einem Gaukler abgekauft, der durch die Lande zog.« Er lachte. »Einem Nichtjuden. Nicht, dass du irgendwann der Meinung bist, es müsste alles zu mir passen. Ich ordne die Welt nicht so, hier die einen, dort die anderen.« Er stand auf, zog die schweren Gewichte einer Standuhr nach oben, stellte die Zeiger richtig. »Manchmal habe ich das Gefühl, als hätte diese *Serenissima*, so wie sie sich zurzeit darstellt, mit einem Male sämtliche Uhren zum Stillstand gebracht. Und es wäre an mir, wenigstens eine einzige wieder zum Laufen und zum Schlagen zu bringen.«

»*Chamsin*«, überlegte Ursul, schüttelte dann den Kopf. »Nein, ich glaube nicht. Es gab so vieles, wovon er mir erzählen wollte, aber dann kam es nicht dazu. Die Nabatäer zum Beispiel kamen nie zum Zuge, obwohl sie schon einige Male angetippt worden waren.«

Elias nickte. »Weißt du, es war schon fast grotesk, wie Isacco in früherer Zeit die Menschen einteilte. Kaum hatte er jemanden kennengelernt, fragte er ihn nach dem *Chamsin*. Kannte ihn der Betreffende, dann war das so, wie wenn sie sich bereits jahrelang gekannt hätten. Kannte er ihn nicht, schien es, als sei sein Interesse an diesem Menschen erloschen, bevor er auch nur die geringste Gelegenheit gehabt hatte, irgendetwas von sich zu erzählen. Und was immer er auch erzählen wollte, es interessierte Isacco nicht. ›Wie kann man denn leben, ohne je von diesem *Chamsin* gehört zu haben‹, pflegte er dann verächtlich zu sagen.«

»Habt Ihr ihn erlebt?«

Elias lachte, holte aus der Küche einen Krug mit Wein und goss damit zwei Becher voll.

»Natürlich. Das ist etwas, was nie jemand vergessen wird, der ihn je erlebt hat. Man hat das Gefühl, dass man gelebt hat. Auch wenn man mit braunem Staub überzogen ist, das Bett sich auch durch Ausschütteln nicht mehr säubern lässt …«

»Ihr wart also dort?«, fragte sie zögernd. »In der Wüste, wo es ihn gab?«

Elias schaute sie irritiert an. »Natürlich war ich dort«, sagte er dann, nahezu verärgert, »was glaubst du, woher Isacco diese Begeisterung, ja diese Besessenheit für die Wüste, für diese Nabatäer denn haben sollte?«

»Es klang nie so, als habe er es von irgendjemand gehört, es schien mir immer so, als sei er dort gewesen«, meinte Ursul.

»Das ist er auch. Mit mir. Sein gesamtes Wissen darüber stammte von mir. Wir haben zusammen gegraben in der Wüste.«

»Es hörte sich so an, als sei dieses Land ihm keinesfalls entgegengekommen, deswegen habe er es wieder verlassen. Enttäuscht.«

»Ach was«, ereiferte sich Elias, »das war doch viel früher, nicht erst jetzt. Das war damals, als er noch ein Junge war. Jetzt ist er mit völlig falschen Erwartungen hierhergekommen, er hat auf Dinge gehofft, die er nun mal nicht haben kann. Jetzt. Der unmäßigste meiner beiden Enkel war selten zufrieden mit dem, was er irgendwo vorfand. Er hatte sich ein Bild gemacht von einer Sache, und wenn sie dann nicht so war, wie erwartet, schmiss er sie hin. Aber gegraben hat er mit mir. Damals schon. Zu Beginn ohne allzu großen Erfolg, aber es waren immerhin einige Bruchstücke, die wir in Shifta finden konnten. Und wer bescheiden ist, freut sich auch an den Quellen von Kadesh, weil sie nun mal etwas ganz Besonderes sind.«

»Aber was konntet Ihr denn wirklich entdecken, ich meine, jenseits der Scherben? Was habt Ihr erfahren über diese Nabatäer, die ja ganz offensichtlich die Wüste grün gemacht hatten in früheren Zeiten? Welche Karawanenwege haben sie benutzt?«

»Sie benutzten geheime Wege. Du hast ja von Isacco dieses Tagebuch bekommen über den Weihrauchhandel. Er hatte es von mir. Es war mir angeboten worden von einem Händler, der wusste, dass ich mich für alles interessierte, was es aus diesem Land zu erfahren gab.«

Ursul schüttelte nahezu fassungslos den Kopf. »Da gibt es dann also eine Spur, die von Nürnberg über … über die Weihrauchstraße zu den Nabatäern führt?«

»Selbstverständlich gibt es die. Alles berührt sich, weißt du das nicht? Alles, was irgendwie zusammengehört, kommt zusammen, eines Tages. Zufälle oder Bestimmung? Oder Schicksal? Es gibt Hunderte von Namen dafür, aber was sind schon

Namen? Dass mir diese »Kürbisgärten« eines Tages von einem Händler angeboten wurden, der wusste, dass ich über meinen Sohn und seine Frau Beziehungen zu Venedig hatte, war so einer. Dass Isacco all die Dinge, die er jetzt nicht mitnehmen wollte, in seinem Korb zurückließ und Leone sie fand, bevor er zu seiner Reise nach Nürnberg aufbrach?« Er machte eine Pause, stieß den Zeiger einer Uhr an, der hängen geblieben war.

»Und ich bin ganz sicher, dass Isacco von diesen Nabatäern erzählen wollte. Aber sein Schiff fuhr früher als ursprünglich angenommen. Ich war zu jener Zeit in Livorno. Und er wusste nicht, dass wir uns eines Tages treffen würden. In diesem Haus. Seine Eltern hatten nichts weiter im Sinn, als ihren Abfall hier einzulagern. Und als sie nun in die neue Wohnung in der Stadt zogen, war ohnehin alles nicht mehr gut genug für meine Schwiegertochter. Von den Betten bis zum Geschirr. Von den Kristallleuchtern, die nun alle aus Murano stammen mussten, gar nicht erst zu reden.«

»Aber mich würden diese Nabatäer schon noch interessieren«, warf Ursul ein, da es ihr schien, Elias habe inzwischen vergessen, dass sie eben aus diesem Grund heute gekommen war.

»Wer den *Chamsin* nicht erlebt hat, hat nicht gelebt«, war der Satz, der in ihr haften blieb, als sie an diesem Tag wieder in ihre Wohnung zurückkehrte. Wobei sie inzwischen das Gefühl hatte, dass diese Wohnung kaum mehr als eine wenig sinnvolle Bleibe war – es gab weder Uhren noch Teleskope noch Sternkarten in ihr und Spieluhren schon gleich gar nicht. An manchen Tagen, wenn der Onkel irgendetwas mit ihr zu besprechen hatte, glaubte sie zuzuhören, aber dann merkte sie, dass sie nicht einmal ein einziges Wort von dem behalten hatte, was er ihr gesagt hatte.

»Also, ich kann auf dich zählen«, sagte er einmal mit leichter Unruhe, wohl auch Sorge, als er ihr von etwas erzählt hatte, was für ihn wichtig war. »Ich will mit dir eine Fahrt machen, den ganzen Canal Grande entlang, weil ich der Meinung bin, dass es nicht gut ist, wenn du weiterhin in diesem Ghetto lebst, das keines mehr ist. Und außerdem will ich dir vom Boot aus das Haus zeigen, in dem ich eigentlich gern unsere Niederlassung aufmachen würde.«

»Ghetto?« Sie horchte für einen winzigen Augenblick auf. »Was meinst du damit?«

»Das ist doch völlig gleich, wie es jetzt heißt«, sagte der Onkel verärgert. »Es geht darum, dass ich für uns eine gemeinsame Wohnung suchen möchte. Es gefällt mir nicht, wenn dein Kopf inzwischen vollgestopft ist mit Uhren, Teleskopen und Sandsäckchen, die man unter den Kopf bekommt, wenn man über den Jordan geht. Mit uns hat das doch nichts zu tun.«

»Nein, natürlich nicht«, gab sie bereitwillig zu. »Mit uns haben nur Zins und Zinseszins und irgendwelche Zahlen zu tun, die für das Geldwechseln wichtig sind. Das weiß ich schon.«

Der Onkel seufzte. »Du bist verändert, seit wir aus Nürnberg zurück sind, bist du dir darüber eigentlich im Klaren?«

Sie schaute ihn an, als käme sie von einer langen Reise zurück und habe inzwischen vergessen, wo das Land war, in dem sie bisher wohnte.

»Vielleicht«, sagte sie vage, »vielleicht.«

Der Onkel verzog das Gesicht und verließ den Raum.

»Ich meine das nicht so«, rief sie ihm schuldbewusst nach, aber es war ihr klar, dass sie selbst nicht recht wusste, auf was sie sich denn eigentlich bezog. Ganz gewiss nicht auf jene Fahrt über den Canal Grande, die der Onkel ihretwegen bereits so lange verschoben hatte. Und die in der nächsten Zeit nun wohl endlich stattfinden sollte.

5. Tanka

»Ihr habt mir noch immer nicht gezeigt, wo Ihr eigentlich schlaft«, sagte Ursul, als sie an diesem Morgen zu Elias in die Küche gekommen war, um mit ihm zusammen das Morgenessen einzunehmen.

Elias nahm die Teekanne vom Tisch, stellte sie auf die Seite des Schrankes und legte die Teller in die Spülschüssel. »Ich war noch immer nicht ganz fertig«, murmelte er vor sich hin. »Ich wollte es dir erst zeigen, wenn alles so ist, wie ich es mir vorstelle.«

Sie lachte. »Eine Schlafbank ist eine Schlafbank, was ist dabei kompliziert?«

»Es ist dann kompliziert, wenn die Schlafbank gar keine Schlafbank ist«, sagte er, wie ihr schien, leicht verlegen. »Aber wenn du so daran interessiert bist, kannst du die Sache auch jetzt schon sehen.«

Die Sache? Welch ein Aufwand für eine völlig normale Angelegenheit, überlegte Ursul irritiert und ging hinter Elias her, der sie jedoch nicht zu der Kammer führte, die angeblich noch immer nicht richtig eingeräumt war. Stattdessen stieg er eine steile Leiter empor, die auf dem Dachboden endete. Die Tür mündete in die Öffnung eines schwarzen Zeltes, dessen Seitenteile zurückgeschlagen waren und den Blick auf das Innere freigaben.

Ursul schaute verblüfft auf die Sitzkissen, die Teppiche, die im Hintergrund des Raumes undeutlich sichtbar wurden.

»Und jetzt fragst du dich vermutlich, wo die Schlafbank bleibt«, meinte Elias lächelnd.

»Wohl kaum«, erwiderte Ursul nach einer Weile und bückte sich, um in das Zeltinnere zu blicken. »Aber natürlich gibt es hundert andere Fragen.«

»Es war Tankas Zelt«, erklärte er.

»Und wer war Tanka?«, wollte Ursul wissen.

Elias zupfte an einem Band, das auf der Seite des Zeltes an der Wand hing. »Meine Frau.«

»Eure Frau?«, fragte sie verblüfft.

»Ein Beduinenmädchen«, erwiderte Elias und schob Ursul auf einen Kamelsattel, der neben dem Zelt stand. »Meine Frau«, wiederholte er ernst, als er Ursuls verblüfftes Gesicht sah.

»Eure Frau? War – war sie Jüdin?«

»Nein, sie war keine Jüdin. Aber trotzdem war sie meine Frau. Das soll's ja geben, dass eine Religion nicht unbedingt zur anderen passen muss, wenn sich zwei Menschen treffen. Und irgendwann feststellen, dass es für immer sein wird. Sein muss. Weil sonst die Welt aus den Angeln fällt.«

Er ging auf die andere Seite des Zeltes, an der sich ein Berg von Gegenständen befand, die willkürlich übereinandergelegt waren. »Ich war nicht fertig«, erklärte er, »deswegen habe ich dich noch nicht heraufgeholt. Aber wenn du schon da bist, kannst du mir genauso gut auch bei dieser Arbeit helfen. Es sind alles Tankas Sachen. Und ich schleppe sie schon seit Jahren mit mir herum.«

Ursul hob zögernd eine kunstvoll bestickte Tasche empor und hielt sie Elias entgegen. »Was ist das?«

»Eine Kameltasche«, erklärte er und nahm sie Ursul aus der Hand, um sie an einen Haken an die Wand zu hängen.

»Das hat sie alles selber gemacht«, wunderte sich Ursul und berührte die kostbaren Stickereien, »sie muss eine große Künstlerin gewesen sein.«

Elias lachte. »Das würde sie freuen, wenn sie das hören könnte«, sagte er dann. »Nichts war unpassender für sie, als mit Nadel und Faden Frauenarbeiten zu machen. Sie tat anderes.«

Elias wühlte in den aufeinandergelegten Sachen, zog dann einen Lederbehälter hervor, der mit Waffen aller Art gefüllt war.

»Sie schnitzte Pfeil und Bogen, Speerschleudern und solche Dinge. Einen Bumerang konnte sie so perfekt machen, dass ihre Brüder sich weigerten, andere Bumerangs zu benutzen, als die, die ihre Schwester gemacht hatte. Nein, nein«, Elias schüttelte den Kopf, »ich denke, sie konnte nicht einmal Kaffee kochen, und ich sah sie auch nie wie die übrigen Frauen mit einer Ziegenhaut Yoghurt zu Butter schütteln, das war einfach nicht ihre Sache, eine ganze Stunde lang diese Ziegenhaut zu schütteln. Dazu wäre sie viel zu ungeduldig gewesen.«

»Und ihre Mutter war damit einverstanden, dass Tanka all das nicht machte, was andere Frauen machten?«, fragte Ursul.

Elias schüttelte den Kopf. »Ihre Mutter ist früh gestorben, bei irgendeiner ihrer zahlreichen Geburten. Also ist das Mädchen mehr oder weniger unter Männern aufgewachsen, ihre Brüder waren ihre Erzieher, ihr Vater überließ sie seinen Söhnen und hoffte, dass sie schon etwas aus ihr machen würden.« Er zog neben dem Zelt aus einem Korb zwei Dolche heraus, deren Scheiden silberbeschlagen waren. Der Griff des einen war aus Elfenbein, der des anderen aus Horn. »Sie gehörten ihren Brüdern. Aber wenn sie so etwas brauchte, benutzte sie es ebenfalls.«

Dann schob er einen Wollstrang, der an der Wand hing, zur Seite. »Das gehörte nicht Tanka. Aber es ist so, dass ich alles, was mit ihr zu tun hatte, hier bei mir haben will. Alles, verstehst du, wie das ist, wenn man die Dinge von einem Menschen, den man einst geliebt hat, und der nicht mehr da ist, immer um sich haben möchte?«

Ursul ließ sich wieder auf dem Kamelsattel nieder. »Erzählt mir von ihr«, bat sie dann. »Es ist doch wohl ein ziemlich ungewöhnliches Schicksal, das Ihr mit ihr teiltet. Oder etwa nicht?«

»Was ist schon ungewöhnlich?«, sagte Elias abweisend und hängte dabei einen Wassersack an die Wand. »Ungewöhnlich ist nicht einmal, dass wir zu unterschiedlichen Göttern beteten und trotzdem dabei glücklich waren.« Er wandte sich um, legte die Hand vor die Augen und schaute zum Fenster hinaus. »Irgendwann werde ich das Teleskop hier oben aufbauen, da passt es ganz gewiss besser hin als drunten in der Kammer«, sagte er dann mit brüchiger Stimme.

Eine Weile schwiegen sie, Elias hängte Gegenstände an die Wand neben dem Zelt. Nahm diese Gegenstände wieder ab, hängte sie verärgert an anderer Stelle wieder auf. »Es geht nicht, wenn ich nicht allein bin«, sagte er dann, »aber es hat gewiss nichts mit dir zu tun.«

Ursul kniete sich auf den Boden und versuchte, in das Zelt hineinzuschauen.

Elias wandte sich abrupt um und legte die Hand auf ihre Schulter. »Nur bis hierher«, sagte er dann ungewöhnlich streng, »keinesfalls weiter.«

Ursul zog sich beschämt zurück, ließ sich wieder auf ihrem Kamelsattel nieder. »Ich wollte nicht neugierig sein«, sagte sie dann stockend.

»Darum handelt es sich nicht«, erwiderte Elias. Und nach einer Pause: »Für mich ist es ganz einfach so, als sei sie noch immer in diesem Zelt.«

Ursul schaute ihn verblüfft an. »Mit Euch zusammen?«, fragte sie dann und zog erschrocken den Kopf ein, als sie Elias' Gesicht betrachtete. »Entschuldigt, das hätte ich nicht sagen dürfen.«

»Es liegt zurück«, sagte er leise. »Lange Zeit zurück. Aber ich rieche immer noch den Duft ihrer Haare, ihren Duft überhaupt. Es war ein ungewöhnlicher Duft, eigentlich ein Geruch. Kein Duft, wie Frauen sonst zu riechen pflegen. Sie war Kamel, war Pferd, war Hund. Die Windhunde, mit denen sie auf die Jagd ging, liefen ihr ständig nach.«

Eine Weile standen sie nebeneinander, niemand sprach. »Wo ist sie begraben?«, fragte Ursul schließlich.

Elias nahm einen Bumerang von der Wand und hielt ihn prüfend an eine andere Stelle.

»In der Wüste. Wo sonst?«

Ursul ließ einen Bogen fallen, den sie soeben gespannt hatte. »In der Wüste? Einfach so in der Wüste?«

»Sie war besessen von dieser Wüste, und die Ägypter haben das schon seit Jahrtausenden so gemacht. Eine Grube im Sand, dazu die Grabbeilagen, die Eingeweide ließ man früher im Körper. Die nahm man erst später heraus, als man die Leichen mit Leinenbinden umwickelte und so die Mumien entstanden. Aber so, im Sand begraben, verhindern die Hitze und die Trockenheit die Verwesung.«

»Ihr wisst heute noch, wo sie liegt?«

Elias verzog das Gesicht, dann lachte er leise. »In der Wüste? Wo es keinen Baum und keinen Strauch gibt? Natürlich gibt es auch Felswüsten, Salzwüsten, Steinwüsten. Aber die Wüsten, von denen ich rede, sind Sandwüsten. Und damit kannst du nun endlich auch deine Frage nach den Nabatäern stellen, die du ja schon ein paar Mal angetippt hast. Tanka war bei mir, als ich begann, mich mit ihnen zu beschäftigen.« Er spielte mit einigen Quasten, die von einem kostbaren Gewand herunterhingen.

»Aber ich denke, es ist an der Zeit, dir die ganze Geschichte zu erzählen und das der Reihe nach.

Meine Vorfahren stammten aus Polen. Dort lebten sie als Händler, bis es diesen Kosakenaufstand gab, in dem deren Führer Chmjelnitzkij ein Massaker unter den Juden anrichtete und nahezu meine gesamte Familie vernichtete. Die jüdischen Gemeinden existierten nicht mehr. Und die, die entkommen waren, wurden anschließend von den Polen – von Studenten, Professoren, Geistlichen – verfolgt und umgebracht. Und die Prozesse, die dann folgten, waren die üblichen schon wohlbekannten Verleumdungen: Die Juden hätten das Blut geschächteter christlicher Kinder gebraucht, um ihre ungesäuerten Osterbrote, die Mazzen, zu machen.

Es war unmöglich, dagegen anzukommen, zumal es inzwischen Wallfahrtsorte gab, an denen diese angeblich geschächteten christlichen Kinder als Heilige verehrt wurden und dort – wie behauptet wurde – Wunderheilungen stattfanden.

Und so nahm mich ein Onkel eines Tages mit ins Heilige Land, weil er glaubte, dass es dort sicherer sei als in Polen.

In den folgenden Jahrzehnten kamen viele Menschen aus Osteuropa nach Palästina. Chassidim, Talmudgelehrte, sie kamen aus der Ukraine, der Wallachei, Litauen und ließen sich zunächst in Safed nieder. Aber es gab Seuchen, Hungersnöte, Plünderungen, und so zogen sie irgendwann weiter.

Mein Onkel und ich lebten eine Zeit lang in Tiberias, wo Rabbi Haim Abulafia aus Smyrna versuchte, eine Gemeinde aufzubauen. Ein Beduinenscheich hatte ihn um Mithilfe beim Aufbau von Galilea gebeten und an den Rabbi geschrieben: ›Steht auf, kommt und übernehmt das Land von Tiberias, das einst euren Ahnen gehörte.‹

Es wurden also Häuser gebaut, es gab ein Badehaus, eine Synagoge, Straßen, eine Ölpresse, Verkaufsstände für den Markt.

Die Menschen – Juden und Beduinen – kamen sich näher, und so war es selbstverständlich, dass ich eines Tages einem Beduinenmädchen begegnete. Sie hieß Tanka, ihre Eltern züchteten Kamele. Sie lebte mit ihrer Familie in einem Zelt, wie alle Nomaden in der Wüste. Nein, nicht in diesem hier«, unterbrach sich Elias, als er sah, dass Ursul das Zelt prüfend betrachtete, »das wäre zu klein für eine ganze Beduinenfamilie gewesen. Dies hier war unser Zelt, wenn wir unterwegs waren, nur für uns beide. Irgendwann, als wir spürten, dass wir zusammengehörten, ganz gleich, welch unterschiedliche Herkunft wir hatten, heirateten wir. Sie war jung, erst sechzehn Jahre alt. Wir bekamen einen Sohn, jener, der in diesem Haus hier wohnte und nun nicht schnell genug in die Stadt ziehen konnte. Weg vom Ghetto, mitten unter die Venezianer.«

»Ihr lebtet weiterhin in Tiberias?«, wollte Ursul wissen.

Elias schüttelte den Kopf. »Nein, dieser Onkel, mit dem ich einst aus Polen gekommen war, hatte sich ein Leben lang mit unserer alten Geschichte befasst, mit der Geschichte der Israeliten. Er hatte Bücher studiert, Berichte von Reisenden gelesen und sein ganzes Herz gehörte der Wüste. Die hätte er am liebsten wieder grün gemacht und all das zum Leben erweckt, was früher einmal war.«

»Aber Tiberias liegt doch nicht in der Wüste?«, fragte Ursul.

»Ganz gewiss nicht. Diese Wüste war der Negev. Und dorthin zogen wir dann. Und das Volk, das ihn interessierte, waren die Nabatäer. Ein Volk, das über Jahrhunderte ein mächtiges Volk gewesen war und dann wieder verschwand.«

»Ihr gingt mit den Kindern dorthin?«

»Es gab ja nur eines, nach dem ersten Kind konnte Tanka kein weiteres bekommen. Wir hatten nur diesen einen Sohn.«

»Und Enkel?«

»Ja, diese beiden Enkel, die du kennst. Isacco, den Wilden und fast Hässlichen, und Leone, den Zahmen und Schönen. Aber Tanka liebte nur Isacco, den Wilden. Ihn liebte sie abgöttisch. Und sie hasste diese Schwiegertochter, die aus einer vornehmen jüdischen Familie stammte, in Jerusalem aufgewachsen war und sich daher von der ersten Sekunde an für etwas Besseres hielt«, erregte sich Elias.

»Nun ja, sie kamen also nicht miteinander aus. Und diese Frau erreichte es dann auch, dass der Mann bereit war, nach Venedig zu ziehen, weil es dort Verwandte der Frau gab. Sie nahmen Leone mit, Isacco ließen sie bei uns. Weil er es so wollte. Und natürlich, weil Tanka es so wollte. Dieses Kind hielt sie für ihr Kind, nicht für ihren Enkel. Ganz gleich, wie meschugge das war. Und Isaccos Idol war auch nicht ich, sondern immer nur Tanka. Sie hat ihm all die Verrücktheiten vorgelebt, denen dieser Enkel heute noch nachhängt. Leone existierte für sie überhaupt nicht. Es war so, als sei er nie geboren, was meine Schwiegertochter stets zur Weißglut brachte. Leone war der Schöne, der mit den ordentlichen Haaren, die nicht wie vom Wind gepeitschten Besenginster zu Berge standen, der mit den schönen, gutgeformten, weißen Zähnen, den sanften Augen, den anliegenden Ohren. Bei Isacco war alles wild, die Ohren, die Augen, die Zähne, das Kinn. Und am meisten ärgerte sich meine Schwiegertochter darüber, dass es just dieser wilde Bursche Isacco war, den die Leute liebten. Nicht den zahmen wohlerzogenen. Und Tanka konnte sie zu keiner Zeit ausstehen. Ein Beduinenmädchen! Auch wenn es ein reiches Beduinenmädchen war und einen großen Brautschatz mitbrachte, es passte einfach nicht in ihre Vorstellung, dass ein Jude eine Araberin geheiratet und sie ihm lediglich einen einzigen Sohn geschenkt hatte. Das war in den Augen der Schwiegertochter das größte Versagen.«

Elias hielt für einen Augenblick inne. »Die Nabatäer«, beruhigte er sich dann, »also die Nabatäer. Isacco interessierte sich bereits mit sechs Jahren für sie. Wir haben miteinander gegraben, er und ich. Und Tanka, sie trug die Steine weg, die wir ausgruben.«

»Ihr habt gegraben?«, fragte Ursul verblüfft. »Wo denn?«

»Nun, alles was man wusste, war zu keiner Zeit ganz gesichert, alles war vage. Aber es gab Städte aus jener Zeit, die Hauptstadt war Petra, die allerdings nicht im Negev lag. Bei uns lag Shivta, wie es hieß, und wie es diese Nabatäer geschafft hatten, die Wüste grün zu machen, war lange Zeit ein Rätsel. Aber sie hatten es geschafft, indem sie das Wasser, das es in der Wüste gab, sinnvoll benutzten: man baute Terrassen, kleine Dämme, und die Sturzfluten, die in wenigen Wintermonaten vom Himmel prasselten, wurden dadurch festgehalten und liefen in den Wadis über die Erde. Und machten, dass sie blühte. Wie mit einem Zauberstab berührt, blühte sie und trug Früchte.

Wir gruben an den Stellen, die mein Onkel aussuchte, und wir fanden Tonscherben, die ganz eindeutig von diesen Nabatäern stammten. Wir notierten, was wir fanden, wir zeichneten es auf, und Isacco war überzeugt, dass er eines Tages später einmal in dieses Land zurückkehren würde und weiterhin in dieser Wüste leben wollte.«

»Aber ich denke, er kam enttäuscht zurück«, sagte Ursul, »er erzählte mir, dass es nicht gut sei, allein in diesem Land zu leben. Dass man eine Gefährtin brauche …«

»Ja ja, ich weiß. Er wird sie schon eines Tages noch finden. Ob eine wie Tanka bezweifle ich zwar, aber man muss seine Erwartungen auch nicht ganz so hoch schrauben.«

Elias brach abrupt ab, so, als habe er bereits zu viel erzählt. Er schlug die Öffnung des Zeltes zu und schob Ursul die steile Treppe hinunter. »Ich will das Teleskop noch aufbauen«, sagte er dann hastig, »drunten ist es wärmer. Und ich brauche jetzt Musik. Und im Übrigen werde ich für einige Zeit weggehen.«

Ursul schaute ihn verschreckt an.

»Ich habe ein Angebot, eine besonders kostbare Uhr zu erstehen und ein anderes Angebot, eine zu verkaufen. Ich muss das tun«, fügte er hinzu, als er ihr Gesicht sah.

»Ihr wisst nicht, wann ihr zurückkommt?«, fragte sie nach einer Weile stockend.

»Nein«, gab er zurück. »Nein.«

Sie nickte mit dem Kopf, wandte sich zum Gehen.

»Es war schön, eine Enkelin zu haben«, sagte er, »wenn auch nur für kurze Zeit. Ich hatte mir immer eine gewünscht.« Er legte ihr die Hand auf den Kopf, als wolle er sie segnen. Dann wandte er sich abrupt um und ging in sein Uhrenzimmer.

Sie hörte die Spieluhr noch, bis sie das Haus verließ.

V. Andere Städte haben Kunstschätze, Venedig jedoch ist selbst ein Kunstwerk.

Thomas Mann

1. La Storia di Ca' Longallo

Es hatte ihr genau noch ein Palazzo gefehlt.

Ein Palazzo des Cinquecento.

Chiara hatte sich bereits seit Wochen um einen solchen bemüht, aber entweder konnte bei den gefundenen die Bauzeit vorweg nicht exakt ermittelt werden oder die Besitzer hatten ihr Befremden über ein solches Ansinnen – einer Fremden die Erlaubnis zu erteilen, in ihrem Haus prüfend umherzugehen – in aller Deutlichkeit zum Ausdruck gebracht.

Nun hatte der Drucker sie erneut um eine Nachricht gebeten, wann er mit dem Manuskript rechnen könne, und so war sie an diesem Nachmittag unterwegs, um die Sache voranzutreiben.

Es war nicht Chiaras Idee gewesen, ein Buch über venezianische Paläste zu schreiben, es war die Arbeit ihres Vaters gewesen, der an der Universität in Padua gearbeitet hatte. Aber sie hatte über ein Jahr hinweg die Reinschrift des Manuskripts für ihn besorgt und war daher ebenso vertraut mit der Materie wie er. Und ihr Vater hatte ihr nicht nur einmal angeboten, das auch in gebührender Form am Ende des Buches anzugeben. Aber dann war er der Typhusepidemie, die schon seit zwei Jahren in der Stadt wütete, zum Opfer gefallen, und von einem Tag auf den andern schien alles zu Ende zu sein, woran sie miteinander mit aller Kraft und Begeisterung gearbeitet hatten. Ihr Vater hatte ihr trotz des Fiebers in den letzten Tagen seiner Krankheit das Versprechen abgenommen, dass sie sein Lebenswerk zu Ende bringen würde. Er hatte ihre Zweifel mit einer Handbewegung hinweggewischt, sodass sie bei seinem Tod schließlich davon überzeugt war, dass sie dieses Versprechen auch würde einlösen können. »Es ist ohnehin nur noch einer, den du finden und beschreiben musst – einen aus dem Cinquecento«, hatte er gesagt, »und ich bin sicher, dass du das kannst.«

Dass sie an jenem Tag, an dem sie zu der Druckerei ging, just dort ihren noch fehlenden Palazzo finden würde, hätte sie allerdings nicht erwartet.

Sie hatte bereits eine Weile mit dem Drucker verhandelt, als er in den hinteren Ladenteil gerufen wurde. Im gleichen Augenblick ging hinter ihr die Ladentür auf und ein Mann kam herein. Er stellte sich neben sie an den Tresen, blätterte dann gelangweilt in einem auf dem Tisch liegenden Papierprobenmuster, das er durch seine Finger gleiten ließ wie ein geübter Kartenspieler.

»Das sieht wenig einladend aus«, murmelte er dann kopfschüttelnd vor sich hin und blickte dabei zu Chiara hinüber, »findet Ihr nicht auch?«

Sie schaute ihn irritiert an, schüttelte den Kopf. »Davon verstehe ich nichts«, sagte sie dann abweisend, was allerdings nicht der Wahrheit entsprach, da sie sich sehr wohl mit den verschiedenen Sorten von Papier auskannte.

»Nun«, der Mann blätterte wieder zurück und ließ den Finger dann an einer anderen Stelle in dem Musterbuch hängen, »es sieht ganz einfach so aus, als hätte man sich nicht die Mühe gemacht, das Papier richtig zu trocknen. Es ist ziemlich rau. Da werdet Ihr mir doch recht geben?«

Chiara wandte den Kopf zur Seite, um deutlich zu machen, dass sie keinesfalls Lust hatte, sich mit diesem für sie völlig Unbekannten in ein Gespräch über Papierqualitäten einzulassen. Dabei fiel ihr Blick ungewollt auf seine Schuhe hinunter, und es gelang ihr gerade noch, einen missbilligenden Laut zu unterdrücken, da sie nie zuvor solche auffälligen und mit Perlen verzierten Silberschnallen auf Männerschuhen entdeckt hatte.

»Sie sind aus Mailand«, sagte der Mann amüsiert, »gefallen sie Euch? Nicht mal hier bei uns in der Stadt konnte ich diese elegante Form finden, was ja eigentlich verwunderlich ist. Aber seit die Franzosen hier sind, ist ohnehin alles anders.«

Als er den starren Blick Chiaras bemerkte, der in den hinteren Ladenteil gerichtet war, richtete er sein Augenmerk noch einmal auf die Papierproben. »Ihr seid nicht wegen des Papiers hier«, fragte er dann höflich.

»Nein, ich bin nicht wegen des Papiers hier«, gab sie kurz zurück. »Und ich dachte immer, Napoleon habe die Staatsinquisitoren abgeschafft, gibt es sie etwa doch noch?«, fügte sie dann mit einem anzüglichen Lächeln hinzu.

»Mamma mia, natürlich nicht«, gab er lachend zurück, »aber ich wäre auch nie auf die Idee gekommen, dass ich einmal mit einem solchen verglichen würde. Ich hätte auch gewiss nicht gefragt, wenn ich nicht der Meinung wäre, dass die Nürnberger ein besseres Papier machen als diese Proben hier. Ich kaufe es normalerweise in der Nähe von Basel, in Spanien oder Oberitalien, Galliziani-Papier, aber diesmal bin ich auf süddeutsches Papier ausgewichen, weil es einfacher war. Und schon bin ich enttäuscht.«

Chiara versuchte ein weiteres Mal, die Aufmerksamkeit des Druckers zu erregen, den sie an einer Druckpresse im Gespräch mit einem der Arbeiter entdeckte. Als er ihre erhobene Hand sah, beendete er das Gespräch und kam in den vorderen Teil des Ladens zurück. »Es hat deswegen so lange gedauert, weil ich mit Eurem Anliegen zunächst den Meister fragen musste, dann dessen Bruder und jetzt noch den Sohn, aber leider weiß im Augenblick niemand Bescheid, wo Ihr den noch fehlenden Palazzo finden könntet. Die aus dem Cinquecento sind ohnehin rar. Vielleicht könntet Ihr auf diesen verzichten? Oder vielleicht noch bei denen aus dem Seicento einen zulegen?«

Chiara warf ihm einen Blick zu, als habe sie soeben einen unzüchtigen Antrag erhalten. »Ich kann nicht einfach das Konzept meines Vaters verwässern«, sagte sie dann schroff. »Er würde sich im Grabe umdrehen.«

»Wir können den Drucktermin aber nicht noch einmal verschieben«, entschuldigte sich der Drucker, »aber vielleicht arbeitet Ihr doch einfach weiter mit dem Material, das Ihr schon gesammelt habt.«

»Das Material, das ich gesammelt habe, ist bereits eingearbeitet«, gab sie verärgert zurück, und sie war ganz sicher, dass dieses Ansinnen ihrem Vater ganz gewiss nicht vorgetragen worden wäre. Aber eine Frau, die ein Buch machen wollte, galt vermutlich bei diesem Mann so viel wie ein Schulmädchen, das eine Gondel lenken wollte.

Der Mann mit den auffälligen Silberschnallenschuhen legte die Papierproben entschieden auf den Tresen und wandte sich Chiara zu. »Wenn ich recht verstanden habe, sucht Ihr nach einem Palazzo, den ihr mieten könnt?«

Sie seufzte, konnte sich aber dieser höflichen Frage nicht einfach durch Schweigen entziehen, obwohl sie die beharrliche Art des Fremden inzwischen mehr als lästig fand.

»Genauso ist es«, gab sie widerwillig zu, nahm ihre Handschuhe und wandte sich zum Gehen.

»Es muss also unbedingt einer aus dem Cinquecento sein«, fragte er interessiert, »der Palazzo, in dem Ihr wohnen wollt?«

Sie runzelte die Stirn. »Ihr sagt es.« Dann schaute sie den Mann prüfend an. »Ich weiß zwar nicht, was Euch das angeht, aber es ist so: Ich möchte weniger dort wohnen als darüber schreiben.«

Sie sah, wie er sie mit leicht zusammengekniffenen Augen einen Augenblick betrachtete, dann lachte er.

»Ich wüsste nicht, was Euch an meiner Antwort zum Lachen reizen sollte«, sagte sie steif und wandte sich der Tür zu.

»Entschuldigt, ich wollte Euch gewiss nicht beleidigen«, erwiderte der Mann rasch und machte einen leichten Kratzfuß. »Ich lachte aus einem völlig anderen Grunde. Ich fragte mich – aus einem ganz bestimmten Grund –, ob ihr einen vollen Palazzo sucht oder einen leeren?«

Sie starrte ihn verblüfft an. »Einen vollen oder einen leeren, was meint Ihr damit?«

»Nun, niemand wird seinen Palazzo vermutlich einem völlig Fremden zur Besichtigung und zur Beschreibung anbieten, wenn er ihn selbst bewohnt. Ihr müsstet Euer Augenmerk wohl auf ein Haus richten, das gerade verlassen wurde und bei dem die neuen Bewohner noch nicht eingezogen sind. Oder«, er wischte einen imaginären Fussel von seinem Rock, »einen Palazzo, der in Kürze nicht mehr existieren wird. Also einen, bei dem dem Besitzer das Geld fehlt, ihn restaurieren zu lassen und deswegen gezwungen ist, ihn einem Baumeister anzubieten, der bereit ist, die Bausteine zu bezahlen und die Ziegel auf dem Dach.«

Sie schaute ihn noch einmal verwundert an und machte zwei weitere Schritte zur Tür.

»Ihr wisst doch sicher, dass das gerade für einige verarmte Hausbesitzer die einzige Möglichkeit ist, zu Geld zu kommen, wenn sie welches brauchen«, fügte er hinzu, als er ihr Desinteresse bemerkte.

»Nun, Ihr könntet immerhin zur Banca rosso gehen, falls sie noch existiert, oder zu irgendwelchen anderen Banken und um einen Kredit nachfragen«, spottete sie.

Er lachte, diesmal um einiges lauter. »Ich fürchte, Eure Kenntnisse über Bauwerke dieser Art dürften eher gering sein. Es ist nicht nur ein Besitzer, der sich in einer solchen Notsituation befindet, es sind ich weiß nicht wie viele.«

»Also, was ich suche, ist ein Palazzo des Cinquecento«, sagte sie entschieden, »und hierin kenne ich mich einigermaßen aus. Aber«, sie versuchte ihre ablehnende Haltung zu korrigieren, »falls Ihr jemanden kennt, der einen solchen besitzt, wäre ich dankbar, wenn Ihr mir einen Namen nennen könntet.«

»Er steht vor Euch«, sagte der Mann und machte einen neuerlichen Kratzfuß.

Sie runzelte die Stirn und ließ den Blick wieder zu den silbernen Schnallen seiner Schuhe gleiten, so, als lasse der Besitz solcher Schuhe den Besitz eines Palazzos fragwürdig erscheinen. »Ihr besitzt einen Palazzo?«

»Vielleicht nicht exakt aus dem Cinquecento, aber doch in etwa«, sagte er lächelnd.

»Was heißt ›in etwa‹? Etwa aus dem Seicento, dem Settecento oder weiter zurück?«

»Legt mich, bitte, nicht fest«, wehrte er ab, »ich bin kein Fachmann. Ich habe den Palazzo erst vor Kurzem geerbt und ich weiß keinesfalls sicher, ob ich ihn überhaupt behalten werde. Aber ich könnte mir vorstellen, dass Euch damit doch ganz gewiss geholfen wäre. Ich meine, falls Ihr keinen findet, der exakt passt.«

Chiara legte die Handschuhe wieder hin und überlegte. »Ihr würdet ihn vermieten?«, fragte sie, noch immer nicht überzeugt, dass sich ihr Problem mit einem Male auf so einfache Art und Weise lösen könnte.

»Für wie lange braucht Ihr ihn?«

Sie dachte nach. »Etwa einen Monat, vielleicht etwas länger, das hängt von vielem ab. Natürlich auch von dem Zustand des Hauses. Seit wann seid Ihr der Besitzer?«

»Nicht sehr lange«, gab er zu und er wisse auch so gut wie nichts über das Haus. »Ihr wisst ja, wie wetterwendisch bisweilen das Schicksal ist und durch welche Möglichkeiten ein Besitz in andere Hände übergeht. Ich habe meinen geerbt, von meiner Familie, aber sie stammt nicht aus dieser Stadt.« Er machte eine Pause, blätterte wieder in dem Papierkatalog. »Aber ich könnte mir vorstellen, dass es möglicherweise für eine Schriftstellerin doch eine Herausforderung wäre, über etwas zu schreiben, von dem man zunächst noch gar nichts weiß. Vielleicht gibt es ja Geheimgänge, Geheimtüren, zugemauerte Kellergänge. Den Rest erfindet Ihr eben dazu.«

Sie schaute ihn erbost an. »Was ich schreibe, entspricht immer der Wahrheit. Und Keller gibt es nicht bei uns, das solltet Ihr wissen. Und ich pflege Dinge nicht zu –«

»Schon gut, schon gut«, wehrte er ab, »ich wollte Euch keinesfalls beleidigen.«

Sie nahm ihm die Papierproben aus der Hand und blätterte sie durch. »Wie hoch würde Eure Miete denn sein?«, fragte sie dann zögernd.

Er betrachtete seine Fingernägel. »Ich habe auf dem *Altan* noch Rosen stehen, die ich für meine Villa an der Brenta züchte.« Er lächelte sie an. »Ihr wirkt auf mich so, als könntet Ihr mit Rosen umgehen – sie brauchen also Wasser, wenn es nicht regnet. Und wenn es dann einmal regnet, müsstet Ihr die Eimer leeren, die an manchen undichten Stellen unter dem Dach stehen. Und«, er schaute den Drucker an, der inzwischen zurückkehrte, »falls das Buch ein Erfolg wird, hätte ich gern meinen Anteil am Honorar. Und natürlich einen Vermerk, um welchen Palazzo es sich handelt.«

»Anteil«, fragte sie verblüfft, da sie der Verlauf des Gesprächs zunehmend ärgerte, »auf so etwas bin ich nicht eingestellt. Was hattet Ihr Euch denn vorgestellt?«

»Nun«, der Mann rieb sich die Nase, was jedoch keinesfalls wie eine Verlegenheitsgeste wirkte. »Natürlich nur, wenn das Buch ein Erfolg wird. Bis dahin zahlt Ihr mir ganz einfach die Miete, die Ihr bisher für Eure Wohnung bezahlt habt.«

»Dieses Buch wird ein Erfolg«, mischte sich der Drucker entschieden ein, »ihr Vater war ein berühmter Mann, und sie wird sein Werk vollenden. Es ist ja schließlich nicht das erste Buch, an dem die Signorina arbeitet.«

»Ihr habt schon mehr Bücher geschrieben?«, fragte der Mann zweifelnd, »das hätte ich Euch –«

»Das hättet Ihr mir nicht zugetraut«, ergänzte sie, dabei boshaft lächelnd. »Ich hoffe, dass der Palazzo ruhig liegt«, fügte sie hinzu, da der Mann sich inzwischen zum Gehen wandte und sie plötzlich das Gefühl hatte, möglicherweise die berühmte Katze im Sack zu kaufen. »Ich kann nicht arbeiten, wenn ich den ganzen Tag Lärm hören muss.«

»Aber ich bitte Euch, selbstverständlich liegt er ruhig«, beschwichtigte er sie. »Ich meine, es sind die üblichen Geräusche des Canal Grande vorhanden, aber das dürfte Euch natürlich bekannt sein, als Venezianerin.«

»Ja, natürlich«, stimmte sie hastig zu, »in meiner Kindheit wohnte ich auch am Kanal, an einem Seitenarm«, wobei sie unterschlug, wo sich dieser Seitenarm befunden hatte.

Während sie sich die Adresse notierte, wurde der Drucker wieder nach hinten gerufen, kam aber kurze Zeit später nochmals zurück. »Nun, seid Ihr handelseinig geworden?«, fragte er lächelnd.

»Wir tauschen bereits den Schlüssel, zumindest symbolisch«, sagte der Mann heiter und schob das Papier, das Chiara soeben unterschrieben hatte, in den Rock. Sie nickte steif. Der Mann ging zur Tür, wandte sich dann nochmals um. »Irgendwann soll sogar einmal ein Mord in diesem Haus passiert sein«, flüsterte er ihr dann unterdrückt zu, »aber Euch als Schriftstellerin kann so etwas ja nur recht sein.« Dann verließ er lachend den Raum.

»Manche Leute glauben, wenn sie Aristokraten sind, könnten sie sich alles erlauben«, sagte der Drucker missbilligend. »Ich hoffe nur, Ihr findet alles zu Eurer Zufriedenheit vor«, fuhr er dann besorgt fort. »Ich kenne diesen Mann nicht, habe ihn noch nie in meinem Laden gesehen. Und weshalb er jetzt überhaupt hier war, blieb ja im Dunkeln. Schließlich konnte er nicht erwarten, dass er heute Morgen seinen Palazzo vermieten würde.«

»Ich habe ihn auch noch nie gesehen«, sagte Chiara lächelnd, »aber was besagt das schon in einer so großen Stadt? Und im

Übrigen glaube ich, dass er sich für Eure Papierproben interessierte, aber das fiel ja nun unter den Tisch.«

Sie entschied sich, am gleichen Tag zu ihrer neuen Wirkungsstätte zu gehen, und suchte die Straße auf dem Plan, den ihr der Mann gegeben hatte. Sie ging zweimal verkehrt, kam etliche Male an Karren mit Backsteinen und Dachziegeln vorbei, aber dann geriet sie in eine Gasse, in der der hintere Eingang zu dem Haus liegen musste, das sie suchte. Sie spürte, wie die Vorfreude auf ihre neue Arbeit sie voll und ganz erfüllte.

Als sie dem Haus näher kam, hörte sie Stimmen von Kindern, die sich lautstark um eine fahruntüchtige Gondel stritten. Sie ging auf die Haustüre zu, griff mit der Hand auf die obere seitliche Kante der Tür, konnte dort jedoch den Schlüssel, den ihr der Mann versprochen hatte, da er seinen eigenen nicht bei sich getragen hatte, nicht entdecken.

Noch während sie überlegte, wie sie in das Haus kommen sollte, wurde die Tür mit einem Knall aufgerissen und ein Knäuel von Kindern stürzte ihr laut miteinander streitend entgegen.

Sie versuchte, die Kinder auseinanderzuhalten, ihre Zahl festzustellen, aber inzwischen erschien eine Frau mit zerzaustem Kopftuch, die bis zu den Ellbogen in Seifenlauge eingetaucht schien. Sie riss die Kinder brutal auseinander, ohne Chiara dabei zu bemerken, und versuchte, die Tür wieder zu schließen. Da trat Chiara aus dem Schatten der Türrahmens und ließ den Türklopfer gegen die Schalltafel fallen, sodass alle erstarrt stehen blieben.

Die Frau schob die Kinder hinter sich, versuchte sie dabei in zwei Gruppen aufzuteilen, zwei waren wohl ihre eigenen, die restlichen schob sie zur Türe hinaus. Dann bemühte sie sich, das verrutschte Kopftuch zurückzuschieben, was mit ihren eingeseiften Händen nicht eben ein leichtes Unterfangen war.

»Kann ich Euch helfen«, fragte sie dann, ganz offensichtlich um Höflichkeit bemüht, was jedoch in Anbetracht des Lärms, der nun aus dem Obergeschoss zu ihr herunterdrang, offenbar einige Mühe kostete.

Chiara zog den Zettel aus ihrem Retikul, las Straße und Hausnummer des Palazzo ab und fragte, ob das hier richtig sei?

Die Frau starrte sie an, stumm, dann rief sie den Kindern zu, sie sollten ins *Mezzanin* gehen und ihre Sachen packen. Die Sprache war kein Venezianisch, wie Chiara erwartet hatte, es war Französisch.

»Ihr wollt den Palazzo mieten?«, fragte sie dann misstrauisch, »wirklich diesen Palazzo?«

Das habe sie soeben getan, bejahte Chiara irritiert. Allerdings in der Hoffnung, dass sie die alleinige Benutzerin dieses Palazzos sei.

»Das seid Ihr selbstverständlich«, sagte die Frau hastig, »es ist nur, eigentlich bin ich schon gar nicht mehr hier. Und die Kinder sind auch nicht alle meine. Nur zwei«, fuhr sie dann entschuldigend fort. Und die seien heute eigentlich gar nicht hier, aber die Waschküche sei hier eben größer als bei ihr zu Hause, und da habe sie ihre Wäsche gleich mitgewaschen. »Ich putze und wasche hier«, erklärte sie dann verlegen, »natürlich nicht mehr abends um diese Zeit.« Aber sie habe nicht gewusst, dass der Signore das Haus nun doch noch vorher vermieten wolle.

Chiara blickte die Frau verblüfft an. Was damit denn gemeint sei, wollte sie dann wissen.

Nun, dieses Haus und ein paar andere in dieser Gegend seien

zum Abbruch bestimmt, aber dann müsse es sich der Signore eben anders überlegt haben, stellte die Frau achselzuckend fest. Aber es sei ohnehin alles vage bei diesen Verkäufen. Das Zimmer des Signore stehe selbstverständlich zur Verfügung, oben unter dem Dach, das sei möbliert, und sie habe auch das Bett frisch bezogen. Und sie und ihre Kinder seien in der nächsten halben Stunde ganz gewiss nicht mehr hier, dann habe die Signorina ihre Ruhe.

Chiara nickte, überlegte, ob sie am besten gleich wieder zurückgehen sollte, um diesem Mann, der sie ganz offensichtlich hereingelegt hatte, die Meinung zu sagen. Zumindest verstand sie plötzlich die Ansammlung von Karren mit den Dachziegeln und den Backsteinen, die ganz sicher bereits aus irgendwelchen Häusern stammten, die für den Abbruch bestimmt waren.

Aber dann stellte sie fest, dass sie in der Eile nicht einmal die Adresse des Besitzers aufgeschrieben hatte, sie hatte lediglich den Namen der Bank. Aber um dort Erkundigungen einzuziehen, war es für diesen Abend ganz gewiss zu spät.

Also versuchte sie, sich mit den Gegebenheiten abzufinden und sich zunächst einmal umzusehen, zumal die Frau mit ihren lärmenden Kindern das Haus inzwischen schon verlassen hatte.

Es war bereits ein Hauch von Dämmerung zu sehen, als sie schließlich auf dem Dachgarten stand.

Sie schaute im Abendlicht über den Kanal hinweg, der zwar noch immer laut, aber keinesfalls mehr so lärmend war wie in den frühen Morgenstunden, in denen sämtliche Händler ihre Waren anlieferten. Sie sah sich bereits mit frisch gewaschenen Haaren, die über der Hutkrempe eines seitlich offenen Hutes nach unten hingen, Haare, die in der Sonne trocknen und bleichen sollten. Und dabei jenen ursprünglichen Farbton wiedergewinnen würden, den sie längst verloren hatten, weil ihr in den vergangenen Jahren die Zeit gefehlt hatte, sich um ihr Äußeres zu kümmern.

Sie atmete tief, als wolle sie dieses abendliche Bild – unter sich der Kanal, sie hoch oben auf einem Dachgarten, der für einen Monat der ihre sein würde – für immer in ihrem Inneren behalten. Als gehöre es ihr. Als gehöre es deswegen in ausgleichender Gerechtigkeit zu ihr, weil sie lange genug darauf gewartet hatte. Als berge es nicht nur einen Traum, sondern erfülle ihr Hunderte bereits längst verloren geglaubte Träume.

San Barnaba.

Sie dachte an San Barnaba und wusste nicht einmal genau, weshalb ihr in diesem Augenblick plötzlich ausgerechnet dieser Stadtteil einfiel. Eine Erinnerung, die nicht unbedingt zu den heitersten Erinnerungen ihrer Jugend gehörte.

An San Barnaba hatte sie zu den unterschiedlichsten Zeiten gedacht. Nachts im Besonderen. Dann verließ sie ihre Kammer, über das Fenstersims, stieg wie ein Nachtwandler über die Dächer ihres Viertels, ging mit weit ausgebreiteten Armen über Dachziegel, an den seltsamsten Kaminen der Welt vorüber, sie ging stets, bis sie das Wasser tief unter sich liegen sah. Dann drehte sie um. Ging den gleichen Weg wieder zurück, stieg über das mäßig steile Dach hinab, über den Fenstersims wieder in ihre Kammer, kroch in ihr Bett. Um weiter ihren Träumen nachzuhängen.

Es waren stets unmäßige Träume, sie legte sich nie Zwänge an. Sie ließ alles fluten, so als gäbe es nirgendwo auf der Welt auch nur die geringste Beschränkung. Wenigstens in den Nächten wollte sie sich frei fühlen. Sie wusste, dass ihre Klöppelarbeit in unmittelbarer Nähe ihres Bettes stand, sie wusste, dass sie bei sinkender Nacht bereits wieder auf den Beinen sein musste, um die Familie zu versorgen. Die Mutter, den Vater, die zwei Brüder, die mit aller Selbstverständlichkeit nahmen, was sie ihnen gab.

Sie wohnten umsonst in diesem Viertel. Der Vater gehörte zum niederen Adel und auf Grund ihrer Armut und ihrer Beziehungen durften sie hier wohnen. Ihre Großmutter hatte ihr damals, als es ihnen schlecht ging, das Klöppeln beigebracht. Eine Arbeit, die ihnen die Tagliatelle auf den Teller brachte und die Tomatensoße dazu, kaum mehr.

Aber sie hatte an ihrem Plan festgehalten, eisern: Eines Tages würde sie weder in San Barnaba wohnen, noch auf Burano und ihren Lebensunterhalt mit Klöppeln verdienen müssen. Eines Tages würde sie in einem Palazzo wohnen und sei es auch nur in einer ärmlichen Dachkammer.

Eines Tages. Das war also nun jetzt. Zumindest für einen Monat.

Aber sie hatte trotz allem nie ihr Klöppelkissen weggegeben, es stand für jeden sichtbar in ihrem Zimmer neben ihrem Bett, auf dem Boden. Umrahmt von Papieren, Notizen, Manuskriptteilen.

»Wann wirst du endlich lernen, auf einem Tisch zu arbeiten und nicht ständig auf dem Boden?«, hatte ihr Vater einmal kopfschüttelnd gefragt. Aber da diese Bodenarbeit ganz offensichtlich nicht schlechter war als eine Arbeit, die auf dem Tisch stattfand, hatte er diese Rüge nicht mehr ausgesprochen.

Der Türklopfer ertönte, dreimal hintereinander. Zu dieser Stunde war sie es normalerweise nicht gewohnt, Besuch zu empfangen. Zwar hatte sie soeben ihren Korb bereitgestellt, um zum Markt zu gehen, aber für Besuche war es ganz entschieden zu früh.

Sie stieg die Treppe hinunter, der Türklopfer erklang bereits zum zweiten Mal, diesmal entschieden ungeduldiger als zuvor. Dann hörte sie, wie ein Schlüssel heftig ins Schloss gestoßen wurde. Ein Vorgang, der jedoch keinesfalls zum Erfolg führen konnte, da sie ihren Schlüssel von innen hatte stecken lassen, um vor ungebetenen Eindringlingen sicher zu sein.

Sie ging zu der Tür, hörte, wie ein Mann lautstark in venezianischem Dialekt fluchte, aber er gab nicht auf und versuchte, ihren Schlüssel von der anderen Seite her aus dem Schloss zu stoßen.

»Wer ist da?«, fragte sie verärgert.

Das Fluchen brach in der gleichen Sekunde ab und wurde nun durch eine sanfte kultivierte Stimme abgelöst. Dann hörte sie den Namen ihres Vermieters, den sie an der Stimme wiedererkannte.

Sie öffnete die Tür, sah wie der Mann hastig seinen Schlüssel in die Rocktasche schob. »Ich dachte, es sei niemand da«, sagte er dann verlegen.

»Und ich dachte, dass ich dieses Haus gemietet habe und damit auch einen gewissen Grad an Sicherheit und Ungestörtheit hier genieße.«

»Nun, einen gewissen Grad ganz gewiss«, sagte der Mann verbindlich und schlüpfte geschickt an Chiara vorbei, »aber immerhin bin ich der Besitzer dieses Hauses und muss daher auch die Möglichkeit haben, es besuchen zu können.«

»Auch nachts?«, fragte sie steif.

Der Mann warf die Hände über dem Kopf zusammen. »Doch nicht nachts«, wehrte er dann bestürzt ab, aber jetzt sei es ja wohl keinesfalls mehr Nacht.

Um was es gehe, wollte Chiara wissen, sie sei auf dem Weg zum Markt und sie kaufe ihren Fisch gerne frisch.

Das, worum es gehe, könne er ohne ihre Hilfe machen, sagte der Mann zuvorkommend, er wolle sich nur rasch nach einer Sache umsehen.

»Nach welcher Sache?«, fragte sie hartnäckig.

Der Mann seufzte, strich sich die Haare aus der Stirn und stieg dann mit leichtem Schritt die Treppe hinauf, ohne weiter zu erklären, um was es ging. »Es ist in ein paar Minuten erledigt«, beschwichtigte er sie. »Es geht um diesen großen Schrank im Dachgeschoss«, sagte er dann, »ich habe die Männer, die das Haus ausgeräumt haben, gebeten, ihn abzuschlagen, da ich ihn gerne für mein Landhaus an der Brenta hätte. Aber ich bin nicht sicher, ob es bereits passiert ist, und daher wollte ich das überprüfen.«

»Dieses riesige Ungetüm im obersten Stockwerk, das fast eine ganze Wand einnimmt?«, wollte sie wissen und folgte ihm.

»Ja, genau«, bestätigte er und lief die letzte Treppe gleich zwei Stufen auf einmal hinauf. »Er ist noch da«, sagte er dann verärgert, als sie schließlich vor dem mächtigen Schrank standen, der verstaubt und mit Spinnweben umhüllt sich fast über die gesamte Wand erstreckte. »Vermutlich braucht es fünf Männer, um ihn abzuschlagen, und ich kann nun sehen, wo ich die herbekomme.«

»Ich frage mich, was in einem solchen Schrank gewesen sein könnte«, meinte Chiara und strich behutsam über die kunstvollen Verzierungen des Holzes.

Er zuckte mit den Schultern. »Vermutlich Kleider, Bücher, und natürlich all die Dinge, für die im Haus sonst kein Platz war. Ganz bestimmt hat ihn nie jemand zur Seite gerückt. Habt Ihr schon mit Eurer Arbeit hier im Haus begonnen?«, wollte er dann wissen und klopfte sich ein paar Schmutzflecken von seinen Pantalons.

Sie lachte. »Nur oberflächlich. Für den Augenblick weiß ich kaum mehr als das, was Ihr mir gestern gesagt habt. Aber schließlich bin ich ja auch nur einen halben Tag hier. Das Gebäude ist aus dem Cinquecento.«

»Das sagte ich ja bereits«, sagte der Mann spöttisch lächelnd.

»Das ist ja auch nicht alles, was ich herausgebracht habe«, erklärte sie, »aber zunächst will ich mir einen Plan des Hauses machen.«

»Und noch keine Leiche gefunden«, flüsterte er, als er sich umwandte und die Treppe hinunterstieg.

»Es riecht nicht danach«, gab sie lachend zurück, »aber ich weiß natürlich nicht, was mir alles noch begegnet. Was soll denn nun werden mit diesem Schrank?«

»Ich werde nochmals Männer beauftragen, die ihn herausreißen und dann abtransportieren. Seid Ihr morgen zu Hause? Es ist nicht so angenehm, vor verschlossener Tür zu stehen, in der von innen der Schlüssel steckt.«

»Ich bin den ganzen Tag über hier«, erwiderte sie, nicht eben erbaut über die neuerliche Störung.

»Seid Ihr zufrieden mit dem, was Ihr bisher entdecken konntet?«, fragte er dann schon fast an der Tür.

Sie zögerte einen Augenblick. »Manchmal sucht man Dinge, die man nicht findet und manchmal findet, man Dinge, die man nicht sucht. Ich vermute, dass es hier genauso sein wird.«

Er nickte, schien für einen Augenblick seinen üblichen Spott zu vergessen und betrachtete sie so, als sei sie ein ernstzunehmender Mensch. Nicht nur eine Frau, die seltsamerweise Bücher machte.

2. Die geheime Kammer

Die Männer kamen am nächsten Morgen zu nachtschlafender Zeit. Es waren sieben und nicht fünf, wie ihr der Vermieter ursprünglich mitgeteilt hatte. Der Krach, den sie machten, bis sie den Schrank gefunden und sich über ihr Vorgehen geeinigt hatten, war nahezu unerträglich.

Chiara hatte sich hastig einen Morgenmantel übergeworfen und war dann die Treppe zu ihnen hinaufgestiegen.

Der Anführer der Gruppe tippte sich an die Mütze und sagte, dass Signor Basso gesagt habe, dass sie ohne sich anzumelden in das Haus gehen dürften, der Schlüssel sei über dem Tor versteckt.

Sie nickte, überlegte, ob ihre Anwesenheit hier vonnöten sei, ging dann in den *salotto*, schaute zu der Terrasse hinaus, beschloss die Rosen zu gießen, wie sie es versprochen hatte.

Nach einer Weile, die ihr erstaunlich ruhig erschien, stieg sie die Treppe wieder hinauf. Der obere Teil des Schrankes war bereits zerlegt, vor dem unteren Teil standen die Männer und starrten auf die Wand. »Da hat früher ein anderer Schrank gestanden«, sagte der Mann, den sie für den Anführer hielt, »die Wand sieht ganz anders aus. Und die Seidentapeten von früher kann man nur erahnen.«

Sie schaute auf den Fleck, der sich am oberen Teil der Wand, die von Feuchtigkeit verschimmelt war, gebildet hatte. Spinnweben und Vogelmist hatten sich breitgemacht, da irgendwann offenbar einmal Möwen zwischen Schrank und Wand genistet hatten.

»Ziemlich alt, dieses Haus«, sagte einer der Männer abschätzig, »mindestens tausend Jahre alt, oder?«

Sie lachte. »Nein, so alt nun wiederum auch nicht, das Haus ist aus dem Cinquecento.«

Nun, ihm sei's egal, ob aus dem Cinquecento oder aus irgendeinem anderen, sagte der Anführer gleichgültig, er solle mit seinen Männern diesen Schrank abbauen und ihn dann zu dem Landsitz des Signore an der Brenta bringen. Und das in möglichst kurzer Zeit.

»An der Brenta«, lachte einer der Männer und stupste sich an die Stirn, ob das dort dann auch ein Palazzo sei? Also etwa gleich zwei vornehme Häuser? Dabei habe er angenommen, der Mann sei arm, weil der Palazzo so verkommen sei, dass es überall hereinregne. Es interessiere ihn nicht, ob der Mann reich oder arm sei, sagte der Anführer, und jetzt könne man wohl den Rest des Schrankes erst einmal abrücken.

Die Männer stellten sich in Positur, rückten, schoben, drückten, dann bewegte sich der untere Teil des Schrankes und gab den Blick frei auf den Zwischenraum.

Der Anführer starrte die Wand an, die nun in ihrer ganzen Höhe zu überblicken war, und kratzte sich am Kinn. »Da ist eine Tür«, sagte er dann verlegen, so, als trage er die Verantwortung für diese Tür, die hier plötzlich ungebeten wie von Geisterhand erschienen war.

»Keine richtige Tür«, korrigierte einer der Männer.

»Eine Tapetentür«, sagte ein anderer.

Chiara kam von der Terrasse zurück, trat näher, betrachtete die Stelle, an der sich wohl einst der Türknopf befunden hatte.

»Ich krieg sie natürlich auf«, sagte der Anführer siegesgewiss, »das ist für mich nur eine Kleinigkeit. Soll ich es tun?«

»Nein, lasst sie in Ruhe, diese Tür«, entschied Chiara rasch, »sie hat ja mit Eurer Arbeit nichts zu tun.«

»Das nicht«, erwiderte der Anführer, »aber sicher wollt Ihr doch wissen, was hinter dieser Tür ist, oder etwa nicht? Es ist ja auch Euer gutes Recht, das zu wissen«, fügte er dann hinzu, wobei Chiara den Eindruck hatte, dass es eher seine eigene Neugier war, die ihn antrieb.

»Es hat Zeit«, wehrte Chiara ab.

»Wie Ihr wollt«, sagte der Mann achselzuckend und machte sich bereit, mit seinen Leuten die restlichen Teile des Schrankes abzutransportieren. »Es gibt ja Werkzeuge«, erklärte er dann, schon auf dem Weg zur Treppe.

»Und wo?«

»Bei dem Gerümpel in der Waschküche.« Er lachte. »Da findet Ihr alles, vom zerbrochenen Ruder einer Gondel bis zum ausgestopften, von Motten zerfressenen Adler.«

Als die Männer verschwunden waren und wieder Ruhe in das Haus einkehrte, setzte Chiara sich erleichtert auf die Bank auf der Terrasse. Sie nahm ihre Notizen zur Hand und überlegte, wie sie ihre Arbeit fortsetzen würde. Es war klar, dass sie für diesen Teil des Buches die gleiche Form wählen musste, wie ihr Vater das für die bisherigen Teile getan hatte: Er hatte zunächst eine grobe Einteilung der venezianischen Paläste vorgenommen, sie zeitlich in die Paläste der Gotik, der Renaissance und des Barocks eingestuft. Die byzantinischen Paläste hatte er zunächst ausgespart, da er das Gefühl gehabt hatte, dass seine Arbeit damit zu breitflächig würde. Er hatte dann aus jeder zeitlichen Phase drei der Paläste ausgewählt und sie einer vergleichenden Beurteilung unterworfen. Darüber hinaus hatten ihn ganz bestimmte Fragen bewegt: Es war für ihn wichtig gewesen zu erfahren, inwieweit zum Beispiel der berühmte Festungsbaumeister Michele Sanmicheli das venezianische Grundschema bei seinen Bauten aufnahm, oder auf welche toskanischen Vorbilder die typischen Codussi-Fenster zurückgingen und ob der eher römisch wirkende Hof bei Sansovino, der erst im Barock Bestandteil der venezianischen Paläste wurde, nicht eventuell auch bereits in früherer Zeit existierte.

Es sollte ein sachliches Buch werden, hatte sie entschieden. Kein Buch, in dem sie sich auf irgendwelche Geschichten einließ, die möglicherweise in diesem Haus versteckt waren. Vielleicht seit Jahrhunderten. Und sie war ganz sicher, dass diese Tapetentür sie auf solch eine Geschichte führen würde, wenn sie sich erlaubte, sich näher mit ihr zu befassen.

Sie würde also zunächst einmal versuchen, von der Person des früheren Besitzers auszugehen. Der Mann war Salzhändler gewesen, das hatte sie bereits aus den kurzen Notizen über seine Verhandlungen von 1507 mit den *provedadori al sal* entnommen, die in ihrer Kammer auf dem Tisch gelegen hatten.

Der Palazzo hatte zwei Wasserportale: Das eine war der seitliche Eingang zu einem schmalen Seitenkanal, über dessen Giebel ein Psalm eingeritzt war; der zweite Wassereingang, der größere der beiden zum Canal Grande, trug ebenfalls einen Psalm als Inschrift, der etwas von der religiösen Einstellung des Besitzers sichtbar machte.

Es gab einen Brunnen im Haus, der aus seltenem Marmor bestand, die Friese an den üblichen Stellen – Treppenaufgängen, in der Sala – waren ebenfalls aus kostbarem Schwarzmarmor gefertigt.

Das Haus hatte drei *Mezzanine*, was eine Seltenheit war, vermutlich musste es ein großes Handelshaus gewesen sein, das dies erforderlich gemacht hatte.

Das gesamte Innere des Hauses schien so ausgestattet, als habe es dem Bauherrn nicht an Geld gefehlt: Ein Studio mit der Sicht auf die Terrasse, die sich jetzt allerdings in keinem besonders guten Zustand befand, hatte der Hausherr vermutlich für Mußestunden benutzt, da das großräumige Büro sich in einem der *Mezzanine* befand.

Soviel stand für Chiara nach dieser ersten nur oberflächlichen Beurteilung fest, dass dieser Palazzo zu seiner Zeit bereits zu den außergewöhnlichsten Bauten dieser Stadt gehört haben musste.

Sie brauchte vier Tage und eine Nacht, bevor sie sich entschließen konnte, die Waschküche aufzusuchen und nach Werkzeugen zu stöbern, mit denen sie sich dieser geheimnisvollen Tapetentür nähern konnte. Sie tat dies wider besseres Wissen, sie würde sich mit Sicherheit in irgendeiner Geschichte verlieren. Aber ihre Neugier war stärker, und sie sagte sich, dass die Sache völlig harmlos sei und es genauso gut sein konnte, dass sie einen leeren Raum vorfinden würde.

Als sie die Tür zu der Waschküche öffnete, bereute sie ihr Vorhaben allerdings fast im gleichen Augenblick: Der Möbelpacker hatte recht gehabt, es gab hier wirklich alles. Von zerbeulten Kupferkesseln bis zu alten zerrissenen Tischdecken, Farbkübeln mit nicht ausgewaschenen Pinseln, die ihre verkrusteten Borsten erstarrt in die Luft streckten, verrostete Eimer, in denen einst irgendwelche Schmieren zusammengerührt worden waren. Alles musste irgendwann einmal in diesem Haus Verwendung gefunden haben und war nun zurückgelassen worden, weil es für diese vornehme Villa an der Brenta ganz offensichtlich untauglich war.

Sie blieb also zunächst ratlos vor dem Gerümpel stehen, griff dann mit spitzen Fingern nach einem Korb mit einem Henkel, in dem sie die Ecke eines Kastens entdeckte, aus dem ein verrosteter Hammer hervorschaute. Sie zog ihn heraus, beschloss dann aber, dass ein Draht, den sie mit einer Schere in die Form eines Dietrichs zurechtschneiden konnte, vielleicht doch sinnvoller wäre. Ein Werkzeug, das sie früher einmal bei ihren Brüdern gesehen hatte.

Sie schob den Korb wieder an seinen Platz, als sie auf einen Gegenstand aufmerksam wurde, der in dem Korb lag: Ein Parfumfläschchen, dessen Hals abgebrochen war. Es war eingewickelt in ein Stück Pergamentpapier. Sie nahm beides heraus, ging damit in den vorderen Teil der Waschküche und setzte sich auf die Steinbank. Sie versuchte das Papier zu glätten, was ihr allerdings nur mühsam gelang. Dann stellte sie fest, dass es abgerissen war und vermutlich die Hälfte fehlte. Auf dem übrig gebliebenen Teil hatte ursprünglich wohl der Anfang eines Sonetts gestanden, von dem hier nun nur noch Reste vorhanden waren. Aber da seit der Zeit, als Napoleon im Land war, selbst die Akten der Archive als Einwickelpapier benutzt worden waren, wunderte sie das nicht.

Das, was sie nach einiger Zeit mühsam lesen konnte, war ein Text, der sie seltsam berührte – vermutlich einer der Dreizeiler eines Sonetts:

DIE HÄUS … LEER, AM HIMMEL KALTE SONN …
DIE WÄRM … NICHT, WO DOCH DEIN ATE …
FEHLT.
ICH FRIERE EINS … UND TRAURE. OB ALL DER
UNGELEBT … WONNEN.

Nun ja, das war's also, dachte sie ergeben. Wann immer sie in der Nacht nicht schlafen konnte, würde sie diesen zerstückelten Text zu ergänzen versuchen. Und sich dabei vorstellen, was der Schreiber oder die Schreiberin sich dabei gedacht haben könnte.

Sie brauchte einen weiteren Tag, bis sie sich dazu entschließen konnte, ihren Dietrich in das Schloss der Tapetentür hineinzubohren. Sie schob ihn zunächst behutsam in die enge Öffnung, stocherte dann etwas hin und her, bis die Tür mit einem Male nachgab. Und sich knarrend bewegte.

Als sie die Tür schließlich völlig geöffnet hatte, blieb sie in der Türöffnung stehen, um den Raum zu überblicken.

Wer immer ihn benutzt hatte, musste ein Freund des Dunkels gewesen sein: Es fiel so gut wie kein Licht in die Kammer, was allerdings auch mit dem völlig verschmutzten Fenster in der oberen Wandhälfte zu tun hatte, auf dem Generationen von Möwen und anderem Getier irgendwann gehaust und ihre Spuren zurückgelassen hatten.

Sie hätte später nicht mehr sagen können, wie lange sie hier wirklich gestanden und versucht hatte, den Raum in sich aufzunehmen: Es war, als ob sie in eine andere Zeit und in ein anderes Leben eingetreten wäre. Und dieses andere Leben war ein sehr lebendiges Leben. Die Feder steckte noch im Tintenfass, dessen

Flüssigkeit natürlich längst eingetrocknet war, auf dem Tisch stand ein Weinglas, das halb gefüllt gewesen sein musste, als es irgendwann verlassen worden war, eine Zigarre lag halb angebrannt auf einem Aschenbecher.

Dann gab es ein Stehpult, das sie faszinierte, weil sie sich immer gewünscht hatte, eines zu besitzen.

Auf dem Stehpult entdeckte sie einen Würfel, der in zwei Hälften geschnitten war. Die Hälften lagen im oberen Teil des Pultes in einer Rille, in der auch ein Stück Kreide Platz gefunden hatte. Und ein Bleistift, fein säuberlich angespitzt.

Im Hintergrund des Raumes befand sich ein Bett, das nicht gemacht war. Das heißt, dass es ein zusammengeknäultes Plumeau gab, auf dem Kopfkissen war eine Kuhle und ein nach hinten gerutschtes Buch, dessen Titel sie von der Tür aus jedoch nicht lesen konnte.

Am Abend in ihrem Bett versuchte sie, dieses Zimmer – das sie nicht betreten hatte – aus ihrem Kopf zu vertreiben, aber seltsamerweise gelang ihr das nicht. Im Gegenteil schien es ihr, als ob sich dieser Raum in ihr ausbreite, an Weite gewann, so, als bestünde der gesamte Palazzo nun nur noch aus dieser Kammer hinter der Tapetentür und alles andere sei unwichtig geworden. Unwichtig die Codussi-Fenster, selbst das venezianische Grundschema der Dreiteilung der Paläste, das ihr zu Beginn ihrer Arbeit so wichtig erschienen war.

Sie versuchte, ihre Phantasie zu zügeln. Sie hatte nichts berührt, so, als ginge von diesem Raum und seinen Gegenständen eine Art von Magie aus, der sie sich nicht gewachsen fühlte. Zumindest nicht in diesem Augenblick.

Viva San Marco! Viva San Marco! Viva San Marco!

Es war der Ruf, mit dem Chiara am nächsten Morgen geweckt wurde. Sie drehte sich auf die andere Seite, weil sie annahm, das Geschrei käme vom Kanal, aber dann hatte sie plötzlich das Gefühl, dass die Stimmen – ganz eindeutig Kinderstimmen – ihrer Kammer immer näher kamen und schließlich vor ihrer Tür anhielten. Ein Flüstern war zu hören, schließlich die empörte Stimme der Putzfrau. »Ich habe euch gesagt, dass ihr leise sein sollt.« Es folgte ein Klatschen, dann ein nochmaliges Gebrüll, noch lauter als zuvor. »Sie hat es gesagt«, schrie eine Jungenstimme, »es ist immer nur sie. Ich ziehe jetzt aus.«

Ein zweites Klatschen ließ die Stimmen verstummen.

Chiara entschloss sich seufzend, aufzustehen; es würde wohl kaum Tage geben, an denen sie ihrem eigenen Rhythmus folgen konnte. Sie warf ihren Morgenmantel über die Schultern und verließ dann ihr Zimmer. Sie hörte, wie sich die Haustüre öffnete, dann kamen Geräusche aus dem Waschkeller, die sich anhörten, als würde ein zweites Mal ein Schrank abgeschlagen, irgendetwas klapperte auf den Boden.

Sie stieg die Treppe von der *sala* in das Wassergeschoss hinunter und sah einen Mann an der Treppe stehen. In einer *bautHa*. Was natürlich nicht unbedingt etwas Befremdliches war: in Venedig lief man nahezu die Hälfte des Jahres in einer *bautHa* herum, weil fast immerzu Karneval war. Und sich niemand an dieser dunklen Maske störte.

Dieser Mann allerdings trug, als er den schwarzen Umhang der *bautHa* ablegte, eine Uniform. Eine französische Uniform. Er starrte zu Chiara empor, als habe er soeben eine Diebin in seinem Haus entdeckt, dann nahm er seine Brille ab und begann sie zu putzen. »Du hast sie gut erzogen, unsere Kinder«, sagte er dann spöttisch, »ich hoffe, du weißt auch, dass auf den Ruf ›Viva San Marco‹ die Todesstrafe steht.«

Chiara starrte den Mann an, überlegte für einen Augenblick, ob er wohl aus der Anstalt San Clemente ausgebrochen sein konnte und sich irgendwo eine Uniform beschafft hatte, um damit Leute zu erschrecken.

»Ich bin hier«, sagte im gleichen Augenblick eine verärgerte Stimme in der Waschküche, »du hast die Falsche beschuldigt. Und im Übrigen ist die Zeit vorbei, dass auf diesen Ruf die Todesstrafe stand. Er ist fort, dein Napoleon, das ist gut so. Und es wäre ebenso gut, wenn du es endlich auch wärst. Und vor allem nicht mehr in dieser wenig geliebten Uniform herumlaufen würdest.«

»Ich habe keine privaten Kleider«, wehrte sich der Mann, der inzwischen seine Brille aufgesetzt hatte, »aber ich muss mir wohl eine neue Brille beschaffen«, sagte er dann verlegen und verneigte sich vor Chiara. »Entschuldigt.«

Chiara stieg die Treppe weiter hinunter, entdeckte dann in einer Ecke hinter der Gondel die beiden Kinder, dicht aneinandergeschmiegt, der Junge hatte sich schützend vor das Mädchen gekauert. »Sie wird ganz bestimmt nicht tot gemacht«, sagte er trotzig, »auch wenn sie dir gehört.«

»Kinder wurden nicht umgebracht«, sagte die Putzfrau und warf dem Franzosen einen wütenden Blick zu. »Es genügte, dass er Erwachsene töten ließ, wenn sie nichts weiter taten als VIVA SAN MARCO zu rufen. Aber das ist ja nun Gott sei Dank alles vorbei.«

Der Mann schaute die Kinder prüfend an, winkte dann den kleinwüchsigen Jungen zu sich heran, der sich jedoch weigerte, dem Winken Folge zu leisten.

»Ich gehe nicht mit nach Paris«, sagte er zornig, »ich bleibe hier.«

Der Mann lachte auf. »Das kannst du liebend gerne. Was sollte ich auch mit einem Zwergenkind in Paris! Und es wäre sicher gut, wenn du dir endlich diesen abscheulichen venezianischen Dialekt abgewöhnen würdest, den kaum jemand versteht.«

»Er hat alles mitgenommen«, schrie der Junge wütend, »die Bronzepferde von San Marco genauso wie die anderen Kostbarkeiten der Stadt. Und die Goldsachen hat er einschmelzen lassen.«

Der Mann zuckte mit den Schultern. »Was schert mich das? Er ist der Sieger. Und Sieger können tun, was sie wollen, das ist überall auf der Welt so. Und die Bronzepferde haben die Venezianer schließlich in Konstantinopel gestohlen und hierhergebracht.«

»Mich interessiert nur, weshalb du überhaupt gekommen bist«, fragte die Putzfrau aufgebracht, »bei mir gibt es nichts zu holen. Nicht einmal ein Abendessen.«

»Und mich würde interessieren, wer hier alles einen Schlüssel für dieses Haus besitzt«, fragte Chiara zornig. »Könnt Ihr mir das sagen?«, wandte sie sich dann an die Putzfrau.

Die Frau streckte gehorsam die Hand in die Luft und zählte an den Fingern ab. »Also zunächst einmal der Besitzer, Signor Basso, natürlich ich, weil ich hier putze, dann jetzt Ihr, weil Ihr das Haus gemietet habt, was mir der Besitzer aber nicht vorher mitgeteilt hat. Die Männer gestern, die den Schrank holen wollten, hatten den Reserveschlüssel. Und dann gibt es noch einen Schlüssel für besondere Zwecke«, fügte sie zögernd hinzu. »Er liegt oben auf dem Türrahmen. Zumindest normalerweise.«

»Zum Beispiel für irgendwelche französischen Soldaten, die in der Morgenfrühe einfach ins Haus kommen und Kinder verstören«, sagte Chiara erbost. »Wohl Euer Liebhaber?«

»Sie ist meine Tochter«, unterbrach der Mann harsch und deutete auf das Mädchen, das noch immer verstört hinter der Gondel hockte. »Und ich bin kein einfacher Soldat, ich gehöre zur zweiten Brigade Bucchia des 3. Bataillons und war mit den Offizieren bei der Zerstörung der Ghettotore anwesend. Eine Tat, die Ihr wohl anerkennen werdet, oder etwa nicht?«

»Ich denke, ich sollte das jetzt in aller Deutlichkeit sagen: Ich habe diesen Palazzo gemietet, zunächst einmal für einen Monat, aber das werde ich wohl verlängern können, falls es nötig sein sollte, und –«

»Das wären dann ja zwei Monate«, sagte die Putzfrau erschrocken, »das hat er mir überhaupt nicht gesagt.«

»Wer?«

»Nun der Besitzer.«

»Und, was stört daran? Er kann sein Haus vermieten an wen er will und wie lang er will.«

»Das schon«, sagte der Mann höflich, »aber er kann es natürlich nicht zweimal vermieten.«

»Was soll das heißen?«, fragte Chiara irritiert.

»Es soll heißen, dass er das Haus bereits zum Abbruch freigegeben hat. Für den zweiten Monat. Der erste gehört Euch. Zumindest habe ich das so gehört.«

»Nun, ich denke, dass sich das klären lässt, wem dieser zweite Monat gehört«, sagte Chiara erbost und wandte sich um.

»Nein, bitte wartet«, bat die Putzfrau eindringlich, »ich kann das erklären. Das Ganze ist völlig anders.«

Chiara blieb stehen und wandte sich um. »Wie anders?«

»Nun, es ist so. Ich habe diese beiden Kinder, wie Ihr gesehen habt.«

Chiara nickte mürrisch. »Gesehen und gehört.«

»Und es ist so«, sie unterbrach sich, »es ist so, dass der Junge –«

»– der Zwergenjunge«, spottete der Franzose.

»Er hatte einen kleinen Vater, aber ganz gewiss keinen Zwerg«, erwiderte die Frau zornig. »Er lebt bei mir, weil sein Vater gestorben ist.«

»Leider der falsche«, sagte der Junge gehässig und nahm seine Schwester in den Arm.

»Wir leben in einem kleinen Zimmer in einem uralten Haus, das fast zusammenfällt, und deswegen nehme ich die Kinder immer mit, wenn ich hier zum Arbeiten bin. Schließlich mangelt es hier ganz gewiss nicht an Platz«, fügte sie dann aufsässig hinzu.

»Bei mir war früher Platz genug für meine Tochter und für dich«, empörte sich der Franzose, »aber eben nicht für diesen Straßenjungen. Und du kannst zu jeder Zeit zu mir zurückkommen. Ich warte auf dich, auch wenn die meisten meiner Kameraden bereits abgerückt sind.«

»Ich gehe keinesfalls nach Paris«, wehrte sich die Putzfrau und stampfte mit dem Fuß, »auch wenn ich bereits zugesagt habe.«

Da Chiara das Gefühl hatte, dass sich in kürzester Zeit vor ihren Augen ein Familiendrama abspielen würde, versuchte sie mit einer rigorosen Handbewegung die Sache zu stoppen. »Ich möchte in einer halben Stunde dieses Haus für mich haben«, sagte mit aller Entschiedenheit, »und da es für den Augenblick keinesfalls schmutzig ist, brauche ich auch keine Putzfrau.«

»Aber die Männer, die den Schrank abgeholt haben, haben doch Schmutz gemacht. Es sei alles voller Dreck, haben sie mir mitgeteilt. Besonders hinter dem Schrank«, wagte die Putzfrau einzuwenden.

Der störe sie nicht, gab Chiara zurück und stieg die Treppe hinauf.

Sie öffnete die Tapetentür schließlich in der Dämmerung. In der Hoffnung, dass es zu dieser Tageszeit keinen Grund geben würde, dass irgendwer in dieses Haus kommen wollte, hatte sie sich in Geduld geübt.

Sie hatte den Tag über ihre Notizen überprüft, sich weitere Anmerkungen darüber gemacht, inwieweit Sansovinos typische Formen – Balkone vor den Fenstern über den Simsen, Schlusssteine mit Masken oder Köpfen an den Fensterbögen oder ovale Öffnungen im Dachgeschoss – auch von anderen Baumeistern übernommen worden waren und ob das eindeutig nachgewiesen werden konnte. Dann hatte sie die Dogenbilder im Kaminzimmer aufgelistet, die sie in der Nacht mit einer großen Anzahl von Kerzen beleuchtete. Sie hatte sich außerdem überlegt, wie sie dieses Buch nennen würde. Sie wollte einen sachlichen Titel, aber natürlich auch einen, der die Leute zum Kauf dieses Buches bewegen würde.

Sie hatte sich auch überlegt, ob sie versuchen sollte, die Fenster dieser Kammer zu putzen, damit mehr Licht in den Raum hereinfiel. Aber dann erschien ihr bereits diese winzige Veränderung als ein Sakrileg – es kam ihr nicht zu, Dinge zu verändern, die vermutlich bereits seit Jahrzehnten so gewesen waren.

Sie hatte zunehmend den Eindruck, dass dieser Palazzo mehr

und mehr aus diesem Raum hinter der Tapetentür bestehe und dass alles andere irgendwie zur Zweitrangigkeit herabgesunken war.

Sie besuchte das Zimmer inzwischen jede Nacht.

Sie setzte sich stets auf einen Stuhl, den sie aus dem *salotto* mitgebracht hatte, lehnte den Kopf an die Wand, die mit einer wohl einst roten Seidenstofftapete bespannt war, nun vergilbt und brüchig.

Von den Gegenständen, die sie erblicken konnte, interessierten sie die beiden Würfelhälften auf dem Stehpult am meisten. Ein Geheimnis schien sie zu umgeben.

Irgendwann, wenn sie dann müde in ihre Kammer zurückkehrte, hatte sie das Gefühl, dass sie süchtig geworden war. Süchtig nach diesem Raum. Und manchmal fühlte sie sich, als hätte sie früher schon einmal hier gelebt.

Natürlich wusste sie, dass dies Unsinn war. Aber dennoch … Vielleicht stammte die Delle in jenem Bett in der Kammer von ihr.

Die Fragen um diese Delle bestimmten inzwischen ihren Tag. Wiewohl sie tagsüber nie in den Raum ging. Er war für sie tabu, bis die Dämmerung hereinbrach und das Licht nur noch gefiltert hereinbrach. Sie zündete stets nur eine einzige Kerze an, stellte sie auch nicht in den Raum, sondern in die Tür, neben ihren Stuhl.

An einem Tag ging sie zu einem der Ämter, von denen sie wusste, dass sie dort Unterlagen zu diesem Palazzo finden musste. Sie erfuhr aber nur, dass ein Teil dieser Unterlagen verbrannt war, ein anderer Teil war nicht mehr auffindbar.

3. Die Seeschlacht von Lepanto

»Weshalb nur haben sie das getan?«

Chiara stand inmitten einer Menschenmenge am Kai und schaute voller Entsetzen zu, wie die Trümmer des *Bucintoro*, das prächtigste aller venezianischen Schiffe, das Schiff des Dogen, soeben zusammengeschoben und von einem anderen Schiff aus dem Kanal gezogen wurden.

Sie wandte sich um, sah neben sich einen Jungen stehen, dessen Gesicht von Tränen überströmt war. Sie brauchte eine Minute, um zu erkennen, dass es der Junge der Putzfrau war, Sebastiano.

»Er hätte ihm doch nichts getan, dieser *Bucintoro*«, flüsterte er, »er hätte nicht einmal damit fahren müssen, wenn es ihm widerstrebt hätte. Also warum?«

»Vermutlich, weil er nicht ertragen hat, dass diese Stadt etwas besaß, was einmalig war auf der Welt. Niemand sonst hatte solch ein wunderbares Schiff. Das wollte er nicht, und er wollte ebenso wenig, dass es eines Tages jemand anderes bekam, jetzt also die Österreicher. Die es vermutlich nicht zerstört hätten, weil ihnen das viel zu viel Arbeit gemacht hätte.«

»Ich habe einen Freund in Rom, und wenn wir uns über unsere Städte unterhalten haben und jeder den anderen übertrumpfen wollte, dann hatte ich mir immer den *Bucintoro* bis zum Schluss aufgehoben: Ihr habt die Engelsburg, das Kolosseum und sonst noch eine ganze Menge schöner Dinge. Aber einen *Bucintoro* habt ihr nun mal nicht.«

Sie strich dem Jungen über die mageren Schultern, was einen neuerlichen Tränenstrom auslöste und ihn nach ihrer Hand suchen ließ. »Niemand wird einmal mehr wissen, wie die Schiffe im *Arsenal* ausgesehen haben, die er ebenfalls zerstört hat, niemand.«

Chiara zögerte einen Augenblick, dann nahm sie den Jungen beim Arm und zog ihn aus der Menschenmenge zurück, sodass er die Zerstörung nicht mehr sehen musste.

»Das *Arsenal* wird nicht verloren sein«, sagte sie dann beruhigend und wischte mit einem Taschentuch über sein verschmutztes Gesicht. »Es wird immer existieren.«

»Wo denn«, fragte Sebastiano ungläubig, »sie haben alle, aber wirklich alle Schiffe zerstört.«

»Ich besitze es noch«, sagte Chiara lächelnd. »Das heißt, ich glaube, dass ich es noch finden kann.«

»Was könnt Ihr finden? Das *Arsenal*?«, fragte der Junge störrisch, »wo denn? Ich habe immer gehört, dass sie es gemacht haben, aber meine Mutter ließ mich nie allein hierher. Ich sehe heute zum ersten Mal, dass alles kaputt ist.«

Chiara zog ihn mit sich über die Piazzetta, dann über die Piazza. Sie schlängelten sich durch die engen Calle, gingen am Kanal entlang, beim Rialto bogen sie ab.

»Also, ich hoffe, dass ich nicht zu viel versprochen habe«, sagte Chiara nach einer Weile, weit weniger siegesgewiss als zuvor. »Es liegt schon eine Zeit zurück, dass ich es in der Hand gehabt habe.«

Sebastiano verkniff es sich zu fragen, was sie in der Hand gehabt haben konnte.

Vor einem Haus, an dem der Putz bereits beträchtlich abzufallen drohte, blieb Chiara schließlich stehen.

»Da drin habt Ihr also das *Arsenal*«, sagte Sebastiano und schaute Chiara spöttisch an. »Die Schiffe auch? Oder am Ende gar noch den *Bucintoro*?«

»Warte einen Augenblick, ich komme gleich wieder. Lauf nicht weg.« Sie ließ den Türklopfer an die Haustüre fallen, drinnen war nach einer Weile ein schlurfender Schritt zu hören. Dann öffnete sich die Tür und eine alte Frau blinzelte sie aus trüben Augen verblüfft an. Dann stieß sie einen Jubelschrei aus und umarmte Chiara stürmisch. »Erinnerst du dich denn überhaupt noch an mich, *cara mia*?«

»Und ob«, sagte Chiara glücklich und drehte sich mit der alten Frau im Kreis.

»Und was willst du dir heute anschauen?«, fragte sie dann und schob Chiara in den engen Flur. »Dieser junge Mann gehört auch zu dir?«

»Ja, das tut er«, erwiderte Chiara und zog den Jungen hinter sich her. »Er ist ein ungläubiger Thomas, und ich will ihn überraschen.«

»Er interessiert sich für all das, was da bei mir immer noch auf dem Dachboden steht und vor sich hin verstaubt?«, fragte die Frau amüsiert.

»Sicher nicht für alles, aber für etwas ganz bestimmt«, erklärte Chiara und schob den Jungen vor sich eine enge Wendeltreppe empor. Sie öffnete eine altersschwache Tür, die laut knarrte, und legte, als sie in einem geräumigen Speicher standen, den Finger an die Nase.

»Es war hier«, sagte sie dann und ging mit geschlossenen Augen in eine Ecke des Raumes, in der ein ziemlich großer Gegenstand aufgebaut war, der mit Tüchern bedeckt war. »Augen zu«, befahl sie dann und zog die Tücher behutsam zur Seite.

Der Junge öffnete die Augen, blieb dann stumm vor der großen Holzplatte stehen, auf der in einem Gewirr von Hallen und Becken Schiffe aufgereiht waren. Schiffe aller Art.

»Das *Arsenal*«, flüsterte Sebastiano dann, nahezu fassungslos. »Das *Arsenal.*«

Chiara brauchte ein zweites Taschentuch, um die Tränen von seinem Gesicht zu wischen.

»Weißt du, andere Kinder bekamen Puppenstuben oder Pferdeställe mit Pferden, mein Vater baute dieses *Arsenal* für uns. Für uns beide, meinen Bruder und mich, weil wir uns für Schiffe interessierten. Damit konnten wir stundenlang spielen, wir vergaßen Zeit und Raum.«

»Und Essen und Trinken und Schlafen«, ergänzte die ehemalige Kinderfrau mit erhobenem Zeigefinger, »ich brauchte jedes Mal Stunden, bis ich euch endlich im Bett hatte.«

Sebastiano nahm behutsam eines der kunstvoll geschnitzten Schiffe in die Hand, ließ es lachend seinen Arm hinauffahren und wieder zurück. »Hier könnte ich auch stundenlang spielen«, sagte er dann sehnsüchtig.

»Das werden wir auch«, antwortete Chiara, »aber natürlich nicht hier. Wir brauchen selbstverständlich eine Lagune. Und Wasser. Und einen Waschzuber. Antonio und Luigi können uns die Sachen bringen, geht das?«, fragte sie dann ihre Kinderfrau.

»Alles geht, wenn meine Enkel mithelfen«, sagte die Frau fröhlich, und heute Abend sei das *Arsenal* ganz gewiss bereits im Palazzo.

»Weshalb stand es hier?«, wollte Sebastiano wissen, als sie auf dem Heimweg waren.

»Weil mein Bruder schon lange nicht mehr in dieser Stadt lebt und mein Vater und ich ständig umzogen und nie genug Platz war. Also ließen wir alles, was wir nicht unbedingt brauchten, in diesem alten baufälligen Haus unserer Kinderfrau. Und wann immer ich Sehnsucht hatte nach irgendetwas aus meiner Kindheit, ging ich zu ihr und kramte auf ihrem Dachboden die alten Sachen heraus.«

»Und was habt ihr gespielt?«

»Alles«, sagte Chiara lachend, »und manchmal gab es wilden Streit, weil ich immer die Verliererin spielen sollte, und mein Bruder wollte nur immer zu den Siegreichen gehören.«

Sebastiano klatschte in die Hände. »Dann werde ich mit Mari ganz gewiss die Seeschlacht von Lepanto spielen, aber sie muss natürlich zu den besiegten Türken gehören.«

»Ich hoffe aber, dass ihr die Sache doch nicht ganz so blutrünstig darstellt und der auf der Pike aufgespießte Kopf von Ali Pascha keine Rolle in eurem Spiel erhält«, meinte Chiara mit erhobenem Zeigefinger.

4. Besuche in der Nacht

Sie hörte das Geräusch in einer mondhellen Nacht, kurz nachdem sie sich in der Küche einen Becher mit Milch warm gemacht hatte, weil sie nicht schlafen konnte.

Außerdem hatte sie das Gefühl, den Geruch einer Kerze wahrzunehmen.

Was sie ganz deutlich hörte, war eine sanfte Stimme, die etwas flüsterte, fast ein Singsang. Eine Männerstimme.

Sie stand wieder auf, schlüpfte in ihren Morgenmantel, überlegte für einen kurzen Augenblick, ob es klug war, bei Nacht in einem fremden Haus herumzutasten, in dem sich außer ihr ganz offensichtlich noch ein zweiter Mensch befand.

Sie öffnete ihre Tür, der Geruch von einer brennenden Kerze wurde stärker, was ihre Entscheidung leichter werden ließ: schließlich hatte sie die Verantwortung für dieses Haus. Sie nahm eine Lampe, schlich sich die Treppe hinauf, verharrte für einen Augenblick, als die Stimme abbrach, dann ging sie auf Zehenspitzen weiter.

Der Kerzengeruch wurde intensiver, und inzwischen war eindeutig klar, dass er nicht von einer einzigen Kerze stammen konnte, es mussten mehrere sein.

Als sie nur noch wenige Schritte von der geheimen Kammer entfernt war, stellte sie fest, dass die Tür weit geöffnet und der gesamte Raum von unzähligen Kerzen hell beleuchtet war. Und dass außerdem noch eine Lampe brannte.

Sie blieb im Türrahmen stehen und starrte auf den Mann, der am Stehpult stand und die beiden Würfelhälften in der Hand hielt. Er blickte hoch, betrachtete sie, Chiara, mit gerunzelten Augenbrauen, jedoch keinesfalls erschreckt. Dann lächelte er. »Wer immer Ihr seid, ein Gespenst seid Ihr gewiss nicht. Auch nicht eine Diebin. Diebe sind meist bekleidet, wenn sie zum Stehlen aufbrechen.«

Er hielt ihr die Würfelhälften entgegen, wog sie in der Hand. »Wisst Ihr, was es damit auf sich hat?«

»Nein, das weiß ich bis jetzt nicht«, sagte sie brüsk. »Dagegen würde mich interessieren, wie Ihr bei Nacht in dieses Haus kommt.«

Er schaute sie irritiert an. »Nun womit wohl? Mit einem Schlüssel natürlich. Wie alle Leute.«

»Mit einem Schlüssel«, fragte sie ratlos. »Einem Schlüssel, den Ihr besitzt?«

»Selbstverständlich«, erwiderte er verblüfft, griff in seinen

Rock, holte einen Schlüssel hervor und hielt ihn ihr entgegen. »Mit diesem hier.«

Sie starrte den Schlüssel an, schüttelte dann den Kopf. »Den habe ich noch nie gesehen.«

»Es ist der vom Wassertor«, erklärte er mit aller Selbstverständlichkeit. »Deswegen kennt Ihr ihn vermutlich nicht.«

Sie verfiel in ein Gelächter, das sie in den nächsten Sekunden nicht abstellen konnte.

»Beruhigt Euch«, sagte der Mann beschwichtigend und klopfte ihr auf den Rücken. »Ich bin ganz gewiss kein Einbrecher. Und diesen Raum sehe ich heute Nacht zum ersten Mal in meinem Leben.«

»Aber über diese Würfelhälften wisst Ihr selbstverständlich Bescheid?«, spottete sie.

»Eben nicht, ich kann es nur vermuten.« Er zögerte, hielt ihr dann eine der Hälften entgegen. Sie nahm sie widerstrebend und hatte dabei das Gefühl, als sei der Würfel mit dieser Handlung entzaubert. Er hatte ihr zwar nicht gehört, aber sie hatte bisher nicht gewagt, auch nur irgendetwas anzufassen in dem Raum. Und diesem Eindringling gehörte der Würfel schon gleich gar nicht.

»Ich nehme an, dass es mit Plato zu tun hat«, sagte er nach einer Weile zögernd. »Kennt Ihr das Gastmahl?«

Sie nickte. »Ich denke schon, aber das liegt eine Weile zurück.«

»Entschuldigt, ich weiß natürlich nicht das Geringste über Euch«, sagte er dann verlegen. »Nicht einmal, ob Ihr überhaupt lesen und schreiben könnt«, schob er dann lächelnd nach. »Aber ich vermute es eigentlich.«

»Tu ne quae scieris, scire nefas, quem mihi, quem tibi, finem …«, murmelte sie vor sich hin, ohne ihn dabei anzusehen.

Er lachte. »Entschuldigt. Das *carpe diem* habe ich schon als Junge gelernt. Aber was macht Ihr in diesem Haus? Bei Nacht, allein, und überhaupt?«

»Und Ihr, was macht Ihr in diesem Haus? Bei Nacht, allein, und überhaupt?«

»Ich arbeite über die Pest«, sagte er ruhig und zog einen Zettel aus dem Rock, »ich habe eine Adressenliste von Häusern, die mich interessieren.«

»Und in diese Häuser, die Euch interessieren, pflegt Ihr bei Nacht einfach einzusteigen? Von wem um alles in der Welt habt Ihr den Schlüssel? So langsam bin ich der Meinung, dass halb Venezia einen Schlüssel zu diesem Haus hat.«

»Ich habe ihn eigentlich noch gar nicht«, sagte er verschmitzt, »ich bekomme ihn erst für nächsten Monat. Ich meine, den normalen Hausschlüssel. Dies hier ist nur der Schlüssel zum Wassertor, den ich bekommen habe, um auszuprobieren, ob er überhaupt noch funktioniert. Und da ich gerade hier in der Nähe war, hatte ich das Gefühl, dass es interessant sein müsse, schon jetzt einmal einen Blick in dieses Haus zu werfen. Und überdies wirken fremde Häuser nachts immer völlig anders als bei Tag, da werdet Ihr mir sicher zustimmen, oder?«

»Und wer hat Euch diesen ›Wassertorschlüssel‹ gegeben, den ich noch nie gesehen habe?«

Er schaute wieder auf seinen Zettel. »Ein Signor Bosso, oder Basso. Von ihm habe ich den Palazzo gemietet. Für nächsten Monat allerdings erst. Gehört er Euch etwa für diesen Monat?«

Sie seufzte. »Genauso ist es. Zumindest habe ich mir das bisher eingebildet. Aber so sicher bin ich da inzwischen keinesfalls mehr.«

»Und diese Kammer hat Euch Signor Basso gezeigt?«

»Nein, das hat er nicht. Die habe ich entdeckt. Hinter einem schweren Schrank, der abgeschlagen wurde, um in seine Villa an der Brenta transportiert zu werden. Ich glaube kaum, dass er von dieser Kammer überhaupt weiß.«

»Nun, dann hat ja alles seine Richtigkeit«, sagte der Mann zufrieden. »Ich bin übrigens Fulco Morandi. Und falls Ihr mir Euren Namen auch noch verratet, dann werden wir sicher unsere Erfahrungen über dieses Haus austauschen können. Natürlich nur, wenn Ihr wollt«, schickte er rasch nach, nachdem er sah, wie sich ihr Gesicht verschloss. »Ich hoffe ja nicht, dass Ihr ausgerechnet auch über die Pest arbeitet. Falls Ihr überhaupt über etwas arbeitet und Euch nicht nur erholen wollt.« Ein Blick ging zu ihrem Haar, dann lächelte er. »Oder Euch nur die Haare auf dem *Altan* bleichen wollt.«

»Ich arbeite über Palazzi«, sagte sie steif. »Über die architektonischen Unterschiede in den verschiedenen Jahrhunderten.«

»Wie interessant«, sagte er gedehnt, »wie interessant«, wiederholte er. »Aber Ihr braucht ganz gewiss keine Angst vor mir und meiner Arbeit zu haben, die Pest hat ja an keiner Stelle etwas mit Eurer Thematik zu tun.«

»Wie kamt Ihr denn auf dieses Thema?«, fragte sie und zog ihren Morgenmantel enger zusammen, da sein Blick inzwischen zwischen ihrem Gesicht und ihrem Oberkörper hin- und herwanderte.

»Nun, ich habe in Padua zunächst Medizin studiert, aber nebenher interessierte ich mich schon immer für die Geschichte der Medizin.«

Er blickte an ihr vorbei, spielte dabei mit einer der Würfelhälften, die sie ihm zurückgegeben hatte. »In meiner Familie starben bei der großen Pest von 1630 drei Menschen an dieser

Krankheit, einer überlebte. Bei der Choleraepidemie starben fünf und bei der Thyphusepidemie, die dieser Grieche eingeschleppt hat, zwei.«

Chiara zog ihren Schal über den Schultern zusammen. »Von meiner Familie starben drei bei den diversen Überschwemmungen. Die Pest ging damals, soviel ich weiß, Gott sei Dank an uns vorüber. Aber das sind auch nur Mutmaßungen, Genaues habe ich nie herausgefunden.«

Der Mann blickte sie prüfend an. »Was wolltet Ihr eigentlich in dieser Kammer, mitten in der Nacht?«

Sie zögerte einen Augenblick. »Nun, zunächst hörte ich ein Geräusch, dann roch ich die Kerzen.« Sie starrte an ihm vorbei und blies dann eine der Kerzen aus. »Und im Übrigen gehe ich jede Nacht hierher.«

»In diese Kammer?«, fragte er irritiert.

»Ja.«

»Und was macht Ihr hier?«

Sie zögerte ein zweites Mal. »Genau genommen nichts.«

»Das heißt, Ihr sitzt hier in diesem Raum und überlegt Euch dabei – zum Beispiel die Stilunterschiede von byzantinischen Palästen und gotischen? Oder was Palladio mit Sansovino gemeinsam hat?«

Sie wandte sich zum Gehen. »Es wäre mir lieb, wenn Ihr beim nächsten Mal Euren Besuch zuvor anmeldet. Und er muss auch nicht unbedingt mitten in der Nacht sein, was Ihr ganz gewiss verstehen könnt.«

»Nein, wartet«, rief er ihr nach und legte die Würfelhälften auf den Tisch, »ich wollte Euch nicht beleidigen. Sicher könntet Ihr mit Eurer Arbeit genauso den Doktortitel erwerben wie Elena Corner Piscopia einst in Philosophie.«

Sie blieb stehen und verzog das Gesicht. »Mit Philosophie hat meine Arbeit nichts zu tun. Und im Übrigen sitze ich keinesfalls in diesem Raum hier und grüble über die Stilunterschiede von gotischen oder byzantinischen Palästen nach. Bei mir geht es –«

»Hättet Ihr Lust mich am Sonntag zu den Inseln zu begleiten? Zu den Friedhöfen?«, unterbrach er sie.

»Zu den Inseln? Welchen Inseln? Und welchen Friedhöfen?«, fragte sie misstrauisch. »Etwa zu den Massengräbern der Pest? Und was sollte ich dort?«

Er lächelte sie an. »Mit mir zusammen sein«, sagte er dann mit aller Selbstverständlichkeit. »Sonst gar nichts.«

Sie starrte ihn verblüfft an. »Seid Ihr immer so rasch mit Euren Einladungen?«

»Nicht immer«, gab er heiter zurück, »nur sehr selten.«

Sie gähnte hinter vorgehaltener Hand. »Ich denke, wir sollten unseren mitternächtlichen *discorso* jetzt beenden«, sagte sie und winkte ihm verabschiedend zu. »Und im Übrigen gibt es ganz gewiss freundlichere Orte für ein Treffen als einen Friedhof.«

»Wenn Ihr mitkommen wollt, erwarte ich Euch um die Mittagszeit an der Piazzetta«, sagte er ungerührt.

Sie blieb stehen. »Heißt das, Ihr wollt mit Eurem eigenen Boot an den Lido hinausrudern und von dort etwa auf die ehemalige Pestinsel?«, fragte sie misstrauisch.

Er lachte. »Nein, nicht gerade mit meinem Boot. Aber ich kann mir eines von einem Freund leihen. Ach übrigens«, sagte er und löschte dabei die Kerzen, »ich hörte, dass es in diesem Palazzo auch einen *giardino pensile* geben soll, einen Garten, für den die hängenden Gärten der Semiramis einst Vorbild waren.«

Sie lachte kurz auf. »Ich hoffe, Ihr wollt ihn nicht unbedingt bei Nacht sehen«, spottete sie, »ein *Hypnerotomachia Poliphili* ist er ganz gewiss nicht, ob er das je war, möchte ich bezweifeln. Aber Ihr dürft gern mit Myrten- und Lorbeerbäumen unter dem Arm ankommen. Ich hätte dann sicher irgendwelche Aufgaben in diesem *giardino pensile* für Euch. Und ein paar besondere Rosen zum Bewundern gibt es auch.«

In der nächsten Nacht hatte sie Mühe, zu ihrem bisherigen Tun zurückzukehren. Es war, als sei der Faden zu ihrem Geheimnis abgeschnitten durch diesen Fulco Morandi, der die beiden Würfelhälften achtlos auf den Tisch gelegt hatte, wo sie zuvor nicht gelegen hatten. Es war ihr klar, dass dies eine nebensächliche Geste gewesen war, aber es störte sie trotzdem – es schien ihr, als sei derjenige, der einst hier gewohnt hatte, zwar nicht vertrieben, aber immerhin in gewissem Sinn missachtet worden. Sie fragte sich, ob sie mit jemanden, der mit Symbolen so achtlos umging, zum Lido fahren sollte. Sie überlegte drei Tage, wie sie mit dieser Einladung umgehen sollte, dann entschied sie sich, wenn auch halbherzig, sie anzunehmen. Mehr oder weniger, weil ihre Freundin Mira bei einem ihrer seltenen Besuche ihr dazu geraten hatte.

»Wann und wo willst du eigentlich Männer kennenlernen, wenn du selbst solche harmlosen Einladungen zehnmal hin und her werkelst und dir überlegst, ob du sie annehmen darfst? Und was um alles in der Welt stört dich an diesem Fulco denn so, dass du nicht einmal bereit bist, ein paar Stunden in seiner Gesellschaft zu verbringen? Ist er etwa pockennarbig, hat eine Glatze und verrottete Zähne?«

»Nichts von dem, aber trotzdem stört mich alles an ihm«,

sagte Chiara heftig. »Er kommt mitten in der Nacht in meinen Palazzo, schleicht sich in eine Kammer, die ich entdeckt habe und niemand sonst –«

»– eine Kammer, in der du seitdem die seltsamsten Orgien feierst, die sich je eine Frau ausgedacht hat und –«

»– es sind keine Orgien«, wehrte Chiara ab, »es ist – es ist ein Zauber, dem ich mich nicht entziehen kann. Und ich fühle mich dieser Person, ganz gleich, wer sie war, auf eine ganz bestimmte Art und Weise nahe.«

»Natürlich fühlst du dich ihr nahe«, spottete Mira, »ich wusste nur nicht, dass du neuerdings Zigarren rauchst und –«

»Ich rauche keine Zigarren«, erwiderte Chiara brüsk, »und ich trinke auch keinen schweren Wein. Zumindest sieht das, was sich eingetrocknet in diesem Glas befindet, so aus.«

»Weshalb ist dieser Fulco eigentlich in das Haus gekommen?«, wollte Mira wissen. »Was hat es denn mit der Pest zu tun, über die er arbeitet?«

»Das weiß ich nicht genau«, erwiderte Chiara lahm. »Er hatte einen Zettel, auf dem er offenbar ganz bestimmte Häuser notiert hatte, die er sich im Archiv herausgeschrieben hat. Irgendwelches Material von den Gesundheitsbehörden von 1630. Wie sie damals gearbeitet haben, die Zahlen der Toten, falls sie denn überhaupt stimmen. Vermutlich will er daraus etwas ableiten. Was, weiß ich nicht.«

Sie machte eine Pause, schaute die Freundin prüfend an. »Weshalb kommst du überhaupt?«

»Na, wenn das nicht ein überwältigender Empfang ist!«, sagte Mira lachend und drehte sich im Kreis, »natürlich um dir meine neueste Kreation vorzuführen.«

»Du bist noch nie gekommen, um mir Kleider vorzuführen«,

widersprach Chiara, »du kommst eigentlich immer nur, um mir die neuesten Schandtaten zu erzählen, die die Franzosen oder die Venezianer gerade verbrochen haben. Meist nichts weiter als Klatsch unter Frauen, die sonst nichts zu verwalten haben.«

»Du solltest nicht vergessen«, wehrte sich Mira, »dass ich auch bei meinen eigenen Landsleuten, den Österreichern, nicht haltgemacht habe mit Kritik. Von wem sonst hättest du denn zum Beispiel das Material bekommen über Foscarini, wenn nicht von mir?«

Chiara nahm die Weinkaraffe aus dem Regal und goss der Freundin einen Becher ein. »Gut, gut, du sollst recht haben, wie das bei alten Freunden so üblich ist«, sagte sie besänftigt.

Sie hatte Mira vor Jahren kennengelernt, lange bevor die Österreicher in Venedig eingezogen waren, die Stadt besetzten und als Erstes die kostbaren Handschriften von Foscarini konfiszierten und sie nach Wien bringen wollten. Mira hatte davon erfahren und Chiara darin eingeweiht, sodass diese das Material, das sie zu jener Zeit gerade für ihre Arbeit brauchte, kurzfristig benutzen konnte.

»Ich hoffe, ihr habt diese Kostbarkeiten wenigstens gut aufbewahrt?«

»Wien hat einen großen Magen«, sagte Mira lachend, »in unseren Bibliotheken hat alles Platz, was unserer Meinung nach an anderen Orten nicht so dringend gefragt ist. Und außerdem bin ich mitnichten immer nur der Überbringer von Hiobsbotschaften, auch wenn ich mir nicht verkneifen kann, euren neuen Namen genüsslich auf der Zunge zergehen zu lassen: *Dipartimento dell'Adriatico*. Wie romantisch.«

Chiara seufzte. »Das kann man nur noch mit Humor ertragen. Niemand weiß, ob es überhaupt so kommen wird.«

»Auf jeden Fall könnt ihr euch eure *Serenissima* jetzt endgültig ans Barett stecken«, spottete Mira. »Ich habe mich ohnehin schon seit ewigen Zeiten gefragt, was diese Stadt überhaupt zu dieser Bezeichnung ›die Heiterste‹ berechtigt: Mal können eure Boote dank des Hochwassers auf der Piazza vor San Marco fahren, dann friert die Lagune zu oder der Canal Grande wird von einem Seesturm aufgewühlt, dann gibt es pausenlos Unwetter, Seestürme, Erdstöße so wie 1622, wenn ich das recht in Erinnerung habe, Streit mit der Hohen Pforte, Beendigung des Streits mit der Hohen Pforte, Krieg über Jahre hinweg, mit irgendwem, noch mehr Krieg mit irgendwem, wobei man sich schon gar nicht mehr merken kann, mit wem überhaupt, dann bricht im Großen Rat Panik aus, nur weil die Unseren ihre eigenen Schiffe nicht mehr erkennen, sie mit der spanischen Flotte verwechseln und zusammenschießen. Ja ich weiß, das liegt zurück«, bestätigte Mira, als sie sah, wie Chiara die Stirn runzelte. »Aber was ist das für ein sonderbares Land, das alle so unsäglich bewundern und das doch keinesfalls ein friedliches Land ist? Ich kenne keinen anderen Staat, in dem so viele Blendungen stattfinden, in dem Vergiftungen für Verurteilte an der Tagesordnung sind und der Canale Orfano der gefürchtetste Ort in dieser Stadt ist? Und ist diese *Serenissima* wirklich die schönste Stadt der Welt? Wie lange wird sie das noch sein, nachdem Napoleon verkündet hat, dass er der Attila dieser Republik sein will? Mein Mann mokiert sich inzwischen auch über die Idee, dass für diese geldgierige Stadt nun auch noch eine lächerliche Perückensteuer im Gespräch ist.«

Chiara schlug die Hände über dem Kopf zusammen. »Ich frage mich manchmal, was dein Mann eigentlich arbeitet? Ständig bringst du diese seltsamen Ideen zu mir, so, als gäbe es keine Zeitungen und ich müsste alle Neuigkeiten oder Widrigkeiten ausgerechnet von euch erfahren. Von einer Österreicherin und einem Venezianer, von dem niemand weiß, auf wessen Seite er eigentlich steht. Vermutlich ist er Napoleon näher als seinen eigenen Leuten.«

Mira drohte mit dem Finger. »Kritisiere meinen Mann nicht«, sagte sie dann lachend, »immerhin ist er bereits jetzt der direkte Draht der Verwaltung zu diesem *dipartimento dell'adriatico*, auch wenn es noch nicht endgültig ist. Ich werde ihn nochmals loben müssen, dass er seine Stimme so laut gemacht hat für diesen schönen Namen. Und ihn fragen, an was sie im Augenblick arbeiten. Etwas Geheimes ist es vermutlich in jedem Fall, da er mir bis jetzt kaum etwas darüber erzählt hat.«

»Etwas, das du dann aber bedenkenlos weitergeben wirst, wenn es so weit ist«, sagte Chiara trocken, »egal, wem.«

»Ganz gewiss nicht egal wem«, wehrte sich Mira, »es ist nur so, dass ich vermutlich nie irgendein Gefühl der Verpflichtung gegenüber diesem Land haben werde. Ich bin –«

»– ich weiß«, unterbrach Chiara, »du bist in Korfu geboren, hast deine Kindheit auf der Insel Rhodos verbracht, dann hast du Jahre unter den Türken gelebt, und als deine Eltern ein weiteres Mal die Wanderlust überkam, zogen sie mit euch Kindern nach Wien.«

»Genau, so war es«, bestätigte Mira, erhob sich und drehte sich nochmals im Kreis. »Und nun hoffe ich, dass du mir wirklich glaubst, dass ich lediglich gekommen bin, um dir mein neues Kleid vorzuführen. Und im Übrigen bin ich durchaus der Meinung, dass du mit diesem jungen Mann am Sonntag zu den Inseln fahren solltest. Wenn es sein muss auch nur, um irgendwelche Massengräber und Friedhöfe anzugucken. Schließlich wird er ganz gewiss nicht versäumen, dabei deine Finger zu drücken oder dir seinen Arm um die Schultern zu legen, um dich zu beschützen. Vor *il morbo*. Oder anderen Krankheiten.«

Chiara blieb mit offenem Mund stehen. »Das kann ich einfach nicht glauben«, flüsterte sie dann. »Du kennst diesen Mann doch gar nicht, wie willst du wissen, wie er sich verhalten wird?«

»Natürlich kenne ich ihn nicht, aber so viele Möglichkeiten, einer Frau zu imponieren und ihr das Gefühl zu geben, sie sei behütet, gibt es ja wohl nicht«, sagte Mira und hob die Hand zum Abschied. »Um zu den Inseln zu kommen, braucht man ein Boot«, fügte sie dann hinzu.

»Er hat eines«, erklärte Chiara.

»Aber er hat sicher keinesfalls Lust, mit einem Ruderboot zwei Stunden auf dem Meer zu fahren und anschließend wieder zurück. Also hat er sich vermutlich um ein anderes Boot bemüht, das –«

»– das zufällig das gleiche Boot ist, mit dem ihr am Sonntag fahren wolltet? Das glaube ich nicht.«

»Wir rudern an diesem Sonntag an die Brenta, mit unserem eigenen Boot«, erklärte Mira. »Aber meine Putzfrau ist mit dem Besitzer eines großen Bootes verwandt oder bekannt – du weißt ja, wie das hier in der Stadt ist –, und so hat sie mir erzählt, dass das Boot noch nicht richtig vermietet sei, weil der Mann, der es mieten will, noch nicht sicher ist, ob seine Begleiterin auch kommt. Das ist alles.«

»Ich weiß ganz einfach nicht, was ich auf diesem Ausflug soll«, sagte Chiara ratlos. »Ich weiß nicht mal, was dieser Mann sich eigentlich angucken will. Was bringt es mir zu wissen, wo man in den Zeiten der Pest die Toten begraben hat, von denen heute kein Mensch mehr etwas weiß? Was soll ich mir angucken? Wirklich nur Massengräber? Mit meinem Palazzo hat das ganz gewiss nichts zu tun.«

»Es ist ein sonntäglicher Ausflug«, betonte Mira geduldig, »so wie wir ihn an die Brenta machen. Wie willst du denn mit Männern zusammenkommen, wenn du sie dir nicht einmal angucken willst?«, sagte sie, als sie bereits halb zur Tür hinausgegangen war. »Auf die Art und Weise bekommst du doch ganz gewiss keine Erfahrungen.«

Wenn Chiara gewusst hätte, wie dieser sonntägliche Ausflug enden sollte, so hätte sie sich ganz gewiss nicht dazu überreden lassen.

5. Bartolomeo

»Ist Euch eigentlich je der Name Bartolomeo begegnet?«, fragte Fulco plötzlich, als sie an diesem Sonntag auf dem Heimweg den Canal Orfano in weitem Bogen umschifften.

»Bartolomeo?« Sie dachte nach, schüttelte dann den Kopf. »Sollte er das?«

»Ich weiß nicht. Aber ihm hat unser Palazzo einige Zeit einmal gehört. Er war Mönch.«

»Ein Mönch, dem ein Palazzo gehört?« Sie hatte die Hände ins Wasser hängen lassen und wischte sie jetzt ab. »Davon habe ich nie etwas gehört. Was wisst Ihr denn über ihn?«

»Nicht gerade viel. Nur eben, dass er ihm gehört haben soll. Wie lange weiß ich nicht.«

»Ihr wisst ja, dass ich mich nicht besonders mit der privaten

Geschichte des Palazzos beschäftigt habe. Mich interessieren die –«

Er unterbrach sie lachend. »Euch interessieren die Fenster und die Einflüsse Palladios.«

»Palladio hat nie einen Palazzo in Venedig gebaut«, widersprach sie.

»Das weiß ich auch«, gab er zu.

»Aber zurück zu diesem Mönch. Zu welchem Orden solle er denn gehört haben?«

»Auch das entzieht sich meiner Kenntnis. Ich weiß nur, dass er seinen Besitz später diesem Orden vermacht haben soll.«

»Seltsam«, sagte sie kopfschüttelnd.

»Vieles ergibt keinen Sinn in diesem Palazzo. Er gehörte zwar zu den sequestierten Häusern zur Zeit der Pest, er war ganz offensichtlich eine Zeit lang Lazarett, und später hat man die Überreste dieser Zeit in jener Kammer hinter der Waschküche einfach zurückgelassen. Und noch später hat dieses arme Haus dann so rasch den Besitzer gewechselt wie andere Leute ihr Hemd. Jedes Mal unter dem Preis verkauft. So, als klebe Unheil an ihm. Und niemand wolle damit zu tun haben.«

»Unser Signor Busso hat ihn aber doch geerbt. Von seiner Familie.«

»Basso«, verbesserte Fulco. »Hat er das gesagt?«

Sie zögerte. »Ich glaube schon, aber genau weiß ich das nicht mehr.« Sie strich ihre Haare zurück, die der Wind ihr ins Gesicht gepustet hatte. »Wie seid Ihr überhaupt an die Information gekommen? Von irgendjemand musstet Ihr sie ja haben?«

»Dieser Bartolomeo, dieser Mönch, soll sich den Palazzo gewissermaßen unter den Nagel gerissen haben. Vermutlich mit einem gefälschten Testament«, berichtete Fulco.

Sie runzelte die Stirn. »Mit einem gefälschten Testament? Soviel ich weiß, soll in dieser Stadt selbst in diesen schrecklichen Zeiten alles mit rechten Dingen zugegangen sein.«

»Auf dem Papier schon. Es gab Gesetze. Mehr Gesetze als Menschen, die sie ausführen konnten. Vor allen Dingen auf der Insel Lazzaretto Vecchio. Wo wir heute Morgen waren.«

»Also, ich sagte es Euch ja bereits, dass ich nichts von all dem wissen möchte. Was mit dem Haus über die Zeiten hinweg war, interessiert mich nicht. Ich will es pur. Die Backsteine, die Ziegel, die Kamine, die Fenster. Seine Geschichte interessiert mich nicht.«

»Weshalb eigentlich nicht?«

»Weil man, wenn man sich darauf einlässt, darin versinkt, in diesen Geschichten. Ich will nicht wissen, ob und wie viele Pestkranke in diesem Haus genächtigt haben, wie viele davon in meinem Bett, wie viele darin gestorben sind –«

»Vermutlich gar keine in Eurem Bett. Das gesamte Mobiliar wurde entweder zum Räuchern abgeschleppt und kam mit Gewissheit nie mehr zurück, verschwand irgendwo in finsteren Kanälen, oder es wurde gleich in den Herd gesteckt. Unten in der Waschküche liegen noch Reste eines wunderbar verzierten Bettes.«

»Ich will auch nicht wissen, wer sich mit wem in diesen Betten geliebt hat und wie oder wie oft.«

Er schaute sie prüfend an. »Eine ziemlich kühne Aussage, findet Ihr nicht?«

»Mag sein. Aber es ist nun mal so. Ich will meine Arbeit zu Ende bringen, nüchtern, sachlich, ohne Schnörkel.«

Er wiegte den Kopf. »Das erscheint mir alles« – er zögerte – »nun, es erscheint mir zumindest mal ungewöhnlich.«

»Wenn Ihr meint, es sei nicht glaubhaft, das ist Euch freigestellt«, sagte sie lächelnd. »Aber Ihr dürft ganz sicher sein, dass mich Euer Mönch nicht im Geringsten interessiert. Und ich will ganz gewiss nichts mit ihm zu tun haben.«

Aber genau dieser Mönch begegnete ihr nur wenige Tage später.

»Nun, noch immer keine Leiche gefunden? Die Hälfte Eurer Zeit ist bereits herum«, flüsterte jemand hinter ihr.

Chiara zuckte zusammen, drehte sich um. »Ich würde es sehr begrüßen, wenn Ihr Eure seltsamen Witze endlich lassen würdet, Signor Basso«, sagte sie verärgert. »In diesen heiligen Hallen im Besonderen.«

»Eine Bank? Eine heilige Halle?« Er lachte. »Wir sind nicht in der Kirche von San Marco. Und im Übrigen wollte ich nur rasch überprüfen, ob Ihr Eure Miete auch regelmäßig bezahlt.«

Sie warf ihm einen bösen Blick zu. »Und so viel zu Eurer Frage: Wenn hier jemand eine Leiche findet, dann gewiss mein Nachfolger«, sagte sie spitz. »Er arbeitet über die Pest. Nur falls Ihr das etwa nicht wissen solltet.«

»Ach, über die Pest«, wunderte sich Signor Basso, »na ja, das würde schon passen.«

»Wieso?«

»Nun, bis vor Kurzem lebte mein Urgroßvater noch, er konnte einem Geschichten von halb Venedig erzählen. Und das mit dem Mord habe ich nicht erfunden, ich weiß nur nicht mehr, wie die einzelnen Teile zusammenpassen. Ich hatte sie von jenem Urgroßvater, der aber bisweilen nicht mehr ganz gut im Kopf war. Er wiederum hatte diese Geschichte von seinem Großvater. Es muss in jedem Fall etwas mit einem Mönch zu tun gehabt haben.«

Sie lachte auf. »Aha, schon wieder einmal dieser ominöse Mönch, hieß er etwa Bartolomeo?«

Er schaute sie verblüfft an. »Also kennt Ihr die Geschichte doch?«

»Ich kenne sie nicht, aber wenn wir die Lebenszeit Eures Urgroßvaters mit der Lebenszeit des Großvaters koppeln, dann kämen wir genau in diese Zeit, die uns interessiert. In die Zeit der großen Pest. Damals gab es übrigens Palazzi wohlfeil. Weil die meisten von ihren Besitzern verlassen worden waren. Ich bin sicher, dass Euch mein Nachfolger darüber stundenlang berichten kann. Ich war am Sonntag mit ihm auf Lazzaretto Vecchio und musste mir dabei endlose Berichte über diese Zeit anhören. So endlos, dass ich in der Nacht einen Alptraum hatte und mir vorstellte, dass mich die *pizzigamorti* in ein Massengrab hinunterkippten und mich dann mit Kalk überstreuten. Was das allerdings mit einem Mönch zu tun haben sollte, weiß ich nicht. Ein Mönch, von dem man ganz offensichtlich den Namen weiß, aber mehr nicht.«

»Nun, ich bin ganz sicher, dass sich auch das noch eines Tages klären lässt und die Spuren deutlicher werden«, versicherte Matteo Basso.

»Mich interessiert es nicht«, wehrte Chiara ab, »das sagte ich ja schon einmal. Da gibt es Dinge, die mich gewiss mehr interessieren.«

»Und welche?«

»Nun, die Sache mit den beiden Würfelhälften zum Beispiel«, erwiderte Chiara und verabschiedete sich.

6. Das Pestkreuz

»Schau mal, dort drüben trocknet eine Frau ihr Haar auf dem *Altan*«, sagte Ursul, »genauso, wie es üblich ist: mit den Haaren über einer Hutkrempe.«

Sie waren mit einer Gondel zu jener Fahrt über den Canal Grande aufgebrochen, die bereits seit Langem geplant gewesen war, und befanden sich nun auf dem Heimweg.

Der Onkel schaute zu dem Palazzo empor, auf den seine Nichte zeigte.

»Könnte es etwa jener sein, auf dessen *Altan* diese Lea Coen abgebildet ist, wie sie sich die Haare trocknet?«, fragte Ursul.

Der Onkel lachte. »Ich weiß zwar nicht, wie viele Palazzi es in Venedig gibt, aber ich glaube nicht übermäßig stark an Zufälle. Wenn ich das recht in Erinnerung habe, dann konnte man ein kleines Eck dieser Terrasse auf dem Bild sehen.«

»Dann lass uns zurückfahren«, drängte Ursul, »mich würde das wirklich interessieren. Wir können ja auch ein kleines Stück laufen, wenn wir mit dem Boot nicht ganz hinkommen.«

Als sie kurze Zeit später durch das Gewirr der Gassen an die Stelle kamen, an der die Calle zu diesem Palazzo abgehen konnte, sahen sie vor dem Haus einen jungen Mann, der soeben dabei war, ein weißes Kreuz an die Tür zu hängen und es dann betrachtete.

Der Onkel hielt Ursul zurück und ging allein weiter. »Ich nehme an, dass dieses weiße Kreuz nicht bedeutet, dass hier weitere Typhusopfer zu beklagen sind? Mir ist auch nicht bekannt, dass die Häuser dann markiert werden, oder etwa doch?«

Der junge Mann schüttelte verlegen den Kopf. »Nein, nein,

ganz gewiss nicht, das Kreuz hat etwas völlig anderes zu bedeuten. Das heißt, es hatte einst etwas zu bedeuten.«

»Nun, soviel ich weiß, benutzte man es in Zeiten der Pest, um Häuser zu markieren, in denen Pestkranke lagen«, sagte der Onkel.

»Vielleicht war dies früher ein solches Haus«, sagte Ursul, die näher gekommen war, neugierig, »stimmt das?«

Der junge Mann nickte, betrachtete Ursul und lächelte dann. »Ihr braucht keine Angst zu haben, es ist nur eine Rekonstruktion, wenn man so sagen will.«

»Und weshalb solltet Ihr so etwas tun?«

»Ich bin Historiker und arbeite über die Pest. Und ich wollte ausprobieren, ob dieser Nagel hier möglicherweise einst dafür gedient haben könnte. Für dieses Kreuz. Das ich im Haus gefunden habe. Aber ich bin nicht sicher, ob man die Kreuze nicht einfach auf die Türen gemalt hat, was entschieden einfacher gewesen wäre. Auch wenn der Regen die Schrift dann hätte abwischen können.«

»Und, könnte es der Nagel gewesen sein?«, wollte Ursul wissen und strich behutsam über das Kreuz.

»Ich könnte natürlich nun sagen, berührt es ja nicht«, sagte der junge Mann schmunzelnd, »aber Ihr wisst natürlich längst, dass es damit nichts zu tun hatte, oder?«

»Nein, es waren die Ratten«, erwiderte Ursul und versuchte einen Blick an ihm vorbei in das Innere des Hauses, das Wassergeschoss, zu werfen.

»Wolltet Ihr etwa in dieses Haus oder seid Ihr nur per Zufall hier gelandet?«, wollte der Mann wissen.

»Ich wollte schon hierher«, antwortete Ursul zögernd, »aber es ist ein etwas seltsamer Wunsch, den ich hatte.«

Sie blickte den Onkel an, in der Hoffnung, er würde sie unterstützen, aber er nickte ihr nur aufmunternd zu. »Eine unserer Vorfahrinnen hat möglicherweise irgendwann einmal, möglicherweise ja auch in dieser Pestzeit, hier auf der Terrasse ihre Haare getrocknet. Ich würde gerne wissen, ob das stimmt.«

Der junge Mann starrte sie verblüfft an.

»Nun, ich habe meiner Nichte gleich gesagt, dass es eine mehr als abstruse Vorstellung ist«, versuchte der Onkel das Schweigen zu brechen, »aber sie ist ein hartnäckiges Menschenkind. Und was sie sich einmal vorgestellt hat, das führt sie auch aus. Und im Übrigen war es nicht einmal unsere Vorfahrin, sondern vermutlich eine Freundin dieser Vorfahrin. Aber Geheimnisse haben sie von jeher interessiert.«

Im gleichen Augenblick waren Schritte zu hören, und der junge Mann versuchte das weiße Kreuz hinter seinem Rücken zu verstecken. Chiara kam die Treppe herunter, ging zur Tür, sah die Besucher und überschlug im Geiste die Zeit, die sie nun wieder mit unnützen Reden verlieren würde. Aber dann erkundigte sie sich höflich, was das Begehr der Besucher sei.

»Nun, diese Signorina glaubt, dass eine ihrer Vorfahren sich einmal auf Eurer Terrasse die Haare getrocknet hätte. Ihr wisst ja, mit diesem Hut mit Löchern«, sagte der Onkel zögernd.

Chiara schaute kaum verblüffter auf die Besucher als Fulco zuvor. »Was soll hier geschehen sein?«, wollte sie dann wissen.

»Ich weiß, dass es mehr wie seltsam klingt«, sagte Ursul verlegen, »aber –«

»Mein Name ist Conradus Helmbrecht und dies ist meine Nichte Ursul Helmbrecht«, erklärte der Onkel rasch, um die Peinlichkeit zu überwinden. »Wir stammen aus Nürnberg, lebten ursprünglich im *fondaco* der Deutschen, der –«

»– der nun zum Postamt wurde«, ergänzte Fulco. »Es wird sich noch viel in dieser Stadt ändern, bis Napoleon all das erreicht hat, was er sich vorgenommen hat.«

»Solange er nicht sämtliche Kostbarkeiten zerstört oder einschmilzt oder abtransportiert, können wir ja von Glück sagen«, meinte Chiara.

»Was nur aus halbem Silber war, lohnte sich ja Gott sei Dank nicht zum Einschmelzen«, sagte der Onkel. »Aber nun wollen wir Euch nicht länger aufhalten oder gar stören.«

»Nein, bitte kommt zu einem Glas Wein auf diese Terrasse, von der Ihr gesprochen habt. Ich vermute, dass der *Altan* gemeint war.«

Nach nochmaligem Beteuern, dass gewiss niemand gestört werden sollte, stiegen sie alle schließlich miteinander die Treppe hinauf.

»Hier unten sind ebenfalls genug Spuren der Vergangenheit«, spottete Chiara, als sie später nach gründlicher gemeinsamer Diskussion, wo dieses Haartrocknen wohl stattgefunden haben könnte, wieder in das Wassergeschoss hinabstiegen. »In dieser Kammer hinter der Waschküche lagen sowohl das Pestkreuz, als auch die Reste von wunderschönen alten Betten, die nicht ganz verfeuert wurden, bedient Euch, wenn Euch etwas interessiert.«

»Irgendwelche Reste von Weihrauch fandet Ihr nicht, oder?«, fragte Ursul zaghaft.

»Ich fand etwas in einem Korb, das stark duftete, aber ich nahm an, dass es sich um ein Parfum handelte«, erwiderte Fulco eifrig, »aber da es nicht unbedingt zu meinem Arbeitsbereich gehörte, habe ich mich nicht weiter darum gekümmert.«

»Und wo habt Ihr es gefunden?«, wollte Ursul wissen und schaute voller Neugier um die Ecke in die Waschküche.

»Oh bitte, tut Euch keinen Zwang an«, spottete Chiara, als Fulco an ihr vorbeihastete und im hinteren Teil der Kammer verschwand, »weshalb sollte ich meine Stiluntersuchungen nicht auch von Weihrauch umnebelt machen können.«

Im gleichen Augenblick war der Türklopfer zu hören, Chiara ging zur Tür und öffnete.

Sie starrte den Besucher an und zuckte dann ergeben mit der Schulter. »Wenn Ihr jetzt kommt, um mich über Euren Mönch Bartolomeo auszufragen und den Mord, dann allerdings werde ich diesen Tag nicht überleben.«

»Ihr habt mir die Geheimtür verschwiegen«, sagte Signor Basso vorwurfsvoll, »ich denke doch, dass ich ein Recht darauf habe, alles zu erfahren, was in diesem Haus vor sich geht. Man kann mir nicht einfach Dinge vorenthalten, die mich interessieren.«

Er machte eine Pause, betrachtete kopfschüttelnd das weiße Kreuz. »Mein Haus, das inzwischen offenbar als Pesthaus markiert wurde, wie ich sehe. Wer hat sich denn diesen Ulk ausgedacht?«

»Ich nehme an, es war nicht als Ulk gedacht«, beschwichtigte der Onkel, »es sollte wohl eine Rekonstruktion sein.«

»Was soll das heißen«, verlangte Signor Basso zu wissen, »Ihr könnt ja kaum ein Pestkreuz an die Tür hängen, selbst wenn in diesen Tagen wieder jemand an Typhus erkrankt sein sollte. Was man bisher keinesfalls zu deklarieren hatte.«

»Niemand ist an Typhus erkrankt«, erwiderte Chiara verärgert und schaute irritiert hinter sich, wo soeben Fulco und Ursul freudig erregt aus der Kammer zurückkamen. Fulco trug einen Korb an der Hand, in dem sich ein Topf befand.

»Wir haben etwas gefunden«, sagte Ursul aufgeregt, »stellt Euch vor, Fulco wusste die Stelle noch, wo er es gesehen hatte. Und«– zu dem Onkel gewandt – »die Proben im *fondaco* waren natürlich Weihrauchproben. *Olibanum* und *mastix*.«

Also inzwischen bereits Fulco, dachte Chiara gottergeben, das ging rasch. In diesem Haus geht es inzwischen turbulenter zu als auf der Rialtobrücke.

»Haben eigentlich alle, die jetzt hier sind, einen Schlüssel für diesen Palazzo?«, wollte Signor Basso wissen und überschlug die Zahl der Leute, die um ihn herumstanden. »Eins, zwei, drei, vier, fünf. Wenn ich mich recht erinnere, habe ich einen Schlüssel ausgegeben für die Haustüre und einen für das Wassertor, den aber erst für den nächsten Monat. Und einen für die Putzfrau.«

»Nun, er –« Chiara deutete auf Fulco, »er stört mich nicht. Ich habe ihm erlaubt, schon mal das untere Geschoss zu erforschen. Seine Zeit ist ja auch knapp bemessen.«

»Und die übrigen Besucher? Darf ich erfahren, woher Ihr kommt und was Euer Begehr ist?«

»Ursul Helmbrecht kommt aus Nürnberg«, erwiderte Chiara, »genauso wie ihr Onkel. Und sie wollte wissen, ob vielleicht eine ihrer Vorfahrinnen hier auf der *Altan* gesessen und sich durch diese seltsamen Hüte hindurch die Haare trocknen ließ.«

Der Blick von Signor Basso ging prüfend von Ursul zu dem Onkel und wieder zurück. »Wenn Ihr nicht wie ein Mann mit ordentlicher Kleidung und gutem Benehmen wirken würdet, könnte ich annehmen, dass Napoleon doch inzwischen auch noch San Clemente hat räumen lassen.«

Alle lachten, der Onkel begann ein zweites Mal zu erklären, um was es ging bei ihrer Suche.

»Tut mir leid, ich kann Euch nicht weiterhelfen«, erwiderte Signor Basso, »über die Leute vom Ghetto weiß ich wenig. Aber vielleicht hat diese Lea Coen ja doch einmal in diesem Haus gewohnt, wenn auch nur eine Zeit lang.«

»Oder doch unsere Margarete«, sagte Ursul hartnäckig und hielt Signor Basso den soeben entdeckten Topf entgegen. »Wieso sonst sollte ein ganzer Topf mit den unterschiedlichsten Weihrauchsorten in dieser Kammer stehen, wenn niemand diese Sachen gebraucht hat? Niemand kauft sich Waren, ohne etwas damit zu veranstalten. Zumindest wird er wissen wollen, welche Waren es sind.«

»Ihr könntet es ja ausprobieren«, schlug Signor Basso freundlich vor.

»Etwa hier?«, fragte Ursul und schaute hoffnungsvoll in die Runde, »hier stört es ja wohl niemanden, oder?«

»Aber gewiss nicht«, sagte Chiara amüsiert. »Es gelingt mir ohne Weiteres, das Geheimnis einer halb vermoderten Tapetentür, eines in zwei Hälften gespaltenen Würfels, ein Pestkreuz, einen Topf mit unbekannten Weihrauchsorten, den nicht aufgeklärten Mord eines Mönches mit Namen Bartolomeo, die Frage nach der Tiefe des Canale Orfano in meinem Kopf unterzubringen und möglicherweise vielleicht sogar zu klären. Wer wird sich denn bei dieser Fülle von ungewöhnlichen und höchst spannenden Dingen auch nur noch am Rande bemühen, sich mit Palladios Einfluss auf Nordeuropa und besonders England beschäftigen wollen. Ich werde mein Buch wohl vergessen können.«

»Ich habe Euch nie einen Namen genannt«, beschwerte sich Signor Basso später, nachdem die Besucher das Haus verlassen hatten, »auch nichts von einem abtrünnigen Mönch erzählt, ob er nun Bartolomeo hieß oder wie auch immer, das müsst Ihr aus anderen Quellen haben. Und den Mord habe ich schließlich nicht erfunden, er hat stattgefunden. Und der Delinquent wurde im Canale Orfano ertränkt, das ist überliefert. Ich weiß nur nicht mehr genau, wie diese Bausteine zusammengehören. Und ob dieser Bartolomeo dazugehörte.«

»Mag sein, dass Ihr mir nie einen Namen genannt habt, ich weiß es nicht mehr«, gab Chiara bereitwillig zu, »ich möchte ja auch nur sichergehen, dass Ihr nicht ein zweites Mal behauptet, ich habe Euch Dinge vorenthalten, die Euch wichtig sind.«

Sie machte eine weit ausholende Handbewegung in Richtung Waschküche und verneigte sich. »Und hier gibt es also eine ganze Kammer voller Vergangenheit, für die Ihr Euch ja wohl plötzlich auch zu interessieren scheint.«

»Ich habe mich immer für Vergangenheit interessiert«, wehrte er sich, »woher wollt Ihr wissen, dass es anders ist?«

Sie betrachtete ihn, stellte plötzlich fest, dass sie dies zum ersten Mal gründlich tat. Sein Alter konnte sie nur schätzen, seinen Beruf kannte sie nicht, wo er wohnte, hatte er verschwiegen. Also ging ihr Blick wieder zu seinen Schuhen, die allerdings diesmal keine silbernen Schnallen mit Perlenbesatz aufwiesen.

»Nein, diesmal keine silbernen Schnallen mit Perlen«, spottete er, als er ihren Blick bemerkte. »Die Schuhe hatte ich mir ohnehin an jenem Tag nur geliehen, weil ich mit den meinen am Kai in den Modder gerutscht war. Und falls Euch die Höhe meines Bankkontos interessiert, so könnt Ihr auch das noch gerne erfahren. Von Augenfarbe, Alter, meinem Schneider scheint Ihr Euch ja in den letzten Minuten ein Bild gemacht zu haben.«

Sie spürte, wie sie rot wurde. »Ich habe nur festgestellt, dass ich nichts, aber auch gar nichts von Euch weiß.«

»Nun, Ihr wisst, dass dieser Palazzo mir gehört und dass ich ihn loswerden will. Wie, kann Euch gleichgültig sein. Und ich hoffe, dass Ihr mir glaubt, dass er wirklich mir gehört. Dass ich also auch zu jeder Zeit eine Schlafmöglichkeit habe, falls ich das wirklich möchte, was jedoch nicht der Fall ist zurzeit.«

»Ich denke, Ihr habt doch diese Villa an der Brenta«, sagte sie zögernd.

»Das wisst Ihr von den Arbeitern, von mir nicht«, wehrte er ab.

»Es interessiert mich auch nicht«, gab sie zurück.

»Es interessiert Euch sehr wohl«, erwiderte er, »Ihr getraut es Euch nur nicht, es Euch selbst zuzugestehen. Mir gegenüber schon gleich gar nicht. Aber falls Ihr Euch wirklich für meine Person interessiert, dann könntet Ihr mich auf einen Ausflug an die Brenta begleiten, ich bin sicher, dass Ihr nur einen Teil der Palladio-Villen kennt. Und Ihr dürft auch ganz sicher sein, dass ich Euch weder mit Massengräbern oder untergegangenen Friedhöfen auf untergegangenen Inseln belasten werde.«

7. Die Villa an der Brenta

»Eure beiden *Paladine* wollten nicht auch mitkommen?«, fragte Signor Basso, als Chiara an dem verabredeten Tag in sein Boot stieg.

»Ihr hattet sie nicht eingeladen«, gab sie zurück und band sich ein Tuch um die Haare. »Und ich glaube kaum, dass sie hätten mitkommen wollen. Sie waren beschäftigt.«

»Und womit waren sie beschäftigt?«

Sie lachte. »Sie kochen wieder einmal Weihrauch auf der Terrasse. Heute *olibanum* und *dammar*. Gestern war es *Tonkabohne* und *mastix*, dessen penetranter Geruch bis ins oberste Geschoss des Hauses emporstieg. Ich hoffe, Ihr habt nichts dagegen?«

»Es ist Euer Palazzo«, gab er zurück, »Ihr entscheidet. Zumindest noch für diesen Monat.«

»In meinen Augen sind es Kinder«, sagte sie lächelnd, »ich komme mir uralt vor, wenn ich ihre Begeisterung sehe, wenn sie wieder etwas entdeckt haben, was bisher unbekannt war. Und Fulco vergisst völlig seine Pest, wenn er nur das Gefühl hat, dass er diesem Mädchen aus Nürnberg behilflich sein und es glücklich machen kann.«

»Nun allzu viel gibt es jetzt ja wohl nicht mehr zu entdecken, oder?«

»Das Geheimnis der dritten Frau«, sagte Chiara langsam. »Noch wissen wir nichts über sie. Gestern kam dieser junge Mann aus dem Ghetto vorbei, Leone, mit dem Ursul befreundet ist. Sie hatte ihn offenbar gebeten, noch einmal die Mappe dieser Lea Coen mitzubringen. Dann hockten sie also zu dritt über diesem Bild mit den drei Frauen, die vor einem Schiff stehen, und grübelten, wer wohl die dritte sein könnte, da sie ja nun zwei davon schon herausgefunden haben.«

Er schaute sie prüfend an. »Ihr sagt *wir*, also berührt es Euch doch?«

»Eigentlich nicht, aber dann doch wieder. Ich weiß nicht recht, was ich glauben soll.«

Sie machte eine Pause, ließ ihre Hand ins Wasser gleiten. »Und dann gibt es natürlich außerdem noch ein Geheimnis ganz besonderer Art.«

»Und das wäre?«

»Ihr.«

Er lachte schallend. »Was um alles in der Welt sollte an mir geheimnisvoll sein?«

»Alles.«

Er ließ die Ruder ruhen. »Ich dachte, Ihr hättet erst neulich, als wir uns auf der Bank trafen, alles über mich herausgefunden, was Euch interessiert? Bis hin auf die Höhe meines Kontos.«

»Das Konto interessierte mich nicht, das sagte ich ja bereits. Aber Euren Beruf wüsste ich schon gern. Ich nehme an, dass Ihr ihn nicht verschweigen müsst. Sicher seid Ihr weder ein Henker noch gehört ihr zu den *pizzigamorti*.«

»Wer weiß«, sagte er ausweichend, »lasst Euch überraschen.«

»Und wann wird diese Überraschung stattfinden?«

»Dann, wenn sie hinpasst«, gab er zurück und ergriff wieder die Ruder.

Sie kamen um die Mittagszeit an der Brenta an.

Signor Basso ruderte ans Ufer, half Chiara beim Aussteigen und übergab das Boot einem Lakai, der die Ankunft seines Herrn erwartet haben musste.

»Lasst Euch nicht ganz erdrücken von diesem gewaltigen Eindruck«, versuchte er dann die Sprachlosigkeit Chiaras zu überbrücken, als sie verblüfft vor dem Gebäude stand. »Es ist ein Haus wie andere Häuser auch.«

»Das ist es wohl kaum«, erwiderte Chiara mit einem sparsamen Lächeln.

Das Haus stand leicht erhöht auf einem Hügel und übertraf an Schönheit jedes andere Haus, das Chiara bisher gesehen hatte: Es wirkte auf sie wie ein Tempel. Auf einer breiten Freitreppe gelangte man zu einem Portikus, der Thympanon wurde durch weiße Säulen getragen. Links und rechts der Freitreppe behüteten zwei grimmig blickende Löwen das Haus, das sich in seiner ganzen Breite über einen Park erstreckte, in dem Figuren auf Podesten standen. Zwei Pfauen stolzierten in der Nähe des Eingangs, einer schlug ein Rad, als wolle er die Besucher beeindrucken.

»Es ist wunderschön, Euer Haus«, stellte Chiara fest.

»Ich habe es nicht gebaut«, wiegelte Signor Basso ab, »das Lob gebührt meinem Großvater.« Er lachte. »Und natürlich Palladio. Aber Ihr kennt selbstverständlich andere Paläste von ihm?«

Chiaras Gesicht verschloss sich. »Nicht eben viele. Und schon gar nicht hier an der Brenta«, fügte sie dann eher widerwillig hinzu, sodass Signor Basso sie prüfend betrachtete.

»Wir sind noch nicht ganz fertig«, entschuldigte er sich für die Eimer, die ihnen im Weg standen, da Handwerker in der Halle soeben dabei waren, einen Fußboden neu zu gestalten.

»Rosen«, sagte sie bewundernd, »Ihr habt Rosen machen lassen.«

»Weshalb nicht? Ich liebe sie nun mal. Auch der *giardino pensile* in dem Palazzo, in dem Ihr zurzeit wohnt, steht in seinem Zeichen. Das war das Erste, was ich dort tat, weil ich zu jenem Zeitpunkt nicht wusste, was ich mit ihm tun würde.«

Sie ging in die Hocke, um die Arbeit aus der Nähe zu betrachten. »Ich habe nie gewusst, wie es eigentlich geht«, stellte sie dann fest, »aber diese Farben sind ein Kunstwerk.«

»Ja, das sind sie«, bestätigte Signor Basso, »roter Marmor aus Verona, weißer aus Carrara, schwarzer aus Belgien, dazu Malachit, Porphyr und Serpentin.«

»Und meine Lieblingsfarbe«, ergänzte sie, »Lapislazuli.«

Er schob einen Sack mit Material aus dem Weg, ging dann die Treppe nach oben. »Es hat länger gedauert, als ich dachte«, erklärte er dann. »Aber ich freue mich natürlich sehr, wenn es endlich fertig ist.«

»Und dann? Zieht Ihr dann gleich ein?«

»Vielleicht«, sagte er vage. »Das hängt von vielem ab.«

»Ihr wollt Euch also nach wie vor bedeckt halten«, stellte sie fest.

»Vielleicht.«

»Ist *vielleicht* Euer Lieblingswort?«

Er lachte. »Vielleicht.«

»Ihr hängt also Euer Hemd nach dem Wind?«

»Nein, ich will nur nie wieder nach San Barnaba zurück. Das ist der Grund. Und wenn ich das recht interpretiere, dann kennt auch Ihr San Barnaba.«

»Woher wollt Ihr das wissen?«, fragte sie nach einer ganzen Weile.

»Ihr strahlt es aus, diese Arroganz des Armseins«, gab er zurück. »Ich hatte keine Lust, von ihr getroffen zu werden. Wenn ich gesagt hätte, dass ich einst in San Barnaba gewohnt hätte, wärt Ihr anders mit mir umgesprungen, oder vielleicht nicht? Ein armer Adeliger, der umsonst in San Barnaba wohnen darf, das war doch ganz nach Eurer Vorstellung. Oder sehe ich das falsch? Und ich vermute sogar, dass es eine Spur gibt zu irgendwelchen Vorgängern in diesem Palazzo, in dem Ihr zurzeit wohnt. Vielleicht sogar eine gewisse Art von Verwandtschaft.«

Sie schüttelte amüsiert den Kopf. »Ihr dürft ganz sicher sein, dass auch nicht die geringste Verwandtschaft zwischen mir und diesem Palazzo besteht.«

»Und doch habt Ihr etwas Gemeinsames, auch wenn es bis jetzt niemand weiß.«

»Was meint Ihr damit?«

»Nun jener Mönch, dieser Bartolomeo – er hieß wirklich so –, er war in Wirklichkeit ein armer Schlucker, der von den Krümeln der Reichen aß. Er hat denunziert, um an jene *premie* zu kommen, die ihm ein besseres Leben gewährleistete. Aber er tat es genau einmal zu viel: Derjenige, den er denunziert hatte, wurde verbannt. Er hatte die Stadt innerhalb von acht Tagen zu verlassen. Aber er kam heimlich zurück. Und rächte sich an diesem Bartolomeo: Er brachte ihn kaltblütig um. Dafür wurde der Täter im Canale Orfano ertränkt. So wird es zumindest erzählt.«

Chiara lachte. »Die Geschichten über den Canale Orfano sind zahllos, manchmal sollte man denken, dass man einen ganzen Friedhof von vergifteten Venezianern dort unten finden könnte.«

»Andere wollen wissen, dass dieser Bösewicht Bartolomeo Sklavenhändler gewesen sei und sich über die Meere davongemacht hatte, bevor ihn die Stadt für irgendetwas belangen konnte. Aber auch das ist ein Gerücht, es kann stimmen oder nicht«, meinte Signor Basso.

Chiara starrte ihn verblüfft an. »Das ist eine ganze Menge, warum habt Ihr das niemandem von uns mitgeteilt?«

»Wieso sollte ich das tun?«, fragte er mit gerunzelter Stirn, »es hatte mich niemand danach gefragt. Außerdem hatte ich das Gefühl, dass ich in diesem Kreis von doch sehr unterschiedlichen Menschen, die in meinem Palazzo ein und aus gehen, ohnehin nicht unbedingt erwünscht war. Ihr wusstet zu Beginn nicht einmal meinen Namen richtig. Einmal war ich Signor Bassi, dann Bussa, dann Bissi. Nie Basso.«

»Fulco wusste ihn«, sagte sie lahm.

»Fulco, aber Ihr nicht.«

»Ich entsinne mich nicht einmal, dass Ihr ihn überhaupt genannt habt.«

»Damals, in der Druckerei habt Ihr mit Euren Handschuhen herumgespielt und missbilligend auf meine silbernen Schnallenschuhe mit den Perlen gestarrt, als ich ihn nannte. Ihr gabt Euch Eurem Ärger hin, als ich auf die Sache mit der Beteiligung an Eurem Buch anspielte.«

»Die Schuhe waren ja wohl reichlich albern«, sagte sie verstimmt.

Er lachte. »Nachdem Ihr das hier gesehen habt?«

»Ja.«

»Ich fand Euch ebenso albern«, wehrte er sich. »Ihr hattet wohl in Eurem Kopf irgendwelche Schuhmacher in Mailand, bei denen ich manchmal arbeiten ließ. Aber Schuhe mit silbernen, mit Perlen bestückten Schnallen! Die mir zudem gar nicht gehörten. Ich hatte sie ausgeliehen, weil ich an diesem Tag mit dem einzigen Paar Schuhe, das ich mitgenommen hatte, in tiefen Modder an einem Kai getreten war.«

»Ich würde gerne wieder zu meiner Arbeit zurückkehren«, sagte sie abrupt.

»Ich hatte eigentlich an einen kleinen Imbiss gedacht«, gab er friedlich zurück und deutete auf die Diener, die soeben eine Tischdecke auf dem Rasen auslegten und Körbe mit Geschirr und Speisen anschleppten.

Sie zuckte mit den Schultern. »Wenn Ihr meint«, erwiderte sie, aber eher gelangweilt.

»Darf ich Euch zuvor noch in die Bibliothek bitten, ich möchte Euch gern etwas zeigen?«

Mehr widerwillig als folgsam folgte sie ihm den Gang entlang, der sich in einer weiten Halle öffnete. Das, was ihr Begleiter als Bibliothek bezeichnet hatte, war eine gigantische Halle mit Büchern bis zur Decke. Überall standen Leitern, um die Bücher auf der Galerie herunterholen zu können.

»Ich bin sofort wieder zurück«, entschuldigte er sich, als sie eingetreten waren, »Euch wird's ja gewiss nicht langweilig werden«, fügte er dann lächelnd hinzu, als er ihr völlig verblüfftes Gesicht beobachtete.

Chiara hatte das Gefühl, in einem Tempel zu sein, einem Büchertempel, der kein einziges Gebiet ausließ, für das sich Menschen interessieren konnten. Die Bücher standen geordnet nach Sachgruppen, die antiken Autoren der Römer und Griechen in den Originalsprachen ohne Übersetzungen, dann dicke Handschriften des Mittelalters in schweren ledernen Einbänden, eine ganze Wand mit weißen Lederbänden, dann Kunstbände über die verschiedenen Maler und Bildhauer. Und natürlich Palladio.

Sie fühlte Ärger in sich hochsteigen, dass sie gewagt hatte, ihm mitzuteilen, dass Palladio keine Paläste in Venedig gebaut hatte, sondern weitgehend in Vizenza und hier an der Brenta, was er natürlich sicher schon mit der Muttermilch erzählt bekommen hatte.

Die Wände waren voll mit Landkarten, auf denen Fähnchen steckten, die untereinander mit roten Kordeln verbunden waren, dann zwei Globusse, einer für die irdische Welt und einen Himmelsglobus.

Ein ganzes Regal, von den anderen abgetrennt und hinter Glastüren, trug merkwürdige Schildchen. Einzelne Buchgruppen waren mit Norembergia, Augsburg, Ravensburg beschildert und hatten seltsame Buchrücken. »Klain Püchel«, »Buch der Hantierung«, »Gefälle- und Hauszinsbuch«. Eines der Bücher, in dem fein säuberlich die Unkosten für Einkauf und Verkauf aufgeführt waren, die Gelder für Ballenbinder, Krane, Mauten, Zölle, Maklergebühren, die Kosten für das Umpacken beim Verladen vom Schiff auf die Wagen, lag aufgeschlagen auf einem Tisch. Hier waren die Preis- und Kostenkalkulationen für Gewürze, Tuche und Fische aufgezeichnet und am Ende eine Umrechnungstabelle der fremden Währungen.

Sie war so versunken in die Aufzeichnungen, dass sie überhörte, dass Signor Basso zurückgekehrt war und plötzlich neben ihr stand. Sie zuckte zusammen, obwohl sie nicht den Eindruck hatte, etwas Verbotenes getan zu haben.

Signor Basso klappte das aufgeschlagene Buch zu, stellte es in das Regal bei Norembergia, schloss die Glastüre und zog den Schlüssel ab. Dann bat er sie Platz zu nehmen. »Ihr könnt Euch die Frage sparen«, sagte er lächelnd, »es sind zumindest weitgehend sogenannte ›geheime Bücher‹.«

»Geheime Bücher? Die Ihr angelegt habt?«

»Nein, mein Großvater. Ich fürchte, er war ein ziemlich skrupelloser Mensch. Meine Großmutter soll gesagt haben, er sei eine Maschine und seine Seele habe er bereits mit zehn Jahren dem Teufel verschrieben. Zu jenem Zeitpunkt nämlich, als er erfuhr, dass sein Vater sein Erbe vertrunken und verschleudert hatte und nahezu nichts übrig geblieben war. Da habe er sich geschworen, dass er solch ein Erbe weder antreten noch eines Tages weitergeben wolle.«

»Was er ja dann doch ganz rasch widerrufen hatte«, sagte sie, »sonst gäbe es dies ja wohl alles nicht. Wobei man sich natürlich fragt, wie er das geschafft hat, wenn nahezu nichts mehr da war.«

»Mit Zucker«, erwiderte Signor Basso, »zumindest das meiste. Zucker war zu seiner Zeit eine große Kostbarkeit und äußerst gefragt. Er kaufte ihn billig auf und verkaufte ihn dann zu völlig überhöhten Preisen am Rialto. Oder er ließ ihn von Konditoren gleich zu grandiosen Kunstgebilden verarbeiten, meist aus Marzipan, die dann als Tafelschmuck auf den kostbar gedeckten Tischen der Reichen bei großen Festen dienten.«

»Und wie kam er an die Bücher, falls sie geheim waren?«

Signor Basso zuckte mit den Schultern. »Der Teufel kann alles, oder etwa nicht? Glaubt Ihr nicht an ihn?«

»Seltsame Frage«, erwiderte sie leise. »Aber von wem stammen diese übrigen Bücher? Wer hat sie gelesen? Etwa auch Euer Großvater?«

»Ganz gewiss nicht. Er kaufte sie auf. Um sie zu besitzen. Wenn er danach gefragt wurde, sagte er aus jedem der Bücher ein paar Sätze, die er auswendig gelernt hatte, meist in fremden Sprachen. Er hatte sie perfekt gelernt, und jedermann hielt ihn dann für einen ungeheuer klugen und gelehrten Menschen. Das war ebenfalls Teil seines Erfolges.«

»Und wer hat diese Bibliothek entworfen? Ich meine, diese Einteilung?«

»Das nun wiederum hat er gemacht, da gibt es irgendwo noch die Zeichnungen von ihm, die bis zum letzten Zentimeter eingehalten werden mussten. Was nicht stimmte, ließ er gnadenlos abreißen.«

»Lebte er die ganze Zeit über in dieser Stadt?«

»Nein, natürlich nicht. Er reiste, war die meiste Zeit unterwegs, hatte Mätressen; in jeder Stadt eine, weil er nicht gerne in Gasthöfen abstieg. Auch sein sprichwörtlicher Geiz war ein Teil seines Erfolgs.«

»Und seine Frau?«

»Seine Frau war Engländerin. Dort gehörte es zum Lebensstil, dass man über die Amouren der Männer hinwegsah und so tat, als gäbe es sie nicht.«

»Und Euer Vater?«

Signor Basso seufzte. »Er war für meinen Großvater die große Katastrophe – er interessierte sich überhaupt nicht für Geschäfte. Ich denke, es gibt keinen Abschluss, den er wirklich selber getätigt hat. Er war Gartenliebhaber, deswegen auch dieser *giardino pensile* im Palazzo. Die Pflanzen ließ er sich von weither bringen, von überall her. Das war seine Welt.«

»Und seine Frau? Er musste ja eine gehabt haben, sonst gäbe es Euch nicht.«

»Er hatte schon eine, aber ich hatte nicht den Eindruck, dass meine Mutter das Gefühl hatte, dass sie einen Mann besaß. Und daher war sie es in dieser Ehe, die sich ihren *cicisbeo* besorgte, was ihn nicht störte. Vermutlich wäre es ihm sogar egal gewesen, wenn ich nicht sein Sohn gewesen wäre, sondern das Kind dieses *cicisbeo*.«

»Und wieso war er so sicher, dass Ihr sein Sohn wart?«

Signor Basso lachte. »Ich war ihm so sehr aus dem Gesicht geschnitten, dass er ganz sicher sein durfte. Die schwarzen Haare mit dem ungebärdigen Wirbel über der Stirn, die dicken schrägen widerspenstigen Augenbrauen, dazu die ungewöhnlichen blauen Augen, es war ziemlich eindeutig.«

»Wie starb er?«

»Der Vater?«

Sie nickte.

»An einem Insektenstich.«

»Und der Großvater?«

»Ebenfalls.« Er lachte, »wahrscheinlich werde ich eines Tages genauso an einem Insektenstich sterben. Wo es doch viel heroischere Todesarten geben könnte.«

»Nun, zufrieden mit Eurer Ausbeute«, spottete er, als sie sich auf dem Heimweg befanden und den Fluss hinabruderten.

Sie lachte auf. »Nur in etwa. Aber trotzdem fehlt noch eine ganze Menge an meinem Bild. Ihr habt mir keinen Falken in einem Käfig gezeigt, also geht Ihr vermutlich nicht auf Falkenjagd, Ihr habt mir nichts von Euren Karavellen oder anderen Schiffen erzählt, ganz zu schweigen von Euren Warenlagern, die es ja geben muss. Es war viel, was Ihr mir gezeigt habt und doch auch wiederum nicht. Aber immerhin habt Ihr es freiwillig getan.«

Er hielt inne mit Rudern. »Es hätte doch immerhin sein können, dass Ihr Abscheu empfindet, wenn Ihr dies alles gewusst hättet. Und vielleicht hättet Ihr mir noch weniger zugetraut, als Ihr es ohnehin schon tatet. Ein reicher Adeliger, der Geschäfte macht und dies im großen Stil und mit Erfolg, ist in Euren Augen doch gewiss weniger wert, als ein armer Adliger, der nicht die Butter aufs Brot hat. Ich mache nun mal Geschäfte, viele Geschäfte. Ich handle mit Gewürzen, mit Waffen, mit englischen Tuchen, mit Papier. Ich handle auch mit dem Staat. Sind die Venezianer am Ruder, handle ich mit den Venezianern, übernehmen die Österreicher unser Land, dann mit den Österreichern. Falls eines Tages die Franzosen zurückkehren sollten, dann – vermutlich – auch mit den Franzosen.«

»Ihr hängt also Euer Hemd nach dem Wind?«

»Das nun nicht gerade«, wehrte er ab, »aber ich fühle eine Verpflichtung gegenüber ererbtem Besitz.«

»Nun, die Palladio-Villa habt Ihr ja nicht selber gebaut, wie Ihr bereits gesagt habt.«

»Nein, das war mein Großvater. Und ich weiß, dass er sich gründlich umgeschaut hat hier im ganzen Veneto, bis er einen Auftrag erteilte, weil er das Schönste und das Größte wollte.« Er machte eine Pause. »Und daher wunderte mich vorhin eigentlich, dass Ihr Euch so ablehnend verhalten habt, als der Begriff Brenta fiel. Ich meine, Euer Vater hat doch über Paläste gearbeitet, er müsste sich doch auch für diese Paläste hier interessiert haben.«

»Meine Stiefmutter brannte mit einem dieser Müßiggänger durch, die hier an diesem Fluss im absoluten Luxus lebten, ihre Tage mit Festen, Jagden, Feuerwerken, mit Nichtstun verbrachten – wofür diese Villen berühmt waren. Eines Tages ging sie auf und davon. Was weiß ich, wohin – irgendwo in die große Welt hinaus, wo es noch mehr Feste und Müßiggang gab, noch mehr Wassertempel und Fischteiche und Labyrinthe.« Chiara unterbrach sich, strich sich die Haare zurück. »Mein Vater hasste die Brenta. Mitsamt ihren Villen.« Sie rutschte ruckartig auf ihrem Sitz zur Seite, sodass das Boot sich halb schräg legte. »Für den Mann an ihrer Seite hatte meine Stiefmutter nicht einen einzigen Augenblick Zeit, seine Bücher interessierten sie nicht, nichts von seiner Arbeit, immer nur Feste, Borten, Federn, Kopfschmuck, Hüte, auf die sich gern die Vögel setzten, weil so schöne Kirschen auf diesen Hüten waren. Mein Vater hasste Palladio, weil er der Meinung war, dass man solch ein verderbtes Leben eben nur vor solch einem gigantischen Hintergrund leben konnte. Was natürlich Unsinn war. Ich kann mir vorstellen, dass man in solch einer Villa auch anders leben kann. Hier«, Chiara deutete irgendwo in die Weite, »hier soll Titus Livius auf einem der Hügel seine Villa gehabt haben, er wohnte hier, weil er in Abano Therme, das hier in der Nähe liegt, seine Krankheit auskurieren konnte.«

Eine Weile fuhren sie schweigend weiter, Signor Basso schaute betroffen vor sich hin.

»Könntet Ihr nicht rascher rudern«, fragte sie plötzlich und schaute über die Lagune, als könne sie von hier aus bereits einen Blick auf den Palazzo werfen.

»Weshalb? Seid Ihr so in Zeitnot mit Eurer Arbeit?«

»Das nicht unbedingt, aber ich mache mir Gedanken um diese beiden Kinder.«

»Kinder?« Er zog belustigt die Augenbrauen empor.

»Nun ja, im gewissen Sinn schon. Er stopft sie voll mit seiner Pest und sie ihn mit ihrem Weihrauch. Ich weiß nicht, ob ich das gut finden kann«, sagte sie mürrisch.

»Habt Ihr darüber zu befinden?«, fragte er behutsam.

»Nein, natürlich nicht, aber ich habe das Gefühl der Verantwortung für diese Ursul, wenn sie allein bei uns ist und der Onkel ist –« Chiara machte eine wütende Handbewegung, die die ganze Welt zu umschließen schien – »irgendwo. Ich weiß nicht einmal, was er eigentlich wirklich macht.«

Signor Basso schaute sie verblüfft an. »Nun, ich denke, Ihr wisst doch, dass er zu diesem großen Nürnberger Handelshaus gehört, das Geschäfte mit der halben Welt macht.«

»Mit Euch auch?«, fragte sie misstrauisch. »Ihr saht neulich nicht so aus, als würdet Ihr Euch kennen.«

»Nein, nicht mit mir«, gab er zurück. »Das heißt, schon mit mir, aber wir hatten uns noch nie gesehen. Und mit dem Pestkreuz an der Tür und den beiden sofort ineinander verliebten jungen Leuten und ihrem Weihrauchtopf war das auch ganz gewiss nicht der richtige Augenblick, um sich gründlich kennenzulernen.«

»Und welche Geschäfte betreibt er hier?«

»Nun, für den Augenblick zieht er erst einmal um. Nachdem der *fondaco* aufgelöst wurde, muss er eine neue Bleibe finden für seine Waren. Auch Räume zum Repräsentieren. Er sucht also. Daher auch neulich seine Fahrt auf dem Canal Grande.«

»Ihr könntet ihm ja Euren Palazzo anbieten«, spottete sie, »auf ein paar Schlüssel mehr oder weniger kommt es nun ja auch nicht mehr an.«

»Fürs Erste seid Ihr die Besitzerin des Schlüssels und wenn Ihr so großzügig seid, Fulco und Ursul zu erlauben, dass sie zur gleichen Zeit wie Ihr in dem Haus herumwerkeln, dann ist dies Eure Sache.«

»Vermutlich braucht er Platz, ziemlich viel Platz. Ursul erwähnte neulich, dass ihr Onkel mit dieser Nürnberger Weltchronik von Schedel handele, sie soll bereits nach Mailand verkauft worden sein. Und Ursul hilft ihm dabei, oder umgekehrt. Mehr weiß ich nicht darüber. Aber sicher würde mir etwas fehlen, wenn diese Gerüche eines Tages nicht mehr da sind. Gestern war es *olibanum* und *mastix*, ich sagte es ja bereits. Aber ganz gleich, was sie kochen, es riecht immer wie im Souk.«

Er lachte. »Und was stört Euch so daran?«

»Das ist eine andere Welt, versteht Ihr«, erklärte sie. »Meine Welt hat ganz gewiss nichts mit der Welt des Weihrauchs zu tun. Meine Welt ist nüchtern, mathematisch, im Grunde genommen interessieren mich auch Gerüche nicht.«

»Seltsam, ich dachte immer, Frauen sind auf der ganzen Welt für Gerüche bereit, weshalb sonst sollten sie Parfüms mögen?«

»Ich mag es trotzdem nicht«, wehrte sie ab, »ich besitze nicht ein einziges Fläschchen.«

Er zuckte ratlos mit den Schultern. »Womit wollt Ihr denn dann Männer becircen?«

»Ich will keine Männer becircen«, wehrte sie ab, »so etwas habe ich nicht nötig.«

»Wie schade, dann werde ich also nie die Chance haben, Euch je mit irgendetwas zu beeindrucken«, stellte er enttäuscht fest.

»Könnten wir vielleicht ein anderes Thema wählen«, sagte sie steif. »Ich weiß überhaupt nicht, wie wir auf solche Dinge gekommen sind.«

Er ließ die Ruder sinken. »Foscarini wurde zwischen den beiden Säulen der Piazzetta aufgehängt, wusstet Ihr das eigentlich? Knapp ein Jahr später wurde er feierlich rehabilitiert, es wurde sogar überall in der Welt verkündet, wovon Foscarini nun gewiss nichts mehr hatte.«

Sie starrte ihn an, als sei er plötzlich nicht mehr bei Sinnen. »Hat das irgendetwas mit uns und unserem Gespräch zu tun?«

Er schüttelte belustigt den Kopf. »Ich hoffe nicht. Aber sagtet Ihr nicht, wir sollten das Thema wechseln? Ich denke, dies ist ganz gewiss ein anderes Thema. Ein total anderes, da werdet Ihr mir ja immerhin recht geben, oder etwa nicht?«

8. Die Rückkehr der Blauen Paläste

Chiara hatte die letzten Seiten des Buches geschrieben und verspürte eine Leere, die sie stets überfiel, wenn eine Arbeit zu Ende gebracht war. Es war so, als bestünde sie nur noch aus einer

Haut, die nicht mehr lange die Kraft haben würde, sich aufrechtzuhalten. So, als seien ihr alle Knochen abhanden gekommen.

Was nun auf sie wartete, war der Gang zum Drucker. Eine Arbeit, die sie nicht liebte, die jedoch von ihr getan werden musste, da sie die Verantwortung für dieses Buch trug. Alleine trug, zum ersten Mal, wie ihr schmerzlich bewusst wurde.

Sie hüllte das Manuskript behutsam in ein Tuch, legte es in ihren Korb und machte sich auf den Weg.

Der Druckereibesitzer empfing sie freundlich und ging ihr in den Raum voran, den sie von früheren Besuchen her kannte, weil hier die Einbände besprochen wurden.

»Ihr werdet natürlich nicht vergessen, mir eines Eurer Exemplare für mein Archiv zu überlassen«, erinnerte er sie lächelnd.

»Wie könnte ich«, gab sie zurück, unterbrach sich dann. »Ihr meint, das ungebundene Buch?«, fragte sie dann zögernd.

Der Drucker lachte. »Natürlich, den Buchblock, wie es üblich ist. Und wie Ihr es gewohnt seid von Eurem Vater. Wir haben ja nur diese halb fertigen Bücher bei uns im Archiv. Habt Ihr es eigentlich je gesehen?«

Chiara schüttelte den Kopf. »Diese heiligen Hallen durfte ich noch nie betreten«, sagte sie dann amüsiert, »aber ich würde sie gern einmal anschauen.«

Der Drucker ging ihr voraus, stieg dann eine Wendeltreppe empor, die in das Mezzanin führte, und ließ sie schließlich einen Raum betreten, dessen Regale bis zur Decke hoch reichten, angefüllt mit Büchern, die unfertig aussahen, weil sie keinen Einband hatten.

»Nun«, er schaute belustigt in Chiaras verblüfftes Gesicht, lachte dann. »Enttäuscht? Den Geist so prosaisch zu sehen, ohne Hüllen? Aber es kann ja nichts Neues für Euch sein, oder?«

Sie ging in den Raum hinein, blickte dann die Wände empor, an denen hohe Leitern standen. »Nicht enttäuscht, ich hätte nur nicht gedacht, dass es so viele sind«, sagte sie.

»Nun, es sind Bücher aus mehr als hundert Jahren, Ihr wisst ja vielleicht, das wir zu den ältesten Druckereien Venedigs gehören.«

»Die Bücher meines Vaters sind auch hier dabei?«, wollte sie wissen.

»Selbstverständlich«, erwiderte der Drucker, nahm eine Liste, die an einem Regal hing und begann zu blättern. »Sie stehen ziemlich weit oben«, erklärte er dann und deutete auf eine der Leitern. »Wollt Ihr hinaufsteigen?«

»Nein, nein«, wehrte sie hastig ab, »das macht nur Mühe. Und wie stabil die Leitern sind ...«

Der Mann lachte, bat sie dann in den nächsten Raum, der kleiner war und nur Folio-Bände enthielt.

»Was ist das?«, fragte Chiara verblüfft und deutete auf ein Buch, das aus einem der Regale nicht nur von der Größe her herausragte: es hatte auch einen Einband. »Ich dachte, es gibt hier keine gebundenen Bücher?«

»Es ist das einzige gebundene Buch, das wir hier haben«, sagte der Drucker stolz. »Und es ist nicht einmal bei uns gedruckt, sondern in Basel.«

»Und weshalb steht es dann hier?«

»Es gehörte vor mehr als hundert Jahren dem Besitzer der Druckerei, nach seinem Tod war es im Besitz seiner Frau. Und sie hat es uns vermacht, weil sie nicht wollte, dass es in falsche Hände kommt. Also steht es hier. Mit diesem wunderschönen blauen kalbsledernen Einband. Wollt Ihr es betrachten?«

Chiara hatte zwar das Gefühl, dass es an der Zeit wäre, sich um ihr eigenes Buch zu kümmern, aber sie konnte sich diesem Blau nicht entziehen und nickte.

Der Drucker nahm das Buch aus dem Regal, legte es behutsam auf ein Stehpult, öffnete die Schnallen des Buches und zog sich dann zurück.

Das Buch hatte zwei Holzdeckel, die mit diesem weichen blauen Leder überzogen waren. Auf der ersten Seite des Buches war eine Widmung angebracht. »Für CHRESTINA. In Liebe von L.«

Chiara strich über die Widmung, wünschte sich, dass auch sie eines Tages von irgendwoher solch ein Liebesbekenntnis bekommen würde.

Von L. Da sie nicht wusste, wer diese Chrestina war, konnte sie auch nicht wissen, wer dieser L. gewesen war. »Wisst Ihr es?«, fragte sie den Drucker, der soeben an ihrem Stehpult vorbeikam.

»Signora! Vor mehr als hundert Jahren? Woher soll ich das wissen? Ich weiß lediglich, dass es der Druckereibesitzer war, dem es einst gehörte, mehr nicht.«

Chiara begann in dem Buch zu blättern, wandte behutsam Blatt um Blatt um, Blätter, die an den Rändern bereits leicht vergilbt waren. Auf dem Deckblatt waren Rostspuren von dem Metalleinband zu sehen.

Die Bilder waren eine seltsame Mischung aus gekonnter Federführung, daneben gab es fast mathematische Zeichnungen, als habe jemand versucht, zunächst einen Entwurf zu machen, den er später erst ausführen wollte.

Dann gab es Zeichnungen, die vermutlich von Kinderhand angefertigt worden waren, zu denen der Begriff »rührend« hätte passen können. Vor allem deswegen, weil bei einigen dieser Bilder ganz offensichtlich das Papier nicht ausgereicht hatte und der oder die Künstlerin daher mit aller Selbstverständlichkeit Papierteile angeklebt hatte, die nun umgeknickt in dem Buch festgemacht waren. Das Blau der Paläste war geheimnisvoll: Sie standen auf dem Mond, unter Wasser, auf Berggipfeln, einer stand auf einem Floß, das soeben auf einem breiten Fluss ins Meer einmündete. Ein weißer Schwan trug einen der Paläste davon, einer stand auf dem Rücken eines Elefanten, auf dessen Rüssel eine schöne Frau ihre akrobatischen Künste zeigte.

Chiara war nicht eben verwöhnt mit Geschenken. Ihr Vater war meist so in seine Arbeit versunken, dass er die Tage, an denen Geschenke üblich gewesen wären, ihren Namenstag zum Beispiel, ganz einfach vergaß. Ihr Bruder in fernen Landen wäre ohnehin nie auf die Idee gekommen, seiner Schwester ein Geschenk zu machen und eine Mutter hatte es nicht gegeben für sie.

Sie fragte sich einen Moment, wo sie denn einen dieser Blauen Paläste wohl hingestellt hätte, und es fiel ihr ihre Lieblingsinsel ein: Torcello.

Irgendwann, als der Drucker zum dritten Mal an ihr vorbeiging und sie mit einem amüsierten Blick streifte, klappte sie das Buch zu.

»Es hat einen ungewöhnlichen Einband«, sagte sie dann und hob das Buch empor, so, als hätte es der Mann noch nie gesehen, »einen *Inkunabel*einband.«

Der Mann blieb stehen, nahm das Buch in die Hand. »Ja, seltsam, das ist mir eigentlich noch nie richtig aufgefallen.« Er schaute Chiara bewundernd an. »Ihr habt es natürlich gleich bemerkt, oder?«

»Mein Vater hat eine Zeit lang mit Inkunabeln und ihren Einbänden gearbeitet, und ich durfte ihn bei dieser Arbeit unterstützen. Ich musste ihm jeweils eine genaue Beschreibung dieser Einbände vorlegen, manchmal auch Vorschläge machen für Leute, die nicht wussten, wie sie ihr Buch gestalten sollten.«

Einer der Gesellen unterbrach ihr Gespräch mit einer Frage, und der Druckereibesitzer entschuldigte sich bei Chiara. »Mir fehlen im Augenblick Leute«, sagte er dann, »einer ist krank, einer ist abgesprungen, aber Gott sei Dank habe ich nicht schon wieder einen dadurch verloren, dass ihn mir die Inquisition weggeschnappt hat, weil er verbotene Bücher geschmuggelt hat.«

»Die können wir doch jetzt wohl vergessen«, erwiderte Chiara, »Napoleon hat sie doch alle abgeschafft, diese Inquisitoren.«

»Drei von ihnen, aber ich glaube kaum, dass jemand sein Handwerk so rasch aufgibt, das er sein Leben lang betrieben hat. Aber ich halte Euch auf«, unterbrach er sich dann, »bis jetzt haben wir weder das Papier für Euer Buch ausgesucht, noch über den Einband gesprochen und wer ihn machen soll.«

Als Chiara schließlich die Druckerei verließ, gingen viele Gedanken in ihrem Kopf herum. Ob sie alles recht gemacht hatte, die richtigen Entscheidungen getroffen und die finanzielle Seite gut eingeschätzt hatte.

Vor allem beschäftigte sie aber, ob sie wohl je erfahren würde, wer dieser L. gewesen war, der vor mehr als hundert Jahren einer Chrestina dieses Buch gewidmet hatte.

9. Torcello

Chiara hatte Signor Basso seit ihrem Ausflug an die Brenta nicht mehr gesehen, und sie hatte fast das Gefühl, dass er sie mied. Einmal hörte sie ihn im Haus mit der Putzfrau reden, ein anderes Mal sprach er mit Sebastiano und bewunderte die Flotte im Waschtrog. Sie hörte ihn lachen, es klang in ihr nach, und sie überlegte sich, dass es das erste Mal geschah, dass sie es hörte. Und dass es gut klang.

Als sie Matteo Basso wiedertraf, war es nicht im Palazzo, sondern in der Nähe vom Rialto auf dem Fischmarkt. Er stand bei einem Karren, mit dem von einem Palazzo Baumaterialien abgefahren wurden. Sie verstand nicht, um was es ging, aber sie hatte den Eindruck, als sei der Capo von dem, was Signor Basso ihm soeben mitgeteilt hatte, beeindruckt.

Anschließend ging er zu den Fischhändlern hinüber und warf einen Blick auf die Kiste mit den Hummern, die ihre gefährlichen Zangen in die Luft streckten.

Er hatte Chiara mit einem seitlichen Blick entdeckt, als sie soeben einen Fisch in ihren Korb legte, unterbrach dann sein Gespräch mit der Händlerin und grüßte sie höflich. Sie grüßte zurück, ohne jedoch ihren Einkauf zu unterbrechen. Sie ließ sich eine Schüssel mit *bovoleHi coll'aglio* füllen, kleine Schnecken, die die Händlerin bereits fertig gekocht mit Knoblauch, Öl und Petersilie anbot, legte sie in ihren Korb und wandte sich zum Gehen.

»Wo werdet Ihr denn wohnen, wenn Ihr den Palazzo verlasst?«, fragte er, als sie zielstrebig auf die Brücke zuging, »es ist ja wohl bald so weit.«

»Bezahlt habe ich«, sagte sie lächelnd, »Ihr braucht also keine Sorge zu haben.«

Er sah sie prüfend an, ohne zu antworten.

»Ich habe verschiedene Möglichkeiten«, fügte sie nach einer Weile hinzu, als er keinerlei Anstalten machte, sie zu verlassen und sich ihrem raschen Schritt anpasste.

»Und die wären? Ich habe Euch nie gefragt, wo Ihr eigentlich wohnt.«

»Ich könnte nach Burano zu meiner klöppelnden Großmutter ziehen«, sagte sie kurz angebunden, »nach Canareggio zu meiner alten Kinderfrau. Und natürlich nach Torcello.«

»Torcello? Das liegt doch am Ende der Welt«, sagte er gedehnt.

»Mag sein. Aber dieses Ende der Welt gefällt mir nun mal.«

»Ist es nicht schwierig, sich mit Lebensmitteln zu versorgen? Und gibt es überhaupt Süßwasser auf der Insel?«

»Das Gemüse bauen die Bewohner selbst an, den Fisch fängt man ebenfalls dort. Und Wein und Olivenöl bekomme ich von einer alten Frau, die damit schon seit Jahrzehnten handelt.«

»Habt Ihr mit Eurem Vater dort gewohnt?«

Sie lachte. »Nein, mein Vater musste den Trubel der Stadt spüren. Er brauchte seine Bibliotheken, Archive, Museen, Leute, mit denen er über seine Arbeit reden konnte.«

»Und Ihr? Ihr braucht keine Leute zum Reden?«

»Wenig«, erwiderte sie und stellte ihren Korb auf eine Bank. »Ich darf Euch hier verlassen, weil ich noch einen Besuch machen möchte. Lebt wohl.« Sie streckte ihm die Hand entgegen, er nahm sie, aber nur für einen kurzen Augenblick, und so, als habe sie ihm ein seelenloses Holzstück gereicht. Dann verließ sie ihn.

Sie konnte seinen unterdrückten Fluch nicht hören, den er ihr nachschickte. Er konnte sich jetzt bereits ausmalen, wie er in Burano nach einer Frau suchen würde, die Klöppelarbeiten machte oder in Canareggio nach einer alten Kinderfrau, die einst ein Mädchen mit Namen Chiara gehütet hatte. An Torcello wollte er gleich gar nicht denken. Er war so gut wie nie dort gewesen. Als Kind einmal, an einem glutheißen Tag, an dem die Luft vom Geschabe der Zikaden bebte und später an einem eiskalten Wintertag. Vermutlich hatte ihn sein Großvater wieder einmal ertüchtigen wollen und sich dazu diese Strapaze ausgedacht.

Einmal hatte er ihn gezwungen, am Sonntag nach Himmelfahrt am *vogalonga* teilzunehmen, an dem jeder mitmachen konnte, der bereit war, die Strapazen der Ruderstrecke von der Markuskirche bis Burano auf sich zu nehmen. Der Start war um 9.30 Uhr, die Boote kehrten normalerweise am frühen Nachmittag zurück. Dass er erst in der Dämmerung zurückgekehrt war, weil seine Kraft nicht ausgereicht hatte, mit den anderen heimzukehren, hatte ihm der Großvater nie verziehen.

Torcello war für Chiara nicht nur irgendein Ort wie hundert andere, die sie kannte: Wenn sie den Fuß auf die Insel setzte, hatte sie jedes Mal das Gefühl, heimzukehren. Der leicht modrige Geruch der Kanäle, die Stille und im Sommer die Zikaden gehörten unter anderem zu den Dingen, die dieses Heimatgefühl auslösten.

Sie hatte als Kind hier eine Zeit lang bei dem Großvater gelebt, der hier geboren war und es kaum ertragen konnte, dass er eines Tages nicht hier begraben werden durfte, sondern dazu auf eine andere Insel gebracht werden musste.

Der Großvater war Fischer gewesen, und sie hatte als Kind die Art des Fisches, der im Eimer lag, dem Geruch nach feststellen können. Später hatte er sie mit hinaus in die Lagune genommen, sie hatte ihm geholfen, die Netze auszuwerfen, hatte bis zu den Knien in zappelnden Fischleibern gestanden. Sie hatten miteinander die Fische ausgenommen und sie dann zubereitet, als seine Frau dazu nicht mehr in der Lage war.

Das kleine Häuschen, das sich der Großvater im Laufe seines Lebens gebaut hatte – hier ein Schuppen, dort ein Anbau für die Netze –, war immer wieder liebevoll geflickt worden, wenn irgendetwas aus dem Rahmen gefallen war: Das Dach leckte die meiste Zeit, der Boden warf sich, der Lehm bröckelte und die Wände waren vermutlich von Anfang an schief gewesen.

Als der Großvater gestorben war, hatte sie das Häuschen übernommen. Sie hatte zunächst das Leben dieses Großvaters weitergeführt – war mit seinem Boot in die Lagune hinausgefahren, hatte Fische gefangen, sie auch verkauft. Ihr Gemüse hatte sie hinter dem Haus in einem winzigen Gartenstück angebaut, die Oliven selbst zu Öl verarbeitet, das sie in einem Krug aufbewahrte. Nicht anders wie es einst die Römer getan hatten, die diese Insel in früheren Zeiten bewohnt hatten.

Sie hatte San Marco als Kirche nie gebraucht, sie hatte Santa Maria Assunta gehabt. Und sie war der Meinung, dass niemand auf der Welt eine schönere Gottesmutter besaß als die uralte Blaue Madonna in der Basilika, die aus Tausenden von Mosaiksteinchen bestand. Zu dieser Madonna hatte sie bereits als Kind gebetet, und sie nach dem Tod des Großvaters um Rat gefragt, wie ihr Leben weitergehen sollte.

Dass diese Insel morbide sei, hatten manche Leute schon lange behauptet. Für sie war sie trotz ihrer Morbidität unendlich lebendig, auch wenn inzwischen kaum noch hundert Leute hier lebten.

Für sie hatte diese Insel auch heute noch den Glanz ihrer einstigen Vergangenheit: Sie war einst Handelsstadt gewesen und größer als Venedig, bereits 1100 war sie Sitz des Erzpriesters gewesen, eine Stadt mit Palästen, Villen, Gärten und acht Kirchen. Dann war die Pest über sie hinweggegangen, die Malaria, die Menschen flohen von der Insel, ließen Villen und Paläste ungeschützt zurück, die Kanäle versandeten.

Irgendwann kam Torcello dann zum Patriarchat Venedig – Torcello wurde wieder zur abseits der großen Welt liegenden Insel, auf die sich nicht einmal mehr die flüchten würden, die es damals getan hatten – die verfolgten Christen vor den Langobarden.

Aber trotz aller traurigen Vergangenheit war Torcello ein Ort, den man lieben konnte, wenn man sehende Augen hatte. Lieben musste, wenn man einen Platz suchte, der bereit war, auch das Herz, die Seele, eines Menschen aufzunehmen.

Jetzt, nach der Fertigstellung des Buches ihres Vaters, hatte sie mehr denn je das Gefühl gehabt, dass sie Torcello brauchte. So wie andere die Luft, die Sonne, ein Stück Brot.

Als sie soeben ihren Kahn an Land gezogen, ihren Eimer mit Muscheln abgestellt hatte, sah sie Signor Basso an der Tür ihrer Hütte stehen.

Er versuchte, durch die Fensterscheiben zu schauen, was sie nur zu einem Grinsen veranlasste. »Sie sind schon ein Jahr lang nicht mehr geputzt worden«, rief sie ihm zu, »gebt Euch keine Mühe. Hinter dem Haus könnt Ihr in der Pergola sitzen.«

Er schaute kurz hoch, überlegte wohl, ob er ihr behilflich

sein sollte, aber sie schüttelte den Kopf, so, als hätte sie seinen Vorsatz erraten.

»Ich musss nur noch die Muscheln zu meiner Nachbarin bringen, der Wein steht unter dem Tisch, Becher sind in der Küche im Regal.«

Er betrat die Hütte, was ihm ein leichtes Unbehagen einflößte – er kam sich vor wie ein Einbrecher, der die Schränke durchwühlte, um nach Verwendbarem zu suchen. Als er die Becher schließlich fand, brauchte er eine Weile, bis er sich entscheiden konnte, welchen er nehmen sollte: Sie waren alle gleich schlecht.

»Gebt Euch keine Mühe, angeschlagen sind sie alle«, klärte sie ihn auf, als sie nach einigen Minuten zurückkehrte, »für meinen Großvater waren sie gut genug, also sind sie es auch für mich.«

Sie nahm zwei Teller aus dem kleinen Hängeschrank, hielt sie prüfend gegen das Licht, dann lachte sie. »Ihr müsst Euch vorkommen wie auf einem anderen Planeten«, sagte sie, »ich bin sicher, so etwas habt Ihr noch nie gesehen.«

»Doch«, sagte er und stellte die Becher auf den Tisch, »bei meiner Großmutter. Sie war gegen Ende ihres Lebens nahezu blind und wusste selten, ob ein Teller schon gespült war oder ob sie sich nur einbildete, sie habe es bereits getan.«

»Nun, ganz so schlimm ist es bei mir noch nicht«, wehrte sie lachend ab.

Sie griff den Weinkrug, nahm den Deckel hoch und goss ihm ein. »Ich würde Euch gerne zum Abendessen einladen, aber ich benötige Eure Hilfe dabei. Ich bin noch nicht so weit mit meinen Vorbereitungen.«

Er zuckte mit den Schultern. »Auch wenn Ihr es nicht glaubt, ich kann kochen. Das habe ich auch von dieser Großmutter gelernt.«

»Ich würde gern einen Fisch zubereiten, aber vielleicht dauert Euch das zu lange. Und möglicherweise verschmutzt Ihr dann Eure Kleidung. Oder stinkt am Ende gar nach Fisch«, spottete sie, »das wäre Euch doch ganz gewiss zuwider.«

»Manchmal frage ich mich, woher Ihr eigentlich den Mut nehmt, alles immer bereits zu wissen? Ihr wollt weder sehen noch hören«, sagte er und ging zu der Schüssel, in der der Fisch lag. »Ich helfe gerne mit, ich habe Zeit.«

»Und außerdem Lust, in der Nacht über die Lagune nach Venedig zu fahren?«

»Ich habe Freunde auf dieser Insel, bei denen ich unterkommen kann.«

»Wie geht es Eurem Palazzo«, fragte sie, als der Fisch gegart auf dem Grill lag und Chiara den Tisch gedeckt hatte.

»Ich nehme an, gut«, sagte er und nahm einen Schluck Wein. »Als ich das letzte Mal dort war, roch es wie in der Kathedrale von San Marco an Festtagen, wo die Luft von Weihrauch geschwängert ist. Sebastiano spielte mit Ursul wieder irgendeine Schlacht – welche verrieten sie mir nicht –, und, das dürfte Euch verblüffen, Ursul durfte sogar gewinnen. Wobei dieses Gewinnen allerdings so aussah, dass das Wasser dabei über die gesamte Waschküche und das Wassergeschoss verteilt war.«

»Und wer hat sich in der Zwischenzeit um den Weihrauch gekümmert?«

»Ich nehme an Fulco«, erwiderte er. »Wisst Ihr, manchmal weiß ich kaum mehr, wer woran arbeitet. Er beschäftigt sich mit ihrem Gebiet und sie mit seinem. Neulich bei Niedrigwasser sah ich beide in der Stadt zusammen mit einem ganzen Pulk von anderen Leuten an einem leer gelaufenen Seitenkanal stehen und den Leuten erzählen, dass die Ratten, die hier überall herumliefen, nicht gut seien für die Stadt. Schließlich sei die Pest einstmals – und so weiter und sofort. Ursul erzählte die Geschichte so lange und so ausführlich, immer abwechselnd mit Fulco, bis sie beide allein am Kanal standen. Und sich den Bauch hielten vor Lachen.

Außerdem will sie noch immer den Beruf wechseln. Aber das wisst Ihr ja vermutlich schon. Sie findet nach wie vor, dass ›Keuflin‹ doch ein sehr langweiliger Beruf sei und es genüge, wenn einer ständig mit Friedhöfen und dergleichen zu tun habe, da brauche sie sich nicht auch noch mit Nachlässen und Testamenten zu beschäftigen.«

»Das klingt ja nach Endgültigkeit«, sagte Chiara verblüfft, »ich meine, diese Aussage mit dem ›es genüge ja, wenn einer‹.«

Matteo Basso zuckte mit den Schultern. »Es ist heute so und morgen so«, gab er dann zurück. »Ich frage mich manchmal, wo eigentlich der Onkel ist? Wieso lässt er zu, dass seine Nichte sich ganz offensichtlich nur noch in diesem Palazzo aufhält? Und dies auch noch allein mit diesem jungen Mann?«

»Nun, ich denke, er ist froh darüber, dass sie nun endlich in die Handelsgesellschaft eintreten will, da sie in den Fußstapfen dieser Vorfahrin, dieser Margarete mit dem Weihrauch, einsteigen will. Und im Übrigen ist sie nicht mehr minderjährig, er ist nicht mehr ihr Vormund«, erklärte Chiara.

Signor Basso wischte sich verstohlen den Mund mit der Hand, da er keine Serviette entdecken konnte, und sagte dann verlegen, »macht Euch keine Mühe«, als er ihren Blick bemerkte.

Sie lachte und sagte. »Ich besitze schon welche, aber für mich allein benutze ich sie nicht, es macht zu viel Mühe, sie wieder zu waschen. Und wie Ihr seht, habe ich keine Lakaien, die ich dafür einspannen könnte.«

Er legte die Gabel zur Seite und schaute sie dann prüfend an. »Welches Spiel spielen wir eigentlich?«

»Was meint Ihr damit«, fragte sie irritiert.

Er zuckte mit der Schulter. »Ich weiß nicht recht, aber manchmal denke ich, es ist ein Spiel Arm gegen Reich, oder etwa nicht?«

Sie schaute ihn verblüfft an. »Arm gegen Reich? Etwa wegen der fehlenden Servietten?«

»Ich denke, es ist Zeit für mich, dass ich mich verabschiede«, sagte er abrupt und erhob sich. »Und natürlich bedanke ich mich für das vorzügliche Mahl.«

Sie starrte ihm nach, als er ging, und überlegte, wo er wohl nächtigen würde. Sie ging den Kanal entlang, bis sie vor der Lagune stand. Draußen, schon ein gutes Stück vom Ufer entfernt, sah sie ein schwankendes Licht, das nur von einer Laterne auf einem Kahn stammen konnte. Sie schaute über das Wasser hinweg, das ruhig und bewegungslos vor ihr lag, so, als könne es nicht einmal eine Welle zum Kräuseln bringen.

Und sie ärgerte sich, dass sie sich Gedanken machte, ob ihr Besucher gut nach Venedig zurückkommen würde.

Matteo Basso hatte sich immer vorgestellt, dass jedes Zusammensein mit einem anderen Menschen dazu beitragen würde, dass man sich einen Schritt näherkam. Und dass man dann an irgendeinem Punkt wusste, dass man zusammenbleiben wollte. Aber je öfter er sich mit Chiara traf, desto weniger vertraute er diesen Schritten. Nach Venedig kam sie nicht mehr, da die Arbeit an dem Buch vollendet war. Die Fertigstellung des Buches sollte im Palazzo gefeiert werden, in seinem Palazzo – was zwar im Buch vermerkt war, aber an einer Stelle, die unauffälliger nicht hätte sein können –, und selbstverständlich hatte er eine Einladung erhalten. Aber da er an jenem Tag nicht in der Stadt war, konnte er ihr seine Glückwünsche nur schreiben.

Sie antwortete kühl, bedauerte, dass es ja nun sicher das letzte Mal gewesen sei, dass in diesem Palazzo so etwas stattfinden würde.

Und er war sich immer weniger sicher, ob er den Auftrag zum Abriss des Hauses wirklich erteilen sollte.

10. Acqua Alta

Der Regen hatte bereits tagelang gedauert, und so kam das Hochwasser nicht unerwartet. Es hatte genug Vorzeichen gegeben, dass das Wasser in der Lagune in kürzester Zeit wieder ansteigen würde. Und die Stadt abermals in die Situation bringen würde, dass man die niedrigsten Stellen und Plätze nur noch über Holzstege und mit hohen Stiefeln begehen konnte. Chiara hatte es nie geschafft, sich die am niedrigsten gelegenen Stellen der Stadt zu merken, die als Erste überschwemmt sein würden.

Sie war mit einem Fischer, der das größte Boot auf der Insel besaß, zur Stadt gefahren, um mit dem Drucker noch etwas zu besprechen. Am Abend hatte sie wieder zurückfahren wollen. Aber der Abend sah anders aus, als sie es sich vorgestellt hatte: Niemand wagte mehr den Weg über die aufgetürmte See. Die Warnsignale der schrillen Schiffsglocken waren kaum mehr zu überhören und die Gondeln hatten ihren Verkehr eingestellt. Es blieb ihr also nichts übrig, als die Nacht in der Stadt zu verbringen. Sie konnte auch nach langem Überlegen zu keiner Entscheidung kommen, wo sie anklopfen sollte, und lief eine Weile ziellos umher. Schließlich stellte sie fest, dass sie sich auf dem Weg zum Palazzo befand.

Aber als sie die enge Calle zum Haupteingang entlanglief, sah sie gerade noch, wie Fulco eilig den Schlüssel ins Schloss steckte, um abzuschließen.

»Ich wollte Euch eigentlich fragen, ob ich hier übernachten kann«, sagte sie, als sie vor der Tür stand, »vielleicht gibt es bei diesem Regen noch einen Platz für mich, auch wenn ich keinen Schlüssel mehr besitze. Ich kann gewiss nicht mehr zu meiner Insel zurück. Die See ist zu stürmisch.«

»Herzlich gern, Eure Kammer ist vermutlich unberührt, da die Putzfrau nun doch mit ihrem Mann nach Frankreich ziehen wird und bisher niemand neu eingestellt wurde.«

»Und wo wollt Ihr hin bei diesem Wetter?«, fragte Chiara beunruhigt, da der Regen und der Sturm inzwischen noch zugenommen hatten, »das Wasser ist schon fast überall. Auf San Marco könnt Ihr schon fast schwimmen.«

Fulco zog sich eine Kapuze über den Kopf. »Nach Ursul schauen«, sagte er dann hastig, »sie ist noch unterwegs.«

»Aber doch ganz gewiss nicht mehr bei diesem Wetter?«

»Ihr kennt sie nicht«, sagte Fulco. »Wenn sie sich etwas vorgenommen hat, führt sie es auch aus. Und sie hatte sich einiges vorgenommen.«

»Und wozu ist sie unterwegs, das verrückte Kind?«

Fulco hielt für einen Augenblick inne und wischte sich das Wasser aus dem Gesicht. »Sie will endlich diese dritte Frau finden.«

»Sie will was?«, fragte Chiara mehr als verblüfft.

»Die dritte Frau finden, die auf jenem Bild, das sie von Leone aus dem Ghetto hatte. Da gibt es ein Bild, auf dem drei Frauen zu sehen sind, eine ist diese Lea Coen, eine ist diese Margarete aus Ursuls Familie, deren Schicksal sie aufgeklärt hat. Und nun will sie wissen, wer die dritte ist.«

»Und wo und wie will sie das erfahren?«

»Im *Arsenal*«, erwiderte Fulco erregt, »nur damit Ihr wisst, wie verrückt sie ist.«

»Im *Arsenal*«, flüsterte Chiara fassungslos, »da findet sie vermutlich immer noch französische Berserker und außer einer weitgehend versenkten Flotte gar nichts mehr.«

»Die Franzosen sind vermutlich alle abgezogen, aber es ist immer noch nicht sicher dort«, sagte Fulco beunruhigt. »Sie will einen der früheren Schiffsbauer finden, die noch Bescheid wissen. Über das Damals.«

Chiara warf die Hände über dem Kopf zusammen. »Welches Damals? Und weshalb will sie das überhaupt wissen?«

»Sie sagt, sie habe schon als Kind gerne Rätsel gelöst«, rief Fulco und hastete zur Tür hinaus. »Ich habe Euch übrigens etwas ins Regal gelegt, was Euch gewiss interessieren wird.Und in der Küche liegt ein Zettel: Sebastiano gehört Euch für diesen Nachmittag, seine Mutter muss packen; aber Ursul hat ihn vermutlich mitgenommen ins *Arsenal.*« Dann schluckten ihn der Nebel und der Regen.

Chiara betrat das Haus, schüttelte ihre nassen Kleider aus und überlegte, was sie tun sollte.

Ob es Ursul gelingen würde, einen Schiffsbaumeister zu finden, um etwas über eine Frau herauszufinden, mit der sie weiß Gott überhaupt nichts zu tun hatte, war mehr als fraglich. Sie fand ihre Kammer so, wie sie sie verlassen hatte, mit gemachtem Bett, aber nicht frisch bezogen. So, als habe irgendwer gewusst, dass sie nicht endgültig gegangen war. Selbst der Blumenstrauß stand noch auf dem Tisch, die Blütenblätter der Rosen lagen verwelkt auf der Tischplatte.

Sie machte ihren üblichen Gang, *salotto*, Bibliothek, Kaminzimmer, stand vor den Dogenbildern, schaute dann zum Fenster hinaus: Es war alles grau, kaum war die gegenüberliegende Seite des Kanals zu erahnen. Und es regnete noch immer in Strömen. Sie stieg seufzend die Treppen wieder hinunter und nahm ihre alten Stiefel aus der Waschküche. Sie konnte Fulco nicht allein suchen lassen.

Der Regen peitschte ihr entgegen, die Straßen waren inzwischen nahezu leer. Ein paar Mutige in hohen Stiefeln und Regenkleidung stapften noch auf dem Markusplatz herum, über den inzwischen Stege gelegt waren. Die Nebenstraßen musste man ohne Hilfsmöglichkeiten passieren.

Als sie das Castelloviertel erreicht hatte, spürte sie, dass sich in einem ihrer Stiefel bereits Wasser angesammelt hatte und jeder Schritt mit einem leisen Quietschen begleitet wurde.

Der Eingangsbereich des *Arsenals* war ebenfalls menschenleer: Die beiden steinernen Löwen links und rechts des Eingangs hüteten die Hallen, in denen es nichts mehr zu hüten galt. Der Wächter, der normalerweise hier stand, war vermutlich vor der *acqua alta* geflohen.

Von Fulco oder Ursul keine Spur.

Sie schaute von Weitem in die Hallen, die alle leer schienen, ging wieder zurück – dann sah sie eine kleine, verlorene Gestalt. Sebastiano hockte unter einer Laterne, die Hände über den Kopf gelegt, und schaute mit starrem Blick auf die Reste des *Bucintoro*, die man lieblos nahe seines ursprünglichen Platzes hingeworfen hatte. Es war nichts übrig geblieben als ein halber Rumpf mit nach oben ragenden Stangen, die wohl einst das Verdeck des prachtvollen Schiffes getragen hatten.

»Warum nur haben sie das gemacht?«, murmelte er, als Chiara auf ihn zukam.

Chiara hockte sich zu ihm nieder, schlang die Arme um seine Schultern. »Wie bist du überhaupt hierhergekommen? Du musst jetzt mit nach Hause kommen«, sagte sie dann entschieden und wischte ihm die Tränen vom Gesicht, »es nützt nichts, wenn du hier im Regen sitzt und trauerst.«

»Abschied nehmen muss man schon«, wehrte sich Sebastiano und schob Chiaras Hand zur Seite, »ich sehe ihn doch nie mehr wieder. Ursul hat mich mitgenommen. Damit ich mich verabschieden kann.«

»Vielleicht wird er irgendwann wieder aufgebaut«, sagte Chiara, wenn auch zweifelnd.

Der Junge ließ sich hochziehen, deutete dann mit dem Kopf zu den Hallen, die nicht alle ganz zerstört waren. Der *ingresso di terra*, der Zugang vom Land, war zum Teil erhalten, der *ingresso all'acqua*, der direkte Zugang zur See, war hingegen weitgehend niedergerissen.

»Das war die größte Werft auf der ganzen Welt. Früher«, sagte Sebastiano.

»Ich weiß«, sagte Chiara. »Aber man darf nie den Glauben an eine Sache aufgeben. Vielleicht wird sie wirklich wieder aufgebaut.«

Sebastiano zuckte mit den Schultern. »Ursul hat auch nicht aufgegeben, aber trotzdem nichts gefunden.«

»Weißt du, wo sie ist?«

»Nein«, erwiderte Sebastiano mutlos. »Keiner von uns findet, was er sucht. Fulco auch nicht.«

»Nun, er sucht Ursul«, sagte Chiara, »aber sie wird auch allein nach Hause kommen.«

»Aber sie ist genauso nass wie ich«, sagte Sebastiano vorwurfsvoll, so, als sei Chiara an ihrer Situation schuld. »Und ihren Schiffsbaumeister hat sie natürlich nicht gefunden. Wie auch?«

Sie gingen ein Stück am Kai entlang, dann sahen sie plötzlich Fulco mit Ursul aus einer der kleinen *calle* treten. Fulco hatte seinen Regenschutz über Ursul gezogen, sodass ihre Schultern geschützt waren, aber Chiara bezweifelte, dass das noch irgendetwas nützte.

»Ihr habt niemanden gefunden?«, fragte Chiara bedauernd, als sie zusammentrafen.

»Sie hat eine Adresse von jemandem, aber dazu ist heute natürlich nicht mehr der richtige Tag«, erklärte Fulco und schüttelte sich.

Der Regen und der Sturm hatten inzwischen noch zugenommen, sodass sie an manchen Stellen befürchten mussten, in den Kanal geweht zu werden.

Sebastiano hatte zugelassen, dass Chiara seine Hand fest umschlossen hielt und ihm ihren Regenschutz über die Schultern legte, obwohl das natürlich nichts mehr half, da das Wasser inzwischen nahezu überall kniehoch war und bei jedem Schritt hochspritzte.

Als sie schließlich den Palazzo erreicht hatten, legten sie ihre gesamten nassen Kleider auf der Gondel ab. Fulco nahm Sebastiano mit in seine Kammer, und Ursul folgte Chiara, die noch einige alte Kleider in ihrem Schrank hatte. Als sie sich kurze Zeit später im Kaminzimmer wiedertrafen, hatte Fulco bereits ein Feuer gemacht und Wasser für Tee aufgestellt.

»Wie eine Familie«, murmelte Sebastiano und schaute glücklich in die Runde, »ich mag Familien. Glückliche Familien.«

»Du hast doch auch eine, eine Familie«, sagte Ursul entschieden.

»Nein«, erwiderte Sebastiano. »In einer Familie kommt eine Mutter und holt ihr Kind ab, wenn sie es versprochen hat«, murmelte er dann vor sich hin. »Aber sobald sie mit diesem Franzosen zusammen ist, hat sie keine Zeit mehr für mich.«

»Du kannst in meiner Kammer schlafen«, schlug Fulco vor.

Aber Sebastiano wollte nicht in Fulcos Kammer schlafen. Er wollte da schlafen, wo er immer sich gewünscht hatte zu schlafen: unter den Dogenbildern.

»Aber hier gibt es kein Bett. Du musst doch richtig schlafen können«, wandte Ursul ein.

Er brauche kein Bett, sagte Sebastiano rasch, er passe mit angezogenen Füßen in einen der großen Sessel.

»Wir nehmen zwei Sessel«, entschied Chiara und stieg die Treppen hinauf, um Decken zu holen.

»Weshalb willst du eigentlich unbedingt in diesem Raum schlafen?«, wollte Fulco wissen.

Sebastiano schüttelte den Kopf und schwieg. Als Chiara mit den Decken zurückkam, sagte er leise: »Sie sind eben immer da. Und manchmal spreche ich mit ihnen.« Chiara nahm Fulco am Arm, »er wird schlafen wollen«, sagte sie und strich Sebastiano mit einem Gute-Nacht-Gruß übers Haar.

Als Chiara den Jungen zudeckte, wurde ihr klar, dass sie nie in ihrem Leben ein Kind zugedeckt und ihm Gute Nacht gesagt hatte. Sie zog behutsam die Decken glatt, stopfte sie nochmals fest, sodass Sebastinao ganz gewiss nicht frieren konnte und er warm eingehüllt war.

Sie ließ den Wunsch zu, dass sie solche fürsorglichen Handgriffe eigentlich sehr gerne tun würde, in Zukunft – Kinder zu Bett bringen und auf ihnen Gute-Nacht-Küsse verteilen. Doch im Augenblick hatte sie nicht die Absicht, sich zu diesem Geschehen einen passenden Mann vorzustellen.

Es war angedacht, und das sollte für den Augenblick genügen.

Später, als sie bereits im Bett lag, dachte sie an Torcello. An ihre winzige Hütte und wie dort alles so anders war als hier. Sie überlegte, wo sich Matteo wohl in diesem Augenblick befand, und erinnerte sich an seinen Vorwurf, dass sie ihm das geheime Zimmer unterschlagen hatte. Und sie hatte plötzlich das Gefühl, dass sie nachprüfen musste, was aus dieser Kammer geworden war, seit sie das Haus verlassen hatte. Sie stieg aus dem Bett, warf eine Decke um die Schultern und stieg die Treppen hinauf. Dann stand sie vor der Tür ohne Türknopf. Sie nahm eine Haarnadel aus ihrer Frisur und schob sie in die Öffnung. Dann drückte sie die Tür auf.

Und zuckte zusammen.

Der Raum war leer.

11. Panni Tatari, Bisamapfeluhren und das Buch der Chroniken

Während sich Chiara liebevoll um die Schlafstätte für Sebastiano bemühte, saß Ursul in der Gondel im Wassergeschoss und grübelte.

Sie grübelte vor allem über das Gespräch mit ihrem Onkel: Wie sie ihr Leben eigentlich weiterhin gestalten wolle, ob sie es nicht irgendwann auch mit einem anderen Menschen teilen wolle. Und wer dafür infrage komme.

Nach Meinung des Onkels gab es dafür drei Männer: Leone, der Faktor und ja wohl auch dieser »Mann mit der Pest«, wie er Fulco stets zu bezeichnen pflegte. Dass Isacco gar nicht erst ins Gespräch kam, hatte damit zu tun, dass der Onkel zwar von diesem Isacco wusste, aber nichts, was irgendwo Bestand haben konnte für ein gemeinsames Leben mit seiner Nichte. Wobei Ursul ihm noch nicht einmal von Isaccos verschrobenster Idee mit dem Canale Orfano erzählt hatte.

Der »Mann mit der Pest«, Fulco Morandi, war kein ernsthafter Bewerber, weil er mit seinen Untersuchungen so bis an den Rand vollgestopft war, dass man annehmen konnte, er komme gleich mit einer Pestmaske und einer langen, mit Kräutern gefüllten Nase durch die Tür herein.

Veit Brugger, der Faktor, hatte seiner Nichte – falls sie ihn denn erhören würde – Seide versprochen. Viel Seide, *panni tatari* aus China, nicht die in ihrer Stadt gefertigten. Außerdem lag ihm im Sinn, ihr aus der nächsten Schiffsladung Pelze und Schmuck – Ketten mit großen Bernsteinkugeln und Straußeneierschalen – zu schenken. Falls sie ihn erhören würde, wonach es im Augenblick nicht aussah.

Leone schien dem Onkel zwar angemessen als Bewerber, da sein Vater diese Bank bei San Marco besaß, aber es würde Probleme mit der Religion geben. Für den Fall, dass dieser Leone überhaupt bereit wäre, in das lutherische Nürnberg, die erste Stadt, die geschlossen zum protestantischen Glauben übergetreten war, mitzukommen. Und wer das *»Buch der Chroniken«* aufschlug, konnte just bei Nürnberg dieses schreckliche Bild sehen, auf dem die Juden in Flammen aufgingen. Und als Elias die Geschichte mit dem Kosakenführer Chmjelnitzky erzählt hatte, war Ursul klar geworden, dass sie sich vielleicht doch nicht gründlich genug mit dieser Chronik beschäftigt hatte, bevor sie sich entschloss, sie zu verkaufen: Der Holzschnitt mit den brennenden Juden war gleich dreimal in dem Buch verwendet worden. Dass ein christlicher Junge in Trient grausam umgebracht worden war, weil die Juden angeblich christliches Blut für ihr Fest der ungesäuerten Brote benötigten, wurde nicht nur einmal berichtet, sondern mehrere Male. Und dies mit allen schrecklichen Details. Dass angeblich in Passau, Regensburg und Breslau Hostien durchstochen worden waren, gehörte ebenfalls zu den angeblichen Übeltaten, die Juden verübten.

Was also sollte sie tun, um sich dieser Idee eines gemeinsamen Lebens anzunähern? In dieses Nabatäerland gehen und prüfen, inwieweit dieser Meschuggene aus dem ehemaligen Ghetto inzwischen Erfolg gehabt hatte mit seiner Idee, die Wüste grün zu machen? Vielleicht würde er ja dort – in Ermangelung eines Canale Orfano – von ihr verlangen, auf den Berg Mose hinaufzusteigen, um die Abbruchstellen der Gesetzestafeln zu entdecken?

In Nürnberg, wohin der Onkel bald wieder zurückkehren wollte, hätte sie immerhin noch die Möglichkeit, den Ring des

Handwerksburschen am Schönen Brunnen am Hauptmarkt zu drehen und dabei Wünsche auszusprechen. Wobei sie sich eingestehen musste, dass ihr im Augenblick keinerlei Wünsche einfielen.

Als sie mit ihren Überlegungen bis zu diesem Punkt vorgedrungen war, wurde ihr klar, dass sie es mit aller Beharrlichkeit vermieden hatte, an Elias zu denken. Sie hatte ihn nicht mehr gesehen, seit er seine Reise begonnen hatte, und sie hatte auch von niemanden im Haus erfahren können, wann er wieder zurückkehren würde, obwohl sie es bereits dreimal versucht hatte.

Elias also. Sie hatte ihn immer alterslos gesehen. So, als könnte auch sie eine Tanka für ihn sein, wie diese Tanka es damals gewesen war. Sie wusste, dass es vermessen war, dies zu denken. Sie beschwor Bilder herauf, abends, wenn sie im Bett lag, und stellte die Pendel seiner Uhren neu. Diese Bisamapfeluhr, die von Henlein aus Nürnberg stammte, hätte sie gerne in der Hand gehabt, daran gerochen, sie aufgezogen.

Ihr intensivster Wunsch war, in diesem Beduinenzelt zu schlafen. Dazu verstieg sie sich am häufigsten. Und sie war davon überzeugt, dass es ihr ganz gewiss niemand ansehen würde, dass sie sich in diese absurden Ideen verstieg. Und was ihre Gedanken hinter diesen Gedanken waren, würde ohnehin nie ein Mensch erfahren.

Nicht einmal Elias.

Falls er überhaupt wieder zurückkommen würde.

12. Gelebte Leben

Chiara erkannte den Mann, der mit einem Mascareta, einem Jagdkahn für das Schilf, soeben an Land ruderte, zunächst nicht. Er trug einen Hut, wie ihn die Fischer hier trugen, hohe Stiefel und eine derbe graubraune Jacke, die ganz offensichtlich schon bessere Zeiten gesehen hatte.

Der Mann summte vor sich hin.

Als er näher kam, sah sie, wer es war. »Ihr seht sehr fremd aus«, sagte sie zögernd. »Aus der Ferne wirkt Ihr wie ein Einheimischer.«

Er lächelte ihr zu. »Aber immerhin hätte ich als Fischer in dieser Montur doch wohl am meisten Chancen bei Euch, oder?«

»Ob jemand Chancen bei einer Frau hat, hängt ganz gewiss nicht von seiner Kleidung ab«, sagte sie steif.

»Es hängt unter anderem auch von seiner Kleidung ab, aber selbstverständlich nicht nur«, erwiderte er friedlich und hob einen Eimer mit Fischen aus dem Kahn, den er einem Jungen reichte, der ihn ganz offensichtlich bereits erwartet hatte.

»Ich habe Euch lange nicht gesehen«, sagte er, während er einen schmalen Pfad einschlug, der zu den Fischerhütten führte.

»Ich hatte mit dem Drucker zu tun«, antwortete sie und folgte ihm.

Er nickte. »Ich dachte mir, dass Ihr deswegen abwesend seid.«

»Ich habe auch Euch eine ganze Weile nicht gesehen«, sagte sie vorwurfsvoll. »Ich hatte den Eindruck, Euch interessiere diese Stadt nicht mehr. Ihr habt vermutlich weder den endgültigen Auszug der Franzosen miterlebt noch den endgültigen Einzug der Österreicher.«

»Ich habe den Auszug der Bronzepferde miterlebt«, sagte er

zornig, »die Zerstörung des *Arsenals* und den Raub von Hunderten von Kunstwerken, das hat mir genügt. Und dass inzwischen ein Getränk Einzug gehalten hat, das ich nicht trinken mag, das Bier, und es nun in mancher *locanda* widerwärtig nach Kraut, Würsten und Kartoffeln riechen soll, wie ich hörte, darauf kann ich auch ohne Weiteres verzichten. Und auf andere Heucheleien ebenfalls: Der Tanz der Franzosen um den sogenannten ›Freiheitsbaum‹, den weißen Maulbeerbaum, war gewiss nichts anderes als Heuchelei. Und in meine Heimatstadt komme ich erst dann wieder, wenn die Bronzepferde zurückkehren.«

»Seid Ihr so sicher, dass sie das tun werden?«, zweifelte sie.

»Da bin ich ganz sicher«, sagte er überzeugt, »auch wenn es Jahre dauern mag. Tyrannen halten sich nicht ewig.«

Er blieb vor einer der Hütten stehen, lächelte sie dann verschmitzt an und öffnete die Tür.

»Dürft Ihr hier so einfach herein«, fragte sie verblüfft, während er eintrat ohne zu antworten.

»Ihr fahrt heute Abend auch nicht mehr bei Nacht und Nebel nach Venedig zurück?«

»Nein, ich fahre diesmal nicht bei Nacht und Nebel nach Venedig zurück. Ich bleibe hier. Eine ganze Weile sogar.«

Sie schaute sich in der Hütte um, stellte fest, dass sie sauber und aufgeräumt war.

»Das ist doch Giorgios Hütte«, fragte sie dann erregt, »habt Ihr sie etwa gekauft?«

»Es lässt sich nicht alles mit Geld erreichen«, sagte er grimmig, »auch wenn Ihr das inzwischen wohl annehmt. Ich habe sie gemietet. Und Giorgio ist froh über diese Miete. Gemietet, so wie Ihr meinen Palazzo gemietet hattet.«

Eine Weile standen sie sich schweigend gegenüber, dann streckte ihm Chiara die Hand entgegen. »Entschuldigt, ich wollte Euch nicht verletzen«, sagte sie betroffen. »Ich schieße ständig übers Ziel hinaus, ohne es zu wollen.«

Er deutete auf den Tisch, auf dem ein Krug mit Wein stand, nahm zwei Becher aus dem Regal und füllte sie. »Kommt, setzt Euch, und erzählt mir, was es Neues gibt in der Stadt.«

»Ziemlich viel«, antwortete sie, »ich weiß nicht, was Euch alles interessiert. Viele Geschichten gingen irgendwie zu Ende: Euer Palazzo ist jetzt verwaist, Ursul ist mit ihrem Onkel wieder nach Nürnberg gereist und will sich dort intensiv um dieses »Buch der Chroniken« bemühen. Fulco ist nach Padua an die Universität zurückgekehrt und arbeitet zwar weiter an der Pest, aber jetzt in einem dortigen Archiv oder einer Bibliothek. Eure Putzfrau ist mit ihrem ehemaligen Mann dahin, wo die meisten Franzosen hingegangen sind, nach Paris. Sebastiano heißt nun nach dem Wunsch seines Stiefvaters nicht mehr Sebastiano sondern Sebastian, mit der Betonung auf ›an‹, was ihn schrecklich ärgert. Aber ich bin sicher, dass er nach wie vor irgendwelche Seeschlachten in irgendeinem Waschzuber spielen, und dabei sämtliche Räume der Wohnung unter Wasser setzen wird.«

»Ihr habt ihm Euer gesamtes *Arsenal* geschenkt«, sagte Matteo nach einer Weile vorwurfsvoll, »denkt Ihr nicht auch an Eure eigenen Kinder? Eines Tages?«

Sie starrte ihn an. »Bis jetzt gibt es keine«, sagte sie dann stockend. »Und ich habe ihm auch lediglich ein paar der Karavellen und ein paar Galeeren geschenkt. Gerade so viel, dass er mit seiner Schwester spielen kann oder mit einem Freund.«

»Das beruhigt mich«, erwiderte Matteo Basso zufrieden.

»Wieso sollte Euch das beruhigen?«, fragte sie zögernd.

»Nun, ich habe irgendwann alle meine Zinnsoldaten meinem jüngeren Bruder geschenkt, der sie natürlich bereits nach einem Monat verloren, verwettet oder getauscht hatte. Und heute bereue ich meine voreilige Tat.«

Er schenkte ihr den Becher voll, sie winkte ab, er deutete lässig zu der Tür. »Eure Hütte ist nur ein paar Schritte von der meinen entfernt, Ihr braucht Euch keine Sorge zu machen, dass Ihr sie nicht findet. Und im Übrigen will ich nur noch eine ganz kurze Fahrt mit Euch machen.«

»Eine Fahrt?«, sie verschluckte sich erschrocken, »jetzt? Fast schon in der Nacht?«

»Nun, Ihr wisst ja ganz gewiss, dass man die Meerpolypen entweder mit der Angel fängt oder aber sie bei Nacht vom Boot aus aufspießt.«

»Die gibt es hier doch gar nicht«, wehrte sie ab.

»Die großen nicht«, gab er zu, »nicht die bis drei Meter großen; aber die kleinen, die nicht größer werden als zwanzig bis dreißig Zentimeter, die schon.«

»Ich habe noch nie welche gesehen«, sagte sie entschieden.

»Auch nicht bei den Austernbänken?«, fragte er ernsthaft.

»Ich fürchte, ich muss mit dem Wein Acht geben«, sagte sie amüsiert, »sonst bindet Ihr mir noch Bären auf. Ich kenne nur die Muschelbänke.«

»Nun gut, dann lasst uns weiter darüber reden, was in der Stadt passiert ist. Ich bin ganz sicher, dass es da noch eine ganze Menge gibt, was ich nicht weiß.«

»Es gibt nichts weiter von unserer Stadt zu berichten. Doch«, hakte sie nach, »Ihr habt das geheime Zimmer ausgeweidet«, sagte sie dann vorwurfsvoll. »Es war leer, als ich es neulich besuchen wollte, und ich kann mir nicht vorstellen, weshalb Ihr das getan habt.«

»Ich schon«, erwiderte er. »Ursuls Onkel hatte bei mir nachgefragt, ob er ein paar Räume mieten könne. Seine Nichte, die eine Zeit lang im Ghetto lebte, wollte einen Teil des Untergeschosses mieten, wie damals ihre Vorfahrin, und in deren Fußstapfen treten. Dies neben ihrer Arbeit mit dem Verkauf der Chronik. Und unter dem Dach, in dieser einstmals verborgenen Kammer, würde sie gerne schlafen. Sie glaubt nicht an Gespenster.«

»Ich auch nicht«, wehrte sich Chiara.

»Das habe ich vermutet. Und weil ich sicher war, dass es so ist, habe ich Euch etwas mitgebracht aus dieser Kammer. Das heißt genau genommen, aus einer Kammer hinter dieser Kammer, die zum Teil einer Werkstatt glich. Der andere Teil war vollgestellt mit Tierskeletten.«

Er stand auf, ging zu seinem Bett und nahm aus einer Schachtel, die unter dem Bett stand, ein Tuch, in dem sich ganz offensichtlich Dinge befanden, die schepperten.

Er breitete das Tuch mit einer unendlichen Langsamkeit auf dem Tisch aus, so als gelte es einen Schatz zu offenbaren.

13. Würfel – gute und böse?

»Gespaltene Würfel«, flüsterte Chiara, als sie den Inhalt des Tuches sah. Sie schaute verblüfft auf die Würfelhälften, die aus den unterschiedlichsten Materialien bestanden – Bernstein, Elfenbein, Bronze, Quarz. Und alle unfertig waren.

»Es sind nicht nur diese halb fertigen, die interessant sind«, korrigierte Matteo und rollte das Tuch weiter auseinander, »da gibt es noch etwas. Etwas ziemlich Seltsames.«

Das, was vor ihnen lag, war ein weiterer Würfel, ein ganzer Würfel, der angeschnitten war, das Messer steckte noch in dem Material, das möglicherweise Bernstein war.

»Wisst Ihr, was das soll?«, fragte Chiara kopfschüttelnd.

»Ich kann mir nur vorstellen, dass hier jemand versucht hatte, dieses Symbol Platos nachzubauen und dabei dann gescheitert ist«, erwiderte Matteo. »An dem Material. Und es dann nicht weiter versucht hat. Es gibt ja nur diese angefangenen Würfel, keiner ist fertig.«

»Und wer sollte so etwas gemacht haben?«

»Ihr solltet eher fragen, wo ich sie gefunden habe«, sagte Matteo.

»Und wo habt Ihr sie gefunden?«

»In dieser engen Kammer, die ich zunächst für eine Abstellkammer hielt, und zwar deswegen, weil sie vollgestellt war mit irgendwelchem Gerümpel, unter anderem mit diesen Tierskeletten.«

»Die Skelette hatte Sebastiano gefunden«, sagte Chiara rasch, »er hatte uns davon erzählt. Und gespielt hat er dann auch mit ihnen.«

»Dann könnten dieses Dinge doch vielleicht von diesem seltsamen Mönch Bartolomeo stammen, jenem, der einst hier gewohnt und sich dann den Palazzo unter den Nagel gerissen hat«, vermutete Matteo. »Und ihn dann wieder verloren hat.«

»Aber das ergibt keinen Sinn für diese Unzahl von angefangenen Würfeln«, meinte Chiara.

»Vielleicht aber doch«, erwiderte Matteo, »vielleicht wollte er ganz einfach diesen gehassten Riccardo übertrumpfen, mit einem größeren Würfel, einem kostbareren Würfel, einem ungewöhnlichen, in den er zu allem Überfluss auch noch einen Namen eingravierte. Was meint Ihr zu dieser Erklärung?«

Chiara hielt den Würfel dicht vor ihre Augen, um die Gravur besser lesen zu können, aber das Messer musste auch hier abgerutscht sein und so war nur ein »Chr« zu entziffern, das jedoch auch nicht eindeutig war. Sie legte den Würfel auf den Tisch, dachte nach. »Nun, dieser Bartolomeo war doch ganz offensichtlich alles andere als ein angenehmer Mensch. Er fälscht ein Testament, unterschlägt einen Palazzo, wird des Mordes verdächtigt, zieht als Sklavenhändler über die Meere, denunziert und kassiert – was soll ich von so einem Menschen halten?«

Matteo zuckte mit den Schultern. »Dass er trotz allem auf seine Art in diese Frau verliebt war, die einst hier lebte. Und die damit das Rätsel der dritten Frau löst, auch wenn wir ihren Namen vermutlich nie erfahren werden.«

Matteo nahm den Würfel in die Hand, bewegte ihn hin und her, hielt ihn Chiara entgegen. Und lachte. »Ganz konnte er aber auch hier seine kriminelle Veranlagung nicht verbergen«, sagte er dann, »wenn Ihr den Würfel in der Hand wiegt, spürt ihr deutlich, dass er ungleichmäßig schwer ist. Und das war vermutlich auch der Grund, weshalb er ihn nicht zerschneiden konnte. Da war Blei eingefüllt, damit konnte man jeden Mitspieler betrügen.«

Chiara legte den Würfel auf den Tisch, nahm eine der anderen Würfelhälften, eine bescheidene aus Holz in die Hand. »Den hier möchte ich tragen«, sagte sie dann und schaute Matteo lächelnd an, »irgendwie habe ich das Gefühl, als habe dann alles seine Richtigkeit. Es sei denn, Ihr wolltet ihn eines Tages irgendjemandem geben, von dem Ihr der Meinung seid, dass er an das glaubt, was Plato damals sagte: Dass der Mensch ursprünglich ein Ganzes war, dann gespalten wurde und von da ab seine andere Hälfte sucht, bis in alle Ewigkeit.«

Sie ließ die Würfelhälfte auf ihrer Hand hin- und herrollen und schaute ihn an.

»Wenn Ihr schon eine Würfelhälfte wollt, dann doch gewiss die, die auf dem Stehpult lag, oder etwa nicht?«, sagte Matteo und griff in seine Rocktasche. Er nahm eine der beiden Hälften heraus, legte sie auf seine Hand, hielt sie ihr aber nicht entgegen. »Ich weiß nicht, ob jetzt dazu bereits der richtige Augenblick ist. Ich denke später einmal. Was meint Ihr dazu?«

»Später? Was soll das heißen? Dass Ihr den Palazzo nicht mehr abreißen lassen wollt?«, fragte sie rasch, ohne jedoch nach dem Würfel zu greifen.

»Für den Augenblick heißt es gar nichts«, stellte er fest und ging zur Tür. »Und das eine hat mit dem anderen gewiss nichts zu tun.«

14. Die Häuser leer, am Himmel kalte Sonnen

»Und jetzt möchte ich mit Euch zu den Muschelbänken hinausfahren«, sagte er dann und wandte sich wieder zu ihr um. »Ich war nämlich auch nicht ganz untätig in der Zwischenzeit. Ich habe nach den Brutplätzen der Tintenfische gesucht, das hat mich schon lange interessiert«, fuhr er fort und entzündete eine Lampe, die er an den Kahn hängte. »Habt Ihr überhaupt schon einmal deren Eier, diese schwarze Beeren, auf den Algen und dem Seegras gesehen? Und Muschelbänke mit Miesmuscheln gefunden?«

»Miesmuscheln? Die findet doch jeder«, sagte sie überheblich, »an denen habe ich mir schon als Kind die Finger geschnitten, wenn ich nicht vorsichtig war.«

»Die auf den Felsen schon, aber auch die auf den Pfählen, die weit draußen sind? Und die Kalmare, die so wunderbar zart sind, dass sie nahezu auf der Zunge zergehen?«

»Aber die fängt man mit Netzen«, erwiderte sie. »Und ich bin nicht mal sicher, dass es die hier überhaupt gibt.«

»Es gibt alles hier in dieser Lagune«, sagte Matteo Basso mit so viel Stolz in der Stimme, als sei er einst der Schöpfer dieser Lagune gewesen.

»Ihr habt vermutlich inzwischen eine ganze Menge dazugelernt«, sagte sie ruhig, »aber es fällt mir schwer, Euch hier draußen als Fischer in der Lagune vorzustellen. Zumindest nicht auf die Dauer.«

Er lachte. »Die Tintenfische, die ich bisher in der Pescheria am Rialto in ihrer eigenen schwarzen Tinte höchst unappetitlich vorgefunden habe, nun endlich einmal in all ihrer Schönheit im Wasser zu sehen, das war für mich wie eine Offenbarung. Und all die übrigen Fische zu entdecken, die ich sonst nur immer gegrillt, gekocht oder gebacken auf meinem Teller vorfand – Seezunge, Meeräsche, Aale, Gründlinge, Stör, Hummer und Garnelen –, sie alle selbst zu fangen ebenfalls. Und dann sie auch zuzubereiten. *Granseole veneziani*, kennt Ihr das überhaupt?«

Sie lachte. »Natürlich. Mein Großvater wusste genau, wo es diese Krebse gab, und meine Großmutter konnte sie wunderbar zubereiten. Als Nachtisch gab es dann manchmal süße Reiskuchen, Strudel oder Quittenschnitten.«

Irgendwann, als der Vollmond hinter den Zypressen am Land auftauchte, versandete das Gespräch. Es war so, als sei es plötzlich unwichtig geworden, überflüssig. Als gälten hier draußen in der Nacht, in der Matteo Basso den Kahn durch die schmalen Kanäle stakte – so, als habe er nie etwas anderes getan – fremde Maßstäbe. Als gäbe es kein »Gefälle- und Hauszinsbuch« mehr, keine Krangelder, Zölle oder Entlohnungen der Ballenbinder. Als sei alles vergessen, was ihn je daran interessiert und Chiara an jenem Tag in der Villa an der Brenta verblüfft hatte.

»Seltsam«, sagte sie irgendwann leise, »diese Geschichten, die alle zu Ende sein sollen. Fulcos Geschichte, Ursuls, die des Onkels, Sebastianos.«

»Wirklich alle Geschichten?«, fragte er und versuchte in der Dunkelheit ihr Gesicht zu erkennen. »Nur unsere nicht, meint Ihr das?«

»Vielleicht«, sagte sie zögernd.

Er nahm das Ruder in die andere Hand, wechselte die Position seiner Füße, um bequemer zu stehen. »Dann stellt Euch ganz einfach einmal vor, dies alles wären wirklich nur Geschichten, die jemand aufgeschrieben hat und zu einem Ende führen müsste. Wie würdet Ihr sie enden lassen?«

»All diese Geschichten?«, fragte sie zögernd. Und dann nach einer Pause. »Oder vielleicht – nur unsere?«

»Ja, das meine ich.«

»Nun«, lachte sie vor sich hin und setzte sich so, dass sie nun in die andere Richtung sehen konnte. Das Boot begann zu schwanken.

»Ich würde die beiden, die jetzt in diesem Kahn sind, weit auf die Lagune hinausfahren lassen, immer weiter, ich würde sie so weit fahren lassen, dass sie das Gefühl hätten, längst mitten im Adriatischen Meer zu sein, und dann –« sie machte eine Pause, dachte nach, schaute zum Himmel empor –

»Und dann?«, fragte er nahezu atemlos.

»Ich würde sie nicht mehr zurückkehren lassen in diese Stadt Venedig«, sagte sie entschieden. »Eine Stadt, die man geschändet hat, ausgeraubt, der man ihre Würde genommen hat.«

»Aber irgendwo müsstet Ihr die beiden dann doch einmal landen lassen – oder etwa nicht?«

»In Torcello natürlich«, sagte sie ohne lang nachzudenken. »Ich würde entscheiden, dass Torcello wieder zu dem wird, was es vor 500 Jahren war.«

»Torcello vor 500 Jahren? Mit 30000 Bewohnern?«, fragte er entsetzt, »mit einem Bischof?«

Sie lachte. »Natürlich nicht mit seinen 30000 Bewohnern und auf den Bischof könnte ich auch verzichten! Ich denke, den beiden würden die hundert Menschen oder auch ein paar mehr genügen, die es heute gibt. Ich würde die Blaue Madonna bitten, dass sie dafür Sorge trägt, dass alles genauso bleibt, wie es jetzt ist.«

»Ihr meint, dass die Kanäle von den Sümpfen übernommen werden, die Häuser verfallen, in der Mittagszeit kein Mensch mehr auf all den staubigen Wegen ist? Alles so morbide, wie es heute ist?«

»Ja, ich denke, dass mir das gefallen würde«, erwiderte sie rasch. »Stellt Euch ganz einfach einmal um die Mittagszeit auf diesen Platz vor den beiden Kirchen. Wenn Ihr wollt, könnt Ihr Euch auch auf Attilas Thron setzen, jenen uralten Steinsitz, von dem kein Mensch weiß, woher er kam und ob er überhaupt irgendetwas mit Attila zu tun hat. Wenn man dort sitzt und sich die zwei Kirchen anschaut, wenn man dann sich vorstellt, alles ist alt, uralt, die Römer hatten die Insel schon im ersten und zweiten Jahrhundert besiedelt. Dann stellt Euch die Flutkatastrophen vor, die alles unter sich begruben. Und wie das Land dann wieder neu besiedelt wurde, wie die Langobarden kamen, wie Torcello eine Stadt wurde, mit acht Kirchen, mit Villen, wunderbaren Gärten, prachtvollen Palästen …«

»Ihr könntet genauso gut ein Buch über Torcello schreiben wie über die Paläste Venedigs«, amüsierte sich Matteo, »ich könnte Euch stundenlang zuhören. Und mir vorstellen, wie ich in einem dieser Paläste wohnen würde.« Er machte eine Pause. »Trotz allem würde ich aber gern wissen, wie nah oder wie fern sich die beiden in dieser Geschichte wären?«

»Spielt das eine Rolle?«

Eine Weile war Stille, Matteo Basso hatte das Ruder weggelegt und sich ihr gegenüber hingesetzt. »Ich denke schon. Es ist doch unsere Geschichte, oder? Wie geht sie zu Ende?«, wollte er wissen.

Sie dachte nach, legte den Finger an die Nase. »Vermutlich würde ich die beiden nicht einmal nach Torcello schicken«, sagte sie dann. »Ich würde sie einfach auf der Lagune belassen. Es gibt nirgendwo auf der Welt etwas, was dieser Lagune vergleichbar ist. Kein Licht, keine Stille, kein Geruch, der ihr ähnlich ist. Und ich würde jeden Tag auch zu der Blauen Madonna gehen und ihr danken für all das, was es hier gibt.«

Sie machte eine Pause. »Und mich darüber freuen, dass heute jedermann seine Hand in *la bocca*, die in Torcello vor der Kirche an der Wand aufgehängt ist, stecken kann, ohne dass ihm etwas geschieht.«

»Eine wunderbare Geschichte«, sagte er lächelnd, »ich hätte nie gedacht, dass Ihr solch wunderbare Geschichten in Euch habt.«

Sie lachte ebenfalls. »Ihr habt mich nie danach gefragt. Ihr dachtet vermutlich, ich könnte wirklich nur die Unterschiede der Formen Sansovinos und die Abänderung des Grundschemas des venezianischen Palastes im Barock vorweisen.«

»Vermutlich dachte ich das wirklich«, sagte er und schaute einem Fischreiher nach, der über ihnen seine Kreise durch die Nacht zog. »Aber ist das inzwischen nicht längst unwichtig geworden?«

Er stakte den Kahn um einen Poller, zeigte auf einen Pfahl. »Ihr kennt sie natürlich, diese Stelle?«, fragte er dann, während er den Kahn an dem Poller befestigte.

»Es gibt kaum eine interessante Stelle, die mir mein Großvater nicht gezeigt hätte. Hier soll ein Dichter eine Liebeserklärung gemacht haben. Ich weiß nur leider nicht, wer. Aber ich habe vor einigen Tagen einen Teil eines anderes Gedichts gefunden«, sagte sie. »Als Einwickelpapier in unserer Kammer. Ich weiß nicht, wo es hingehört, vermutlich war es einst ein Sonett. Auf jeden Fall möchte ich es Euch irgendwann einmal vorlesen, weil ich sicher bin, dass es Euch gefallen würde.«

»Das dürfte das Gleiche sein, das ich bei diesen Papieren gefunden habe«, meinte Matteo und zog umständlich einige mit einem blauen Seidenband verschnürte Blätter aus seinem Rock, die er Chiara vor die Füße legte. »Vielleicht ist es eine Abschrift davon. Und das möchte ich Euch jetzt vorlesen.

DIE GÖTTER, DIE UNS ALLE EINST GESPALTEN,
IHR WÜTEND URTEIL AUCH AN UNS VOLLBRACHT,

INS WELTALL STIESSEN SIE UNS, GABEN NACHT,
DAMIT WIR BLIND UND KLIRREND DORT ERKALTEN.

SIE MACHTEN HALB, WAS EINST FÜR GANZ GEHALTEN,
ZERBRACHEN ZORNIG, WAS SIE SELBST ERDACHT.
UNS BLIEB DIE RACHE, DIE WIR VOLL ERBRACHT
EIN NAMENLOSES HEER MIT KRAFTLOS GRAUSAMEN GESTALTEN.

DIE HÄUSER LEER, AM HIMMEL KALTE SONNEN.
DIE WÄRMEN NICHT, WO DOCH DEIN ATEM FEHLT.
ICH FRIERE EINSAM. UND TRAURE. OB ALL DER UNGELEBTEN WONNEN.

UND SEH DEN TROTZ, DER DEINE STIRN ERHEBT:
WIR WEIGERN UNS, WIR WERDEN NIE VERBRENNEN.
WIR LACHEN IHRER. SELBST IN ÄONEN WERDEN WIR UNS WIEDERKENNEN.

Eine Weile war Stille, als Matteo geendet hatte.

»Das ist wirklich ein wunderbares Gedicht, auch wenn es traurig ist«, murmelte Chiara. Ein Mann hatte ihr ein Gedicht vorgelesen, das er schön fand. Und es hatte so geklungen, als sei es für sie gemacht.

»Der oder die es geschrieben hat, war vermutlich der Meinung, dass es besser sei, es habe etwas stattgefunden, als habe nichts stattgefunden«, sagte Matteo leise. »Auch wenn es nun vorüber ist.« Er ließ die Hand ins Wasser gleiten, zog sie empor, und die Tropfen klangen, als fielen Perlen ins Wasser.

»Aber es sind mitnichten alle Geschichten zu Ende«, sagte er dann mit veränderter Stimme. »Es gibt eine, die nicht gelöst ist.«

»Welche?«, fragte sie und nahm die Papiere hoch, die noch zu ihren Füßen lagen. »Sind das Briefe?«

»Ja. Zwei lange Briefe. Ich fand sie beim Aufräumen dieses Zimmers, das Euch so sehr faszinierte.«

»Und was sind das für Briefe?«

»Nun, nach was habt Ihr denn alle gesucht? Ich denke, Ihr hattet versucht, das Geheimnis der dritten Frau zu lösen, oder etwa nicht?«

»Ursul wollte es aufklären«, sagte sie zögernd, »ich weniger. Sie war nahezu besessen davon. Nur«, sie versuchte sein Gesicht in der Dunkelheit zu erkennen, »ich habe mich nie so sehr für all das interessiert, weil ich immer dachte, es liegt so weit zurück. Und ich fragte mich, hat es überhaupt noch irgendetwas mit uns heute zu tun?«

Matteo Basso strich mit dem Daumen ganz leicht über ihre Hand. »Du darfst ganz sicher sein, dass diese Briefe auch heute noch ihre Gültigkeit haben. Für uns. Für alle, die sie lesen wollen. Sie sind nicht an eine Zeit gebunden. Ich denke, dass sie mit diesem Gedicht zu tun haben. Und ich war der Meinung, dass diese Briefe hierherpassen. Deswegen habe ich sie mitgebracht.«

Sie löste das blaue Seidenband, nahm den obersten der Briefe heraus, klappte ihn auseinander und legte den Rest behutsam zwischen ihre Füße.

15. Wenn die Masken fallen

RICCARDO – es ist Nacht.

Ich sitze im Kaminzimmer, schaue hinunter auf den Kanal, der einem riesigen Ameisenhaufen gleicht, auf dem jede der Ameisen in eine andere Richtung rennt. Dutzende von Booten, die den Kanal hinauf und hinab eilen. Ihre Lichter flackern über dem Wasser, berühren andere Lichter, die auf dem gleichen Weg sind – ein Weg, der ins Ungewisse führt, zumindest in den meisten Fällen.

Ich höre Glocken läuten, das Tuten der Signalhörner, die Rufe der Barkenführer. Ich kenne den Weg der Boote, wenn sie die Christen zur Isola San Francesco del Deserto und Mazorbo bringen, die Juden nach San Nicola auf dem Lido: damit selbst im Tod noch alles seine Ordnung hat.

Ich sehe die anderen Boote, die aus dem Nebel auftauchen, wieder im Nebel versinken – Boote, die in eine andere Richtung fahren: voll beladen mit Dienern und Mägden, Betten, Geschirr, Lebensmitteln. Boote, die zu den Villen der Brenta unterwegs sind, um ihre Herrschaft in Sicherheit zu bringen. In die vermeintliche Sicherheit. Die Stadt flieht.

Nur »Personen von Wert« darf der Arzt mit der spitzen Maske vor dem Gesicht, die mit Kräutern gefüllt ist, noch behandeln. Die anderen sind auf die Arsenalarbeiter angewiesen, die bisweilen nicht einmal mehr mit zehnfachem Lohn bereit sind, Lasten wie diese mit ihren Booten zu den Inseln zu bringen.

Jacopo hat heute Morgen eine Kammer für sich gerichtet, er hat mir einen Beutel mit Dukaten überreicht und mir gezeigt, wie wir verfahren sollen, falls es ihn als ersten von uns dreien treffen sollte.

Aber natürlich weiß niemand, wer dieser Erste sein wird. Und wenn der »Magistrato della Sanita« das weiße Holzkreuz an unsere Tür nageln oder eine andere Markierung anbringen wird.

Chiara schaute bestürzt hoch, ließ den Brief sinken. »Es ist die Pest, wisst Ihr das?«

»Lies weiter«, befahl Matteo sanft, »du wirst merken, weshalb du es lesen sollst.«

RICCARDO – Irgendwer hat mir einmal erzählt, wie traurig er darüber war, dass er den Menschen, die er liebte, nie das gesagt hat, was er eigentlich hätte sagen sollen: Sätze, die er ein Leben lang aufbewahrt, gehortet hatte, so lange, bis es eines Tages zu spät dafür war.

RICCARDO – ich möchte nicht zu jenen gehören, die auf ihren Sätzen sitzen bleiben. Ich möchte sie jetzt sagen. Auch wenn ich nicht weiß, wie und wo ich beginnen soll. Und ich nie den Mut hatte, sie aus mir herauszubrechen, sie vor dich hinzulegen. Aus Angst, dass ich dich bedrängen könnte mit meinen Gefühlen. Und ich auch nie ganz sicher war, welche Gefühle du für mich in dir trugst.

Nun, da diese Welt zu zerbrechen scheint und keiner weiß, wann er sie verlassen muss, möchte ich reden. Erzählen. So wie man eine Geschichte erzählt.

Ich möchte chronologisch erzählen, da ich weiß, dass du ein Mensch der Ordnung bist, das Chaotische nicht liebst so wie ich, die einfach alles aus sich herausfließen lässt und das Ordnen erst danach in Erwägung zieht.

Ich beginne also mit unserer Jugendzeit.

Mit deiner engen Kammer unter dem Dach, unserem Paradies bei Nacht. »Unser zweites Leben« wie wir es nannten. Der Ort, an dem du mir geholfen hast, den »Arrest des Spinnrads«, dem ich tagsüber unterworfen war, abzuwerfen. Du wischtest weg, was sie mir überstülpten, jeden Tag aufs Neue. All die Richelieus, die Festonstiche, die Langettenstiche, die Knopflochstiche, sticken, nähen, klöppeln – es verfloss in der Nacht, wurde ungültig. Meine Erziehung, die du in die Hand genommen hattest, sie begann hier, zu einer Zeit, die dazu gewiss nicht geeignet war: An dein Stehpult stelltest du mich, als ich noch kaum das Kinn über die Schreibplatte heben konnte und du mir ein Fußbänkchen unterstellen musstest.

DENN SIEHE, ICH WILL EINEN NEUEN HIMMEL UND EINE NEUE ERDE SCHAFFEN, DASS MAN DER VORIGEN NICHT MEHR GEDENKEN WIRD, NOCH ZU HERZEN NEHMEN.

Diesen Satz von Jesaja wollte ich dir immer sagen – ich tat es nie. Weil er mir zu großartig schien und ich mich scheute, solche gewaltigen Sätze in den Raum zu stellen.

Ich will auch nicht behaupten, dass es nur der Geist war, der mich an dir faszinierte, es war auch anderes. Wie du mich mit einem einzigen Finger berühren konntest, so behutsam, dass es schien, als wollest du lediglich einen Ton anschlagen, ihm mit geneigtem Kopf nachlauschen. Aber diesen einen Ton, diese Berührung, spürte ich durch jedes Gewand hindurch, er traf mich, blieb in mir haften, ruhen. Es war eine Melodie, die sich in mir formte, in mir weiterklang, zu einer endlosen Melodie wurde, die ich dir zu jeder Zeit hätte vorsingen können.

Aber ich tat es nie.

Ich höre drunten die Signalhörner, schriller als zuvor, der Ne-

bel scheint dichter geworden zu sein. Und ich habe Schwierigkeiten, meinen Kopf zu durchforsten, nach all dem zu forschen, was ich sagen möchte. Nicht weil es zu wenig wäre – es ist zu viel und mir bereitet die Reihenfolge Mühe: Was ist wichtig, weniger wichtig, was muss entfallen. Warum habe ich Angst, es zu sagen.

Von jenem Kuss zum Beispiel kann ich noch nicht reden.

Also sollen es zunächst die kleinen Dinge sein, die haften geblieben sind.

Jene Tage in Nürnberg zum Beispiel, wo ich hinsollte, um Lukas Heimbrecht zu heiraten. Seine Familie, die Familie eines Safranbeschauers, die mich domestizieren wollte. Und mich zu diesem Zwecke die Safransorten auswendig lernen ließ, die ich mir nie merken konnte: zima duschkani, zima des bullia, zima des taquila. *Als ich sie nach Tagen des Übens immer noch nicht konnte, hast du mich abgehört wie einst bei den Vokabeln. Grimmig, weil weder du noch ich wollten, dass ich in diese Nürnberger Safranfamilie einheiratete. Ich sagte also* zima duschkani *und dachte: »Bring mich weg, so rasch wie möglich. Lass uns im Galopp in die* Serenissima *zurückreiten.«*

Ich sagte zima des taquila *und dachte dahinter: »Lass uns in den* giardino pensile *gehen und den Rosenduft einatmen«. Meine Lippen formten* zima des bullia, *aber lautlos sagte ich den Satz dahinter: »Bring mich in dein Zimmer. Und lass es uns endlich tun.« Wobei ich kaum eine exakte Vorstellung davon hatte, was ich mir da wünschte.*

Oder dann der Tag, an dem sie dich zu dieser Vorladung bei der Inquisition holen ließen, wegen den verbotenen Büchern, die du und deine Freunde in unsere Stadt geschmuggelt hatten. Ich saß in jenem kleinen Park in der Nähe des Arsenals *und wartete auf dich.*

RICCARDO, ich sehe mich warten, voller Ungeduld, und ich sehe mich nach einer Zeit, die mir wie eine Ewigkeit erschien, um die Ecke rennen in ein Geschäft und mir völlig verrückte Zoccoli kaufen, mit Bergkristallen und Opalen, nur damit ich beschäftigt war. Ich sehe mich zurückrennen, um dich nicht zu verpassen, ich traute mich nicht, die Schuhe anzuziehen, weil ich sie nicht anprobiert hatte und sie schon jetzt auf mich wirkten, als seien sie viel zu klein. Ich sehe dich, wie du die Calle herunterkommst, deren Namen ich nicht behalten habe. Ich streckte dir meine neuen Schuhe entgegen und sagte, schau mal, was ich mir gekauft habe, so, als ob es nichts Wichtigeres zu erzählen gäbe, als dir von diesen unpassenden Zoccoli zu berichten.

Du knietest nieder, zogst meine alten Schuhe aus und warfst sie unter die Bank. Du zogst mir die Zoccoli an, ebenfalls zweifelnd, weil du bereits jetzt sehen konntest, dass sie viel zu klein waren. Aber ich zwängte mutig meine Zehen hinein und dann gingen wir durch die Stadt, mit diesen schrecklichen Schuhen, die drückten und kniffen. Aber wir rannten durch die engen Calli, kauften uns an der Straße frittolle, verschmierten uns dabei mit Zucker.

Und als wir an einem Haus vorbeikamen, an einem sehr vornehmen Haus, stahl ich eine Rose, die hinter dem Tor blühte. Ich stahl sie für dich, ohne Schuldgefühle. Du nahmst sie, machtest einen Kratzfuß, stecktest deine Nase in die Blüte und schenktest die Rose dann einer alten Frau, die gerade vorbeikam.

»Wir brauchen sie nicht«, sagtest du lachend, »wir brauchen keinen Trost. Weder du noch ich.«

Über deinen Besuch bei den Inquisitoren sprachen wir nicht. Nicht zu diesem Zeitpunkt.

Erst als du am Abend weggingst, lächelnd und mit dem spöt-

tischen Satz »Nicht auf die Galeeren, nur zu meinen Freunden. Geh schlafen«, war klar, dass ich natürlich nicht schlafen gehen konnte. Ich wartete. Bis spät nach Mitternacht. Saß draußen auf dem Altan, *schaute auf den Kanal hinunter, wie heute.*

Dann kamst du, und wir hörten die Nachtigall. Du fragtest mich, ob ich die Nachtigall höre. Ich sagte, dass ich die Nachtigall höre. Aber dass ich in diesem Jahr zuvor noch keine gehört hatte.

Und dann – völlig abrupt – hast du mir plötzlich von den Päpsten erzählt.

Und ihren Seelen. Ob sie überhaupt welche hätten. Und falls sie welche hätten, wie sie zulassen konnten, dass Menschen gefoltert, gequält, verbrannt wurden, auf Scheiterhaufen endeten, in Gefängnissen verhungerten, verdursteten. Vor allem jener schlimmste von allen, Kardinal Cesare Borgia, der Sohn des Papstes Alexanders VI., der seine Opfer in Stücke hacken ließ, erstechen, erdrosseln, dann in den Tiber kippen ließ, der Mann, der stets Gift bei sich trug, das cantarella, *das weiße Arsen, mit dem er dann vermutlich selbst seinen Vater vergiftete.*

Und während du das alles aus dir herauswürgtest, deine Pein, die du vermutlich bei jenem morgendlichen Verhör erlebt hattest – in der Ferne war immer noch die Nachtigall zu hören –, war in meinem Kopf etwas völlig anderes. Genau das Gegenstück zu dem, was du sagtest.

Ich hörte die Sätze, die die Freundinnen zu meiner Mutter sagen, wenn sie bei ihr zu Besuch waren, über dein pockennarbiges Gesicht redeten und dass dir meine Zuneigung überhaupt nur deswegen gewiss sei, weil keine andere Frau dich mit diesem Gesicht begehren würde.

RICCARDO, ich höre dein Lachen an diesem Vormittag, als

wir durch die Stadt gingen. Und ich küsse diese Narben. Jede einzelne. Ich darf es tun, darf alles tun zu dieser Stunde, da es ohnehin nur auf dem Papier geschieht und ich nicht weiß, wie lange mir dieses Papier noch zur Verfügung stehen wird.

Und nun der Kuss.

Ich muss jetzt über ihn reden, weil er der einzig wirkliche ist, den ich je von dir bekommen habe.

Du erinnerst dich – es war an jenem Martedi grasso, dem Höhepunkt des Carnevale, und ich hatte in jener Nacht mit vielen Masken getanzt, Masken, bei denen ich natürlich nie wusste, wer dahintersteckte. Du trugst die bautta, *wie hundert andere in diesen Tagen, ich ging – sinnigerweise – als Nonne. Ein Kostüm, das ich gewiss nicht ausfüllte, das du aber für mich besorgt hattest.*

Und dann dieser Kuss um Mitternacht.

ALS DIE MASKEN FIELEN.

Ich gestehe, dass er mich bis heute irritiert. Es war kein zärtlicher Kuss. Kein Kuss von dieser Zärtlichkeit, mit der du mich normalerweise am Morgen begrüßtest, bevor wir mit unserer Arbeit am Stehpult begannen.

Dies hier war ein zorniger Kuss. Ein harter Kuss. Auf den Mund. Wohin du mich nie zuvor geküsst hattest. Und natürlich wusste ich, dass du mich bestrafen wolltest. Und dass ich diese Strafe verdient hatte. Aber ich hatte damals das Gefühl, dass dieser Kuss von einem Mann stammte, der eine Ewigkeit darauf gewartet hatte, eine Frau küssen zu dürfen. Eine Frau. Nicht eine Schwester.

Ich weiß noch, wie das Geläut der Glocken von San Marco durch die weit geöffneten Fenster in den Ballsaal hereindrang und wie du mich dann – ohne ein einziges Wort zu sagen – ein-

fach stehen ließest. Inmitten der lachenden, fröhlichen Menschen, die nun um Mitternacht ihre Masken abnahmen.

Ich sah, wie du verschwandest.

Du bist einfach untergetaucht. Hast deine Maske auf den Boden geworfen, wo sie zertrampelt wurde.

Und ich sehe auch noch, wie ich anschließend mit dem Aschezeichen auf der Stirn voller Scham durch die Stadt lief, als sei ich für immer gezeichnet. Gebrandmarkt. Und wie mir dabei all die Sätze durch den Kopf gingen, all die versprochenen Liebesabenteuer in den Dampfbädern oder sonst wo, die ich all den Botschaftern oder Gesandten berichtet hatte, die niemand anders waren als du. In jeweils anderen Masken. Um mich zu entlarven.

Und wie ich mich dann nach der Frühmesse fragte, ob ich auch wirklich alles gebeichtet, nichts vergessen hatte. Mir überlegte, ob ich ein zweites Mal zur Beichte gehen sollte, oder gar ein drittes Mal, um sicher zu sein, dass auch alle meine Sünden bei jenem Priester geblieben waren, dem ich sie in seinem Beichtstuhl mitgeteilt hatte. Wie ich ihn bitten wollte, meine schmerzenden Lippen wieder zu unbenutzten Lippen werden zu lassen, mir tröstend übers Haar zu streichen und zu sagen, dass diese Lippen nun wieder rein seien.

Und wie ich dann durch diese beschmutzte Stadt ging, die voller Unrat in der Dämmerung erwachte, mit Hunderten von zerbeulten Masken, zerfetzten Kostümresten, abgerissenem Federkopfputz, dazwischen Essensreste, durch die sich die Katzen und Ratten hindurchwühlten. Wie ich mich von einem Gondoliere ziellos durch die Lagune fahren ließ, ohne zu wissen, ob ich nun nach Burano wollte, nach Murano oder Torcello.

Nach Hause wollte ich auf keinen Fall.

Ich fürchte, an diesem Morgen gab es keine Sätze, die zu hor-

ten gewesen waren. Ich war unfähig, mir irgendwelche auszudenken, die ich dir in aller Bußfertigkeit hätte zu Füßen legen konnte.

Ich war ausgebrannt.

Drunten fahren noch immer die Boote, ich höre ihre Signalhörner, die häufiger geworden sind. Der Nebel scheint dichter zu werden.

Ich sitze hier im Kaminzimmer, weiß dich dort oben in deiner Kammer, unserer Kammer. Ich bin nur durch eine Treppe von dir getrennt.

Aber es ist so, als gäbe es diese Trennung nicht, als sei ich bei dir. Ich bin dankbar für jede Sekunde, die wir haben. Ich erlebe sie deswegen so intensiv, weil ich weiß, dass es jederzeit die letzte sein könnte. Und es erfüllt mich mit Traurigkeit, dass ich nie wagen würde, dir zu sagen, dass ich diese Sekunden gern bis an den Rand ausleben würde: Ich stelle mir vor, wie ich dir Söhne und Töchter schenken würde.

Dort oben in jenem magischen Raum.

Wenn du es zulassen würdest. Wider alle Vernunft. Eine Vernunft, die nur unsere Vernunft ist, unsere christliche Vernunft. Nicht die der Ägypter oder anderer Völker, die uns nicht verdammen würden ob unserer Liebe. Und die ganz gewiss auch einen anderen Namen finden würden für dieses Zusammensein.

PS. Ich stecke diesen Brief wie immer an die Stelle in der Bibel, die unsere Stelle ist: Das Hohe Lied Salomons.

Chiara schob die Blätter des Briefes zusammen und versuchte in der Dunkelheit, Matteos Gesicht zu erkennen. »Es gehörte also alles zusammen«, sagte sie dann kopfschüttelnd: »Der Würfel, das Gedicht und die Kammer. Hättest du das gedacht?«

»Nein, sicher nicht«, erwiderte er, »aber wenn man den zweiten Brief liest, der mehr als 30 Jahre später geschrieben wurde, also, nachdem diese Frau geheiratet, Witwe geworden war und aus dem Orient in den Palazzo zurückgekehrt ist, ergibt natürlich plötzlich alles einen Sinn.«

RICCARDO – *es sind inzwischen Jahrzehnte vergangen, seit sie damals jenes weiße Holzkreuz an unseren Palazzo genagelt haben. Seit wir miteinander in jener Höhle auf der Insel* Lazzaretto Vecchio *beieinander waren und ich dir in jener Nacht die Safransorten aufgezählt habe, im Schlaf, wie du mir später lächelnd gesagt hast: Auch dies wieder so, als haben die Safransorten für alles andere gestanden, was ich dir nicht sagen konnte. Noch immer nicht – verstehst du das? Gehortete Sätze, obwohl mir hätte klar sein müssen, dass die Zeit knapp werden könnte, um eines Tages all das zu sagen, was ich immer sagen wollte.*

Dass ich nun Briefe an einen Toten schreibe, erzürnt meine Kinder, die neulich durch Zufall einen dieser Briefe entdeckten. Aber was wissen Kinder schon von den Gefühlen der Eltern. Woher sollten sie wissen, dass du nur kurz aus dem Zimmer gegangen bist, um Wein zu holen, da die Karaffe fast leer ist und dein Weinglas halb geleert. Deine Zigarre liegt halb geraucht auf dem Aschenbecher, auf dem Stehpult liegt ein aufgeschlagenes Buch, irgendeine Übersetzung, an der du gerade gearbeitet hast. Vielleicht den Horaz, weil ich den Epikur gewählt hatte, um mit dir über das Glück zu diskutieren. Aber du wolltest aus irgendeinem Grund den Horaz, ließest ihn mich übersetzen, auswen-

dig lernen. Du weißt ja, dieses carpe diem *hast du mir so eingetrichtert, dass ich es nie vergessen würde.*

Und noch immer ist es so, als würdest du mir Aristoteles vorlesen und mit mir Latein üben oder Griechisch, als würdest du mit mir lange Diskurse über die Unendlichkeit des Himmels führen und in welchen Monaten man den Mars klar und deutlich sehen kann, die ganze Nacht hindurch. Als würden wir auf dem Altan *sitzen, auf den Kanal hinunterschauen, uns flüsternd unterhalten, damit uns niemand hören konnte. Am Ende gar noch Bartolomeo, der plötzlich über uns hereinfallen und uns mit seinen lächerlichen Fragen und seiner Eifersucht zornig machen würde.*

Und noch immer ist es so, als würden wir uns über die Schleichwege der verbotenen Bücher unterhalten, die ich meist unter irgendwelchen Wollknäuel verborgen zu euch in die Stadt schmuggelte; als würden wir uns ausdenken, wie wir unsere Falkenjagden geheim halten konnten, die unsere Eltern ihren Töchtern verboten hatten, oder wie wir uns über den derzeitigen cicisbeo *unserer Mutter amüsierten. Den Liebhaber, dessen einziger Verdienst darin bestand, ihr zu sagen, wie wunderbar die Farbe ihrer Augen sei und die Blässe und die Glattheit ihrer Haut, für die sie überall bei ihren Freundinnen bewundert wurde.*

Die Söhne, die ich dir schenken wollte, habe ich einem anderen geschenkt, Töchter habe ich drei geboren, eine hat überlebt. Sie ist soeben dabei, ins Weihrauchland zu ziehen, weil sie den Mann, den sie hier in Venedig haben wollte, nicht bekommen konnte.

Wenn ich an dein Grab denke auf dieser Insel, dieses Massengrab mit Hunderten von anderen, die hier gestorben sind, zwi-

schen Schichten aus Kalk gebettet für alle Ewigkeit, dann weiß ich zugleich, dass du dort nicht bist.

Du bist bei mir.

Vergraben in mir. Und wenn ich ganz sicher bin, dass wir beide allein sind – ganz gleich, wo, im Palazzo oder auf dem Weg zum Rialto, um einzukaufen, in Torcello oder in Burano, dann nehme ich anschließend, wenn ich wieder zu Hause bin, meinen Federhalter, öffne das Tintenfässchen, das noch immer auf deinem Lesepult steht und dessen Tinte ich ständig erneuere. Und schreibe dir Briefe. Streue Sand darüber und wische ihn anschließend ab.

Dieses Lesepult, auf dem noch immer der Würfel liegt, den du damals zerschnitten hast, dieses Pult ist für mich noch immer ein Ort, an dem ich mich beschützt fühle, vor allen Unbillen dieser Welt behütet.

So, als habe niemand Zutritt zu diesem Raum außer uns beiden.

Ich bewahre diese Briefe, die ich dir schreibe, nach wie vor in der Bibel auf, bei Salomon, im Hohen Lied. Und ich hoffe, dass sie nie in die falschen Hände fallen werden und auch du zu jeder Zeit Zugang zu ihnen haben kannst – ich weiß, dass du diesen Gedanken verstehen würdest.

Morgen werde ich dir wieder schreiben. Dir von unserem giardino pensile *berichten, in dem jetzt die Rosen blühen, die wir beide damals noch miteinander gepflanzt haben.*

Manchmal wache ich nachts auf, bilde mir ein, die Signalhörner auf dem Kanal zu hören wie damals. Aber dann höre ich deine Stimme, die mir sagt, dass dies keine Signalhörner sind: Es sei das Cembalo, auf dem du mir vorspielst.

»Diese beiden Briefe steckten übrigens nicht beim Hohen Lied«, sagte Matteo, als sie zu Ende gelesen hatte, »ich fand sie bei Sodom und Gomorra. Und die übrigen Briefe, die diese Frau beim Hohen Lied versteckt hatte, hat wahrscheinlich jemand verbrannt. Ich könnte mir vorstellen, dass ihre Kinder nicht eben erbaut waren über diese Geschichte. Sie werden sicher der Meinung gewesen sein, er sei ein *cicisbeo* gewesen, dieser Riccardo, und sonst nichts.«

»Er war kein *cicisbeo*«, empörte sich Chiara. »Vielleicht war es eine *amour fou*«, sagte sie nach einer Weile leise und schob die Briefe in ihren Umhang, »aber jede Frau würde sich vermutlich wünschen, eine solche *amour fou* zu erleben.«

»Jeder Mann wohl auch«, sagte Matteo und löste das Seil des Kahns von dem Poller.

Ein Nachtvogel flog über sie hinweg, dem Flügelschlag nach musste es ein großer Vogel sein.

Das Licht der Lampe flackerte bereits, als Matteo sich erhob und das Ruder in das Wasser gleiten ließ.

Aber Chiara war ganz sicher, dass sie ihren Weg durch die Lagune auch bei Nacht und ohne Licht finden würden.

Glossar

acqua alta	Hochwasser
Arsenal	Große Schiffswerft im Osten von Venedig, Zugang vom Land aus (ingresso di terra), als Triumphtor gestaltet
Aschkenasim	Die Selbstbennenung der Juden Mittel- und Osteuropas, die eine gemeinsame religiöse Tradition, Kultur und die jüdische Sprache verbindet
Aw	Im jüdischen Kalender: Juli/ August
bautta	Venezianisches Karnevalskostüm aus schwarzem Dreispitz, schwarzem Cape und einer Maske
boswellia sacra	Südarabischer Weihrauchbaum oder Strauch (heute im Jemen und Oman), verbreitet auf einem ca. 15 km breiten Landstreifen
Bucintoro	Prachtschiff der Dogen, von Napoleon zerstört
capel nero	Schwarzes Barett der Venezianer
Chamsin	Sehr heißer und trockener Wüstenwind in Ägypten und Israel/Palästina

cicisbeo	Galan, Frauenheld
Commedia dell'Arte	Stegreifkomödie, um 1550 in Oberitalien entstanden
Condotta	Aufenthaltserlaubnis für Juden in Venedig, geregelt durch bestimmte Abgaben
Contrada dell'Unione	Name für das Ghetto nach dem Einzug Napoleons
Ellul	Im jüdischen Kalender: April/Mai
fondaco	Handelsniederlassung, Geschäft
Foscarin, Antonio	Wurde zu Unrecht des Verrats beschuldigt und hingerichtet
frittolle	Gebackene Krapfen
Ghetto nuovo	Platz, der 1516 den Juden als Wohnort zugewiesen wurde (neues Ghetto)
Ghetto vecchio	Name der hauptsächlich von Leventinern bewohnten Straße, die vom großen Platz wegführt (altes Ghetto)
Historia de riti hebraici	Hauptwerk des Rabbiners Leon da Modena, 1638 in Venedig erschienen (enthält jüdische Gebote und Gewohnheiten)
Hypnerotomachia Poliphili	1499 in Venedig gedruckter Roman des Mönches Francesco Colonna
Kaddisch	Gebet im täglichen jüdischen Gottesdienst; bei Beerdigungen darf das

	Kaddisch nur von Männern gesprochen werden
Mikwe	Frauenbad für rituelle Waschungen
morbo/ il morbo	Krankheit, Seuche (hier: Pest)
Inkunabel	Wiegendruck, frühestes Erzeugnis des Buchdrucks (bis ca. 1500)
Katuba	Jüdischer Ehevertrag
Kippa	Traditionelle jüdische Kopfbedeckung der Männer bei religiösen Handlungen
Mesusa/Mesnot	Aus unterschiedlichen Materialien bestehendes Gehäuse, das an der rechten Seite des Türpfostens angebracht wird und das eine Pergamentrolle mit dem jüdischen Glaubensbekenntnis enthält
Mezzanin	Halb- oder Zwischengeschoss (bei Geschäften oft als Lagerraum genutzt)
locanda	Gastwirtschaft
luban	Arabisch für: Weihrauch
nejd	Teuerste Weihrauchsorte, am Dhufargebirge wachsend
Nissan	Im jüdischen Kalender: März/April
Paladin	Treuer Gefolgsmann
Palladio, Andrea	Großer Baumeister und Architekt der oberitalienischen Renaissance (1508–1580)

panni tatari	Tatarenstoff, d. h. in Asien gefertigte Textilien
pizzigamorti	Leichenbestatter (dialektaler Ausdruck)
sakalan	Land des Weihrauchs
Sabbatai Zwi	Jüdischer Schwärmer und Religionsphilosoph, der sich als Messias betrachtete, trat zum Islam über (1626–1676)
salotto	Wohnzimmer, Salon
scuola grande tedesca	Erste Synagoge im Ghetto, von den Deutschen im Jahre 1529 erbaut
Serenissima	Bezeichnung für Venedig (»Die Allerdurchlauchtigste«)
Sha'aban	Der achte Monat des islamischen Kalenders, hier: Name für ein Kamel
shabi	Weihrauchsorte, wächst an der Küste des Weihrauchlandes
sharzi	Minderwertige Weihrauchsorte
Siwan	Im jüdischen Kalender: Mai/Juni
Tallit	Jüdischer Gebetsmantel bzw. Gebetsschal, von Männern ab dem 13. Lebensjahr getragen
Tamus	Im jüdischen Kalender: Juni/Juli
Tischri	Im jüdischen Kalender: September/Oktober

Titus Livius	Römischer Geschichtsschreiber zur Zeit des Kaisers Augustus (ca. 59 v. Chr. bis 17 n. Chr.)
Ubar	Das »Atlantis der Wüste«, eine der bedeutendsten alten Städte entlang der Weihrauchstraße (von Oman über Jemen, Saudi-Arabien, Jordanien nach Westen)
vogalonga	Name einer Ruderstrecke

Der Dank der Autorin geht an:

Das Staatsarchiv in Nürnberg, das Stadtarchiv in Nürnberg, das Stadtarchiv in Sulzburg, die Hochschule für jüdische Studien in Heidelberg, das Generallandesarchiv in Karlsruhe, das Archivio di Stato in Venedig und das Centro Tedesco di Studi Veneziani für Hinweise und die Erlaubnis, am Ort meiner Recherchen, in einem alten venezianischen Palazzo, wohnen zu können, sowie für die Ermöglichung eines Besuchs der ehemaligen Pestinsel *Lazzaretto Vecchio*. Danken möchte ich schließlich noch der Kustodin des jüdischen Friedhofs am Lido von Venedig.